Die Flucht nach Ägypten

Königlich böhmischer Teil

Das ist:
Wahrhaftige und genaue Beschreibung
sämtlicher Vorfälle, Zufälle und Ereignisse
wie auch mehrerer Wunder,
welche sich damals
bei Durchzug der bethlehemitischen Wandersleute
im Königreich Böhmen begeben haben,
teils Amts-, teils Zivilpersonen betreffend
sowie auch Tiere –
geschätztem Leser zu erbaulicher Unterhaltung
vorgelegt durch Herrn

Otfried Preußler

aus Reichenberg in Böhmen

R. Piper & Co. Verlag
München Zürich

Mit 20 Illustrationen von Herbert Holzing

ISBN 3-492-02382-7
© Deutscher Taschenbuch Verlag GmbH & Co. KG, München 1978
Mit freundlicher Genehmigung
Gesetzt aus der Trump-Antiqua
Gesamtherstellung: Kösel, Kempten
Printed in Germany

Abfolge der Kapitel

nach Nummern, Inhalt und Seitenzahlen in übersichtlicher Anordnung

Kapitel Numero eins
welches mit einer kurzen, jedoch für unerläßlich gehaltenen Vorbemerkung den Anfang und hierauf im Stall von Bethlehem seinen weiteren Fortgang nimmt.

11

Kapitel Numero zwei
worin wir aus Gründen der Rücksichtnahme darauf verzichten, den bethlehemitischen Kindermord ein weiteres Mal sich ereignen zu lassen; um so mehr wird vom König Herodes darin die Rede sein und von Kaiser Franz Joseph I. in Wien.

20

Kapitel Numero drei
dessen Schauplatz die Königlich böhmische Statthalterei auf der Prager Burg ist, wobei wir geschätztem Leser Herrn Hofrat JUDr. von Wottruba-Treuenfels vorstellen werden, nebst einigen sonstigen leitenden Statthaltereibeamten.

28

Kapitel Numero vier
welches die Flucht von Bethlehem durch die Lausitz zum Inhalt hat, auf die böhmische Grenze zu, bei welcher Gelegenheit uns die Sieben Raben begegnen werden, nicht zu vergessen den kleinen Tschörner mit seinem Himbeersaft.

35

Kapitel Numero fünf
welches in einem abseits der Straße gelegenen Kirchlein sich zuträgt, unweit von Seigersdorf, woselbst eine große Huldigung sich ereignet, wie sie das Königreich Böhmen in tausend Jahren noch nicht erlebt hat.

48

Kapitel Numero sechs
worin sich die bethlehemitischen Wandersleute weiter nach Böhmen hinein begeben, auf einer leider vereisten Landstraße II. Klasse, welche, dem heiligen Josef zum größten Unmut, von zahlreichen Pferdeschlitten befahren wird.

61

Kapitel Numero sieben
welches uns in die tiefsten Tiefen der Hölle hinabführt, jedoch – was geschätztem Leser mit Rücksicht auf dessen Seelenfrieden versichert sei – bloß vorübergehend.

74

Kapitel Numero acht
worin man sich seitens der Königlich böhmischen Statthalterei zu Prag aus gegebenem Anlaß dazu bewogen sieht, daß man die Hilfe des k.k. Landesgendarmeriekommandos in Anspruch nimmt.

85

Kapitel Numero neun/Abteilung A
in dessen Verlauf eine Fahrt mit dem Extraschlitten von Prag nach Hühnerwasser zum Leidwesen des Verfassers nicht – und ein Telephonat mit dem dortigen Postenkommando lediglich unter den größten Schwierigkeiten zustandekommt.

97

Kapitel Numero zehn
welches im Städtchen Niemes sich abspielt, im Möldnerschen Hause; wobei, unter anderem, von der großen beweglichen Weihnachtskrippe die Rede sein wird, welche der Möldner Anton alljährlich in seiner Stube aufbaut.

103

Kapitel Numero neun/Abteilung B
in dessen Verlauf der Herr Teufel Pospišil endlich ein ihm zur Ausführung seines höllischen Auftrags geeignet erscheinendes Viech zum Hineinfahren findet, und zwar in Gestalt eines Fleischer- & Selcherhundes mit Namen Tyras.

118

Kapitel Numero elf
welches in Jivina sich ereignet, auf einem tschechischen Dorf in der Nähe von Münchengrätz; wobei wir von einem Wunder erfahren werden, welches an einem verschneiten Waldrand sich dort begeben hat.

128

Kapitel Numero zwölf
worin von gewissen unerwarteten Schwierigkeiten die Rede sein wird: einesteils für den Herrn Teufel Pospišil – anderteils jedoch hauptsächlich für den Hawlitschek und den Tyras.

138

Kapitel Numero dreizehn
welches in einem Gasthof zu Münchengrätz sich ereignet, zwischen dem heiligen Josef einerseits und dem Herrn Kantor Línek aus Bakov andrerseits, bei Gelegenheit mehrerer in Gemeinschaft genossener Biere sowie zweier kleiner Papričky.

147

Kapitel Numero vierzehn
wo der Hawlitschek allen Ernstes bereits sich darauf gefaßt macht, daß er in naher Bälde die Fahndung erfolgreich abschließen können wird; aber es werden am Sichrower Berg ihm gewisse Umstände in die Quere kommen, mit welchen man nicht gerechnet hat.

157

Kapitel Numero fünfzehn
worin sich die heiligen Wandersleute zu einer Rast unter freiem Himmel veranlaßt sehen; auch wird uns, im weiteren Ablauf desselben, die Preibisch Hanni aus Schumburg begegnen, welche in einem großen Kummer sich keinen Rat weiß.

170

Kapitel Numero sechzehn
welches erwartungsgemäß auf dem fürstlich Rohanschen Schlosse Sichrow sich zuträgt; wobei, unter anderem, man erfahren wird, wie der Hawlitschek aus Versehen sich eine folgenschwere Verletzung beibringt, und zwar mit dem eigenen Bajonett.

179

Kapitel Numero siebzehn
worin wir es mit dem Räuber Schmirgel zu tun bekommen, welcher im Grunde genommen ein armes Luder ist – aber so arm kann man niemals dran sein, daß es nicht trotzdem vielleicht einen Ausweg gibt.

187

Kapitel Numero achtzehn
worin man von einigen weiteren Schwierigkeiten erfahren wird, welche dem Hawlitschek in den Weg sich legen – obschon sie zu guter Letzt den Effekt haben, daß man ihm eine schriftliche Sondervollmacht erteilen läßt.

200

Kapitel Numero neunzehn

in dessen Verlauf wir, bei dichtem Schneefall, den heiligen Wandersleuten von Reiditz nach Glasersdorf folgen werden, woselbst aber von der Fleková das erbetene Obdach ihnen verweigert wird – und das sieht ihr ähnlich.

211

Kapitel Numero zwanzig

welches in Glasersdorf seinen Fortgang nimmt, und zwar draußen im Hirtenhäusl, beim František und der Hanka, welch selbige dort ihre alten Tage in großer Armut verbringen müssen: aber sie nehmen die Wandersleute aus Bethlehem trotzdem auf.

222

Kapitel Numero einundzwanzig

worin man die Tandler Mariechen aus Przichowitz ein Stück Weges begleiten wird; und der Hubertl, während die Muttergottes einstweilen lieber zu Fuß geht, darf auf dem Esel des Herrn bis nach Jablonetz an der Iser ihnen voranreiten.

233

Kapitel Numero zweiundzwanzig

welches uns die Begegnung mit einem gewissen riesengebirgischen Herrn verschaffen wird, dessen Namen wir lieber nicht nennen wollen; aber es wird sich geschätzter Leser vermutlich nicht lange darüber im Zweifel bleiben, um wen es dabei sich handelt.

243

Kapitel Numero dreiundzwanzig

welches die bethlehemitischen Wandersleute nach Waltersdorf führt, zum Elsnerschuster und seiner Familie – woraufhin man erfahren wird, wie es dortselbst dem heiligen Herzog Wenzeslaus mit zwei wackeren Herren aus Starkenbach (respektive aus Jilemnice) ergangen ist.

256

Kapitel Numero vierundzwanzig

bei welcher Gelegenheit wir dem Hawlitschek und dem Tyras uns wiederum zuwenden müssen, wobei wir noch einmal (und zwar auf den Hofbauden, wo man am allerwenigsten das erwarten möchte) dem König Herodes begegnen werden.

267

Kapitel Numero fünfundzwanzig

worin wir von einer im Städtchen Hohenelbe gehaltenen Sonntagspredigt erfahren werden – sowie von der namenlosen Betrübnis, welche sie bei der Muttergottes zur Folge hat.

279

Kapitel numero sechsundzwanzig
welches, fürs erste, zur vollen Zufriedenheit vom Herrn Teufel Pospišil sich entwickelt; dann aber, gegen den Schluß hin, wird ihm aus lauter höllischem Übereifer ein schweres Mißgeschick unterlaufen.
285

Kapitel Numero siebenundzwanzig
worin man erfahren wird, wie in Schatzlar der Erzengel Gabriel sich veranlaßt sieht, daß er vorzeitig aus dem Esel des Herrn hinausgeht – nämlich es möchte die Flucht nach Ägypten ansonsten womöglich gescheitert sein.
292

Kapitel Numero achtundzwanzig
welches der Flucht nach Ägypten königlich böhmischen Teil zum Abschluß bringt.
298

Kapitel Numero eins

welches mit einer kurzen, jedoch für unerläßlich gehaltenen Vorbemerkung den Anfang und hierauf im Stall von Bethlehem seinen weiteren Fortgang nimmt.

Der Weg von Bethlehem nach Ägypten muß damals, in jenen heiligen Zeiten, durchs Königreich Böhmen geführt haben, quer durch den nördlichen Teil des Landes, bei Schluckenau etwa herein in das böhmische Niederland, dann nicht ganz bis zum Jeschken hinum, dann weiter im Vorland des Iser- und Riesengebirges, durch vorwiegend ärmliche, meist von Glasmachern, Leinewebern und kleinen Häusselleuten bevölkerte Gegenden bis in die Nähe von Trautenau – und zuletzt auf der Alten Zollstraße über Schatzlar hinaus ins Schlesische, wo es dann nach Ägypten hinüber nicht allzu weit mehr gewesen ist.

Das wird zwar geschätzter Leser schwerlich sich vorstellen können, wenn man die heutigen Landkarten sich vor Augen hält: nur – die heutigen Landkarten sind eben damals noch nicht im Gebrauch gewesen, das ist das eine; auch möchte es immerhin ja der Fall sein können, daß sich die Straßen und Reisewege zwischen den biblischen Örtlichkeiten seither verschoben haben, das ist das andere; drittens jedoch und hauptsächlich wird man sich aber fragen müssen, wie denn der heilige Josef seinerzeit, auf der Flucht vor dem König Herodes, überhaupt mit dem lieben Jesulein und der Muttergottes hätte im Königreich Böhmen durchkommen können, wenn vormals der Weg von Bethlehem nach Ägypten *nicht* in der oben beschriebenen Weise verlaufen wäre. Und durchgekommen im Königreich Böhmen, das sind sie ganz ohne Zweifel, nämlich es fehlt nicht an Zeugen, die das bekundet haben, darunter auch meine beiden Großmütter, und es fehlt nicht an Amtspersonen, welche mit der zeitweiligen Anwesenheit der heiligen Familie auf königlich böhmischem Territorium sogar dienstlicherweise befaßt gewesen sind, wie zum Beispiel der Herr k.k. Gendarmeriepostenkommandant Leopold Hawlitschek aus der Gemeinde Hühnerwasser, von dem noch die Rede sein wird. Zunächst aber, mit Erlaubnis geschätzten Lesers, wollen wir die Geschichte dort anfangen lassen, wo sie begonnen hat: nämlich im Stall von Bethlehem, und zwar in der Nacht, die dem Tag gefolgt ist, an welchem die Heiligen Drei Könige aus dem Morgenland bei der Krippe sich eingestellt und dem lieben Jesulein ihre Gaben dargebracht haben, einer Gold, einer Weihrauch und einer Myrrhen.

Der Tag also ist vorbei, und im Stall von Bethlehem ist es wieder still gewesen nach all dem Trubel, man hat in der Finsternis nur den Atem von Ochs und Esel gehört und das Schnarchen vom heiligen Josef. Von Zeit zu Zeit muß die Muttergottes ihn mit dem Ellbogen anstoßen, weil sie befürchtet, daß er womöglich noch mit der Schnarcherei ihr das liebe Jesulein aufwecken möchte: Aber das Jesulein in der Krippe hat sich von ihm nicht stören lassen, das hätten zwölf heilige Josefe miteinander nicht wachgeschnarcht, und so ist auch die Muttergottes dann endlich eingeschlafen, und weder sie noch das liebe Jesulein haben gemerkt, wie um Mitternacht jemand zum heiligen Josef kommt, ihm die Hand auf die Schulter legt und ihn dreimal bei seinem Namen ruft.

Zuerst hat der heilige Josef gedacht, er wird halt der Muttergottes wieder einmal zu laut geschnarcht haben; wie er nun aber aufblickt, steht da an seinem Lager der Erzengel Gabriel, groß und leuchtend: Da ist er nicht schlecht erschrocken, der gute Mann, rasch ist er aufgesprungen vom Stroh und hat einen Zipfel von seinem Mantel erwischt, den hält er sich vor die Augen, damit ihn das Licht nicht blendet, das himmlische, das von dem Engel ausgeht.

Der Ochs und der Esel sind auch erschrocken gewesen, ganz steif sind sie dagestanden und haben den Erzengel Gabriel angeglotzt, bis er ihnen ein Zeichen gegeben hat: Da ist alle Furcht von den beiden abgefallen. Der Ochs hat den Kopf

gesenkt und sich langsam abgewendet, wie wenn er schon jetzt gewußt hätte, daß man ihn bei den Dingen, die sich in Hinkunft begeben werden, nicht brauchen kann; er ist in den hinteren Teil des Stalls getrottet, dort hat er sich in den Schatten gelegt, mit dem Blick zur Wand, und sogleich ist er wieder eingeschlafen. Der Esel indessen ist ohne Scheu vor den Erzengel hingetreten, voll Neugier beschnuppert er ihm den Saum des Gewandes – und jener läßt es sich freundlich gefallen, er streichelt ihm mit der Linken die Kruppe und klopft ihm den grauen Hals.

Die Rechte hingegen hält er zum Himmel emporgereckt, was die Vorschrift in solchen Fällen ihm abverlangt, wenn er mit einer Botschaft herniederkommt zu den Menschen, wie er in dieser Nacht auch dem heiligen Josef eine zu übermitteln hat. Nämlich es hat sich (vom ††† Teufel ist ihm das eingeblasen!) der König Herodes in seiner pechschwarzen Rabenseele dazu entschlossen, daß man das liebe Jesulein umbringen lassen muß: Der Mordbefehl ist ergangen, die Büchsen sind schon geladen, die Säbel gewetzt, es sollen aus Galiläa bereits zwei Schwadronen Dragoner sich auf dem Ritt befinden nach Bethlehem, und aus Jericho sind die berüchtigten Sechser-

Schützen im Anmarsch, ein Bataillon stark, so daß unter gar keinen Umständen ihnen das liebe Jesulein in die Hände geraten darf, sondern man muß es vor ihnen und dem Herodes in Sicherheit bringen, und zwar ins Ausland. Mit anderen Worten: Der heilige Josef soll rasch ein paar Sachen zusammenpacken für die Familie, nicht zuviel, bloß das Allernötigste, eine Decke für jeden, Windeln und Wäsche und etwas Wegzehrung auf die nächsten Tage, nicht zu vergessen natürlich die Reisepässe! Dann soll er den Esel satteln und soll mit dem lieben Jesulein und der Muttergottes die Flucht nach Ägypten antreten, wie es geschrieben steht.

Der heilige Josef hat vor Entsetzen die Hände über dem Kopf zusammengeschlagen bei dieser Nachricht, und selbstverständlich muß man das liebe Jesulein vor dem König Herodes und den Soldaten retten, sagt er; zugleich aber kommen ihm Zweifel, ob er den Weg nach Ägypten denn überhaupt finden wird, und wenn ja, so erhebt sich die Frage, wie man sich dort mit den Leuten verständigen soll, wo doch weder die Muttergottes noch er eine Silbe Ägyptisch können; auch ist ja das liebe Jesulein in den Reisepässen noch gar nicht eingetragen, da könnte es möglicherweise an den diversen Grenzen zu Komplikationen kommen, befürchtet er. Nicht etwa, daß er sich dem Geheiß des Erzengels widersetzen möchte, der heilige Josef, das tät er sich nie getrauen; aber es ist eben eine ungemein schwierige Sache, mit der man ihn da betraut hat: Man darf nicht vergessen, er ist bloß ein schlichter Zimmermann, und natürlich wird er's am guten Willen nicht fehlen lassen, aber wer weiß denn, ob das in diesem besonderen Falle ausreicht.

Gewiß, hat der Erzengel Gabriel ihm geantwortet, einfach ist diese Aufgabe für den heiligen Josef bestimmt nicht: das hat er sich gleich gedacht, wie man ihn ausgesandt hat mit dem Befehl an ihn; und so hat er sich extra danach erkundigt, ob es vielleicht ihm gestattet sein möchte, daß er, der Erzengel Gabriel, auf der Flucht nach Ägypten sichtbar vor ihnen hergeht, damit sie den Weg nicht verfehlen und er sie notfalls vor Dieben, Räubern und sonstiger Unbill der Reise beschützen kann. Er hat aber, leider Gottes, beim höchsten Thron kein Gehör gefunden mit seinem Vorschlag, sondern es ist ihm bedeutet worden, ein solches Geleit sei im göttlichen Ratschluß nicht vorgesehen, weshalb es gefälligst zu unterbleiben habe; das einzige, was man nach langem Bitten und Flehen ihm schließlich zugestanden hat, ist die Erlaubnis zu einem – no, sagen wir, einer kleinen Begünstigung, von welcher indessen, außer dem heiligen Josef, kein Mensch etwas wissen darf, selbst die Muttergottes nicht. Nämlich die Sache ist nunmehr die, daß sie der Erzengel, wenn schon nicht offen vor ihnen hergehend, wenigstens insgeheim nach Ägypten geleiten wird: in der Gestalt ihres Esels, den sie ja ohnehin mitnehmen auf die Flucht, und so wird das nicht weiter auffallen.

Ja so? hat der heilige Josef gestaunt, dann wird sich der Erzengel Gabriel ihnen zuliebe also in einen Esel verwandeln?

Nein, hat ihm jener darauf erwidert, verwandeln wird er sich nicht, sonst hätten sie plötzlich ja einen zweiten Esel im Stalle, das möchte Verdacht erwecken; vielmehr wird er in den hier vorhandenen Esel eingehen für die Zeit der Reise: nämlich der Esel und er, der Erzengel, werden nun miteinander eins werden, bis auf weiteres, und es soll sich der heilige Josef nur immer getrost nach dem Esel richten, dann folgt er zugleich dem Geheiß des Engels nach.

Der heilige Josef ist ganz gerührt gewesen von diesen Worten und sehr erleichtert, und weil er sich denken kann, daß es den Erzengel sicherlich Überwindung kostet, wenn er vorübergehend zum Esel wird, so verspricht er ihm wenigstens, daß er in allen Stücken ihn gut behandeln wird unterwegs.

Der Erzengel hat ihm für diesen Vorsatz gedankt, und er ist überzeugt davon, hat er hinzugefügt, daß er's als Esel bei ihm schon wird aushalten können; aber das andere hat er ihm lieber *nicht* gesagt, denn was möchte es ihnen beiden genützt haben, wenn er den heiligen Josef damit beschwert hätte: nämlich man hat es an höchster Stelle dem Erzengel Gabriel zur Bedingung gemacht, daß wenn man ihn in den Esel eingehen läßt, so muß er darin verbleiben bis an das Ziel der Reise; und falls er, aus welchen Gründen auch immer, ihn vorher verlassen sollte, wird man es unter gar keinen Umständen ihm gestatten, daß er noch einmal sich wieder hineinbegibt, sondern es wird eben dann die weitere Flucht nach Ägypten ohne ihn stattfinden müssen – und damit basta!

Dies also, wohlbemerkt, hat der himmlische Bote zum heiligen Josef nicht gesagt, weil er ihm keine Unruhe hat verursachen wollen; auch haben sie ohnehin schon zu lang miteinander geredet, meint er, und wenn sie nicht schleunigst machen, daß sie aus Bethlehem wegkommen, möchte es sein, daß der König Herodes mit den Soldaten ihnen den Weg nach Ägypten abschneidet – und was dann?

Hiermit hat sich der Erzengel Gabriel aufgerichtet, in seiner ganzen Größe und Majestät: Da ist es dem heiligen Josef, wie wenn er mit bloßen Augen die Sonne anschaut, und wieder greift er zu einem Zipfel von seinem Mantel, und wieder bedeckt er sich das Gesicht damit; so verharrt er für ein paar Augenblicke – und dann, wie er probeweise hinter dem Tuch hervorblinzelt, zeigt es sich, daß der Engel des Herrn verschwunden ist; und im Stall ist es wieder dunkel gewesen, wenn auch nicht ganz so finster wie sonst bei der Nacht, weil von dem Fell des Esels, besonders an seiner Stirn, ein gewisser Schimmer ausgeht, als möchte vom Licht des Engels ein wenig hindurchscheinen durch die Eselshaut. Dem heiligen Josef bleibt aber nicht viel Zeit zum Staunen, nämlich der Esel läßt das nicht zu, indem er zum Aufbruch drängt und ihn unentwegt mit der Nase anschubst.

Schon gut, meint der heilige Josef, schon gut, wobei er die Streichhölzer aus der Hosentasche hervorkramt. Er nimmt die Laterne vom Haken, die an dem Pfosten neben der Türe hängt, knipst bei der Kerze das obere Ende vom Docht weg und zündet sie an; dann macht er sich ans Zusammenpacken von ihren Sachen, das dauert nicht lang, denn es ist ja nicht viel vorhanden zum Mitnehmen; lediglich die Geschenke, welche die Könige aus dem Morgenlande im Stall ihnen hinterlassen haben, mit denen weiß er zu Anfang sich keinen Rat. Es handelt sich schließlich um wertvolle Gegenstände, wie man sie einesteils gerne mitführen möchte, weil man sie notfalls im Ausland zu

Geld machen kann, wenn man welches braucht – aber wenn man sich anderenteils vorstellt, daß sie ja mehrere Grenzen werden passieren müssen, und wenn so ein Zollbeamter dann eine Königskrone aus dem Gepäck herausfischt, ein goldenes Weihrauchfaß und die silberne, über und über mit Perlen und Edelsteinen besetzte Myrrhenbüchse: Da wird man sie schön in die Zwicke nehmen dafür, ins Loch stecken wird man sie wegen Verdachts auf Kirchenraub, oder zumindest auf Hehlerei; und wer wird ihnen dann schon glauben, das Kindlein da in den Windeln habe die Kostbarkeiten alle geschenkt bekommen, nämlich es seien drei Könige aus dem Morgenland extra zu diesem Zwecke herbeigereist.

Nein, muß der heilige Josef denken und hört schon im Geiste die Zöllner sich über sie lustig machen, und wie man sie im Gefängnis dann anbrüllen wird, beim Verhör, und wenn es beim Anbrüllen bliebe, so möchte das ja noch hingehen, aber es bleibt nicht dabei, und wer weiß, was man alles mit ihnen noch anstellen könnte, es sind die Behörden ja diesbezüglich nicht arm an Einfällen: Nein! denkt der heilige Josef, das dürfen sie nicht riskieren, daß sie die teuren Geschenke mitnehmen auf die Reise – aber wohin damit?

Wie er noch überlegt, was er tun soll, sieht er im Schein der Laterne den Esel, welcher in einer Ecke des Stalles den Boden aufscharrt, wobei er zu ihm, dem heiligen Josef, herüberblickt – und der heilige Josef versteht sogleich, was gemeint ist: Er holt eine Hacke und einen Spaten und gräbt in der Ecke des Stalles ein Loch ins Erdreich, vielleicht einen halben Meter tief; dann nimmt er die Krone, das Weihrauchfaß und die Myrrhenbüchse und legt sie in einen hölzernen Kübel, den stopft er mit Stroh voll, dann stellt er ihn in die Grube und scharrt ihn ein.

Es bleiben ihm von der ausgehobenen Erde zwei Schaufeln übrig, die schafft er hinaus und schüttet sie auf den Misthaufen hinterm Stall; dann stampft er den Boden über der Grube fest und bestreut ihn mit Spreu, damit man nicht merken soll, daß da etwas vergraben ist, denn er hofft ja, sie werden nach einiger Zeit aus Ägypten zurückkehren können: Da will er dann alles wiederum aus dem Versteck herausholen – aber ob es tatsächlich dazu gekommen ist, weiß man nicht, denn die Bibel schweigt sich darüber aus.

Doch gleichviel, was nun wirklich geschehen ist mit den königlich morgenländischen Kostbarkeiten: Wir haben, geschätzter Leser, uns lang genug dabei aufgehalten. Jetzt aber sollten wir auf der Hut sein, damit uns die eigentliche Geschichte, während wir Spekulationen über die Zukunft von vollkommen nebensächlichen Dingen anstellen, nicht davonläuft.

Schon hat inzwischen der heilige Josef das Bündel fertig gepackt und dem Esel aufgeladen, schon hat er die Muttergottes vom Schlaf erweckt, schon ihr gesagt, daß sie eilends aus Bethlehem wegmüssen, weil es der Erzengel Gabriel ihm befohlen hat: So und so ist das mit dem König Herodes und den Soldaten, die auf dem Marsch sich befinden, aber sie soll keine Angst haben wegen dem lieben Jesulein, sondern mit Gottes Hilfe und dem getreuen Esel als Weggefährten (wenigstens diese winzige Andeutung hat er sich nicht versagen mögen) werden sie aller Gefahr entgehen und wohlbehalten am Ziel der befohlenen Reise ankommen.

»Großer Gott!« ruft die Muttergottes erschrocken aus und bekreuzigt sich; dann aber, ohne mit weiteren Fragen sich aufzuhalten, hebt sie das liebe Jesulein aus der Krippe heraus, und nachdem sie ihm rasch noch einmal die Windeln gewechselt hat, schlägt sie es in ein doppelt zusammengelegtes Wolltuch ein, wie sie es bei der heiligen Mutter Anna gelernt hat, und läßt sich vom heiligen Josef das Wickelband reichen: Eins-zwei ist das liebe Jesulein eingepackt und verschnürt bis zum Kinn hinauf – die Flucht kann beginnen.

Der Ochs hat die ganze Zeit über ruhig in seinem Winkel gelegen und sich um nichts gekümmert, wie wenn ihn der nächtliche Aufbruch im Stall nichts angehen möchte; jetzt aber, wo es ernst wird, steht er auf einmal da, vor der Muttergottes und ihrem Kindlein, welches auch er ja mit seinem lebendigen Atem gewärmt hat die Tage und Nächte her. Und die Muttergottes, sie wäre die Muttergottes nicht, wenn sie nicht spüren möchte, wie schwer ihm der Abschied von ihnen fällt, und sie legt ihm die Hand auf den weißen Stirnfleck zwischen den Hörnern und dankt ihm für alle Hilfe und segnet ihn; dann besteigt sie, das Jesuskindlein im Arm, den Rücken des Esels. Und wie nun der heilige Josef, nachdem er dem Ochsen rasch noch ein Bündel Heu in die Raufe gestopft hat, den Grauen beim Zügel nimmt und das Tier mit der heiligen Last aus dem Stall hinausführt, läßt sich der Ochs auf die Knie fallen, und es ist ihm dabei zumute, als müßte er jeden Augenblick bitterlich losweinen. Aber Ochsen, das weiß man ja, weinen nicht, weil ihnen keine Tränen gegeben sind von Natur aus. So hat er bloß demütig ihnen nachgeglotzt und ist einerseits glücklich gewesen über den Segen der Muttergottes, andererseits aber hat es ihm in der Seele leid getan, daß er nun einmal ein Ochs und kein Esel gewesen ist. Denn wie gern er das liebe Jesulein auf dem Rücken getragen hätte, ob nach Ägypten, ob sonstwohin auf dem weiten Erdenrund: das wird man ihm nachfühlen können, auch wenn man sich selber für keinen Ochsen hält.

Kapitel Numero zwei

worin wir aus Gründen der Rücksichtnahme darauf verzichten, den bethlehemitischen Kindermord ein weiteres Mal sich ereignen zu lassen; um so mehr wird vom König Herodes darin die Rede sein und von Kaiser Franz Joseph I. in Wien.

Am anderen Morgen sind dann die Sechser-Schützen aus Jericho unter den Klängen des Regimentsmarsches durch die Straßen von Bethlehem einparadiert, und gleichzeitig haben vom Süden her, mit Trompetenschall und gezückten Säbeln, die Galiläa-Dragoner in einer Staubwolke sich den Toren der Stadt genähert; aber zu diesem Zeitpunkt, da haben die Muttergottes, das liebe Jesulein und der heilige Josef mitsamt dem Esel sich glücklicherweise schon in der Lausitz befunden, und wenn ihnen nichts dazwischenkommt, was wir alle hoffen, so werden sie gegen Abend bereits in der Nähe von Bischofswerda sein, wo es dann nicht mehr weit bis hinüber zur böhmischen Grenze ist.

Es haben in Bethlehem aber an diesem Morgen entsetzliche Dinge sich abgespielt, wie man weiß, und so möge geschätzter Leser es uns nicht nachtragen, wenn wir in diesbezüglichen Einzelheiten uns nicht ergehen werden. Nämlich das viele Blut in den Straßen von Bethlehem, welches damals geflossen ist: Soll man noch einmal es fließen lassen? Soll man noch einmal die damals hingeschlachteten Knäblein zum Leben erwecken in ihrer Unschuld: nur daß die Kriegsknechte, die Herodischen, abermals sie herauszerren aus den Häusern und auf der Gasse mit Säbeln und Bajonetten sie totstechen, wie es die Herren Vorgesetzten ihnen befohlen haben? Und darf man, um Gottes Barmherzigkeit willen, den Müttern, Vätern, Geschwistern und sonstigen Anverwandten nebst Ammen und Hausgesinde ein weiteres Mal es zumuten, daß der Kindermord seinen Lauf nimmt vor ihren Augen? – und nichts gibt es, abermals nichts, womit sie ihn aufhalten könnten: Da hilft kein Geschrei und kein Wehklagen, keine geballte Faust und kein noch so verzweifeltes Sich-Dazwischenwerfen; nur höchstens, daß wiederum dieser und jener dabei zu Schaden kommt, weil die Soldaten (nachdem mit der heutigen Morgenverpflegung man vorsorglich eine doppelte Schnapsration ihnen auch diesmal wieder verabfolgt hat) keinen Pardon geben, falls man sie in der Ausübung des Gemetzels behindern wird; nämlich wer fragt danach, wenn sie ein paar Zivilpersonen, welche dem Kindesalter bereits entwachsen sind, auch noch mit totschlagen?

Nein, dieses alles wollen wir nicht ein weiteres Mal sich ereignen lassen! Es reicht schon, wenn man es andeutungsweise sich ins Gedächtnis ruft, zugleich mit der Feststellung, daß das Herodische Militär mit gewohnter Gründlichkeit seine Arbeit verrichtet hat; selbst den Ochsen im Stall von Bethlehem haben sie abgestochen, die Sechser-Schützen, weil er sie an die leere Krippe nicht hat heranlassen wollen, nämlich es hätte ja sein können, daß sich darin ein Versteck befindet; jedenfalls haben sie hinterher ihn ins Biwak geschleppt, an den Spieß gesteckt, überm Lagerfeuer gebraten und schließlich gemeinsam ihn aufgefressen. Aber das mittlerweile bereits im Ausland befindliche liebe Jesulein haben sie eben doch nicht erwischen können – und das ist die Hauptsache.

Der König Herodes, wie er die Meldung erhalten hat, daß ihm der neugeborene König der Juden entronnen ist, hat einen seiner gefürchteten Anfälle von besonderer Wut bekommen, wobei er in unbeschreiblicher Weise sich aufgeführt hat in seinem Palast: Er hat einen Aschenbecher aus Bleikristall in den Spiegel geschmissen, zwei Sessel hat er zerdroschen, den Schreibtisch umgestürzt, mehrere Zimmerpalmen entwurzelt, mit Schaum vor dem Mund, und man könnte sich vorstellen, daß er aus Zorn sogar in den Teppich möchte gebissen haben, was aber unter den Mächtigen dieser Welt erst später in Mode gekommen ist, wie man hört, und so hat er sich lediglich auf dem Fußboden hin und her gewälzt und mit allen vieren um sich geschlagen und laute

Verwünschungen ausgestoßen, gegen das liebe Jesulein, naheliegenderweise, und namentlich gegen die Kommandanten der an der Sache beteiligt gewesenen militärischen Einheiten, welche aus Gründen totaler Unfähigkeit man sofort degradieren und an die Wand stellen muß; und gegen die Truppe selber muß man mit allen denkbaren disziplinarischen Mitteln vorgehen: Jeder zehnte ist in Arrest zu nehmen, und Ausgang gibt es für alle übrigen sowieso nicht mehr, und der Sold ist dem Pack für das nächste Quartal zu streichen, vom Schnaps nicht zu reden, und die Verpflegung wird ihnen ab sofort auf die Hälfte herabgesetzt: Himmelherrgott-bei-allen-Martern-und-Todsünden-insgemein! Und so hat er geflucht und geflucht, ohne Unterlaß, mindestens eine halbe Stunde lang, und es haben schon seine engsten Ratgeber und Verwandten im stillen sich eine Hoffnung darauf gemacht, daß ihn vielleicht der Schlag trifft, die Galle ihm platzt oder sonstwie der Teufel ihn holen möchte: aber da werden sie lange warten.

Nämlich der oberste Oberstteufel von allen, der Luzifer in Person, welcher seinerseits eine begreifliche Wut auf den König Herodes gehabt hat, weil er den von der Hölle ihm eingegebenen Plan zur Ermordung des bethlehemitischen Wechselbalges nicht zum Erfolg geführt hat (vorläufig wenigstens nicht, denn noch sind ja die letzten Möglichkeiten nicht ausgeschöpft, und es wird mit des Königs Herodes Hilfe die sogenannte Erlösung der Welt vielleicht doch noch im letzten Augenblick sich verhindern lassen), der Luzifer also, wie er so schön ordinär ihn hat schimpfen und fluchen hören, den König Herodes, da hat es ihn ungemein in den Klauen gejuckt, ihm den Kopf ins Genack zu drehen und sich mit seiner schwarzen Seele davonzumachen, schnurstracks ins Höllenfeuer hinein, und es ist ihm die Spucke übergelaufen beim bloßen Gedanken daran, wie sie brutzeln und schmoren wird in der Bratpfanne... Aber dann hat er im letzten Moment sich bezwungen, der Luzifer, weil er den König Herodes noch unbedingt eine Zeitlang benötigen wird für die weitere Durchführung seines Planes; und bloß diesem Umstand allein ist es zuzuschreiben gewesen, daß er ihn vorläufig noch verschont und am Leben belassen hat – übrigens ohne besonderes Risiko, weil die Herodische Seele ihm ohnehin ziemlich sicher gewesen ist.

Es wartet also der Luzifer einen Augenblick ab, wo der König Herodes zwischen zwei Flüchen zum Luftschnappen sich veranlaßt sieht; und während er Luft schnappt, gibt ihm der Luzifer einen Gedanken ein, welch selbigen der Herodes natürlich für seinen eigenen Einfall hält, aber dem Luzifer kann das egal sein, weil es ihm auf die Wirkung ankommt und nicht auf die Frage der geistigen Erstgeburt.

Jawohl! denkt der König Herodes mit einem Mal (und er denkt, wie gesagt, daß er selber es denkt, obzwar der leibhaftige Luzifer es ihm eingedacht hat), was nützt ihm jetzt alles Schimpfen und Toben, die an die Wand zu stellenden Kommandanten laufen ihm ja nicht weg – und außerdem ist es in diesem Moment nicht wichtig, sondern man muß sich zunächst die geeigneten Maßnahmen überlegen, wie man trotz allem des neugeborenen Königs der Juden habhaft wird, welcher sich mutmaßlich auf der Flucht nach Ägypten befindet. Man könnte um diese Zeit schon mit ihm die Lausitz beinah durchquert haben, auf die Grenze des Königreichs Böhmen hin – und demzufolge sagt sich der König Herodes am Ende seiner vom allerobersten Oberstteufel ihm eingeblasenen Überlegungen, daß es auf keinen Fall etwas schaden möchte, wenn man ein Telegramm an den Kaiser Franz Joseph in Wien schickt, welcher zugleich ja der König von Böhmen ist, und ihn in dieser vertrackten Sache um kollegialen Beistand bittet.

No schön, wie der König Herodes das kaum gedacht hat, da ist er auch schon davon überzeugt gewesen, daß man es tun muß, und schleunigst hat er von ein paar Sklaven den Schreibtisch sich wieder aufstellen lassen, den höchstpersönlich zuvor von ihm umgeschmissenen, und dann geht er ans Werk und setzt eigenhändig den Text der Depesche auf, welche sogleich er auf telegraphischem Wege nach Wien expedieren läßt, per Adresse Hofburg: Daß er sich Seiner Kaiserlich-königlich-apostolischen Majestät von Österreich-Ungarn bestens empfohlen hält, und er gibt sich die Ehre des dahin gehenden Ansuchens, daß man den in Begleitung seiner Familie auf der Flucht nach Ägypten befindlichen Zimmermann Josef aus Nazareth (Signalement anbei), im Falle er königlich böhmisches Territorium überqueren sollte, samt Weib und vor allem Kind ohne Nachsicht aufgreifen, festnehmen und nebst Anhang im Wege der gegenseitigen Amtshilfe unverzüglich an ihn, Seine Majestät den König Herodes, ins jüdische Land auf den Schub bringen wolle. Dieses, so fügt er mit allem Nachdruck hinzu, erachtet er nicht nur für eine Selbstverständlichkeit unter gekrönten Häuptern, sondern es müßte natürlich die weitestgehenden Konsequenzen in den Beziehungen zwischen den beiden Ländern zeitigen, wenn man ihm dieserhalb seitens des Wiener Hofes eine Enttäuschung bereiten möchte.

Er selbst hat die Absendung des betreffenden Telegrammes persönlich zu überwachen geruht; und wie alles zu seiner Befriedigung übermittelt gewesen ist, hat er dem Telegraphisten vom Dienst ein Trinkgeld spendiert (was man in Ansehung dessen, wie er normalerweise es hiermit handhabt, als einen geradezu sensationellen Vorgang bezeichnen muß), und dann ist er mit wehendem Purpurmantel in seinen Palast zurückgekehrt, woselbst er sich auf den Thron setzt und voller Genugtuung sich die Hände reibt: aus Freude darüber, wie überaus klug und geschickt er sich wieder einmal verhalten hat, denn es wird ihm der Kaiser Franz Joseph das telegraphische Ansuchen keinesfalls abschlagen können, so daß man den neugeborenen König der Juden schon bald sich vom Hals schaffen können wird, ein für allemal – aber no ja, wie die Angelegenheit endgültig sich entwickelt, das muß man, geschätzter Leser, in Ruhe abwarten.

Nämlich der Kaiser Franz Joseph in Wien auf der Hofburg, wie das Herodische Telegramm man ihm unterbreitet gehabt hat (um dreiviertel zwölf ist es angekommen, beim k. u. k. Hof-Telegraphenamt, und um zwölfe bereits hat dem Kaiser es vorgelegen, welcher wie üblich seit früh um sieben mit treuer Vaterhand die im Reichsrat vertretenen Königreiche und Länder nebst denen der Stephanskrone regiert hat, vom Stehpult aus), also der Kaiser Franz Joseph hat vorherhand mit der Depesche

vom König Herodes sich keinen Rat gewußt, weil er in einer ausgesprochenen Zwickmühle sich befunden hat: Einerseits ist, wie bekannt, mit den morgenländischen Königen nicht zu spaßen, je kleiner die sind, desto größer ist ihre Empfindlichkeit; andererseits aber ist ja der Kaiser Franz Joseph von kleinauf im wahren christkatholischen Glauben erzogen gewesen, und folglich hat er es mit dem himmlischen Vater sich auch nicht verderben wollen, schon gar nicht bei einer Sache wie dieser hier, wo man es an zwei Fingern sich ausrechnen kann, was dabei auf dem Spiele steht. Und so hat er bis halber eins sich zu nichts entschließen können, der arme Kaiser, so daß schon dem unsichtbar gegenwärtig gewesenen Luzifer, welcher gleichzeitig mit der Depesche nach Wien sich verfügt gehabt hat, beträchtliche Zweifel gekommen sind, was er des weiteren unternehmen soll; denn einflüstern hat er dem Kaiser Franz Joseph nichts können, hievor ist jener gefeit gewesen, per Salbung zur Apostolischen Majestät: und so haben sich alle beide, der Kaiser und er, momentan nicht gerade besonders schlau gefühlt.

Es hat aber dieser beiderseitige Zustand nicht lange vorgehalten, weil nämlich zwei oder drei Minuten nach halber eins die Frau Kaiserin bei der Tür hereinschaut und sich beim Kaiser Franz Joseph danach erkundigt, ob ihm zu Mittag ein Tafelspitz recht sein möchte, mit einem Essig-Kren, und als Mehlspeis ein Stückerl Apfelstrudel; aber der Kaiser hat weder den Strudel gemocht noch den Tafelspitz, sondern er sagt, daß ihm jeglicher Gusto aufs heutige Mittagessen vergangen ist, weil der Herodes ihm eine Depesche geschickt hat: also da kann man das Essen sich überhaupt abgewöhnen. Und wenn sie ihm das nicht glaubt, die Frau Kaiserin (das ersieht man aus ihrem Mienenspiel), dann soll sie doch bittschön selber lesen, was der Herodes ihm depeschiert hat – damit sie vielleicht ihm raten kann, wie man in dieser G'schicht, dieser überaus heikligen, sich verhalten soll.

No, die Frau Kaiserin hat sich nicht zweimal heißen lassen, und wie sie dann mit dem Durchlesen fertig gewesen ist, hat sie ein bisserl darüber nachgedacht, aber nicht allzu lang, denn sie ist eine kluge Frau gewesen, von praktischer Sinnesart, und so hat sie zum Kaiser Franz Joseph gesagt:

»Da tät ich mir, Franzl, an deiner Stell' keine Sorgen machen! Das Telegraphische da, vom Herodes, das tät ich ganz einfach so, wie's da ist, nach Prag schicken an die Statthalterei. Dann mögen sie dort sich darüber den Kopf zerbrechen, wie man die Sach' betreiben soll – dafür hast ja schließlich den Coudenhove dort, daß er dir dann und wann die Entscheidung abnimmt.«

»Ja so?« hat auf dies hin der Kaiser Franz Joseph zu ihr gemeint, »da kannst recht haben, Gnädigste«, und mit einem Mal hat er nun *doch* einen Gusto verspürt auf den Tafelspitz und das Stückerl Strudel; und wie er das zur Frau Kaiserin sagt, da erwidert sie: Gut ist's, dann soll er nur, bittschön, mit dem Regieren sich's einrichten, daß sie nach Möglichkeit nicht auf ihn warten müssen bei Tisch – er weiß ja, wie hungrig immer die Kinder sind, wenn sie um viertel zwei von der Schul nach Haus kommen.

Da hat ihr der Kaiser Franz Joseph sein Wort gegeben, daß er sich heute mittag bestimmt nicht verspäten wird; und während sich die Frau Kaiserin in die Kuchl begeben hat, mit der Anweisung an das Personal, daß es mit allerhöchster Bewilligung also beim Tafelspitz und dem Strudel bleiben kann, geht er zurück ans Stehpult; und es erfaßt auch den Luzifer das Gefühl einer großen Erleichterung, wie nun der Kaiser zum roten Kopierstift greift und am oberen linken Rand der Depesche vom König Herodes die Order anbringt, daß man sie auf der Stelle per k. u. k. Hoftelegramm nach Prag übermitteln soll, Seiner Exzellenz dem Herrn k.k. Statthalter im Königreich Böhmen Karl Anton Graf Coudenhove – mit Maßgabe, in betreffender Angelegenheit »alles dortselbst für nöthig Erachtete« zu veranlassen.

Darunter hat er als Signum für seinen Namen die schön verschnörkelten Buchstaben *FJI* gesetzt, obzwar ja die Schnörkel leider zur telegraphischen Durchgabe sich nicht eignen; hierauf hat er dem Herrn Adjutanten vom Dienst geklingelt – »Da, lieber Auersperg, tragen S' mir das da, bittschön, geschwind hinüber ins Hoftelegraphenamt, daß sie mir's gleich erledigen, ja?« – und anschließend hat er für kurze Zeit das Regieren eingestellt, weil er zum Mittagessen gegangen ist, welches er heut, nach der leidigen, aber nun doch noch zu einer glimpflichen Lösung gediehenen G'schicht mit dem König Herodes, aufs allertrefflichste sich hat munden lassen.

Kapitel Numero drei

dessen Schauplatz die Königlich böhmische Statthalterei auf der Prager Burg ist, wobei wir geschätztem Leser Herrn Hofrat JUDr. von Wottruba-Treuenfels vorstellen werden, nebst einigen sonstigen leitenden Statthaltereibeamten.

Wie nun am gleichen Nachmittag, kurz nach zweie, die allerhöchste Depesche aus Wien bei der k.k. Post- und Telegraphen-Direktion in Prag eingegangen ist, hat man zu ihrer Expedierung sofort einen Eilboten auf den Hradschin hinaufgeschickt, in die k.k. Statthalterei für das Königreich Böhmen, woselbst der Kanzleidiener Papouschek gegen schriftliche Quittung sie übernommen und unverzüglich dem Herrn Kanzleichef im Präsidialbureau, dem damaligen k.k. Statthaltereirat I. Klasse mit Titel und Charakter eines Hofrats, Herrn JUDr. Johann Nepomuk Wottruba Ritter von Treuenfels ausgehändigt hat, zur alsbaldigen Weitergabe an Seine Exzellenz den Herrn Statthalter.

No, der Herr Statthalter Graf Coudenhove sind aber, leider Gottes, gerade von Prag absent gewesen (es haben sich Exzellenz nämlich derzeit samt Gattin und Schwiegermutter, aus Gründen des Rhevmatismus, vorübergehend in Kärnten zur Kur befunden, beim Doktor Theinl im Warmbad Villach); und ebenso, leider, ist auch sein Stellvertreter im Amt, der Herr k.k. Statthalterei-Vizepräsident Dörfler, zur Zeit nicht erreichbar gewesen, weil er für ein paar Tage nach Böhmisch Budweis hat fahren müssen: dienstlicher Gründe halber, wie sich von selbst versteht, obzwar zufällig seine Frau einzige Tochter Klara in Böhmisch Budweis lebt, die hat einen dortigen Fabrikanten zum Mann gehabt, einen gewissen Taussig; aber in Anbetracht ständiger Weibergeschichten, welche der Taussig am Hals hat, will sie von ihm sich scheiden lassen – und wenn nun der Herr

Papa sie gelegentlich einer Dienstreise aufsucht, damit man an Ort und Stelle die allenfalls unumgänglich gewordenen Schritte gemeinsam einleiten kann, so ist das nur recht und billig, und niemand wird ihm daraus einen Vorwurf machen, außer vielleicht ein politischer Fanatist und Umstürzler.

Es hat also der Herr Doktor von Wottruba-Treuenfels einen Augenblick überlegt, was er machen soll, aber dann ist er in Ansehung der gegebenen Situation zu dem Schluß gekommen, daß es vielleicht am dümmsten nicht sein möchte, wenn er die Angelegenheit selbst in die Hände nimmt; denn bevor er den Herrn Vizepräsidenten Dörfler darüber ins Bild gesetzt hat, wird kostbare Zeit verstrichen sein – und so schickt er den Papouschek in den zweiten Stock hinauf, mit der Bitte, es möchte der Herr Bezirkshauptmann Freiherr von Webern zu ihm herunterkommen ins Präsidialbureau, und zwar bittschön sofort, weil es nämlich dringlich ist.

Der Papouschek also begibt sich zum zweiten Stock hinauf und trifft unterwegs auf dem Stiegenabsatz per Zufall mit einem ehemaligen Schulfreund aus Smichov zusammen, dem jetzigen Ober-Offizial Rotky vom k.k. Gebühren-Bemessungsamt in der Tischlergasse, welcher gerade ein Schreiben seiner Behörde dem Rechnungsbureau der Statthalterei übergeben hat. Und weil man seit einigen Jahren sich kaum noch sieht, so kann man natürlich bei einem flüchtigen Gruß es nicht einfach bewenden lassen, wenn schon der beiderseitige Dienst einen hier zusammenführt. So dringlich kann auf der ganzen Welt überhaupt kein Auftrag sein, daß man nicht wenigstens miteinander ein Wörtl redet: Wie es dem einen geht und dem andern, mitsamt der Familie und den Anverwandten, und was man von dem oder jenem Schulkameraden gehört hat; der kleine Patzelt soll ja in Podiebrad mittlerweile drei Häuser haben; und ob es der arme Brousak, nachdem man vor ein paar Wochen am Magen ihn operiert hat, noch lange machen wird, weiß man nicht; aber der Hentschl-Gustav, der mit dem dünnen Hals und den roten Ohren – also der Gustav, das glaubst du nicht, wie der Kerl sich herausgefressen hat, dort in Holleschitz auf dem Meierhof, als Verwalter beim Fürsten Schwarzenberg, wo er doch damals in

Smichov immer ein solches Krepierl gewesen ist... Jesus Maria! das ist jetzt schon bald an die fünfzig Jahre her, daß der Herr Lehrer Spatzal, Gott hab ihn selig, uns aus der Schule entlassen hat – wie doch die Zeit vergeht, Papouschek, wie doch die Zeit vergeht... Und es möchte natürlich noch viel zum Erzählen geben, da könnt man noch lange hier stehnbleiben auf der Stiege und weiterreden, wenn nicht das dienstliche Pflichtgefühl einen daran hindern täte. Aber wie wär's denn am Samstagabend? Da könnten wir auf ein Bier uns treffen, am besten im Franziskaner, dort gibt's eine Kuttelflecksuppe, mein lieber Rotky, da wirst du staunen – und komm bittschön nicht zu spät, so um halber sieben vielleicht, damit wir genügend Zeit haben und uns nicht hetzen müssen, verstehst du, denn abhetzen muß man sich schon im Dienst genug.

Den Luzifer, welcher in unsichtbarer Gestalt auch der zweiten Depesche gefolgt ist, damit er an Ort und Stelle den weiteren Fortgang der Angelegenheit observieren kann, denn es läßt sich natürlich nicht ausschließen, daß es zu etwelchen Komplikationen kommt, wo man dann rasch und energisch im Sinne der höllischen Interessen eingreifen müssen wird – den Luzifer, wie gesagt, der zur Zeit im Bureau des Herrn Doktor von Wottruba-Treuenfels sich befindet (er hat auf dem eisernen Ofenrohr Platz genommen, und zwar auf dem obersten Knick vor der Einmündung zum Kamin, von wo aus man einen ausgezeichneten Überblick über den ganzen Raum hat, vorausgesetzt, daß man am Hinterteil die nicht unbedeutende Hitze vertragen kann, welche sich da entwickelt) – den Luzifer also, damit wir nicht weiter abschweifen, überkommt mit der Zeit eine immer stärker werdende Ungeduld, da offenbar der Herr Doktor von Wottruba-Treuenfels nicht im mindesten sich darüber beunruhigt zeigt, daß weder der Herr Bezirkshauptmann Freiherr von Webern sich bei ihm einstellt, noch daß der Papouschek ins Bureau zurückkehrt und Meldung erstattet, sondern es scheint, daß man auf der Königlich böhmischen Statthalterei zu Prag sich viel Zeit läßt mit allen Dingen, sogar in den seltenen Fällen von äußerster Dringlichkeit. No, es mahlen die langsamen

Mühlen bekanntlich ja auch, und zuweilen besonders gründlich
– indessen: was hilft das dem Luzifer, welcher kaum noch sich
stillhalten kann auf dem Ofenrohr, weil er schon ganz nervös ist
vom langen Warten! Jedenfalls setzt immer heftiger ihm die
Frage zu, ob es nicht an der Zeit wäre, daß man hier, auf der
Prager Burg, einmal einen tüchtigen Wirbel macht, damit sie
gefälligst, die lahmen Beamtenseelen, in Hinkunft ein bissl
mehr sich dazuhalten möchten im Dienst Seiner Majestät, und
wenn es noch lang dauert, macht er den Wirbel ihnen tatsächlich, das werden sie noch im Ruhestand nicht vergessen, wie er
dann samt und sonders sie aufmischen wird und herumscheuchen auf dem Hradschin, durch sämtliche Räumlichkeiten mit
Einschluß der Gänge, Archive und Treppenhäuser...

Wie aber nunmehr, geschätzter Leser, der Luzifer wirklich
schon fast sich mit seiner Geduld am Ende sieht – da öffnet sich
schließlich, nach vorschriftsgemäßem Anklopfen, doch noch
von außen die Türe zum Präsidialbureau, und vorbei am
Kanzleidiener Papouschek, welcher, die rechte Hand an die
Kappe gelegt, mit der Linken die Klinke hält, kommt der Herr
k.k. Bezirkshauptmann Freiherr von Webern endlich herein,
aber nicht alleine, sondern er hat für den Fall, daß sich
Schwierigkeiten ergeben sollten, aus dienstlicher Vorsorge
seine zwei fähigsten Mitarbeiter gleich mitgebracht, nämlich
die Herren k.k. Bezirkskommissäre Czirnich und Doskočil.

Es möchte bestimmt zu weit führen, wenn man geschätztem
Leser es zumuten wollte, daß wir an dieser Stelle auch nur aufs
ungefährste ins Bild ihn setzen über den insgesamten Aufbau
der k.k. Statthalterei für das Königreich Böhmen zu Prag, mit all
ihren weitverzweigten Geschäftsbereichen und sorgfältig ausgewogenen Kompetenzverhältnissen, sondern es dürfte vermutlich ausreichen, wenn wir uns lediglich auf den Hinweis
beschränken, daß sie, als oberste böhmische Landes-Verwaltungsbehörde, zunächst in achtzehn, mit römischen Ziffern
fortlaufend numerierte Departements sich gliedert, darunter
das Römisch Achte, welchem der Herr Bezirkshauptmann
Freiherr von Webern vorsteht. Und dieses VIII. Departement ist

nicht nur mit einer Reihe von eher nebensächlichen Obligationen befaßt gewesen (so beispielsweise mit der Vergabe von Leierkasten- und sonstigen Bettelmusiklizenzen oder der Konzessionierung von Wandergewerbetreibenden, also von Rastelbindern und Korbflechtern in der Hauptsache), sondern als oberster königlich böhmischer Polizeibehörde obliegt ihm zugleich auch die Weisungsbefugnis über das k.k. Gendarmeriewesen für das gesamte Königreich, unter Einschluß von Landesstreifungen: was vermutlich den Ausschlag dazu gegeben hat, daß der Herr Hofrat den Freiherrn von Webern sich haben kommen lassen in dieser Sache – zumal ja das Römisch Achte darüber hinaus auch noch zuständig ist für die Fremdenbehandlung, das Paßwesen und den Einsatz der k.k. Grenzzoll-Kontrollsbeamten in ihrer Funktion als Grenz-Polizeiorgane.

Es hat unterdessen bereits der Herr Doktor von Wottruba-Treuenfels den drei obenerwähnten Herren die allerhöchste Depesche im Wortlaut bekanntgegeben, was selbstverständlich in stehender Haltung vonstatten gegangen ist, wie sich das gehört; dann hat er mit einer freundlichen Handbewegung sie aufgefordert zum Platznehmen am Beratungstisch in der Ecke unter dem Kaiserbild, und es entwickelt sich nunmehr zwischen den Vieren ein kurzes, jedoch (und dies nicht zuletzt für den Luzifer) äußerst zufriedenstellendes Dienstgespräch, in dessen Verlauf man schon bald sich darüber einig wird, daß es bezüglich der hier in Frage stehenden Ausländer, welche mit einem Esel von Bethlehem nach Ägypten wandern, ganz ohne jeden Zweifel die einfachste Lösung wäre, wenn man sie gar nicht erst über die Grenze des Königreichs Böhmen hereinkommen lassen möchte; aber natürlich, es könnte ja vielleicht sein, daß sie längst herinnen sind – und was dann?

No ja, hat der Freiherr von Webern zu dieser Befürchtung gemeint, es muß ja nicht automatisch von allen denkbaren Möglichkeiten immer gerade die ungelegenste eintreten: also warum sich darüber Gedanken machen, bevor man konkret sich dazu veranlaßt sieht? Jedenfalls möchte er vorschlagen, daß man zunächst auf die Maßnahmen an der Grenze sich konzentrieren soll, und wenn es Herrn Hofrat recht ist, so möchte er nunmehr die Herren Bezirkskommissäre darum ersuchen, daß sie Entsprechendes ihnen zum Vortrag bringen.

Wie er das kaum gesagt hat, da hat auch schon der Herr Doskočil sich geräuspert und hat den Entwurf einer diesbezüglichen Anweisung an das Grenzzoll-Kontrollspersonal ihnen vorgelegt, den hat er sich in der Zwischenzeit fix und fertig notiert gehabt, so daß der Herr Hofrat ihn bloß noch genehmigen brauchen, dann kann er sofort hinausgehen; und der Herr Czirnich ist gleichfalls nicht faul gewesen, sondern er präsentiert ihnen eine eilends erstellte Liste von sämtlichen an die Lausitz grenzenden k.k. Finanzwach-Kontrollsbezirken mit den dazugehörigen Zollämtern I. und II. Klasse sowie eine systematische Übersicht, wie man denselbigen telegraphisch, per Telephon oder sonstwie auf schnellstem Wege die vom Kollegen Doskočil konzipierte Anweisung übermitteln kann – und wenn man sogleich mit der Durchgabe anfängt, bemerkt er gehorsamst, so möchte man unter Umständen diesen Abend vielleicht noch den Großteil der vorgesehenen Adressaten damit erreichen können, aber bis morgen früh dann vermutlich auf jeden Fall auch den allerletzten noch.

Der Herr Doktor von Wottruba-Treuenfels, welcher von soviel Umsicht und Eifer der Herren Bezirkskommissäre nicht unerheblich beeindruckt gewesen ist (aber das läßt er natürlich bloß andeutungsweise sich anmerken, weil man aus prinzipiellen Gründen mit Zeichen des Lobes sie nicht verwöhnen darf), geht den Entwurf und die Liste noch einmal der Ordnung halber mit ihnen durch, und dann sagt er: »No alsdann, probieren wir's, bittschön, auf die von Ihnen zum Vorschlag gebrachte Weise – ich werd' Sie jetzt, meine Herren, nicht länger aufhalten.«

Der Luzifer ist begreiflicherweise nicht wenig darüber erfreut gewesen, daß alles wieder so hübsch in Bewegung gekommen ist, ohne die mindeste Nachhilfe seinerseits, und so eilt er zugleich mit den Herren vom Römisch Achten zur Tür hinaus, nämlich er möchte darauf ein Auge haben, daß sie ihm ja keinen Pfusch machen in der bewußten Sache, welche nun endlich, so hofft er, zu dem gewünschten Erfolg sich wird bringen lassen:

das wär' ja gelacht, wenn ihm jetzt noch mit seinem Plan was danebengeht!

Der Herr Dr. von Wottruba-Treuenfels ist jedoch diesbezüglich nicht frei gewesen von einer gewissen Skepsis; er hat vom Kanzleidiener Papouschek einen Mokka sich bringen lassen, und während er davon nippt: was sagt er in Anbetracht alles dessen, was möglicherweise ihm noch bevorsteht in dieser schwierigen Angelegenheit? »Papouschek«, sagt er, »es ist schon ein Kreuz, daß man ausgerechnet durchs Königreich Böhmen muß, wenn man von Bethlehem nach Ägypten will! Was meinen S', wieviel uns erspart bleiben möcht', wenn das anders wär'...«

Kapitel Numero vier

welches die Flucht von Bethlehem durch die Lausitz zum Inhalt hat, auf die böhmische Grenze zu, bei welcher Gelegenheit uns die Sieben Raben begegnen werden, nicht zu vergessen den kleinen Tschörner mit seinem Himbeersaft.

Was der Luzifer macht, macht er gründlich, und deshalb gibt er sich nicht zufrieden mit dem, was er alles schon gegen das liebe Jesulein in die Wege geleitet hat, nein! er will lieber zweimal auf Nummer Sicher gehen als einmal das Nachsehn haben; und da er in Prag den Eindruck gewonnen hat, daß er fürs weitere dort entbehrlich ist, so begibt er sich nunmehr vom Moldaustrand in die Lausitz hinüber, was ihm ja keinerlei Mühe verursacht, weil er – wir sollten es nicht vergessen – der Böse Geist ist. Und auch von ihm gilt das Wort, daß er weht, wo er wehen will.

Um diese Jahreszeit, kurz nach Weihnachten, liegt für gewöhnlich viel Schnee in der Lausitz, je näher zur böhmischen Grenze hin, desto mehr, und damals, in jenen Wintertagen, ist das nicht anders gewesen. Dem Jesulein zwar und der Muttergottes haben der Schnee und die Kälte nichts ausgemacht, weil sie warm verpackt auf dem Rücken des Esels gesessen sind; aber dem heiligen Josef ist's ganz hübsch kalt gewesen – und nicht nur das! Nämlich vom Stapfen im Schnee, von der mühsamen Tschapperei auf den glatten Straßen und überhaupt von dem weiten Weg, den sie hinter sich gebracht haben, sind ihm die Füße lahm und die Sohlen schwer, so daß er am liebsten im nächsten Wirtshaus sich an den Ofen setzen und rasten möchte: Zum Aufwärmen, denkt er sich, wäre vielleicht ein Stamperle Schnaps nicht schlecht... oder eine Biersuppe... oder beides... Und jedesmal also, wenn sie an einem Kretscham vorbeikommen, zieht es ihn wie mit Stricken hin, und wäre der Esel nicht, welcher ihn seinerseits davon weg- und beharrlich weiterzerrt: wer weiß, ob der heilige Josef aus eigener Kraft in der Anfechtung möchte standhaft geblieben sein, was ihm verständlicherweise von Kretscham zu Kretscham nicht eben leichter gefallen ist.

Der Luzifer, wie er nun in die Lausitz kommt, braucht nach den bethlehemitischen Wandersleuten nicht lang zu suchen, sondern er fegt auf der Straße von Bischofswerda zur böhmischen Grenze dahin – und schon, in der Gegend von Schirgiswalde, am Rand eines zugefrorenen Weihers, hat er sie eingeholt. Doch beim Anblick des lieben Jesuleins in den Armen der Muttergottes, da packt ihn die große Wut, und es wird ihm so heiß davon, daß das Eis auf dem Weiher zu schmelzen anfängt, der Schnee auf der Straße zerrinnt, und der heilige Josef bemerkt mit Erstaunen, daß es ihm nicht mehr kalt an die Nase ist, und er fühlt sich mit einem Male auch sonst recht warm: Wie nach dem Genuß einer heißen Biersuppe fühlt er sich, bloß mit dem Unterschied, daß man von Biersuppe müde wird, hauptsächlich in den Füßen – jetzt aber hat der heilige Josef sich eher erfrischt gefühlt. Jedenfalls schlägt er den Mantelkragen zurück, und »Vorwärts!« ruft er dem Esel zu, »machen wir, daß wir zur böhmischen Grenze kommen!«

Dem Luzifer wird es erst jetzt bewußt, daß je größer sein Zorn auf das liebe Jesulein, desto schlimmer für ihn. Und so trachtet er seine Wut in Grenzen zu halten, wenigstens für den Augenblick, denn er möchte der Flucht nach Ägypten ja keinesfalls Vorschub leisten, wo er doch eigens zum Zwecke ihrer Verhinderung in die Lausitz gekommen ist. Vielleicht ist es sogar ratsam, sagt er sich, wenn er nun ein paar Meilen vorauseilt und auf dem k.k. Zollamt von Hielgersdorf nach dem Rechten sieht; nämlich man kann unterdessen es unschwer sich ausrechnen, wo dieser Josef mit seiner Mischpoche die Grenze des Königreichs Böhmen erreichen wird.

Wie aber sich herausstellt, hat der Herr k.k. Finanzwach-Oberaufseher Schübl, welcher an diesem Abend im Zollhaus von Hielgersdorf Dienst tut, bis dahin noch überhaupt keine Ahnung von irgendwelchen speziellen Befehlen aus Prag gehabt, was dem Luzifer vollkommen unerklärlich ist – oder sollte es hierorts sich ausgerechnet um eines von jenen wenigen Ämtern handeln, wo der Herr Czirnich gemeint hat, daß man sie möglicherweise erst morgen früh erreicht? No, es hätte der oberste Oberstteufel von allen am liebsten sich wieder einmal vor Wut in den eigenen Schwanz gebissen, wenn er nicht gleichzeitig möchte erkannt haben, daß er sich jetzt was einfallen lassen muß, wie man vielleicht den Fehler im letzten Augenblick noch beheben kann; und so ist er auf einen ebenso schlauen wie naheliegenden Plan verfallen, bei dessen Vollzug er sich eines Hilfsmittels der modernen Technik bedienen wird.

Nämlich es ist noch nicht lange her, da hat man die k.k. Zollgrenzstationen im Schluckenauer Bezirke mit provisorischen Fernsprechanschlüssen ausgestattet, so daß man sie seitens der k.k. Finanzwach-Kontrolls-Bezirksleitung jederzeit telephonisch erreichen kann, falls nicht gerade, worauf man natürlich gefaßt sein muß, die Leitungen unterbrochen sind respektive die Hör- und Sprechapparate einen Defekt haben.

No, der Luzifer braucht um Defekte sich nicht zu scheren; er läßt voller Tücke im Zollhaus von Hielgersdorf plötzlich das Telephon läuten, und sobald sich der Schübl-Finanzer meldet, sagt er zu ihm mit der Stimme von Schübls Vorgesetzten, des Herrn k.k. Finanzwach-Bezirkskommissärs Hallwich aus Schluckenau: »Schübl«, sagt er zu ihm durchs Telephon, »tun Sie mir heute besonders gut aufpassen an der Grenze! Es ist nämlich ein Aviso gekommen, daß man versuchen wird, heute nacht einen männlichen Säugling nach Böhmen hereinzupaschen – und das bei Hielgersdorf.« Hierauf gibt er dem Schübl eine genaue Beschreibung vom heiligen Josef, der Muttergottes, dem lieben Jesulein und dem Esel, wobei er ihm einschärft, daß es um höchst kriminelle Subjekte sich handelt bei den in Frage stehenden Individuen – und sollten sie auf der Grenze sich noch so harmlos geben: Das ist Verstellung und weiter gar nix. In Wirklichkeit, sagt er, darf man sich nicht erweichen lassen, und wenn sie ihm unter die Augen kommen, hat sie der Schübl sofort in Verhaft zu nehmen und einzusperren, bis man ihm weitere Instruktionen erteilen wird.

»Zu Befehl!« hat der Schübl-Finanzer gesagt, und er hat sich zwar bissl verwundert darüber, weil es ihm aus dem Telephonhörer plötzlich nach Schwefel entgegengestunken hat; aber dann hat er gemeint, das möchte vielleicht ein Fehler im Apparat sein, und weiter hat er sich nichts gedacht dabei. Vielmehr hat er abgeklingelt und ist vor die Türe gegangen und hat sich davon überzeugt, daß der Schlagbaum geschlossen ist, wie sich das gehört; und weil es schon langsam dunkel geworden ist, hat er das Licht in der großen Laterne über der Türe vom Zollhaus angesteckt, und danach ist er wieder hineingegangen ins Warme und hat sich, den Karabiner griffbereit, an das Fenster gesetzt; und nun hat er hinausgeschaut, durch ein Guckloch, welches er in den Eisblumen auf der Scheibe sich freigehaucht hat: No, und so hat er die Grenze des Königreichs Böhmen bewacht und geduldig darauf gewartet, bis er die avisierten Personen festnehmen können wird.

Und der Luzifer, wie er ihn so auf dem Posten hat sitzen und warten sehen, da hat er bei seinem Anblick die Überzeugung gewonnen, daß er von höllischer Seite nun alles, aber auch wirklich alles getan hat, was man in dieser Sache hat tun können; und er fühlt sich mit einem Mal ziemlich müde und abgespannt, und es ist ihm auch elend kalt gewesen vom langen Aufenthalt an der Oberwelt, was ihm erst jetzt, nach getaner Arbeit, so recht bewußt wird. Deshalb entschließt er sich guten Gewissens dazu, vorläufig in die Hölle zurückzukehren, wo er sich erst einmal tüchtig aufwärmen will und ausschlafen auf dem Flammenrost, denn eigentlich kann in der Zwischenzeit ja hier oben ihm nix mehr schiefgehen, sagt er sich – aber da wird er, geschätzter Leser, sich umschaun dürfen, wie schief ihm das trotzdem gehn wird!

Es war aber in der Lausitz drüben, sobald sich der Oberste aller Teufel von dannen nach hinnen begeben hatte, im Handumdrehn wieder so bitterlich kalt geworden, daß es dem heiligen Josef beinahe den Atem verschlagen hat, und geschwind muß er seinen Mantelkragen aufs neue hochklappen, weil es ihn stark an die Ohren friert, und es reicht ja schon, wenn der Frost einen in die Nase zwickt. Wie häufig bei einer solchen Witterung, wenn auf Tauwetter rasche Kälte folgt, haben sich über den Teichen und Bächen Nebel zusammengebraut: Die kriechen nun aus den Niederungen empor, aus Tälern, Mulden und Wassergräben, und schieben sich schwadenweise über die Straße, bald dünner, bald dichter, und manchmal kommt sich der heilige Josef vor, als möchte man einen Mehlsack ihm übergestülpt haben, noch dazu einen nassen. Dann sieht er mit seinen Augen die eigenen Füße nicht, und ohne den Esel, welcher den Weg ihnen weist (denn selbstverständlich verlieren Erzengel selbst im dichtesten Nebel die Orientierung nicht), ohne den Esel, da wäre er mit den Seinen vermutlich noch lange am Rande der Lausitz umhergeirrt.

So aber kommen sie ganz schön vorwärts, obgleich es inzwischen Abend geworden ist, und immer wenn sich der Nebel ein bissl lichtet, merken sie, daß der Mond scheint. Es ist dann die Welt, soviel sich davon erkennen läßt, wie in Buttermilch eingetaucht, und der heilige Josef mit der Familie schreitet hindurch wie weiland der Erzvater Moses mit dem Volk Israel durch das Rote Meer – bloß mit dem Unterschied, daß dem Volk Gottes seinerzeit, beim Durchschreiten des

Meeres, niemand den Weg gekreuzt hat; jetzt aber, ziemlich nahe der böhmischen Grenze bereits, taucht plötzlich zur rechten Hand, hinter einer Zeile verschneiter Fichten, eine mit einer großen Hocke bepackte Gestalt hervor, welche der heilige Josef beim ersten Hinsehn für einen Mohren hält, aus dem Troß der Dreikönige etwa. (Es hätte ja sein können, daß er im Nebel den Weg verfehlt hat, oder vielleicht hat er einen Fuß sich verknackst, und nun hinkt er den anderen hinterher.) Doch nein, keine Rede von einem Mohren! – sondern es handelt sich um den Kniesche-Schuster aus Nixdorf, welcher mit Ofenruß das Gesicht sich vollgeschmiert hat, wie er es immer tut, wenn er paschen geht, damit in der Dunkelheit die Finanzer ihn nicht erkennen, falls sie ihn auf der Grenze anrufen und er vor ihnen weglaufen muß, was ihm schon hin und wieder passiert ist in zwanzig Jahren. Und niemals hat man ihm hinterher etwas nachweisen können, bloß leider ist er ein paarmal gezwungen gewesen, daß er die Hocke wegschmeißt, sonst hätten ihn die Finanzer eingeholt, und das ist in der Regel für einen Pascher Unglück genug, denn bis die verlorene Ware wieder herein ist, muß er ein Vierteljahr praktisch umsonst paschen, ohne jeden Gewinn dabei.

Anfangs hat Kniesche das Paschen auf eigene Faust betrieben, auf eigene Rechnung und eigenes Risiko. Später hat er sich dann mit den beiden Knoblichen und den Gebrüdern Wünsche zusammengetan (das sind ihrer viere gewesen), und alle sieben haben von jetzt an gemeinsame Sache gemacht. Ob Gewinn, ob Verlust, das alles ist seither zu gleichen Teilen gegangen, womit sich das materielle Risiko für den einzelnen stark vermindert hat, das ist klar; und es bringt ja auch sonst die gemeinsame Pascherei manchen Vorteil mit sich, zum Beispiel bezüglich der leiblichen Sicherheit, daß man nicht, wenn man Pech hat und bricht sich den Fuß, im Wald draußen an der Grenze liegenbleibt und womöglich erfrieren muß, wie es mit Gahlers Sefflei vergangenen Winter geschehen ist; oder wenn von den »Sieben Raben«, wie man sie bald genannt hat, beim Paschen einer erwischt werden möchte, was Gott verhüte: so müßte er seine Frist auf dem eigenen Hintern zwar absitzen, da hilft alles nix!

– aber es werden in dieser Zeit die sechs anderen weiterpaschen, und bis er auf freien Fuß kommt, da werden sie von den inzwischen erzielten Gewinnen ein Siebentel seiner Familie auszahlen, das ist abgemacht.

Der heilige Josef hat keine Ahnung davon, daß der Kniesche-Schuster ein Pascher ist. Pascher gibt es bei ihnen zu Hause weder in Nazareth noch in Bethlehem, und so können sich er und die Muttergottes nur wundern, wie nun mit einem Mal auch die beiden Knobliche und die Gebrüder Wünsche hinter der Fichtenzeile hervorstapfen, alle schwarz im Gesicht wie Kniesche, und jeder von ihnen schleppt sich mit einer großen und schweren Hocke ab. Darin haben sie in der Hauptsache Schnaps und Tabak verstaut gehabt, nebst ein paar kleineren Posten an englischen Nähnadeln, Waschblau, Salpeter und Speisesalz, nicht zu vergessen diverse Sorten von Garn, namentlich türkischrotes, woran sich per Kilo ein halber preußischer Taler verdienen läßt, denn es hat Seltenheit und ist allseits begehrt in Böhmen.

Der Winter ist für die Pascherei keine gute Zeit, da muß man sich an die gebahnten Wege halten, sonst könnte man steckenbleiben im Schnee; und die gebahnten Wege, so schmal sie sein mögen, lassen sich von den Organen der k.k. Finanzwach-Kontrollsbehörde mit Leichtigkeit unter Observation halten. Also muß man sich etwas ausdenken, wie man den Zollbeamten ein Schnippchen schlägt, und so haben die Sieben Raben an diesem Abend den kleinen Tschörner aus Hainspach vorausgeschickt an die Grenze, ein schwächliches Männl, das sich zum Paschen nicht eignet, es möchte mit einer richtigen Hocke kaum hundert Schritte weit kommen – aber zum Vorpaschen kann man ihn gut gebrauchen, den kleinen Tschörner. Nämlich er trägt einen Buckelkorb auf dem Rücken, mit einem hölzernen Schnapsfaß drin, und das Schnapsfaß, hehe, ist mit Himbeersaft angefüllt. Damit geht nun der kleine Tschörner zum Hutberg voraus, auf ebendem Schlittenweg, welchen auch Kniesche mit seinen Kumpanen heute benützen will. Wenn dann an diesem Weg ein Finanzer lauert, so wird er den kleinen Tschörner abfangen, weil er meint, daß er Schnaps pascht, und wird ihn zum Zollhaus von Hielgersdorf bringen, damit man ein Protokoll schreiben und ihn einsperren kann; und dort wird sich dann alles aufklären, weil das Paschen von Himbeersaft nicht verboten ist, Gott sei Dank noch nicht! – und daß Tschörner bloß deshalb den Himbeersaft über die Grenze gebuckelt hat, weil er auf diese Weise den Weg für die Sieben Raben hat freipaschen wollen: Das wird man ihm nie beweisen können, auch wenn sich vielleicht ein diesbezüglicher Argwohn nicht ganz von der Hand weisen lassen wird.

Der kleine Tschörner mag Kniesche und seinen Leuten etwa um fünf Minuten voraus gewesen sein, und sie müssen natürlich achtgeben, daß sie den Abstand nicht allzu groß werden lassen – da stoßen sie jetzt also, wie sie die Straße nach Hielgersdorf überqueren wollen, auf diese Fremden mit ihrem Esel. Das ist ihnen gar nicht recht, und man kann das sogar verstehen, von ihrem Standpunkt aus, denn wer sagt ihnen denn, daß die Wandersleute sie nicht verraten werden beim Zoll – und wenn sie's aus Dummheit tun.

Es möchte vielleicht am besten sein, denkt sich der jüngere Knobloch, wenn man den beiden zunächst einen tüchtigen Schrecken einjagt, und hinterher läßt man sie einen heiligen Eid schwören, daß sie von der Begegnung mit ihnen zu keiner Menschenseele ein Wort verlieren werden, besonders nicht auf dem Zollamt von Hielgersdorf. Und es scheint, daß die andern in dieser Sache genauso denken, denn ohne daß jemand ein Wort zu sagen braucht, wissen sie, was sie tun müssen: Sie umstellen die Fremden im Halbkreis und fassen die Stecken fester, und gleich wird der jüngere Knobloch vortreten, auf den heiligen Josef zu, und dann wird er ihn mit der Linken vorne am Mantel packen und wird ihm den Stecken unter die Nase halten, und: »Keinen Mucks!« wird er sagen, der junge Knobloch, »sonst geht's euch ans Leder!« Aber es kommt nicht so weit; vielmehr in dem Augenblick, wo der jüngere Knobloch den heiligen Josef packen will, blickt ihn die Muttergottes an, unterm Kopftuch hervor – aber nicht nur ihn blickt sie an; sondern jeder von ihnen, der Kniesche auch, und der ältere Knobloch, und die Gebrüder Wünsche: sie fühlen sich alle angeblickt, jeder zur gleichen Zeit und für sich alleine. Und nicht nur wissen sie jetzt mit einem Mal ganz bestimmt, daß die Fremden sie nicht verraten werden, sondern es überkommt sie zudem eine wunderliche Verlegenheit, gleichsam als stünden sie in der Kirche und hätten die Hüte versehentlich aufbehalten. Und schließlich, nach einer Weile, spricht Kniesche aus, was sie alle denken: »Seid ock ne biese«, sagt er, »es war ne asu gemeent.«

Dann treten sie mit den Hocken zur Seite und geben die Straße nach Hielgersdorf wieder frei, und sie können natürlich nicht wissen, daß auf dem Esel die Muttergottes an ihnen vorbeireitet; und das Wickelkind, das sie im Arm hält, unter dem Bausch des Mantels: wie hätten sie ahnen sollen, daß es der liebe Heiland ist? Dennoch, so haben sie später berichtet, sind sie für eine Weile dagestanden wie in der Sonne und haben sich merkwürdig fromm und beglückt gefühlt – wie damals als Kinder, wenn in der Nacht das Christkindl dagewesen ist, und sie haben am Morgen des Weihnachtstages die Äpfel und Nüsse und Hutzelbirnen gefunden, mit welchen es sie beschert hat.

Der kleine Tschörner ist mittlerweile längst auf der Grenze gewesen – und richtig! es hat dort, versteckt hinter einem Reisighaufen, der Herr k.k. Finanzwach-Unteraufseher Josef Behounek auf der Lauer gelegen. Der hat nicht viel Federlesens gemacht mit dem kleinen Tschörner, denn erstens ist er ein junger und eifriger Mensch gewesen, und zweitens hat es ihn jämmerlich an die Pflöckln gefroren, hier draußen bei dieser Hundekälte, und dann noch stundenlang hinterm Reisig hokken... Er hat also freudigen Herzens zugegriffen, wie ihm der kleine Tschörner da akkurat in die Hände läuft, und Tschörner, obgleich er ja damit hat rechnen müssen, ist so verdutzt von dem Anruf »Stehnbleiben, oder ich schieße!«, daß er selbst dann, wenn er's ernstlich möchte gewollt haben, kaum noch dem Behounek hätte weglaufen können, sondern er hat sich bereitwilligst festnehmen lassen von ihm, und dann sind sie miteinander nach Hielgersdorf abmarschiert: der Tschörner voraus und der Behounek hinterdrein, das Gewehr im Anschlag.

Und keiner von beiden hat einen blassen Schimmer davon gehabt, daß sie in dieser Sache aufs allerpünktlichste nach den Plänen der himmlischen Vorsehung sich verhalten haben.

Nämlich die Straße nach Hielgersdorf macht um den Hutberg herum einen weiten Bogen, bevor sie zur Grenze führt, und demzufolge treffen der Behounek und der kleine Tschörner beträchtlich früher beim dortigen Zollhaus ein als die heiligen Wandersleute aus Bethlehem.

»Oho!« staunt der Schübl-Finanzer, wie ihm der Behounek mit dem Tschörner hereinrumpelt. »Soll das am Ende ein Pascher sein, den Sie mir da geschleppt bringen?«

»Melde, daß ja«, sagt der Behounek stolz und berichtet ihm, wie er den kleinen Tschörner am Hutberg geschnappt hat.

»Mit was?« fragt der Schübl.

»Mit Schnaps«, sagt der Behounek.

Jetzt ist der Augenblick da, auf den Tschörner gewartet hat. »Schnaps?« ruft er ganz entrüstet. »Sie wer'n doch ne glauben, Herr Oberaufseher, daß ich – und täte Schnaps paschen!«

»Nei-iin?« fragt der Schübl gedehnt und deutet dabei auf das hölzerne Fassl aus Tschörners Buckelkorb, welches der Behounek auf den Tisch vor ihn hingestellt hat. »Was ham Sie denn dann hier drinne?«

»Ach, wissen Sie«, gibt ihm der Tschörner darauf zur Antwort, »da drin hab ich nämlich Himbeersaft.«

»Waaas?« fährt der Schübl ihn an und packt ihn bei seiner Joppe, wie vorhin der jüngere Knobloch den heiligen Josef hat packen wollen. »Sie glauben wohl, daß ich blöd bin, ja? Da wer'n Sie sich einen Blöderen suchen müssen wie mich, für den Himbeersaft – und da können Sie lange suchen, Sie Lügenschüppl, Sie!«

Damit läßt er von Tschörner ab, und nun langt er sich einen Becher vom Wandbrett neben der Türe herunter, den füllt er zu einem Drittel aus dem bewußten Fassl, dann schnuppert er prüfend daran herum – und dann kostet er. Und es ist seiner Miene anzumerken, daß er sich vom Ergebnis der Probe keineswegs überrascht fühlt.

»Wenn Sie das Himbeersaft nennen«, sagt er zum kleinen

Tschörner, »dann will ich ein Mameluck sein. Das wer'n Sie mir doch nicht weismachen wollen, daß das kein Schnaps is!«

»Bittschön«, erwidert der kleine Tschörner, »das is kein Schnaps.«

»Was Sie nicht sagen!« Der Schübl zeigt sich belustigt von Tschörners Erwiderung. »Vielleicht bin ich wirklich so blöd, daß ich Schnaps nicht von Himbeersaft unterscheiden kann. Aber wir haben ja Gott sei Dank noch den Behounek hier – und Sie wer'n uns das, Behounek, dienstlich nachkontrollieren, ja?«

Der Behounek trinkt nun seinerseits aus dem Becher – und wie er ihn absetzt, da sagt er mit einem Achselzucken, daß es ihm schrecklich leid tut, und der Herr Oberaufseher wird ihm das hoffentlich nicht für übel nehmen, aber bei einer dienstlichen Nachkontrolle darf man natürlich bloß das sagen, was man tatsächlich feststellen können hat – und feststellen kann der Behounek nur: »Das ist Himbeersaft.«

»Blödsinn!«

Der Schübl zapft eine weitere Kostprobe aus dem Fassl ab: Und diesmal, er traut seinem eigenen Gaumen nicht, muß er dem Behounek leider recht geben.

»Also, wie man sich täuschen kann!« sagt er kopfschüttelnd. »Tun Sie mir, Behounek, bittschön den Rest von dem Zeug da wegschütten.«

Wie nun der Behounek aber den Becher nimmt und damit hinausgehen will auf den Abtritt, da stutzt er mit einem Mal – und er kann sich nicht helfen, aber nach Himbeersaft riecht das Neigl im Becher nicht; darum kostet auch er noch einmal, und jetzt muß er seine vorhinige Feststellung revidieren: »Herr Oberaufseher!« ruft er. »Wir müssen uns alle beide getäuscht haben – es ist wirklich Schnaps.«

No, der Schübl das hören – und her mit dem Becher! und gleich eine nächste Kostprobe aus dem Tschörnerschen Fassl abgefüllt: Und bei ihm ist es diesmal *auch* Schnaps, aber beim Behounek wieder Himbeersaft! Und sie können es anstellen, wie sie wollen: es bleibt dabei, daß sie auch bei den weiteren Proben und Gegenproben stets zu konträren Ergebnissen kommen, bald so und bald so – und es will ihnen nicht in den Kopf hinein, wie man aus ein und demselben Behälter abwechselnd Schnaps und Himbeersaft trinken kann. Wir aber ahnen natürlich, geschätzter Leser, was mit dem Inhalt von Tschörners Fassl geschehen ist; nämlich es scheint, daß man auf der Gegenseite über den Mißbrauch längst schon im Bilde gewesen ist, welchen der Luzifer mit dem Telephon sich geleistet hat – und nun sorgt man auf diese Weise dafür, daß er dennoch das Nachsehen haben wird.

Nämlich es übt auf die beiden Finanzbeamten der reichlich in Wahrnehmung ihrer dienstlichen Pflichten genossene Schnaps seine Wirkung aus, und wie dann der heilige Josef mit der Familie vor dem Zollhaus von Hielgersdorf anlangt, da haben der Behounek und der Schübl zwar immer noch nicht ergründen können, was denn nun wirklich der kleine Tschörner über die Grenze hat paschen wollen; aber sie sind schon hübsch angedudelt gewesen, die zwei. Und nicht nur macht es dem Schübl Mühe, ans Fenster zu kommen, nachdem er den heiligen Josef hat klopfen hören, sondern er hat auch bereits die am Telephon ihm erteilte Order bezüglich Festnahme eines gewissen männlichen Säuglings und dessen Begleitung total verschwitzt gehabt.

Der heilige Josef hat schon die Reisepässe bereitgehalten (und hoffentlich, denkt er, bekommen sie wegen dem fehlenden Eintrag vom lieben Jesulein keine Schwierigkeiten) – da öffnet der Schübl von drinnen die Fensterklappe und läßt sich die Pässe hereingeben. Damit kehrt er nun an den Tisch zurück, wo er bereits vom Behounek mit der nächsten Probe im Becher erwartet wird, und statt mit den Dokumenten der Reisenden vor dem Zollhaus sich zu beschäftigen, gibt sich der Schübl erneut mit dem Behounek der Kontrolle der Tschörnerschen Konterbande hin.

Tschörner selbst hat dem Treiben der beiden Finanzer mit wachsendem Staunen zugeschaut. Er kann sich nicht denken, was eigentlich dieses seltsame Hin und Her mit dem Himbeersaft und dem Schnaps bedeuten soll, aber er findet es schon sehr spaßig, das muß er zugeben; und zum Schluß, wie der Behounek dann vom Stuhl fällt, so schrecklich besoffen ist er, und wie auch der Schübl sich nicht mehr halten kann, sondern er kippt wie ein Plumpsack nach vorn, mit dem Kopf auf die Reisepässe, welche vor ihm auf dem Tisch liegen, und es fängt der Herr Oberaufseher mit dem Herrn Unteraufseher um die Wette zum Schnarchen an – da sagt sich der kleine Tschörner, daß es bestimmt nicht verkehrt sein möchte, wenn er sich jetzt mit Fassl und Buckelkorb aus dem Staube macht, damit man ihm hinterher nix beweisen kann. (Aber es werden der Behounek und der Schübl sich ohnehin fragen müssen, ob es nicht klüger sein möchte, wenn sie die ganze Geschichte auf sich beruhen lassen, denn glauben wird man sie ihnen eh nicht!) Und also macht sich der kleine Tschörner davon: Unter Mitnahme seiner Sachen verschwindet er aus dem Zollhaus von Hielgersdorf durch die Hintertüre; und alles in allem darf er mit dem Verlauf des heutigen Abends zufrieden sein, denn längst sind die Sieben Raben mit ihren Hocken ins Böhmische einpassiert, und ihm selber kann man nix anhängen seitens der k.k. Grenzzoll-Kontrollsbehörde.

Aber die heiligen Wandersleute aus Bethlehem stehen noch immer da, an der vorderen Türe des Zollhauses neben dem Fenster, und die Herausgabe ihrer Reisepässe läßt auf sich warten und warten, bis sie allmählich befürchten müssen, daß man sie nicht hereinlassen will ins Königreich Böhmen. Und wenn auch der heilige Josef ein paarmal ans Fenster klopft, das ist alles umsonst – und sie wissen sich keine Hilfe, weil ja der Schlagbaum heruntergelassen ist, und als redlichen Leuten, welche sich an die Gesetze halten, bleibt ihnen keine andere Wahl, als daß sie sich Gottes Ratschluß anheimstellen, und sie sagen sich: Wie es kommen soll, wird es kommen – und wie es kommt, wird es für sie richtig sein.

Kapitel Numero fünf

welches in einem abseits der Straße gelegenen Kirchlein sich zuträgt, unweit von Seigersdorf, woselbst eine große Huldigung sich ereignet, wie sie das Königreich Böhmen in tausend Jahren noch nicht erlebt hat.

Der Nebel hat sich inzwischen gelichtet, der Mond scheint nun hell und klar auf die Erde hernieder, er taucht sie in blaues und weißes Licht, und der Frost zieht an, und die Sterne funkeln am Firmament – da hören die biblischen Wandersleute von ferne ein leises Klirren und Klingeln, ein Pferd schnaubt, ein Sattel knirscht, und jenseits des Schlagbaums, die Straße herauf, kommt von drüben ein Reiter herangesprengt: hoch und hell ist er, ganz in Eisen gewandet, ein Kronreif ziert ihm den Helm, im Schild führt er einen schwarzen Adler, gegürtet ist er mit einem Schwert und gewaffnet mit einer Lanze, die hat eine Spitze aus Gold, und das Fähnlein an ihrem Schaft ist von roter Seide, mit einem Kreuz bestickt. Er kommt auf sie zugeritten, am Schlagbaum pariert er das Roß, und es kostet ihn bloß einen Wink mit der Hand, da hebt sich vor ihnen die Schranke empor – und frei ist der Weg nach Böhmen hinein für sie.

Nämlich der heilige Herzog Wenzeslaus selbst hat die Grenze ihnen geöffnet, der Schutzpatron Böhmens, Glaubenszeuge und Märtyrer, welchen der leibliche Bruder damals erschlagen hat, hinterrücks, an der Kirchentür zu Alt Bunzlau: Nun schwingt er sich aus dem Sattel und beugt in den Schnee das Knie vor dem lieben Jesulein und der Muttergottes: »Hospodin«, sagt er, »pomiluj ny – Herr, erbarme dich über uns« (und er spricht in der alten böhmischen Sprache zu ihnen, aber sie können ihn gut verstehen, das wundert sie keineswegs, auch den heiligen Josef nicht), und er bittet sie um den Segen des Herrn, und dann reitet er leuchtend vor ihnen her in das silbrig schimmernde Land hinein – bis sie nach einer Weile zu einem kleinen, abseits der Straße gelegenen Kirchlein kommen, unweit von Seigersdorf. Dort erwarten sie am Portal schon die seligen Frauen Ludmila und Zdislawa mit den Heiligen Johann von Nepomuk, Prokop und Adalbert nebst verschiedenen weiteren böhmischen oder im Königreich Böhmen besonders verehrten Heiligen, welche sich höchsten Orts die spezielle Gnade erwirkt haben, daß sie für eine Nacht lang der Muttergottes, dem lieben Jesulein und dem heiligen Josef Herberge geben dürfen in ihrem Land.

Das Kirchlein ist festlich erhellt gewesen von Kerzen und Seelenlichtern, die haben es wohnlich und warm gemacht, und wie sie es nun betreten, die hohen Gäste, da sinken die lieben böhmischen Heiligen alle vor ihnen ins Knie und verneigen sich tief und inbrünstig. Und der heilige Klemens Maria Hofbauer, welcher in jungen Jahren ein Bäckergeselle gewesen ist, reicht zum Empfang ihnen Brot und Salz dar auf einem Teller von Fichtenholz, während der Erzdechant Wenzel Hocke aus Ober Politz, alias der im Königreich Böhmen für seine Streiche und spaßigen Redensarten weithin bekanntgewordene Hockewanzl, sich um den Esel annimmt: unter dem Aufgang zur Kanzel hat er ein Lager von Stroh ihm zurechtgemacht, und er hat auch dafür gesorgt, daß ein Bündel Heu und ein Trögl Wasser zur Hand sind, damit er ihn füttern und tränken kann, denn er hat sogar jetzt noch, als höherer geistlicher Herr, sich auf alles verstanden, was er als Bauernjunge daheim gelernt hat, der Hockewanzl. Und vornehmlich mit dem lieben Vieh ist er meistenteils besser zu Rande gekommen als wie mit der kirchlichen respektive weltlichen Obrigkeit.

Und vom Chor herab ist Musik erklungen, als möchten dort oben sämtliche Brixi und Benda und Stamitz und Biber und Mysliveček und wie sie nicht alle heißen, die großen böhmischen Musikanten, sich hören lassen mit Pauken, Trompeten und Orgelklang, und mit Flöten dazu und Geigen und Klarinetten und einem Dudelsack, daß es nur so herabschallt von allen Wänden zum Großen Lobgesang, welchen der heilige Prokop nun anstimmt, mit seiner tiefen, mächtigen Stimme, und alsbald fallen auch alle die andern ein in das »Benedicamus

Domino«; manche auf tschechisch und manche auf deutsch, und der Rest in lateinischer Sprache – sämtlich aus vollem Herzen, und jeglicher in der Zunge, die ihm geläufig ist.

Es hat sich nun eine große Huldigung zugetragen, dort in der kleinen Kirche bei Seigersdorf, wie sie das Königreich Böhmen in tausend Jahren noch nicht erlebt hat; nämlich man hat auf den Stufen zum Hochaltar einen Thron errichtet gehabt, und dort sitzt nun die Muttergottes, das liebe Jesulein auf dem Schoß, und beide sind sie mit kostbaren Kleidern gewandet worden, von Samt und Seide, die hat man für sie bereitgehalten, und beide sind sie bekrönt gewesen, die Muttergottes mit einer großen Krone, das Kindlein mit einer kleinen, und beide Kronen haben die gleiche Form gehabt, wie man sie von der Muttergottes zu Przibram kennt und vom Prager Jesulein. Und es ist eine starke Helligkeit ausgegangen von beider Angesicht, so daß im Vergleich dazu all die Flammen der Kerzen und Seelenlichter sich blaß und ärmlich erwiesen haben mit einem Mal; und es treten nun, aufgerufen vom heiligen Wenzeslaus, welcher zur Linken der Muttergottes hinter dem Thron steht mit Schild und Lanze, während der heilige Josef sich auf die rechte Seite hat stellen müssen, wo er, gestützt auf den Wanderstecken, ein bissl verlegen sich vorkommt, wie es schon damals ihm beim Besuch der Dreikönige aus dem Morgenlande nicht anders ergangen ist – also, es treten, vom heiligen Wenzeslaus namentlich aufgerufen, nunmehr die sämtlichen böhmischen Heiligen einzeln vor, nach der Reihe, und jeder von ihnen tut seinen Kniefall noch einmal für sich allein vor dem Kindlein und seiner Mutter und fleht ihrer beider Segen hernieder auf sich und das ganze Land.

Den Anfang, wie könnte es anders sein, macht der heilige Adalbert, Bischof von Prag und nachmals als Glaubensbote erschlagen im Pruzzenlande, weshalb er zum Zeichen dessen stets eine schwere Eichenkeule mit sich herumschleppt, auch jetzt, wo er selbstverständlich in seinen schönsten und feierlichsten Ornat sich hat kleiden lassen, welcher so starr und schwer ist von Gold und Silber und Edelsteinen, daß ihm der heilige König Sigmund beim Aufstehen helfen muß, ehe er selber, an zweiter Stelle zur Huldigung aufgerufen, den Kniefall tun kann, wobei er die Königskrone vom Haupt nimmt mit beiden Händen – und erst, wie das liebe Jesulein, welches der König ist über alle Könige dieser Welt, ihm den Segen erteilt hat, da setzt er in Demut sie wieder auf.

Es ist nun der heilige Veit an der Reihe gewesen, welcher ein Schälchen mit brennendem Öl auf der flachen Hand trägt, zum ewigen Angedenken an seinen Martertod, wo man lebendigen Leibes in einem Kessel voll heißem Öl ihn gesotten hat; und es scheint, daß es mittlerweile ihm nicht mehr schwerfällt, das Schälchen immerdar auf der Hand zu tragen, nämlich er weiß so geschickt und anmutig damit umzugehen, daß während er also niederkniet, um den Segen bittet und wiederum sich erhebt: da bringt er es nicht nur fertig, daß er kein einziges Tröpfl vom Öl verschüttet, sondern es brennt auch die Flamme ganz ruhig weiter dabei, ohne Flackern und Zucken, daß man nicht hoch genug sich darüber verwundern kann.

Hierauf schreiten zur Huldigung, Seite an Seite, die heiligen Brüder und Bischöfe Cyrill und Method, genannt die Apostel der Slawenheit, zwei stattliche, streng gebartete Männer, von welchen der eine ein Rauchfaß schwingt und der andere einen Weihwedel; und gemeinsam, sobald sie den Segen erhalten haben, stimmen sie einen griechischen Hymnus an auf das liebe Jesulein, dessen Worte zwar von den übrigen Heiligen nicht verstanden werden – aber da muß man kein Griechisch können, das hört man auch so heraus, daß es hohe und herrliche Worte sind, welche sie da gebrauchen, voll Kraft und Wohllaut, als möchten sie samt und sonders von rotem Golde sein.

Wie aber nun, den Sternenkranz überm Haupte, als nächster der heilige Johann von Nepomuk dem Altar sich naht, da breitet für eine Weile sich tiefes Schweigen aus in der Runde, so daß man von ferne die Wasser der Moldau vernehmen kann, wie sie unten dahinrauschen, unter der Prager Brücke, und gegen die Pfeiler schlagen – und er, welcher damals lieber den Tod erlitten hat für sein treues Schweigen, als daß er sein Beichtkind möchte verraten haben: er bringt nun dem lieben Jesulein und der Muttergottes dieses sein Schweigen als kostbarste Gabe von allem dar, was ihm zu Gebote steht; und erst dann, wie das liebe Jesulein ihm dafür gedankt hat, indem es den Zeigefinger der linken Hand an die Lippen führt, während es mit der Rechten ihn segnet: erst dann setzt mit allen Registern wieder die Orgel ein, und es lassen aufs neue sich die Posaunen und Pauken hören mit lautem Schall, und der Dudelsack auch.

Es ruft nun der heilige Wenzeslaus seine Frau leibliche Großmutter auf, die selige Frau Ludmila, welche als erste böhmische Fürstin zusammen mit ihrem Manne, dem Herzog Bořivoj, christlich sich hatte taufen lassen (wofür man sie später, auf Anstiftung ihrer Schwiegertochter, mit Hilfe des eigenen Witwenschleiers meuchlings erdrosselt hat auf der Burg zu Tetín); und da sie von kleinauf geübt ist in allen häuslichen Künsten, so hat sie der Muttergottes sechs Windeln vom feinsten Linnen mitgebracht, welches sie eigenhändig gewebt und gebleicht hat fürs liebe Jesulein, und sie hat auch in jede von diesen Windeln sein Monogramm gestickt, in die rechte untere Ecke, obzwar sie des Lesens und Schreibens nicht kundig gewesen ist, sondern das Namenszeichen hat sie sich extra vom heiligen Adalbert aufmalen lassen müssen, damit sie's hat sticken können; jetzt aber kann sie es mittlerweile schon auswendig.

Auch die selige Zdislawa aus dem Geschlecht der Berka hat nicht mit leeren Händen sich eingefunden, nämlich sie bringt in der Schürze etwas herbeigetragen, von dem man zunächst nicht wissen kann, was es sein mag – und siehe, wie sie die Schürze öffnet, da ist sie mit Rosenblüten gefüllt gewesen, wie damals, wo sich ihr Mann, der finstere Havel auf Lämberg, verschworen gehabt hat, er wird sie umbringen, wenn sie noch einmal sich trauen sollte und heimlicherweise die Bettelleute am Schloßtor mit Brot verköstigt; und wie er sie dann erwischt hat beim nächsten Mal, wo sie trotzdem mit einer Schürze voll Brot zu den Armen hinausgehuscht ist, da hat er das Schwert gezogen in seiner Wut, und: »Zeig, was du in der Schürze hast!« hat er in höchster Rage sie angeschrien; doch wie sie gehorsam die Schürze öffnet, die Selige, hat das Brot sich inzwischen mit Gottes Hilfe in lauter Rosen verwandelt gehabt. Und der Havel hat dagestanden, mit einem so fürchterlich blöden Gesicht, daß man's nicht beschreiben kann (aber zu gönnen ist ihm das schon gewesen!), und fortan hat er die selige Frau auf Lämberg gewähren lassen, es hat ihn das bissl Brot ja vermutlich nicht arm gemacht.

Nun werden drei heilige Einsiedler aufgerufen, der Reihe nach: Alle drei tragen lange Kutten, von rauhem Tuche und recht verschlissen schon, namentlich an den Ellbogen und am unteren Saum, und es sind ihnen, allen dreien, beträchtliche Bärte herangediehen im Lauf der Zeit, darum möchte sie mancher Professor der deutschen Sprache beneidet haben, und außerdem hat man es ihnen angerochen, daß sie seit vielen Jahren im Wald gelebt haben, weil sie nach Moos und nach Tannenzapfen geduftet haben, nach Harz und Rinde und welkem Laub; und der heilige Gunther, welcher den Anfang macht von den dreien, stellt am Altar eine Schüssel voll wildem Honig nieder, welchen er selber im fernen Böhmerwalde gesammelt hat; und der heilige Prokop von Sazawa, den wir als Kinder beim Pilzesuchen zuweilen gebettelt haben: »Prokopperle, Prokopperle – bescher uns ock a Kopperle!« (und meistens ist, bei entsprechender Witterung, unser Stoßgebet nicht umsonst geblieben), der heilige Prokop natürlich: was wird er der Muttergottes schon mitbringen, wenn nicht ein Körbl mit Herrenpilzen und Rotkappen, eine so fest und schön wie die andern, als möchte man sie aus Wachs geformt haben oder aus Marzipan; und der heilige Iwan schließlich (Sankt Iwan unter dem Felsen, wie er mit vollem Namen heißt) fügt den Geschenken ein Krügl voll Milch hinzu, die stammt von der weißen Hindin, welche dereinst vor dem König und seiner Meute zu ihm sich geflüchtet hatte: Und seither, aus Dankbarkeit für den Schutz, den er ihr gewährt hat, stellt sie sich Tag für Tag um die Vesperzeit bei ihm ein, an dem Felsen im tiefen Wald, und dann läßt sie von ihm sich geduldig melken – da könnte so manche Ziege sich dran ein Beispiel nehmen.

Nun hat ja der Hockewanzl zwar oft genug von Berufs wegen mit den böhmischen Heiligen sich befaßt gehabt, und selbstverständlich sind sie zu allermeist ihm vertraut gewesen, aus den Legendenbüchln, von Bildern und Statuen, nicht zu vergessen die zahlreichen Anlässe, wo er um Beistand sie angerufen oder sich in der Predigt mit ihnen beschäftigt hat – aber leibhaftig vor Augen, und noch dazu vollzählig sich versammelt habend, sieht er sie heute zum ersten Mal. Und so folgt er von seinem Platz an der Kanzel aus, wo er sich neben dem Esel niedergekniet hat, staunenden Blickes dem Auf- und Abzug der Benedikanten, wie sie einander sich abwechseln bei der Huldigung am Altar, und da kommt es ihm in den Sinn, daß es eigentlich schade ist, weil seine Ober Politzer Pfarrkinder solches Schauspiel nicht sehen können, zugleich mit ihm: sonst täten sie in der Zukunft ein bissl besser Bescheid wissen über die böhmischen Heiligen, und so möchte er manche dahingehende Unterweisung sich sparen können von jetzt an – aber dann stutzt er mit einem Mal, weil der heilige Wenzeslaus einen Namen aufruft, bei dessen Erwähnung dem Hockewanzl die Haare sich sträuben, die weißgepuderten, nämlich das kann doch nicht wahr sein, da muß er sich wohl verhört haben, meint er. Doch nein, das steht außer Zweifel: er hat sich *nicht* verhört – und nun muß er sich freilich sagen, daß wenn seine Schäflein im Herrn zugegen wären, so möchte das eine nicht unbeträchtliche Irritation bedeutet haben für sie; denn alles was recht ist: wie hätte er dieses ihnen erklären sollen, was jetzo zu seinem höchsten Befremden vonstatten gegangen ist.

Nämlich es folgen nun einige weitere böhmische Heilige (und es wird sich geschätzter Leser über die fernere Auswahl nicht wundern dürfen, wenn man bedenkt, wie auch sie ihren Glauben bezeugt und standhaft dafür gelitten haben, obgleich es nach Meinung vieler, oftmals studierter und meistenteils sogar redlicher Christenmenschen ein falscher Glaube gewesen ist: Aber es könnte ja vielleicht sein, daß vor Gottes Angesicht jeglicher Glaube ein bissl falsch ist, indem wir mit unseren armen Hirnen immer nur einen Teil von der ganzen Wahrheit begreifen können, sonst müßten wir ja wie Gott sein, und dafür, denk ich mir, möchte der liebe Herrgott sich schön bedanken) – es folgt also nunmehr, im schwarzen Gelehrtenhabit, der

Magister Jan Hus aus Husinetz, auf dem Haupt die papierene Ketzermütze, mit der sie ihn damals in Konstanz hinausgeführt haben aus der Stadt; es folgen gemeinsam zwei Lutheraner, der Pastor Johannes Mathesius, welcher als Bergmann Gottes gewirkt hat zu Sankt Joachimsthal, und sein Kantor, der fromme Liederdichter Nikolaus Hermann, ein eher schüchternes, stilles Männel: und dennoch rührt es noch heute mit seinen Worten und Melodien kraftvoll die Herzen an; es folgt weiters, im wehenden Reisemantel, der Bischof der böhmischen Brüdergemeinde Jan Amos Komenský, genannt Comenius, stellvertretend für alle jene, die man, zu welchen Zeiten auch immer, um ihres Glaubens willen aus Mähren und Böhmen vertrieben hat – und vielleicht auch zugleich für die sehr viel größere Anzahl derer, welchen aus anderweitigen Gründen solches geschehen ist; es soll fernerhin, manchen Gerüchten zufolge, für die wir uns allerdings nicht verbürgen möchten – obzwar man ja, zugegebenermaßen, im Königreich Böhmen vor diesbezüglichen Überraschungen niemals sicher ist –, es soll fernerhin auch ein Abgesandter der Prager Judenschaft in besagtem Kirchlein sich eingestellt haben, und zwar soll dies der Hohe Rabbi Loew in Person gewesen sein, derselbige, welcher aus Lehm den Golem geschaffen hat (und auch hinterher wiederum abgeschafft, wohlbemerkt), und er habe sich, wie es heißt, vor dem lieben Jesulein mehrmals in großer Ehrerbietung verneigt, das sei er dem Hause David schuldig gewesen, und hierauf soll er dem Kind eine silberne Rassel verehrt haben zum Geschenk, aus dem Synagogenschatz der Altneuschul...

Wenn dieses alles noch gestern jemand dem Hockewanzl vorhergesagt hätte, möchte er schallend ihn ausgelacht haben, diesen Blödian, hirnverbrannten; jetzt aber ist er sich diesbezüglicherweise nicht mehr ganz sicher – weshalb es mit größter Genugtuung ihn erfüllt, daß an nächster Stelle der oben bereits erwähnte Klemens Maria Hofbauer an die Reihe gekommen ist (dieser, gottlob, nun wieder ein unbezweifelbar christkatholischer Heiliger!), welcher dem lieben Jesulein zum Präsent einen selbstgebackenen Weihnachtsstriezel aus feinstem, neunmal gesiebtem Mehl zu Füßen gelegt hat, mit reichlich gehackten Mandeln im Teig und getrockneten Weinbeerln, letztere auch nicht zu knapp. Und es hat von dem Backwerk ein überaus leckerer Duft sich verbreitet im ganzen Kirchlein, so daß es der heilige Josef schon kaum noch erwarten kann bis zum Abschluß der Huldigung, wenn man endlich in aller Ruhe den Striezel anschneiden können wird.

No, es muß eh bald Schluß sein, denkt sich der Hockewanzl, weil nämlich, wenn er im Kirchlein sich umschaut, so findet er keinen mehr, welchen der heilige Wenzeslaus jetzt noch aufrufen könnte, und eigentlich ist das nur gut und recht für das liebe Jesulein, welches begreiflicherweise schon sehr ermüdet ist von dem langen Thronen und Segenspenden, so daß ihm allmählich die goldene Krone schwer wird auf seinem Haupt, und es fallen ihm zwischendurch immer wieder ein bissl die Augen zu.

Höchste Zeit also, sagt sich der Hockewanzl, daß man es endlich zu Bett bringt, das arme Kindl, und: »Laß dich's ock ne verdrießen, Jesule«, spricht er ihm in Gedanken Trost zu, »jetzt werdtr'sch ja glei' überstanden haben, du und die Muttergottes...« Und während er solches denkt, entgeht es ihm völlig, wie nun der heilige Wenzeslaus trotzdem noch einen weiteren Namen aufruft – und erst wie der Esel ihn in die Rippen stößt, da bemerkt er mit einem Male, der Hockewanzl, daß aller Augen auf ihn sich gerichtet haben, als möchte man etwas Bestimmtes von ihm erwarten; aber das kann doch nicht sein, denkt er, daß der heilige Wenzeslaus etwa *ihn* gemeint hat beim letzten Aufruf – nämlich das weiß er in seinem speziellen Falle nun ganz gewiß, daß er nicht zu den Heiligen zählt im Lande; er mag zwar ein hinlänglich frommer Mann sein auf seine Weise, no gut, und ein streitbarer Hirt über seine Herde, das auch, und ein wackerer Prediger, wie ihn die Leute mögen, weil er so schön von der Kanzel herunter ihnen die Hölle heiß macht, damit er hernach um so gloriöser die ewige Seligkeit ihnen schildern kann: Aber ein Heiliger? – Jesus Maria! denkt er, ein Heiliger ist er beim besten Willen nicht, und es fallen ihm alle Sünden der Grobheit ein, welche auf Schritt und Tritt er begangen hat, und die zahlreichen Sünden des Ungehorsams, namentlich gegenüber den hohen Herren vom Konsistorium, und dann hat er natürlich gewisse weitere Schwächen, bezüglich der Tafelfreuden zum Beispiel, und daß er bisweilen zu ungebührlichem Spott neigt, auf Kosten sogar des Herrn Bischofs von Leitmeritz... Nein, denkt er, nein, nein, nein! – er ist lediglich, sozusagen, als geistlicher Stallknecht hier anwesend, welcher sich um den bethlehemitischen Esel zu kümmern hat (und das ist, wie er findet, der Ehre schon übergenug für ihn); aber der heilige Wenzeslaus wiederholt nun den Aufruf ein wenig lauter, so daß ihn der Hockewanzl ein zweites Mal nicht überhören kann, und der Esel traktiert ihn mit weiteren Rippenstößen, bis ihm zu guter Letzt keine andere Wahl bleibt, als daß er nach vorn stolpert, zum Altare hin, woselbst er dem lieben Jesulein und der Muttergottes zu Füßen fällt: ziemlich tölpisch, ein geistlich gewordener Bauer halt – und was soll er, um Himmels willen, den beiden als Gabe darbringen, wo er doch nichts in Händen hat, gar nichts, womit er vielleicht sie ein bissl erfreuen könnte?

Aber no ja, wie man kleine Kindln zum Lachen bringt, also das hat er ja viele Male schon praktiziert, bei diversen Gelegenheiten in der Verwandtschaft – und warum, so fragt er sich, sollte er's diesmal nicht auch versuchen?

So hält er denn beide Fäuste sich an die Schläfen, dann streckt er die Zeigefinger nach oben und wackelt damit herum und ruft: »Kuckuck, Jesule – Kuckuck!« Und wie er es kaum gerufen hat, da verklärt das Gesichtlein sich unter der Krone zu einem Lächeln, trotz aller Müdigkeit, und es lächelt die Muttergottes gleichfalls ihm huldvoll zu, im Verein mit dem heiligen Josef und allen übrigen, welche im Kirchlein zugegen sind.

Und nun faßt sich der Hockewanzl ein Herze und sagt ihnen allen, was er schon längst ihnen hatte sagen wollen, bloß hat er sich's nicht getraut bisher: »Ich möcht sprechen, ihr hohen Heiligen«, sagt er, »ob mr'sch ne endlich und sollten's ei Ruhe schloufn lossn, dos Huschekindl, dos klejne...«

Und siehe, als ob es darauf nur gewartet hätte, das liebe Jesulein: wie er das kaum gesagt hat, der Hockewanzl, da schließt es die Augen vollends, und dankbar lehnt es sich mit dem Kopf an die Schulter der Muttergottes – und schon ist es ihnen davongeschlafen gewesen.

Es hat nun die Muttergottes das liebe Jesulein sachte hinaus in die Sakristei getragen, dort hat man für sie schon das Nachtlager vorbereitet gehabt, und es haben die seligen Frauen Ludmila und Zdislawa sie zu Bett gebracht, alle beide, und haben ganz leise das Nachtgebet über sie gesprochen. Und hernach, wie sie ins Kirchlein wieder zurückkehren zu den übrigen, kaum daß die Sakristeitüre hinter ihnen geschlossen ist, da beginnen die lieben versammelten Heiligen einen fröhlichen Schmaus zu halten, wie das nun einmal im Königreich Böhmen der Brauch ist bei solchen Anlässen von besonderer Festlichkeit; und es wird uns geschätzter Leser nicht danach fragen dürfen, woher sie mit einem Male die prächtig gedeckte Tafel genommen haben, welche bestückt ist mit allerlei köstlich duftenden Speisen der landesüblichen Küche, nämlich da wird man ihm bloß erwidern können: No, Kunststück – bei so vielen heiligen Wuntertätern auf einem Haufen, nicht wahr?

Und es hat also Schweinebraten gegeben, mit böhmischen Knödeln und jungem Weißkraut, und selbstverständlich auch die berühmte Svíčková, welches ein Sauerbraten vom Rind ist, schön schmackhaft gebeizt, und gedünstete Niernl vom Kalb und panierte Leber mit Apfelscheiben, mehrere vorschriftsmäßig gefüllte und knusprig gebratene Mastgänse obendrein, nicht zu verachten die Karpfen und Schleien natürlich, in Kümmelbrühe gesotten die einen, die anderen aus der Pfanne, von Butter triefend. Und weil man zu gutem Essen was Gutes zum Trinken braucht, gehen die seligen Frauen Ludmila und Zdislawa an der Tafel herum, jede mit einer Kanne, und eine hat Wein darin und die andere klares Wasser, letzteres hauptsächlich für die Herren Einsiedler, welche bekanntlich Asketen sind und den Wein verschmähen; aber der Hockewanzl, no ja, er kommt schließlich vom Dorfe, der Hockewanzl möchte am liebsten ein schönes Bier haben, und auch er kommt auf seine Rechnung, nämlich es schenken die beiden seligen Frauen ihm, jede aus

ihrer Kanne, gemeinsam den Becher voll – und man glaubt's oder glaubt es nicht: es ist Bier gewesen, was er zum Munde führt, süffiges, honigfarbenes Bier, wie man's besser sogar in Pilsen und Böhmisch Budweis nicht brauen könnte; und wie das der heilige Josef bemerkt hat, da hat nun auch er sich auf dieses Getränk verlegt.

Und so schmausen sie also, die lieben Heiligen alle, und trinken einander zu, und dies alles zu Lob und Ehren vom lieben Jesulein und der Muttergottes, und hinterher gibt es zum Nachtisch diverse Mehlspeisen, Apfelküchln und Kolatschen, Dalken und Liwanzen, Quarktaschen, warme Buchtln mit sechserlei Fülle und Prager Nußtorte; aber Schlag zwölfe um Mitternacht hat dann der heilige Wenzeslaus sich erhoben und hat die Gesellschaft abgedankt, und sie haben sich alle vom heiligen Josef verabschiedet, weil sie nun wieder haben zurück müssen in die ewige Seligkeit; und der heilige Josef hat ihnen nachgewinkt, wie sie zum Kirchlein hinausgezogen sind in die Winternacht, und danach ist er leise, leise zu Bett gegangen, damit er das liebe Jesulein und die Muttergottes nicht aufweckt, wenn er an ihrer Seite sich niederlegt in der Sakristei.

Draußen jedoch, vor der Kirchentüre, da hat für den Rest der

Nacht sich der böhmische Löwe, der zwiegeschwänzte, postiert gehabt: grimmigen Blickes, die Zähne gebleckt, mit streitbar erhobenen Vorderpranken hält er die Wacht auf der linken Seite des Tores. Und neben ihm, auf der rechten Seite, hat sich der Adler des heiligen Wenzeslaus niedergelassen; streng blickt auch er in die Runde, die goldenen Fänge schlagbereit gegen jedermann, welcher es wagen sollte, daß er dem Kirchlein sich nähert in schlimmer Absicht – und schade nur, wirklich schade, daß weder der König Herodes noch dessen Soldaten das Königreich Böhmen haben betreten dürfen: nämlich es möchten der Aar und der Leu das Gesindel auf eine Weise empfangen haben, wie man es einer solchen Bagage nur wünschen kann.

Kapitel Numero sechs

worin sich die bethlehemitischen Wandersleute weiter nach Böhmen hinein begeben, auf einer leider vereisten Landstraße II. Klasse, welche, dem heiligen Josef zum größten Unmut, von zahlreichen Pferdeschlitten befahren wird.

Genau genommen möchten wir nunmehr geschätztem Leser im gleichen Atem von mehreren Dingen berichten müssen, welche zu ein und derselben Zeit an verschiedenen Schauplätzen sich ereignet haben. Da wir indessen immer nur *eine* Geschichte erzählen können (und keineswegs dreie auf einmal, wie es an dieser Stelle uns eigentlich möchte abverlangt sein), so nehmen wir uns die Freiheit, daß wir den schlichtesten aller denkbaren Wege gehen, indem wir die drei Geschichten, welche im Lauf des nun folgenden Tages gleichzeitig sich ereignen werden, einfach der Reihe nach hintereinander weg erzählen. Lassen wir also zunächst beiseite, was anderen Ortes an diesem besagten Wintermorgen sich abspielt – ad a) auf dem Grund der Hölle, ad b) in diversen Bereichen der k.k. Landesverwaltung im Königreich Böhmen –, und wenden wir nunmehr, geschätzter Leser, fürs erste uns gänzlich der *einen* Geschichte zu, welche allein schon deshalb vor allen anderen hier den Vorrang hat, weil sie vom heiligen Josef und seiner Familie handeln wird.

Also, der nächste Morgen ist angebrochen gewesen, der Adler des heiligen Wenzeslaus und der böhmische Löwe haben sich vom Portal des Kirchleins bei Seigersdorf wieder hinweg und nach dannen verfügt gehabt, wo sie normalerweise sich aufhalten, nämlich jener auf Goldgrund im Schilde des heiligen Landespatrons und dieser auf rotem Felde im Wappen des Königreichs Böhmen. Und wie nun die Muttergottes vom Schlaf erwacht in der Sakristei und den heiligen Josef aufweckt (weil sie ja schaun müssen, daß sie weiterkommen auf ihrer Reise), da sind sie darüber sich nicht ganz sicher gewesen, ob sie nicht alles das bloß geträumt haben, was sich am gestrigen Abend im Kirchlein begeben hat mit den böhmischen Heiligen. Aber zum Glück hat noch immer der angeschnittene Weihnachtsstriezel vom heiligen Klemens Maria Hofbauer dagelegen, auf einem Betschemel, und das Krügl voll Milch hat daneben gestanden, welches der heilige Iwan ihnen verehrt hat, desgleichen die Honigschüssel vom heiligen Gunther – und auch die Windeln, welche die selige Frau Ludmila gewebt und gebleicht und bestickt hat fürs liebe Jesulein, haben sich über Nacht nicht verflüchtigt gehabt.

No, das hat bei den biblischen Wandersleuten die Überzeugung herbeigeführt, daß sie nicht geträumt haben; und sie haben zudem noch ein gutes und reichliches Frühstück gehabt an dem Striezel, am Honig und an der Hindenmilch, welche der heilige Josef unter Zuhilfenahme von ein paar Kerzenlichtern schön heiß gemacht hat, so daß sie zum wahren Labsal ihnen geworden ist; und hinterher, wie sie das liebe Jesulein und den Esel auch noch versorgt gehabt hatten, sind sie dann zu der weiteren Wanderschaft nach Ägypten aufgebrochen.

Es hat in der Frühe ein bissl geschneit gehabt, und ein leichter Wind treibt den Schneestaub in schrägen Bahnen über die Straße, so daß sie an manchen Stellen den Eindruck haben, als möchten sie ein Gewässer durchwaten müssen, ein seichtes freilich. Und wie sie nun so dahinziehn, den Wind im Rücken, da sind sie zwar einesteils froh und dankbar darüber, daß sie dem König Herodes glücklich entronnen gewesen sind; andernteils aber macht sich der heilige Josef beträchtliche Sorgen wegen den Reisepässen, die ja nun auf der Grenze liegengeblieben sind und spätestens bei der Ausreise ihnen fehlen werden, falls man nicht unterwegs schon danach sie fragen sollte, was durchaus passieren kann, und so möchte er gerne beim Erzengel Gabriel dieserhalb einen Rat sich erbeten haben: ob sie nicht lieber umkehren sollten, zum Beispiel, damit man die Pässe sich auf dem Zollamt von Hielgersdorf ordnungsgemäß wieder ausfolgen lassen kann – oder was er meint, wie man sonst sich in dieser Sache am besten verhalten soll? Aber es hat ja der Erzengel Gabriel ihm nicht antworten können, jedenfalls nicht mit Worten, sondern er hat um die Sorgen vom heiligen Josef sich offenbar nicht geschert und ist unverwandt seines Weges weiter getrottet, immer landeinwärts, was möglicherweise auch eine Art von Antwort gewesen ist.

Jedenfalls hat der heilige Josef sich nunmehr sagen müssen, daß wenn schon der Esel des Herrn von der Grenze wegstrebt, so wird er auch seine Gründe haben dafür, und man darf ihm da nicht hineinreden, denn ein Erzengel, möchte man meinen, auf den muß in allen Dingen Verlaß sein – selbst dort, wo es möglicherweise zu Komplikationen führt, wenn man behördlicherseits um die Reisepässe sie fragen sollte: Dann wird er sich halt was einfallen lassen müssen, ihr himmlischer Weggefährte, damit man sie, notfalls unter Hintansetzung aller diesbezüglichen k.k. Dienst- und Kontrollsvorschriften, nicht von der weiteren Flucht nach Ägypten abhält.

Nach einigen Meilen Weges, etwa am halben Vormittag, stoßen sie bei der Ortschaft Schönlinde dann auf die Fahrstraße II. Klasse, welche von Rumburg nach Haida und Böhmisch Leipa führt. Und es ist diese Straße beinahe doppelt so breit wie das einfache Bauernstraßl, dem sie bisher gefolgt sind, und besser freigeräumt ist sie auch, denn es gibt hier für jeden größeren Streckenabschnitt sogar einen Schneepflug – aber aufs ganze gesehen, stellt es sich für die Wandersleute aus Bethlehem bald heraus, daß die Reise ihnen von jetzt an nicht leichter wird, sondern im Gegenteil, es erweist sich die Fahrbahn auf dieser Straße als knochenhart (was natürlich kein Wunder ist, wenn man die zahlreichen Pferdeschlitten bedenkt, welche täglich darauf verkehren), und glatt ist sie leider auch; und so hat es den heiligen Josef gleich nach den ersten Schritten ein paarmal beinahe hingehaut auf dem Eise, da ist er ganz hübsch erschrocken, und wenn er nicht möchte den Wanderstecken gehabt haben, welcher am unteren Ende mit einer eisernen Spitze versehen gewesen ist – no, wer weiß, ob er möchte weit gekommen sein.

So aber kann er wenigstens einigermaßen sich auf den Füßen halten, wenn auch die Glätte so ungemein tückisch ist, daß sie die äußerste Mühe und Vorsicht beim Gehen ihm abverlangt; also »Gehen« – so wird man, präziserweise, es gar nicht nennen dürfen, wie er in ständigem Schlurfen und Rutschen sich fortbewegt, zaghaft die Fußsohlen auf der spiegligen Fläche dahinschiebend, weil er bei jedem normalen Schritt in Gefahr kommen möchte, daß es ihn aushebt und hinschmeißt, der Länge nach: Davor schützt ihn auch nicht die Tatsache, daß er der heilige Josef ist; und der Esel, obzwar man ja auf vier Beinen sich leichter im Gleichgewicht halten kann als auf zweien, der Esel ist auch nicht gerade besser dran, denn es fällt zwar die heilige Bürde, welche er auf dem Rücken trägt, kaum ins Gewicht für ihn, aber es möchte natürlich ein um so größeres Unglück sein, wenn er damit zu Fall käme. – Und so haben sie beide, der heilige Josef und er, bezüglich der Straße nach Haida in steigendem Maß zum Gebrauch von gewissen Ausdrücken sich verlockt gesehen, welche im allgemeinen für nicht sehr vornehm gelten, und namentlich immer dann, wenn ein Schlitten ihnen begegnet ist respektive sie überholt hat, da sind sie in dieser Hinsicht besonders angefochten gewesen.

Es werden zwar auf der Straße von Rumburg nach Böhmisch Leipa die vielen Pferdeschlitten vermutlich nicht ohne Grund verkehrt sein an diesem Vormittag: Aber ein bissl mehr Rücksichtnahme auf alle jene, welche zu Fuß auf der nämlichen Straße sich fortbewegen, die hätte man seitens der Herren Kutscher schon aufbringen dürfen, denkt sich der heilige Josef. Gleichgültig nämlich, ob es um Reiseschlitten sich handelt oder um Frachtschlitten der verschiedensten Art und Größe, um Bauernschlitten und Marktschlitten, einspännig oder mehrspännig – ausgenommen die Langholzschlitten, welche so schwer beladen sind, daß die Pferde es kaum erschleppen können, kommen sie alle dahergepreschi auf der glatten Straße, als möchten sie um die Wette fahren. No, glücklicherweise sind ja die meisten Gespanne mit Schellen versehen gewesen, so daß man von weitem schon das Gebimmel hört und rechtzeitig ihnen ausweichen kann, sonst möchten sie einen womöglich über den Haufen tschindern, wenn man es darauf ankommen lassen möchte. Aber selbst dann, wenn man vorsorglich ihnen Platz macht, gibt es zuweilen Kutscher, welche so haarscharf an einem vorübersausen, daß man für einen Augenblick keine Luft kriegt – und folglich wird man dem heiligen Josef es nicht verübeln können, wenn er zu guter Letzt, aus begreiflichem Ärger ob solcher Fahrweise, die Geduld verliert.

Ein Kastenschlitten von mittlerer Größe, welchen der junge Kreybich aus Bürgstein lenkt, ist soeben an ihnen vorbeigeflitscht, und es hat nur um eine Fadenbreite gefehlt, daß er möchte dem heiligen Josef über die Zehenspitzen gefahren sein (was verständlicherweise bei diesem kein sonderlich angenehmes Gefühl hervorruft, auch in bezug auf den jungen Kreybich nicht), und so schüttelt der nazarenische Zimmermann zornig den Wanderstecken hinter ihm drein, wobei er des naheliegenden Wunsches sich nicht enthalten kann, daß der Lümmel mit seinem Schlitten sich auf der Stelle... No bittschön, direkt erschlagen soll er sich nicht damit – aber umschmeißen wenn er täte, bei nächster Gelegenheit: also das möchte ihm schon zu gönnen sein!

Nun sind ja gemeinhin dergleichen Wünsche nicht allzu ernst gemeint, und es hat auch der heilige Josef im Grunde genommen bloß seinem Ärger ein bissl Luft machen wollen damit – und wahrhaftig! es hat auch in diesem Falle sich wieder einmal erwiesen, wie rasch man auf solche Art das Gemüt sich erleichtern kann: nämlich der Zorn auf den jungen Kreybich ist augenblicklich verraucht gewesen, wie wenn es ihn niemals möchte gegeben haben; und während der nächsten paar hundert Schritte, bis zu der Waldspitze, wo die Straße dahinter nach rechts sich wendet und weiteren Blicken fürs erste entzogen ist – auf dem nächsten Stück Weges also, da hat nun der heilige Josef sich wiederum einigermaßen versöhnt gefühlt mit den gegenwärtigen Umständen ihrer Reise. Aber es hat diese Stimmung leider nicht lange vorgehalten. Denn wie sie die Spitze des Waldes erreicht und umwandert haben: was muß da der heilige Josef zu seinem Schrecken feststellen? (und er macht sich natürlich sofort ein Gewissen daraus, daß er selbst es vermutlich gewesen ist, welcher in seinem Zorn es dahin gebracht hat): Da liegt doch wahrhaftig, über den Rand der Straße hinausgetragen, der Schlitten vom jungen Kreybich im Schnee, mit nach oben gewandten Kufen! Und wenn auch, soweit man sehen kann, Fuhrmann und Pferde den Umschmiß mit heiler Haut überstanden haben, so kommt doch der heilige Josef im Anblick dessen, was er mit seinem keineswegs ja so wörtlich gemeint gewesenen Wunsch bewirkt hat, sich recht belämmert vor, wohingegen der junge Kreybich die Ursache seines Mißgeschicks nüchternerweise darin sieht, daß er ein bissl zu scharf in die Kurve geblättert ist, und so hat es ihn auf der rutschigen Fahrbahn einfach hinausgeschmissen – was schlimm genug ist. Nämlich er hat auf dem Schlitten, im Auftrag der Firma Dreithalers Erben Söhne aus Bürgstein, zwei hölzerne Kisten zum Transportieren gehabt, in welchen sich ein komplettes Tafelservice aus Meißen befunden hat, per Adresse des Herrn Verwalters Petschek in Wartenberg, auf dem gräflich Waldsteinschen Schlosse! Und eben die beiden Kisten – du lieber Himmel! – hat es im hohen Bogen ihm aus dem Schlitten hinausgehaut, und obzwar sie noch gut vernagelt sind, möchte man für den Inhalt keinerlei Garantie übernehmen müssen. Mit anderen Worten: Es wird von dem kostbaren Porzellan nicht viel ganz geblieben sein bei dem Sturz, und so muß sich der junge Kreybich darauf gefaßt machen, daß ihn die Herren Söhne von Dreithalers Erben kurzerhand aus dem Dienst jagen werden, zur Strafe für dieses Malheur, und dann wird er sich umschaun können, ob sich im ganzen böhmischen Niederland jemand findet, welcher als Kutscher ihm einen neuen Posten gibt.

Fürs erste indessen hat er zu solchen weitergehenden Überlegungen keine Zeit gehabt, denn umgeschmissen, natürlich, ist ja ein Schlitten rasch und mit leichter Hand; doch aufstellen wenn man ihn hinterher wieder muß, noch dazu ohne fremde Hilfe: no dankschön! Da hat er sich's vorläufig gar nicht leisten können, daß er an etwas anderes auch noch denken kann; und es sind zwar die Pferde ihm unbegreiflicherweise nicht durchgegangen, wie das bei solchen Anlässen meist der Fall ist, sondern er hat sie im Zaum behalten gehabt, trotz allem, und wieder zur Ruhe gebracht, so daß er sie mittlerweile hat abschirren können und an den nächsten Baum binden; und nun hat er schon einige Zeit an dem umgeschmissenen Schlitten herumgerankert, indem er bei Aufbietung aller Leibeskräfte versucht hat, ob es ihm nicht gelingen möchte, daß er ihn aus dem Schnee herausstemmt und wiederum auf die Kufen stellt. Aber da hätte der junge Kreybich vermutlich noch lange (und möglicherweise vergebens) sich schinden können, wenn nicht der heilige Josef ihm schließlich möchte zur Hilfe gekommen sein.

Nämlich der biblische Nährvater, wie er ihn kaum erblickt gehabt hat in seinen Nöten, den mutmaßlich ja von ihm nicht unverschuldeten, also da hat er bei nutzlosen Fragen und Überlegungen sich nicht aufgehalten, sondern er bindet den Esel rasch an der nächsten Fichte fest, und während die Muttergottes absteigt, damit sie sich unterdessen ein bissl die zarten Füße vertreten kann, spuckt er auf zimmermannsmäßige Art in die Hände, und wie nun der junge Kreybich und er gemeinsam ins Zeug sich legen mit roten Köpfen, da hat es nicht lang gedauert, bis sie den Schlitten herumgekippt haben: Rummsdich! poltert er auf die Straße zurück, und wie sich der Schnee verstäubt hat, da zeigt es sich, daß er nun wieder auf beiden Kufen steht, fertig zur Weiterfahrt.

»No, da werden wir also die beiden Kisten auch noch gleich aufladen«, schlägt nun der heilige Josef vor, und der junge Kreybich, versteht sich, ist damit einverstanden, obzwar er mit einem Achselzucken hinzufügt:

»Wer weiß, ob's vielleicht ne besser wäre, wenn mr die Scherbn glei' tätn auf'n Mist schmeißn.«

Hierauf erzählt er dem heiligen Josef, was in den Kisten drinne ist; und er kann sich nicht vorstellen, meint er, daß es ihm bei dem Umschmiß das sämtliche Porzellan nicht total zertöppert hat, nämlich man weiß ja, um was für empfindliches Zeug es dabei sich handelt. Und wenn der Verwalter Petschek in Wartenberg auf dem Schlosse die Kisten wird öffnen lassen – no servus! da kann sich der junge Kreybich auf was gefaßt machen.

Sie haben zuerst nun die eine Kiste und dann die andere auf den Schlitten hinaufgehoben, und weil es der heilige Josef in beiden Kisten verdächtig hat scheppern und klirren hören, so hat er aufs neue gewissenshalber zutiefst sich betrübt gefühlt, und er möchte nicht wenig darum gegeben haben, wenn er sich hätte sagen können, daß er an dieser ganzen elendiglichen Geschichte nicht schuld gewesen ist.

Von alledem hat ja der junge Kreybich glücklicherweise nichts ahnen können, und wie er sich also beim heiligen Josef für die erwiesene Hilfe bedankt hat und beiläufig ihm die Frage stellt, wo denn die Reise hingeht mit Weib und Kind, und es antwortet jener ihm wahrheitsgemäß, daß sie nach Ägypten wollen: da zeigt es sich, daß sie ja dann bis Niemes den gleichen Weg haben, und es kann sie der junge Kreybich bis dorthin mitnehmen, wenn sie wollen.

No schön, meint der heilige Josef, nachdem er sich blickweise mit dem Esel verständigt gehabt hat, das trifft sich sich ja wie bestellt, und selbstverständlich möchten sie dem Herrn Kutscher nicht nein sagen auf das freundliche Anerbieten – bloß müßt' er halt, bittschön, ihnen versprechen, daß er von jetzt an ein hübsch gemäßigtes Tempo einhält, besonders dann, wenn es in die Kurven geht.

Es schirrt nun der junge Kreybich vor seinen Schlitten wieder die Pferde an – und wenn es ihr recht ist, sagt er zur Muttergottes, dann mag sie mit ihrem Kindl sich neben ihn auf das Kutschbrett setzen, da wird es beim Fahren zwar luftig sein, aber es sitzt sich für sie am bequemsten dort; und wenn man für alle Fälle die beiden Pferdedecken ihr umhängt, so möchte die Reise sich schon ertragen lassen an diesem Platze.

Da hat sich die Muttergottes also zum jungen Kreybich hinaufgesetzt auf das Kutschbrett, und während er sie und das liebe Jesulein in die Decken einhüllt, bindet der heilige Josef den Esel los, und dann klettert er selbst auf den hinteren Teil vom Schlitten hinauf; und kaum daß er richtig draufsitzt, da schreit schon der junge Kreybich »Obacht!« und schnalzt mit der Peitsche – und ab geht die Fuhre in Richtung Niemes.

Es schnauben die Pferde, es tappern die Hufe, es bimmeln die

Schlittenglöckln mit hellem Klang; und der heilige Josef (er hat mit dem Rücken sich gegen die beiden Kisten gelehnt, in welchen bei jedem Holper es leise, aber vernehmlich scheppert): der heilige Josef läßt hinten über den Rand des Schlittens die Beine hinausbaumeln wie ein Fischer aus seinem Kahn, und es folgt ihm der Esel Gottes am langen Zügel, als ob man ihn möchte an einer Angelschnur hinterdreinziehen.

Der junge Kreybich, obgleich er ja nicht gewußt hat, was für hochheilige Passagiere er auf dem Schlitten mitführt, hätte selbst dann, wenn ihm solches möchte bekannt gewesen sein, schwerlich zu ihnen sich rücksichtsvoller betragen können, alswie er das ohnehin getan hat. So ist er von jetzt an darauf bedacht gewesen, daß er beim Fahren ein hübsches mittleres Tempo einhält; zum einen der Muttergottes wegen, sonst möchte der Luftzug ihr und dem Kindlein womöglich zu scharf geworden sein mit der Zeit; und dann muß man zum andern sich auch vor Augen halten, daß ja am Schlitten hinten der Esel dranhängt – da darf man nicht einfach die Pferde laufen lassen, egal, ob er auf die Dauer mit ihnen mitkommt.

Und wie sie hernach in der Kreuzschenke zwischen Röhrsdorf und Haida die Fahrt unterbrochen haben für eine halbe Stunde, da hat sie der junge Kreybich zu einer Brotsuppe eingeladen, die fremden Wandersleute; auch hat er dafür gesorgt, daß der Esel sein Fressen bekommen hat, und zwar Hafer wohlbemerkt, wie die Pferde auch. Und dann hat er dem heiligen Josef sogar einen Schnaps noch spendiert, einen doppelten – also das hat sich der junge Kreybich nicht nehmen lassen: aus Dankbarkeit, wie er gesagt hat, weil er sonst möglicherweise noch jetzt mit dem umgeschmissenen Schlitten sich möchte abschinden müssen, wenn man ihm nicht zur Hilfe gekommen wäre in seinem Mißgeschick...

Wie sie dann glücklich nach Niemes gekommen sind miteinander, wobei es allmählich schon auf die Dunkelheit zugegangen ist, und es haben die biblischen Wandersleute dort kein Quartier gehabt – da hat sie der junge Kreybich zum Hause vom Möldner Anton gefahren, welches ein Schwager von seiner ältesten Schwester gewesen ist, und hat mit dem Möldner gesprochen, daß er in seinem Hause ein Nachtlager ihnen geben soll. Und es hat sich der Möldner auch wirklich dazu bereit erklärt, was natürlich dem heiligen Josef im höchsten Grade willkommen gewesen ist – ja, und nun haben sie also dem jungen Kreybich gedankt dafür, daß sie mitfahren haben können bei ihm: Und daß er zu guter Letzt noch sogar ein Nachtquartier ihnen besorgt hat im Städtchen Niemes, das möge der liebe Herrgott tausendmal ihm vergelten in Zeit und Ewigkeit.

No, hat der junge Kreybich ihnen darauf erwidert, es täte ihm schon genügen, wenn er mit seinen Scherben nicht möchte nach Wartenberg fahren müssen, aufs Schloß zum Verwalter Petschek; nämlich die ganze Zeit über hat er seltsamerweise an die Geschichte mit diesen unglückseligen Kisten nicht mehr gedacht gehabt – jetzt aber, plötzlich, fällt sie ihm wieder ein, und es wird ihm das Herze schwer bei dem Gedanken, was aus ihm werden soll, wenn das Malheur mit dem Porzellan an den Tag kommt.

Aber die Muttergottes beruhigt ihn mit den Worten, er soll nur getrost auf den Beistand vom himmlischen Vater bauen, dann wird sich schon alles richten – und wie es sich richten wird, wird es gut sein für ihn, egal wie die Sache ausgeht: Ade drum, und alles Weitere Gottes Ratschluß anheimgestellt.

No, es hat sich der junge Kreybich nicht sonderlich viel gedacht dabei, wie die Muttergottes ihm das gesagt hat, und wie er dann also nach Wartenberg weitergefahren ist mit den beiden Kisten, da hat er verständlicherweise in seiner Haut nicht gerade sich wohlgefühlt, namentlich um den Magen nicht. Und eigentlich ist es zu guter Letzt ihm ganz recht gewesen, wie er mit seiner Fuhre endlich im Schloßhof anlangt – nämlich je schneller die Sache nun ihren Lauf nimmt, den unvermeidlichen, desto eher hat man sie hinter sich gebracht...

Hier aber sind wir, geschätzter Leser, mit der Geschichte vom jungen Kreybich an einen Punkt geraten, wo sich dieselbe gabelt, indem sie auf zweierlei grundverschiedene Art ihren weiteren Fortgang nimmt, wobei man gleich hier erwähnen sollte, daß wir die Fassungen alle beide von unserer Großmutter Dora gehört haben, welche die erste von ihnen zu einer Zeit uns erzählt hat, wo wir ans Christkindl noch geglaubt haben; und es mag nicht zuletzt dieser Umstand für sie der Anlaß gewesen sein, daß sie zunächst die Geschichte auf jene Art uns zu Ende erzählt hat, welche für Kinder jüngeren Alters die einzig genehme sein dürfte. Nämlich wir haben natürlich damit gerechnet, daß sie zu einem raschen und guten Abschluß gedeihen wird, und es hat dieser Abschluß nach unserer Meinung bloß darin bestehen können (und eben dies hat die Großmutter seinerzeit uns erzählt), daß der junge Kreybich, wie er mit seinem Schlitten ans Ziel gelangt ist: da hat der Verwalter Petschek die Kisten abladen lassen, und wie man hernach sie geöffnet hat – Donnerwetter, was hat sich dabei herausgestellt? No, es hat sich der junge Kreybich darüber bloß wundern können, aber das kostbare porzellanene Tafelservice aus Meißen, wie man die einzelnen Stücke herausnimmt und kontrolliert: da ist nirgends ein Sprung drin, kein Henkel ist abgebrochen, und nirgends hat man die allergeringste Schramme bemerkt, nicht den kleinsten Kratzer; und folglich hat der Verwalter Petschek dem jungen Kreybich nicht nur ein angemessenes Trinkgeld verabfolgt, sondern er hat an die Firma Dreithalers Erben Söhne in Bürgstein sogar einen Brief geschrieben, worin er ein großes Lob für den jungen Kreybich zum Ausdruck gebracht hat, und dieser ist weiterhin nicht nur als

Fuhrmann beschäftigt geblieben dort, sondern es hat mit der Zeit sich für ihn ergeben (ein stattlicher Bursch ist er ja gewesen), daß eine der sieben Töchter vom zweiten der Herren Söhne, die hübsche Fanny, auf ihn ein Auge geworfen hat, und so hat man zu guter Letzt in die Firma ihn aufnehmen müssen als Dreithalers Erben Söhne Schwiegersohn.

Und die andere Fassung? Auch sie, wie gesagt, hat die Großmutter Dora uns überliefert, aber da sind wir schon etliche Jahre älter gewesen und folglich dazu imstande, daß wir um mehrere Ecken herum haben denken können. Da hat sie uns dann gestanden, daß es in Wirklichkeit mit dem jungen Kreybich auf folgende Weise weitergegangen ist (aber das möchte uns damals, als wir noch kleine Kinder gewesen waren, vermutlich zu kompliziert erschienen sein, und so hat sie es lieber einstweilen uns vorenthalten): Nämlich in Wahrheit hat bei der Übernahme der Kisten durch den Verwalter Petschek es sich herausgestellt, daß nicht das kleinste Stückl von dem besagten Tafelservice aus Meißen im heilen Zustande mehr gewesen ist nach dem Umschmiß, vielmehr hat die ganze Ladung aus nichts wie Scherben bestanden, aus kleinen und größeren, aber es haben die kleineren überwogen dabei, und so hat man den jungen Kreybich kurzerhand, wie er das schon befürchtet gehabt hat, bei Dreithalers Erben Söhne in Bürgstein hinausgeschmissen, im hohen Bogen und ein für allemal, und es hat auch im ganzen böhmischen Niederland keine sonstige Firma gegeben (weil so was natürlich rasch sich herumspricht unter Geschäftsleuten), welche als Fuhrmann ihn wiederum möchte eingestellt haben – no, und so ist er zuletzt, weil sich keine anderweitige Möglichkeit ihm geboten hat, bei der Aussig-Teplitzer Bahn gelandet, welche man damals gerade errichtet hat. Und es ist für den jungen Kreybich kein Honiglekken gewesen während der nächsten paar Jahre, das Schotterkarren und Schwellenlegen, aber er hat mit der Zeit sich von Stufe zu Stufe hinaufgedient, und so hat man zum guten Schluß, wie die Strecke fertiggestellt gewesen ist, eine Stelle ihm angeboten in Neuland, als Schrankenwärter. Und einige Jahre später (da ist es den Fuhrunternehmern dort in der Gegend schon ziemlich schlecht gegangen, weil ja natürlich die Eisenbahn das Geschäft ihnen mehr und mehr zum Erliegen gebracht hat), da hat die Gesellschaft den jungen Kreybich, welcher inzwischen schon etwas älter gewesen ist, zum Stationsvorsteher berufen in Christophsgrund; und da hat er natürlich mit Freuden den Posten angenommen, nicht nur der roten Kappe wegen, sondern er hat auch in dieser Stellung ein festes Gehalt bezogen auf Lebenszeit: also, reich ist er nicht geworden davon, aber immerhin hat es ausgereicht, daß er die Dreithaler Fanny aus Bürgstein doch noch hat heiraten können, die hübsche, inzwischen jedoch verarmt gewesene – und so hat sich, geschätzter Leser, dennoch um sieben Ecken herum sein Schicksal zum guten Ende gefügt, wie es damals, beim Abschied vor Möldners Hause in Niemes, die Muttergottes bereits ihm in Aussicht gestellt gehabt hat: womit ja, im Grunde genommen, die beiden uns von der Großmutter überlieferten Fassungen seiner Lebensgeschichte per Saldo aufs gleiche hinausgelaufen sind.

Kapitel Numero sieben

welches uns in die tiefsten Tiefen der Hölle hinabführt, jedoch – was geschätztem Leser mit Rücksicht auf dessen Seelenfrieden versichert sei – bloß vorübergehend.

Es folgt, wie schon angekündigt, nunmehr die zweite der insgesamt drei Geschichten, welche an jenem besagten Wintermorgen alle etwa zur gleichen Zeit ihren Anfang genommen haben; und zwar wird die zweite Geschichte ins höllische Reich uns hinunterführen, woselbst man zunächst sich darauf verlassen gehabt hat, daß schon die k.k. Grenzzoll-Kontrollsorgane das Ihrige tun und gehorsamst den heiligen Josef samt der Familie wieder dem König Herodes zurückschicken werden, anstatt sie ins Königreich Böhmen hereinzulassen, was aber, wie wir wissen, inzwischen sich völlig andersherum gefügt hat. Und wie das nun in der Hölle bekanntgeworden ist, hat es dort einen beispiellosen Schkandal gegeben; nämlich der Luzifer (möglicherweise gerade deshalb, weil er ja selbst es gewesen ist, welcher am gestrigen Abend die leider fehlgeschlagenen Maßnahmen an der böhmischen Grenze ins Werk geleitet hat), also der Luzifer hat getobt und herumgebrüllt, daß die Wände gewackelt haben, ein paar von den Kesseln sind von der Erschütterung übergeschwappt, und es hat sich das siedende Pech in die Flammen ergossen, was einen fürchterlichen Gestank zur Folge gehabt hat, die ganze Hölle ist voll gewesen davon, und nicht nur die armen Seelen sind halberts daran erstickt, sondern auch die Teufeln mitsamt dem Luzifer haben so hundserbärmlich gerotzt und gekrächzt und gehustet, daß man es bis hinauf in die ewige Seligkeit hat vernehmen können. Und wie das dem heiligen Petrus zu Ohren gekommen ist, hat er die Stirn gerunzelt und hat voller Sorge zum heiligen Paulus gesagt: »Die werden doch in der Hölle nicht etwa die Influenza sich eingeschleppt haben, nämlich was machen wir denn hier oben, wenn sie dort unten uns alle aussterben?«

No, vom Aussterben hat nicht die Rede sein können, weil mit der Zeit der Gestank und das Husten und Krächzen sich wieder gelegt haben; nicht gelegt aber hat sich der Zorn vom Luzifer, und so hat er die sieben Höllenfürsten sich kommen lassen und hat sie zusammengebrüllt, als möchten sie jeder ein Haufen Dreck sein (um nicht zu sagen Scheißdreck), und überhaupt hat er in den ordinärsten Beschimpfungen sich ergangen, da möchte den König Herodes, wenn er ihn hätte hören können, vor Neid die Gelbsucht befallen haben, was ihm von ganzem Herzen zu gönnen gewesen wäre, dem galiläischen Scheusal! – Aber wir wollen nicht abschweifen in Verwünschungen, sondern geschätztem Leser so rasch wie möglich berichten, was weiterhin in der Hölle sich zugetragen hat.

Nämlich der Luziferische Zornesausbruch ist bloß der Anfang gewesen von einer ganzen Serie weiterer solcher Ausbrüche, welche gemäß der höllischen Rangordnung stufenweise von oben nach unten sich fortgepflanzt und vervielfacht haben, man muß sich das etwa vorstellen wie beim Militär, und während auf Rangstufe Numero 38 die Oberen Unterstteufel gerade erst mit dem Anschnauzen der gemeinen Mannschaft begonnen hatten, da hat man ganz oben schon wieder längst sich beruhigt gehabt, und es haben der Luzifer und die sieben Fürsten der Finsternis einträchtig um den Tisch gehockt und darüber beratschlagt, wie man dem König Herodes trotz allem dazu verhelfen kann, daß er das Kind von Bethlehem dennoch in seine Gewalt bekommt. Und wenn auch inzwischen die Flucht nach Ägypten schon ziemlich weit fortgeschritten gewesen ist, leider Teufels, so muß man doch immerhin sich vor Augen halten, was auf dem Spiele steht, und daß man vielleicht, mit ein bissl Glück, sie auch jetzt noch vereiteln können wird – aber wie das anfangen?

No, es haben der Luzifer und die sieben Fürsten herum und hinum beratschlagt, sie sind aber an der Tatsache nicht vorbeigekommen, daß in der augenblicklichen Situation es für sie nur den einen Weg gibt: nämlich man wird, wie bereits versucht, auch fernerhin eines geeigneten weltlichen Arms sich bedienen müssen, indem man, konkret gesprochen, die k.k. Behörden im Königreich Böhmen entsprechend sich nutzbar macht – und es könnte vielleicht nicht schaden, wenn sie im jetzigen Stadium der Beratung bei der Frau höllischen Großmutter anfragen, ob sie die Güte hätte und möchte den weiteren Plan ihnen, bittschön, auskarteln.

Die Frau Großmutter hat nebenan eine kleine Stube gehabt, mit einem geheizten Lehnstuhl, dort hat sie gesessen und Pfeife geraucht, und wie nun der liebe Luzi (so hat sie den Luzifer immer genannt) mit den Höllenfürsten zu ihr hereinkommt, da hört sie sich an, was sie von ihr wollen, und schüttelt dazu den Kopf. In diesem besonderen Falle, erklärt sie, muß sie vom Auskarteln ihnen abraten, nämlich es gibt keine hundertprozentige Garantie dafür, daß die Karten die Wahrheit sagen; da möchte sie ihnen schon lieber ein anderes Mittel vorschlagen, welches zwar etwas größere Umstände macht in der Anwendung, aber es ist Verlaß darauf.

Damit klopft sie die Pfeife aus, schlurft an den Ofen und brüht einen starken schwarzen Kaffee auf, nach türkischer Art, den schüttet sie vorsichtig wieder ab, so daß nur der schiere Satz ihr davon zurückbleibt; dann brütet sie eine Zeitlang schweigend über der Tasse, ab und zu mit dem Kopfe wackelnd dabei, und je länger sie in der Betrachtung des Kaffeesatzes verharrt, desto finsterer wird ihr Blick, desto grimmiger fletscht sie den letzten ihr noch verbliebenen Zahn, so daß sich der Luzifer und die sieben Fürsten schon langsam auf was gefaßt machen – aber hernach dann, wie die Frau Großmutter endlich zum Reden anfängt, da ist es mit jeglicher Art von Gefaßtheit bald schon vorbei gewesen.

Nämlich zum einen, muß sich der Luzifer sagen lassen, zum einen darf er sich nicht beklagen darüber, daß man von jener droberen Seite entsprechende Gegenmaßnahmen in die Wege leitet, wenn er auf solche plumpe und leicht durchschaubare Machinationen sich einläßt wie beispielsweise auf diesen fingierten telephonischen Anruf beim Zollamt in Hielgersdorf: also das kann man den Droberen, wenn sie darauf ihm mit ihren

Mitteln entgegnen, nicht gut zum Vorwurf machen, das ganz gewiß nicht. Zum zweiten aber..., und damit erhebt sie bedeutsam den Zeigefinger, zum zweiten gibt's da noch ganz was anderes, was der Kaffeesatz ihr verrät – und dieses, wie man sogleich bemerken wird, ist an der ganzen Sache das eigentlich Schkandalöse!

Wie sie nun alsbald Näheres ihnen berichtet von dieser Entdeckung, da brechen der Luzifer und die sieben Fürsten vor Wut in ein schauderhaftes Geheul aus, wie wenn man sie möchte mit Weihwasser überschwappt haben, und der Luzifer schreit, daß es eine bodenlose Gemeinheit ist von dem Alten oben, wie man sie da beschissen hat – ob das vielleicht eine Art ist?

»Nein!« schreit der Beelzebub, »das ist keine Art!« – und man darf sich nicht wundern, daß ihnen in der Sache mit dem vermaledeiten Drecksbalg aus Bethlehem alles, was man bisher unternommen hat, schiefgegangen ist, aber nun weiß man ja wenigstens, dank dem Kaffeesatz von der Frau Großmutter, welches schändliche Spiel da mit ihnen getrieben wird.

»Schändlich ist gar kein Ausdruck dafür!« erbost sich der Belial, daß ihm die Flammen zum Schlund herausschlagen. »Nämlich wer hätte denn damit rechnen können, normalerweise, daß man dort oben nicht einmal an die Schrift sich hält!«

»Und geschrieben steht«, faucht der Astaroth grimmig dazwischen, »daß auf der Flucht nach Ägypten das bethlehemische Wurm nur von Mutter und Vater geleitet wird, respektive vom Nährvater – aber nichts steht davon geschrieben, daß zur Begleitung man heimlicherweise eine von diesen drobigen Kreaturen ihm beigeben wird, welche der Hölle seit eh und je nichts wie Ärger und Schaden zufügen.«

»Und am schlimmsten in dieser Hinsicht«, erbost sich der Satanas, »hat es zu allen Zeiten der Leirbag getrieben, von welchem der Name bloß ärschlings zum Maul mir herausgeht! Und wenn er nun tatsächlich, dieser Ausbund an Impertinenz, in Gestalt eines Esels jenen zur Seite steht auf der Flucht, dann ist höchste Gefahr im Verzuge – nämlich das kann man ja an zwei Hörnern sich ausrechnen, was er dabei im Sinn hat.«

»No, das ist wirklich ein starkes Stück!« muß der Marbuel zähneknirschend ihm beipflichten; und obzwar er bekannt ist für seinen besonderen Einfallsreichtum, kann doch selbst er ihnen keinen Rat geben, was man in dieser verpfuschten Angelegenheit unternehmen soll.

Das wissen natürlich der Aziel und der Pluto auch nicht, so daß, wie der Luzifer sie danach befragt, ein betretenes Schweigen sich breitmacht im Kreise der Herren Fürstlichkeiten, und gleich wird der Luzifer wieder zum Toben anfangen – aber da kommt die Frau Großmutter ihm zuvor, die hat in der Zwischenzeit ihre Tabakspfeife sich frisch gestopft und in Brand gesetzt, und wie sie die ersten paar Züge getan hat, erklärt sie mit aller Seelenruhe, daß sie die ganze Aufregung herich nicht verstehen kann.

Nämlich es wird doch wohl jedem von ihnen einleuchten, daß man den glücklicherweise aufgedeckten Betrug sich nicht bieten lassen darf, sondern man muß sich energisch dagegen auflehnen und den Alten im Himmel – no, zwingen können wird man ihn leider zu überhaupt nix, da sollte man keiner Täuschung sich hingeben; aber er muß ja natürlich auf seine Reputation bedacht sein, und wenn man ihn höllischerseits mit der nötigen Lautstärke auf den Schwindel hinweist, welch selbiger da in seinem Namen getrieben wird, möchte es durchaus sein können, daß er mit Rücksicht auf seinen guten Ruf ihm ein Ende macht: Jedenfalls sollte der liebe Luzi, statt daß er hier unten einem die Ohren vollschreit, sich schleunigst hinaufbegeben und dorten Lärm schlagen, wo der Schkandal am Platz ist und möglicherweise ihnen sogar was nutzen wird.

Es hat sich der Luzifer also hinaufbegeben, zusammen mit sechs von den Höllenfürsten (den Marbuel hat er unten zurückgelassen, für alle Fälle, weil man natürlich nie wissen kann, was passiert, wenn man nicht daheim ist; und Ordnung muß sein in der Hölle, gerade auch dann, wenn der alleroberste Oberstteufel vorübergehend sich außer Haus begibt), und so haben sie nun mit vereinten Kräften, der Luzifer und die Seinigen, vor den Toren der ewigen Seligkeit einen solchen Radau gemacht und

»Verraaat!« geschrien und »Betruuug!« und »Man-kann-ihn-nicht-hinnehmen-diesen-elenden-Schwindel-elenden!«, daß der heilige Erzengel Michael, welchem bekanntermaßen die Obsorge für die himmlische Sicherheit übertragen ist, schon erwogen hat, ob er nicht vorsorglich einen Ausfall machen und wieder einmal mit dem Flammenschwert sie verdreschen sollte, die Teufelsbrut miserablige.

Währenddem hat der Marbuel, wie gesagt, für den Luzifer in der Hölle unten das Regiment geführt, und schon lang hat er keinen so schönen Posten mehr innegehabt wie jetzt, wo er vollkommen rechtmäßig auf den obersten Höllenthron sich hat setzen dürfen, mit übereinandergeschlagenen Beinen, und alles, was Hörner und Schwanz hat hienieden, muß vor ihm katzbukkeln und aufs Wort ihm parieren, wie wenn er der Luzifer selber sein möchte, bloß mit der kleinen Einschränkung, daß er natürlich auf keinen Fall sich getrauen und etwas befehlen wird, was man im Nachhinein ihm verübeln könnte – aber allein das Bewußtsein, daß wenn er beispielsweise verlangen möchte, daß alle Teufeln sich gegenseitig die Schwänze abhacken, müßten sie ohne Widerrede auch diesem Befehl gehorchen: allein das Bewußtsein schon, was er alles tun könnte, wenn er wollte (obgleich er es gar nicht wollen wird), verursacht ihm eine so ungemeine Befriedigung, daß er darüber vollständig auf die Zeit vergißt. Und so ist er ganz hübsch perplex gewesen, wie dann auf einmal der Luzifer und die anderen Fürstlichkeiten wiederum in der Hölle sich eingestellt haben, weil es ihm vorkommt, als möchten sie höchstens ein paar Minuten absent gewesen sein.

Dieses indessen ist aber nicht der Fall gewesen, sondern man hat vor den Toren der ewigen Seligkeit sie zum mindesten anderthalb Stunden lang zetern und schreien lassen, ohne daß irgend etwas passiert wäre, so berichten sie der Frau Großmutter und dem Marbuel, und es sind ihnen langsam schon Zweifel daran gekommen, ob man sie dortseits überhaupt zur Notiz nimmt (weil sie natürlich nicht haben wissen können, wie stark es den heiligen Erzengel Michael in den Fingern gejuckt hat auf sie, und daß man nur unter Aufwand von größter Mühe und Anstrengung es verhindern können hat, daß er das feurige

Schwert ihnen um die Ohren haut), bis dann endlich, nachdem sie den Rachen sich wund und heiser gebrüllt haben, nicht zwar der Alte persönlich vor ihnen sich sehn oder auch nur hören läßt, aber er schickt ihnen wenigstens einen Unterhändler hinaus, was jedenfalls besser als nix ist, und läßt ihnen einen Vorschlag machen. Den können sie annehmen oder nicht, das soll ihm egal sein, für ihn ist der Fall erledigt – und wenn sie nicht schleunigst jetzt aus dem Staub sich machen, so wird man die himmlischen Heerscharen auf sie loslassen, daß es nur so prasseln wird.

»Und der Vorschlag?« erkundigt sich voller Ungeduld die Frau Großmutter.

»No, der ist leider keineswegs so erschütternd gewesen, daß man darauf gespannt sein muß«, gibt der Luzifer ihr zur Antwort. Wenn sie auf seiten der Hölle nämlich in der bewußten Sache sich übervorteilt glauben, so mögen auch sie, hat zum Ausgleich der Kräfte man ihnen angeboten, mit allerhöchster Erlaubnis sich eines Tiers bedienen, es muß nicht gerade ein Esel sein, sondern es stehen auch alle übrigen Haustiere ihnen zur Auswahl, sofern sie vier Hacksen haben: in dieses Tier soll dann einer von ihnen hineinfahren (»eingehen« hat man es oben genannt), und er soll in der Viechsgestalt jegliche Anstrengung unternehmen dürfen, womit sich nach seiner Meinung die Flucht nach Ägypten vielleicht verhindern läßt, wenn es nur der Natur des betreffenden Tiers nicht zuwiderläuft – aber was soll ihnen, bittschön, gedient sein mit diesem Vorschlag? Den hätte der Alte sich ruhig schenken können, das ist ja, bei Licht besehen, der reine Mumpitz.

»Mumpitz?« eifert sich die Frau Großmutter über den Luzifer; »also da kann ich dir ganz und gar nicht beipflichten, Luzi, daß das ein Mumpitz ist. Habt ihr nicht vorhin selber davon gesprochen, daß man des weltlichen Arms sich bedienen muß? No, was wollt's ihr denn eigentlich? Müßt's ihr nicht froh sein, Hornochsen, über ein solches Zugeständnis? Was wird man von höllischer Seite nicht alles erreichen können in dieser Sache, wenn das geeignete Viech man dazu verwendet...« Mit anderen Worten: sie könnte sich vorstellen, meint sie, daß wenn man für diesen speziellen Auftrag den richtigen Teufel einsetzt, so möchte es sein, daß der Alte sich umschaun wird, wenn er merkt, welchen Schnitzer er da begangen hat; aber dann wird es für ihn zu spät sein, nämlich das wird er sich unter gar keinen Umständen leisten können, daß er das einmal vor Zeugen ihnen gegebene Wort zurücknimmt.

»No schön«, meint der Luzifer. »Was die Frau Großmutter da gesagt hat, das find' ich einleuchtend. Aber wie sollen wir, bittschön, den einen Teufel herausfinden, welcher von allen am besten sich eignet für diese verantwortungsvolle Aufgabe?« Und dann hat er hinzugefügt, ob nicht vielleicht aus dem Kreise der Höllenfürsten jemand bereit sein möchte, daß er aus freien Stücken zur Übernahme besagten Auftrags sich meldet.

Nun sollte man meinen, es hätten die Herren Fürstlichkeiten sich bloß so reißen müssen um diese Aufgabe, welche ja nicht nur heikel gewesen ist, das sei eingeräumt, sondern zugleich von enormer Tragweite für das Ansehen und die Zukunft des höllischen Reiches insgemein. Wer aber eine solche Erwartung gehegt haben sollte, der wird mit dem Luzifer auf das allergröblichste sich enttäuscht sehen, wenn er hört, daß im Kreise der sieben nicht einer gewesen ist, welcher freiwillig sich gemeldet hätte, sondern es haben die Herren Fürsten sich möglichst klein gemacht und mit eingezogenen Köpfen darauf gewartet, daß hoffentlich rasch sich ein Blöder finden wird und den Auftrag annimmt, so daß man bei gutem Wind möchte aus dem Schneider gewesen sein: Aber was hilft ihnen alles Warten, wo jeder von ihnen doch nur die gleiche Absicht damit verfolgt wie die anderen auch – und so hätte es sein können, daß sie sich schwarz und schimmlig gewartet hätten, wenn nicht zum Glück die Frau Großmutter wieder sich möchte eingemischt und wie folgt sie beraten haben.

Nämlich, so meint sie, es möchte nach ihrer Auffassung keinen schlimmeren Fehler geben, als wenn man bezüglich der Auswahl des mit besagter Angelegenheit zu betrauenden Teufels sich auf den Zufall verläßt, respektive darauf, daß schon jemand sich freiwillig dazu melden wird – »Nein! das ist alles nix, darauf darf man auf gar keinen Fall sein Vertrauen setzen, sondern es muß eine Frage von solcher Wichtigkeit unbedingt auf der Grundlage einer streng wissenschaftlichen Prozedur gelöst werden!« Und so schlägt sie, das Einverständnis vom lieben Luzi vorausgesetzt, ihnen vor, daß sie jetzt ihr Ägyptisches Traumbüchl aus dem Schranke holt, welches schon oft bei Ermittlung der Lottonummern ihr gute Dienste geleistet hat, und dann wird sie mit einer Haarnadel feierlich zwischen die Seiten hineinstechen (bei geschlossenen Augen, versteht sich) – und welche Zahl sich bei diesem Verfahren herausstellt, die soll man im höllischen Schematismus nachschlagen, wo ja die Teufeln bekanntlich alle nach ihrer Rangnummer drin verzeichnet stehen; und der, welcher die betreffende Nummer trägt, darauf können sie Meßwein nehmen: das ist der richtige.

No, dem Luzifer und den übrigen hat das eingeleuchtet, der Astaroth hat geschwind der Frau Großmutter das Ägyptische Traumbüchl aus dem Schrank geholt, und dann haben sie alle im stillen darauf gehofft, daß um Teufels willen die Alte nur ja bei der wissenschaftlichen Handhabung ihrer Haarnadel nicht die einzige falsche Nummer sticht, welche sie stechen kann, nämlich die jeweils eigene; und so haben sie allesamt hörbar aufgeatmet, wie sich als Resultat eine Zahl mit drei Stellen ergeben hat, so daß keiner von ihnen davon betroffen gewesen ist – sondern getroffen hat's den Herrn Pekloslav Pospišil, einen Mittleren Oberteufel auf Probe in der Abteilung für Höllische Angelegenheiten des Königreichs Böhmen, Unterabteilung Nördliche Landeshälfte, Kanzlei für Vermischte Eventualitäten und Anderweitiges.

Sollte es anfangs beim Luzifer und den sieben Fürsten noch Zweifel daran gegeben haben, ob die Frau Großmutter tatsächlich mit dem Ägyptischen Traumbüchl und der Haarnadel ihnen wird helfen können, so haben sie spätestens jetzt den Beweis für die Zuverlässigkeit des Verfahrens vor Augen gesehen; nämlich es hat sich gezeigt, daß besagter Herr Teufel Pospišil eben für den in Frage stehenden Auftrag in mehrfacher Hinsicht hervorragend sich geeignet hat. Denn zum einen ist er, wie aus der höllischen Personalakte zu ersehen, von äußerst

strebsamer, furchtloser und zu raschen Entschlüssen bereiter Natur gewesen, mit guten Aussichten, demnächst zum Definitiven Mittleren Oberteufel zu avancieren, unter Verkürzung der obligatorischen Probezeit auf das Mindestmaß; ferner hat er im Lauf seiner Ausbildung mehrere Kurse für operative ex-infernalische Unternehmungen absolviert gehabt, sämtlich mit ausgezeichnetem Resultat; und schließlich ist er von Amts wegen mit den Verhältnissen, wie sie derzeit im Königreich Böhmen geherrscht haben, bestens vertraut gewesen, sowohl was die topographische Seite anlangt, als auch im Hinblick auf Staatswesen und Verwaltung etcetera, ganz zu schweigen davon, daß er selbstverständlich in beiden Landessprachen fließend sich ausdrücken können hat und die besondere Mentalität der Bevölkerung ihm von Grund auf geläufig gewesen ist.

Also, mit anderen Worten, man hat für bewußte Mission überhaupt keinen besser geeigneten Teufel sich denken können als wie den Herrn Teufel Pospišil; und so hat ihn der Luzifer auf der Stelle sich kommen lassen und hat ihm entsprechende Instruktionen erteilt, damit er auch ja sich darüber im klaren ist, was man von ihm erwartet – und wehe, wenn er des kolossalen Vertrauens, welches der Höllische Thron ihm entgegenbringt, unwürdig sich erweisen sollte! Da möchte es besser sein, wenn er gleich freiwillig sich mit Weihrauch vergiften möchte: denn das, was er dann erleben wird – also, das kann er sich ja vermutlich ausrechnen!

Der Herr Pospišil hat, nach der Vorschrift, ein schneidiges »Melde-daß-ja!« geschmettert, dann hat er die Order, welche der Luzifer ihm erteilt gehabt hat, Wort für Wort wiederholt – und hierauf, nach einer exakten Rechtsum-Kehrtwendung, hat er mit beiden Hufen zugleich sich vom höllischen Fußboden abgestoßen und ist wie ein Pfitschepfeil losgesaust, ohne Umschweif nach Prag hinauf, wo auf dem Hradschin gerade die leitenden, mit bewußter Sache befaßten Herren k.k. Statthaltereibeamten versammelt gewesen sind und beratschlagt haben.

Kapitel Numero acht

worin man sich seitens der Königlich böhmischen Statthalterei zu Prag aus gegebenem Anlaß dazu bewogen sieht, daß man die Hilfe des k.k. Landesgendarmeriekommandos in Anspruch nimmt.

Und nunmehr wird man zum dritten und letzten Male geschätztem Leser es zumuten müssen, daß wir, wie angekündigt, noch einmal gemeinsam ein Stückl uns in der Tageszeit wieder zurückbegeben, indem wir zunächst ihm in aller Kürze davon berichten werden, was auf dem Zollamt von Hielgersdorf in der Zwischenzeit sich ereignet gehabt hat an jenem Morgen, zur gleichen Stunde etwa, wo nach dem Frühstück die bethlehemitischen Wandersleute schon weitergezogen sind, in das böhmische Land hinein, während in Hielgersdorf auf der Zollstation der Herr k.k. Finanzwach-Oberaufseher Schübl gerade aus seinem stark ramponierten Zustand allmählich sich wieder errappelt hat, und es ist der Herr k.k. Finanzwach-Unteraufseher Behounek gleichfalls um diese Stunde erst langsam wieder zu sich gekommen: und wie sie nun beide sich anglotzen, über den Tisch hinweg, und es liegen zwei fremde Pässe da, auf der Tischplatte zwischen ihnen, zwei Reisepässe von Ausländern! – no, da sind sie bei Feststellung dieser Tatsache einigermaßen perplex gewesen, wie man sich denken kann. Nämlich die Ausländer selber, welche zu diesen Reisepässen dazugehören, die muß es, zum Kruzitürken! entweder auf tausend Stückln zerrissen haben, weil nirgendswo die geringste Spur sich von ihnen entdecken läßt – oder sie haben die Grenze zum Königreich Böhmen auf eigene Kappe inzwischen bereits passiert gehabt, denn es steht ja (dem Schübl fällt das erst jetzt auf) der Schlagbaum offen, der gestern abend von ihm geschlossen wordene. Und es ist diese neuerliche Entdekkung für ihn der Beweis dafür, daß besagte Ausländer unterdessen bereits sich ins Inland verfügt haben müssen, auf ungesetzliche Weise, so daß sich für ihn die Frage stellt, was er um Himmels willen jetzt tun soll in dieser verzwickten Lage – oder vielleicht auch *nicht* tun –, damit er nur ja keinen größeren Ärger sich damit zuzieht, als wie er ihn ohnehin schon bekommen wird.

Eines natürlich steht fest: Er muß Meldung machen von diesem Vorfall, in Schluckenau, auf der k.k. Finanzwach-Kontrolls-Bezirksleitung, wie es die dienstliche Vorschrift ihm abverlangt; aber vielleicht wird es besser sein, denkt er sich, wenn er damit noch ein bissl wartet, weil es bekanntlich im Staatsdienst gewisse Dinge gibt, welche im Lauf der Zeit sich von ganz alleine erledigen, wenn man von übertriebenem Eifer Abstand nimmt.

No, es sind im Prinzip zwar die Schüblschen Überlegungen vollkommen richtig gewesen, und sicherlich möchte er keinen Fehler begangen haben, wenn er nach ihrer Maßgabe sich verhalten hätte: aber da rasselt mit einem Male das Telephon ihm dazwischen, und wie er den Hörer abnimmt, so schallt ihm die Stimme von seinem Vorgesetzten daraus entgegen, und zwar ist es diesmal der echte, der wirkliche Herr k.k. Finanzwach-Bezirkskommissär Hallwich aus Schluckenau gewesen, welcher den Schübl anruft und ihm die gestern in Prag auf der Statthalterei erlassene Order durchgibt, hinsichtlich Anhaltung und Inhaftnahme eines gewissen Ehepaares aus Nazareth, welches mit einem männlichen Säugling und einem Esel zur Zeit auf der Flucht von Bethlehem nach Ägypten befindlich sein soll. Und wie ihm der Schübl darauf erwidert, daß ja, gehorsamst zu melden, der Herr Bezirkskommissär ihm dies alles bereits schon einmal per Telephon übermittelt haben, am gestrigen Abend, da faucht ihn der Hallwich an mit den Worten:

»Tun Sie mir, Schübl, gefälligst sich keine Dreistigkeiten herausnehmen, ja? Denn erstens bin ich noch immer Ihr Vorgesetzter, nicht wahr – und zweitens: wie hätt ich denn diese Order aus Prag Ihnen durchgeben können, am gestrigen

Abend schon, wo ich doch selber gerade vor einer Viertelstunde sie erst erhalten habe!«

Das hat sich der Schübl naturgemäß nicht erklären können (außer daß es vielleicht im Rausch ihm was Diesbezügliches vorgemacht haben möchte), aber er hat sich verständlicherweise gehütet, daß er darüber Vermutungen anstellt am Telephon, sondern vielmehr hat er gleich kapiert gehabt, welcher Vorteil für ihn aus der Sache sich nunmehr ziehen läßt. Und so hat er dem Herrn Bezirkskommissär gehorsamst erwidert, daß man von Grund auf ihn herich mißverstanden hat; nämlich (so hat er sich jetzt hinausgeredet) er hat ja in Wirklichkeit bloß gesagt, das hätten der Herr Bezirkskommissär am gestrigen Abend bereits ihm mitgeteilt haben müssen, von jenen befahndeten Individuen mit dem Säugling: dann hätte man nämlich in Hielgersdorf auf der Grenze bereits sie in Haft nehmen können, verwichene Nacht, wie sie aus der Lausitz herübergekommen sind und dann weiter ins Königreich Böhmen hinein sich begeben haben.

»Waaas?« hat auf diese Eröffnung hin der Herr k.k. Finanzwach-Bezirkskommissär sich ereifert, »Sie wer'n mir doch, Schübl, im Ernst nicht erzählen wollen, daß Sie tatsächlich die beiden Subjekte haben passieren lassen mit Kind und Esel, Sie Unglücksmensch?«

»Melde gehorsamst, daß leider ja«, hat der Schübl in aller Ruhe darauf ihm geantwortet; nämlich wie hat er denn wissen können, am gestrigen Abend schon, was ja sogar bis zum heutigen Morgen der Kenntnis vom Herrn Bezirkskommissär sich entzogen gehabt hat, und folglich: was hätte er bittschön tun sollen, wenn nicht wenigstens das, was er glücklicherweise nun doch getan hat.

An diesem Punkt hat er eine Pause gemacht, eine kurze – und hierauf hat er (das muß man ihm lassen, dem Schübl, daß er von jetzt an mit Umsicht und großem Geschick sich verhalten hat, denn es sind ja noch immer die beiden zurückgelassenen Reisepässe vor ihm auf dem Tisch gelegen; und wenn schon, bedenkt er, die Möglichkeit sich ihm bietet, daß man bei gutem Winde sie möchte loswerden können, dann muß man zugreifen)

– also nach kurzer Pause, von welcher bereits die Rede gewesen ist, hat er dem Herrn Bezirkskommissär ergänzungshalber noch mitgeteilt, was er herich zum Glück getan hat, wie gestern nacht die schon mehrfach erwähnten Ausländer mit dem Kind und dem Esel die königlich böhmische Grenze in Hielgersdorf überschritten haben: nämlich aus angeborenem dienstlichen Mißtrauen hat er sogleich sich gedacht, daß möglicherweise etwas mit ihnen nicht stimmen wird; und so hat er für alle Fälle die Reisepässe von ihnen zurückbehalten, bei sich auf der Zollstation, so daß man die Eigentümer derselben mit Leichtigkeit feststellen können wird, falls sie königlich böhmisches Territorium wieder verlassen wollen – mit anderen Worten: Man hat sie auf diese Weise im Sack, und wenn man am anderen Ende denselben zuschnürt, so wird man Gesuchte zwar etwas später zum Fassen kriegen, aber man kriegt sie trotzdem.

»No, wolln wir das hoffen, Schübl!« hat der Herr k.k. Finanzwach-Bezirkskommissär ihm darauf geantwortet; und dann hat er hinzugefügt: »Aber bringen S' mir, bittschön, die einbehaltenen Reisepässe so schnell wie möglich herüber nach Schluckenau – damit wir sofort sie per Eilpost nach Prag expedieren können, zum Römisch Achten!«

Einstweilen hat man in Prag auf der Statthalterei mit großer Befriedigung davon Kenntnis genommen, was man aus sämtlichen gestern in Sachen der Amtshilfe für den König Herodes verständigt wordenen k.k. Finanzwach-Kontrollsbezirken inzwischen zurückgemeldet bekommen hat, nämlich daß erstens man dortseits, wie angewiesen, sofort die betreffende Order den Zollämtern I. und II. Klasse hat zugehen lassen, unter Ermahnung zur höchsten Wachsamkeit, und daß zweitens betreffende Zollämter mittlerweile den Eingang betreffender Order nicht nur bestätigt haben: sondern bislang hat man noch an keiner Stelle die anzuhaltenden Individuen zu Gesicht bekommen.

»No bittschön!« hat hierzu der Herr Bezirkshauptmann Freiherr von Webern erleichtert festgestellt, im Gespräch mit den Herren Bezirkskommissären Czirnich und Doskočil, welche gerade ihm über den höchst erfreulichen Fortgang der Dinge berichtet haben, »da kann ich ja, meine Herren, nunmehr beruhigten Sinnes hinuntergehn, zum Herrn Hofrat von Wottruba, und ihn darüber ins Bild setzen, daß man von seiten des Römisch Achten alles getan hat, damit man, wie vorgesehen, die ganze Sache bereits an der Grenze zu einem raschen und selbstverständlich erfolgreichen Abschluß bringt.«

Hierauf hat er, zum Zeichen persönlicher Anerkennung, jedem der beiden Herren eine Virginia angeboten, aus dem besonderen Schachterl, welches er eigens für solche relativ seltenen Augenblicke im Schreibtisch parat gehalten hat, und es haben natürlich die Herren Czirnich und Doskočil ihm gehorsamst dafür gedankt und ganz ausnehmend von dem Präsent sich beehrt gefühlt, ungeachtet der Tatsache, daß der Herr Doskočil aus Zigarren normalerweise sich nix gemacht hat, weil er ein leidenschaftlicher Raucher von türkischen Zigaretten gewesen ist, und der Herr Czirnich vollends, als mindestens ebenso leidenschaftlicher Nichtraucher, hat im Prinzip sie sogar verabscheut. Aber es hat ja kein Mensch von den beiden Herren erwartet, daß sie die schwarzen Stengel auch wirklich rauchen werden, sondern im Gegenteil ist es üblich gewesen (und nicht nur beim Römisch Achten), daß man dergleichen symbolisch gemeinte Dedikationen erinnerungshalber sich aufzuheben gehabt hat – wenn nicht für alle Zeiten, so doch zum wenigsten vorläufig, bis sie, infolge natürlicher Austrocknung, eines Tages von ganz allein auseinandergefallen sind.

Also, es hat sich, wie angekündigt, der Freiherr von Webern nunmehr hinabbegeben ins Präsidialbureau, und der Herr Doktor von Wottruba-Treuenfels hat schon seinerseits, wie der Freiherr ihm alles so hübsch gemeldet gehabt hat, eine Havanna ihm dedizieren wollen aus dem besonderen Schachterl, welches auch er für dergleichen Gelegenheiten im Schreibtisch parat gehalten hat – aber da hat es gerade in diesem Moment an der Tür geklopft, und es kommen die Herren Bezirkskommissäre Czirnich und Doskočil ihnen hereingestürzt, welche auf die erstaunte Frage »Was haben S' denn, meine Herren?« mit allen Zeichen der Desperation dem Herrn Hofrat zur Antwort geben, daß etwas Schreckliches sich ereignet hat. Nämlich aus unerfindlichen Gründen hat man beim Römisch Achten es vollkommen ignoriert gehabt, daß von *einem* der insgesamt gestern verständigt wordenen k.k. Finanzwach-Kontrollsbezirke bis dato noch keinerlei Rückmeldung eingegangen gewesen ist, und nun hat man soeben aus diesem einen, dem Schluckenauer Bezirk, den Rapport erhalten, per Telephon, daß besagte Flüchtlinge leider Gottes die Grenze zum Königreich Böhmen inzwischen bereits passiert haben, gestern nacht schon, beim Zollamt von Hielgersdorf; und man hat zwar die Reisepässe von ihnen dort sichergestellt (das ist wenigstens etwas!), aber es ändert natürlich nichts an dem Sachverhalt, daß mithin die bisher in dieser Hinsicht getroffenen Dispositionen sich samt und sonders erübrigt haben und nutzlos geworden sind.

»Sagen S' mir das, meine Herren, bittschön noch einmal langsam und hübsch der Reihe nach«, ist das einzige, was der Herr Hofrat von Wottruba momentan auf die Meldung der Herren Bezirkskommissäre erwidern kann; und hinterher, wie sie die ganze Sache noch einmal von vorn ihm berichtet gehabt haben, meint er zum Freiherrn von Webern: »No servus, mein Lieber, das nenn ich mir eine ausgesprochene Glanzleistung – und was jetzt?«

Jetzt wird man natürlich sofort, gibt der Freiherr von Webern zur Antwort, das k.k. Gendarmeriewesen einschalten müssen, etwa per Anordnung einer Landesstreifung, oder was sonst an geeigneten polizeilichen Maßnahmen zum Gebote steht, welche man, wie er gehorsamst sich vorzuschlagen erlaubt, am besten gleich einvernehmlich mit dem Herrn Landesgendarmeriekommandanten erörtern und festlegen sollte.

No gut, der Herr Hofrat finden den Vorschlag einleuchtend, und es wird der Herr Czirnich damit beauftragt, daß er sogleich mit dem Landesgendarmeriekommando Verbindung aufnimmt am Telephon: Nämlich es werden, in einer Sache von höchster dienstlicher Wichtigkeit und Brisanz, der Herr Oberst von Branković hier benötigt, im Präsidialbureau, und so möchten denn, bittschön, Herr Oberst davon verständigt werden, daß er auf schnellstem Wege hierher zum Herrn Hofrat von Wottruba-Treuenfels sich verfügen wolle, unter Hintanstellung aller sonstigen Dienstgeschäfte, mit welchen zum gegenwärtigen Zeitpunkt er möglicherweise gerade befaßt sein sollte. Aber es sind, wie nach etlichen telephonischen Weitervermittlungen sich ergeben hat, keinesfalls Dienstgeschäfte gewesen, welche zur Zeit den Herrn Landesgendarmeriekommandanten in Anspruch nehmen, sondern es haben vielmehr der Herr Oberst von Branković pünktlich um zwölf sich, wie alle Tage, zu Tisch begeben (präzise vor zehn Minuten), und ebenso pünktlich wird man Herrn Oberst ab halber zweie beim Landesgendarmeriekommando wieder erreichen können, und keine Sekunde früher.

»Auch gut«, hat der Herr Hofrat von Wottruba nach erhaltener Auskunft entschieden, »dann wollen wir, meine Herren, dem Branković seine Pünktlichkeit respektieren, die militärische, und ihn bei Tisch nicht stören, was ohnehin eine Barbarei sein möchte. Nur müssen S' mir, lieber Czirnich, verläßlich ihm dahingehend Bescheid übermitteln lassen, daß man Punkt zwei ihn bei mir erwartet, ja? Und nun denk ich mir, meine Herren, daß es am besten ist, wenn ich ›Mahlzeit!‹ sage, womit Sie von jetzt an bis, sagen wir fünf Minuten vor zweie, von mir als beurlaubt sich ansehen dürfen: Mahlzeit!«

Punkt zwei, wie die anderen Herren bereits sich im Präsidialbureau wieder versammelt gehabt hatten, sind dann, von einem Oberleutnant als Stabsgehilfen gefolgt, der Herr Oberst im k.k. Gendarmeriekorps Bogdan Ritter von Branković bei Herrn Hofrat von Wottruba stellig geworden und haben mit höchster Prägnanz ihm die militärische Ehrenbezeigung erwiesen, wie man von einem kroatischen Edelmann es nicht anders erwarten wird, welcher seit Kindestagen treulich dem Hause Habsburg gedient gehabt hat in Kaisers Rock; und so wird man sich nicht darüber verwundern dürfen, daß mit der Zeit ihm das militärische Wesen zur zweiten Natur geworden ist und er gleichzeitig, bis in die schneidig aufgezwirbelten Schnurrbartspitzen hinein, sich von durch und durch k. und k. österreich-ungarischer Gesinnung durchdrungen gefühlt hat.

Es rasselt also der Herr von Branković seine Meldung

herunter, und ehe noch der Herr Hofrat von Wottruba ihm erwidern kann: »Aber ich bitt Sie, mein lieber Branković, stehn S' mir doch bittschön kommod!«, da gesellt der bereits versammelt gewesenen Runde im Präsidialbureau noch ein weiterer Teilnehmer sich hinzu, und zwar, was geschätzten Leser vermutlich nicht überraschen wird, hat es bei diesem Hinzukömmling um den Herrn Teufel Pospišil sich gehandelt, welcher im allerhöllischsten Auftrag soeben hierher sich verfügt gehabt hat, nach Prag auf die Statthalterei, wovon ja bereits an früherer Stelle die Rede gewesen ist. Und es mündet nun also die zweite der drei Geschichten vom heutigen Tage hier, mit dem Eintreffen vom Herrn Teufel Pospišil auf der Prager Burg, in die dritte ein – wobei selbstverständlich zwar der Herr Teufel alle im Präsidialbureau gegenwärtig gewesenen Herren samt dem Kanzleidiener Papouschek sehen und hören können hat, während er selber jedoch, aus begreiflichen Gründen, nicht in Erscheinung getreten ist, sondern er hat sich, von niemand bemerkt, auf den eisernen Ofen hinaufgesetzt, und von dort aus verfolgt er nun voller Ungeduld, welchen Verlauf die Besprechung mit dem Herrn Obersten Branković nehmen wird.

Zunächst hat, natürlich auch diesmal wieder in stehender Haltung, der Herr von Wottruba mit dem Wortlaut der gestern eingegangenen allerhöchsten Depesche aus Wien den Herrn Landesgendarmeriekommandanten vertraut gemacht; und dann hat der Freiherr von Webern, nachdem man am Konferenztisch sich niedergelassen hat (bis auf den Papouschek, selbstverständlich, und den Herrn Oberleutnant-beim-Stabe, welch letzterer vorschriftsmäßig im Abstand von anderthalb Schritten hinter dem Stuhl des Herrn Landesgendarmeriekommandanten Posten gefaßt hat), dann also hat der Freiherr von Webern des langen und breiten den Herrn von Branković über die augenblickliche Lage ins Bild gesetzt, unter Hinzufügung aller inzwischen bekanntgewordenen Einzelheiten; und weiters haben, im Anschluß an Herrn von Webern, die Herren Bezirkskommissäre Czirnich und Doskočil einen Plan zur verläßlichen Alarmierung sämtlicher an der böhmisch-schlesischen Grenze gelegenen k.k. Zollämter I. und II. Klasse vorgelegt, welchen sie unter Verzicht auf die Mittagspause gemeinsam entworfen haben; und wenn man nun, sagen sie, mit der nötigen Präzision diesen Plan verwirklicht, so wird man mit ziemlicher Sicherheit die gesuchte Familie wenigstens dann in Verhaft nehmen können, wenn sie das Königreich Böhmen wieder verlassen will, noch dazu ohne Reisepässe – was aber, wie der Herr Hofrat von Wottruba einwerfen, ihm nicht sicher genug ist, und demzufolge hat man im Kreise der Herren leitenden Statthaltereibeamten sich überlegt, daß es keineswegs falsch sein möchte, wenn man, gewissermaßen zur Komplettierung der vorgesehenen Maßnahmen, nicht nur die k.k. Grenzzoll-Kontrollsorgane in der bewußten Sache zum Einsatz bringt, sondern es ist an der Zeit und erscheint geboten, daß auch von seiten des Landesgendarmeriekommandos jetzt rasch und energisch alles erfolgt, was betreffender Fahndung im Landesinneren dienlich ist.

So was Ähnliches, brummt der Herr Oberst von Branković, hat er bereits in der Zwischenzeit sich erwartet. Aber warum denn, bei allen serbischen und magyarischen Teufeln zusammen! hat man ihm das nicht gleich gesagt respektive ausrichten lassen? Nämlich dann hätte er seine Karten gleich mitbringen können, die generalstabsmäßigen, in Ermangelung welcher man einen Einsatz wie den vom Landesgendarmeriekommando diesfalls erwarteten und verlangten nicht einmal planen, geschweige denn gar befehlen kann.

»Muß also Karten zuvor mir bringen lassen, eh' ich Herrn Hofrat mit weiterem Vorschlag dienen kann«, meint er abschließend, »weil ohne Karten bin ich, gehorsamst, wie Scharfschütze, wo man Augen verbunden hat.«

No, das haben Herr Hofrat natürlich einsehen müssen, und selbst der Herr Teufel Pospišil, welcher auf seinem Ofensitz halberts zerplatzt ist vor Ungeduld, hat sich damit getröstet, daß es beim Ritter von Branković offenkundig um einen Mann sich handelt, von welchem man wenigstens keinen Pfusch zum Befürchten hat, sondern im Gegenteil: was er macht, das wird jederzeit Hand und Fuß haben, und so muß man die kleine Verzögerung halt in Kauf nehmen, diese zwanzig Minuten etwa, bis eine Ordonnanz aus dem Landesgendarmeriekommando die vom Herrn Oberleutnant-beim-Stabe dortselbst telephonisch angeforderten Karten endlich hereinbringt.

Es haben die Herren sich während der Wartezeit einen schwarzen Kaffee genehmigt, welchen der Papouschek ihnen serviert gehabt hat, auf Anordnung vom Herrn Hofrat, so daß man nun, frisch gestärkt und belebt, der Erörterung dessen sich widmen kann, was Herr Oberst von Branković jetzt, nach Entfaltung der Karten, den Herren darlegt. Nämlich man wird sich dazu entschließen müssen, ob man entweder die Gendarmerie des Königreichs Böhmen insgesamt alarmieren muß, oder ob man mit diesem speziellen Fall ein besonders zu konstituierendes Extrakommando betrauen soll – und wenn ja: ein Kommando in welcher Stärke und Adjustierung; und wer soll es kommandieren, ein subalterner, jedoch mit den Örtlichkeiten vertrauter Gendarmerieoffizier aus dem böhmischen Niederland oder, zur Alternative, einer der Herren Stabsoffiziere vom Landeskommando in Prag? Auf jeden Fall aber, fügt der Herr Oberst hinzu, wird der operative Ansatz im Raum der Gemeinde Hühnerwasser zu konzipieren sein, also auf halbem Wege zwischen den Städten Niemes und Münchengrätz etwa, wo unter allen Umständen man die erste Sperre errichten muß, auf dem Weg von der sächsischen Landesgrenze zur schlesischen, wie die entsprechende, hier von ihm aufgeschlagene Karte ersichtlich macht.

Der Kanzleidiener Papouschek hat unterdessen neben der Tür vom Bureau gestanden wie immer, und niemand hat ihm Beachtung geschenkt, denn er hat ja gewissermaßen zum Inventar gehört; aber er selber hat selbstverständlich kein Wort sich entgehen lassen von dem, was die Herren am Konferenztisch beredet haben. Und wie nun der Name Hühnerwasser gefallen ist, im Zusammenhang mit dem Extrakommando, da hat es mit einem Mal einen Ruck ihm gegeben, nämlich es ist ihm der Poldi Hawlitschek eingefallen, der Neffe von seiner verwitweten Schwägerin, und da hat er nicht anders sich helfen können, der Papouschek, als daß er zum ersten Male, seit auf der Prager Burg er sich im Kanzleidienst befunden hat (und das macht ja nun bald an die vierzig Jahre aus), also er hat sich zum erstenmal was zum Sagen getraut, ohne daß der Hofrat von Wottruba-Treuenfels oder ein anderer von den Herren ihn darum befragt hätte.

»Wenn Sie mich bittschön anhören möchten«, hat er nach kurzem Räuspern gesagt, »dann könnt' ich den gnädigen Herren vielleicht einen Vorschlag machen in dieser Angelegenheit, weil nämlich meine verwitwete Schwägerin einen Neffen hat, welcher Leopold Hawlitschek heißt, und weil nämlich dieser Hawlitschek – also bei uns heißt er bloß der Poldi, nicht wahr, aber sein richtiger Name, auf den er getauft ist, ist Leopold –, nämlich es stammt dieser Hawlitschek aus der Gegend von Zwickau, und zufällig ist er derzeit als Wachtmeister, bittschön...« An dieser Stelle gerät er ein bissl ins Stottern, der Papouschek, weil er bemerkt, wie die Herren erstaunt ihn anblicken; aber dann faßt er sich wieder und fügt hinzu: »Weil also zufällig unser Poldi, das heißt der Herr Wachtmeister Hawlitschek, gegenwärtig als k.k. Gendarmeriepostenkommandant in der soeben erwähnten Gemeinde Hühnerwasser den Dienst versieht, und weil, wie mir meine verwitwete Schwägerin mehrfach geschrieben hat, er ein äußerst gescheiter Mensch ist, mit hohem Pflichtbewußtsein und großer Ausdauer – no, so denk ich mir, daß es vielleicht nicht verkehrt sein möchte, wenn sich die gnädigen Herren dazu entschließen könnten, daß sie den Hawlitschek Poldi mit der bewußten Sache beauftragen; weil nämlich: erstens kommt sich natürlich die ganze Geschichte ohne den Einsatz von einem Extrakommando bedeutend billiger für den Fiskus, und zweitens muß man dabei sich vor Augen führen, daß es vielleicht auch öffentlich weniger Aufsehen geben möchte, wenn einer allein das macht.«

Hinterher hat der Papouschek, wenn er manchmal an diese den gnädigen Herren Vorgesetzten im Präsidialbureau unaufgefordert gehaltene Rede gedacht hat, jedesmal wieder aufs neue sich wundern müssen darüber, was er sich da getraut hat; und eigentlich ist er natürlich darauf gefaßt gewesen, daß man für seinen Vorwitz ihn rügen wird – aber es ist überraschenderweise das Gegenteil eingetreten. Denn nicht nur hat der Herr Hofrat von Wottruba-Treuenfels dem Kanzleidiener Papouschek recht geben müssen, sondern es haben auch alle anderen Herren dem Vorschlag zugestimmt und sich dahin gehend geeinigt, daß der Herr Oberst von Branković ungesäumt mit dem Wachtmeister Hawlitschek in der Gemeinde Hühnerwasser Verbindung aufnehmen und ihm Order erteilen soll, was man von ihm erwartet und wie er in dieser Angelegenheit sich verhalten muß.

»Nämlich diskret, aber unerbittlich korrekt«, wie Herr Hofrat von Wottruba es am Schluß der Besprechung noch einmal herausstreichen. »Tun S'ihm das ausdrücklich übermitteln lassen, mein lieber Branković – und es könnte am End nix schaden, wenn man die Möglichkeit einer Beförderung ihm in Aussicht stellt, für den Fall, daß er die Erwartungen, welche man seitens des Präsidialbureaus in ihn setzt, nicht enttäuschen wird.«

Kapitel Numero neun / Abteilung A

in dessen Verlauf eine Fahrt mit dem Extraschlitten von Prag nach Hühnerwasser zum Leidwesen des Verfassers nicht – und ein Telephonat mit dem dortigen Postenkommando lediglich unter den größten Schwierigkeiten zustandekommt.

An dieser Stelle müssen wir vorsorglich bei geschätztem Leser um Nachsicht bitten, weil wir schon wieder einmal das Telephon ins Spiel bringen werden, wo wir doch selbiges um so lieber vermieden sähen, als es ja weiter oben mehrfach bereits eine Rolle gespielt hat, nämlich ab Seite 37 präzise, und wenn es nach uns ginge (aber das ist eben nicht der Fall hier, sondern wir müssen uns streng an die überlieferten Fakten halten), so möchten wir den Herrn Landesgendarmeriekommandanten nunmehr am liebsten sich eiligen Schritts in den Burghof hinab verfügen lassen, woselbst er von einem mit drei Paar Rappenhengsten bespannten Extraschlitten erwartet würde: Die Rappen tänzeln, der Kutscher, ein Stabswachtmeister der k.k. Gendarmerie namens Kloboučník mit beidseits bis zu den Ohren hochgezwirbeltem Schnurrbart, hebt salutierend die Peitsche, während Herr Oberst sich in den Schlitten schmeißen, Befehl erteilend: »Nach Hühnerwasser, so schnell wie möglich!« Und kaum daß die Order hinaus ist, da schnalzt schon die Peitsche, und »Hüh!« schreit der Stabswachtmeister den Rappen zu, »honem, honem!« – und ab geht's, zum Burghof hinaus auf den Hradschiner Platz, an den erschrocken beiseite springenden Posten der Äußeren Wache vorbei (einer von ihnen soll sich den linken Knöchel verstaucht haben, wie er dem Schlitten ausgewichen ist), dann mit Geschrei und Peitschengeknalle weiter, zum Kleinseitner Ring hinab, auf der Karlsbrücke über die Moldau und im Galopp durch die Prager Altstadt; drei Schutzleute wären ums Haar zu Schaden gekommen dabei, ein

Schornsteinfeger und zwei Besoffene, was jedoch glücklicherweise der Kloboučník jedesmal hat verhüten können, indem er den Schlitten haarscharf an ihnen vorbeigelenkt hat, so daß sie vom Luftzug zwar, aber nicht von den Kufen gestreift worden sind. Und so möchten wir den Herrn Landesgendarmeriekommandanten also am liebsten leibhaftig von Prag sich hinausbegeben lassen nach Hühnerwasser, sechsspännig, wie gesagt, und im Extraschlitten, damit in Person er an Ort und Stelle den Hawlitschek instruieren kann. Das möchte sich, meinen wir, prächtig erzählen lassen, wie er so durch die Dörfer und kleineren Städte dahinprescht und wie sich die Hühner und Gänse, die Geistlichkeit und das Landvolk, die Schweindln und Enten und Ziegenböcke vor ihm erschrecken; und alles, was sonst noch dem Kloboučník unterwegs in die Quere kommt, auch Schulkinder beispielsweise, auch Bürgersfrauen und Marktweiber, da ein Fleischergeselle mit einem Ochsen am Strick, dort ein mit Tiegeln und Pfannen und Mausefallen behangener Rastlbinder, vielleicht auch ein Trupp Soldaten, welche ins Bad geführt werden, eine Zigeunerbande mit Pferd und Wagen, womöglich sogar ein Leichenzug auf dem Weg zum Friedhof – wie sie dann samt und sonders, ob Mensch, ob Vieh, vor dem Sechsergespann auseinanderstieben wie Häckselstroh, wenn der Wind durch die Scheune fegt: Dieses alles, man darf es uns ruhig glauben, möchten wir nunmehr geschätztem Leser gern mit der größten Sorgfalt und Anschaulichkeit vor Augen führen, doch leider Gottes stehen die nüchternen Tatsachen dem entgegen, weil der Herr Landesgendarmeriekommandant eben *nicht* mit dem Extraschlitten nach Hühnerwasser hinaus sich hat fahren lassen, sondern vielmehr sind Herr Oberst von Branković mit dem dortigen Postenkommando auf telephonischem Weg in Verbindung getreten, was einerseits zwar bedeutend moderner gewesen ist – andererseits aber tut es uns, wie gesagt, in der Seele leid, daß aus Gründen des technischen Fortschritts die Schlittenfahrt mit dem Kloboučník und dem Sechserzug nicht zustandegekommen ist.

Nicht zustandegekommen ist freilich zunächst auch die Telephonverbindung zwischen dem Landeskommando in Prag und dem Posten in Hühnerwasser, nämlich bereits in Melnik meldet sich die Vermittlung nicht, sei es auf Grund eines Leitungsschadens, sei es aus Schlamperei, weil das dortige Fräulein derzeit vielleicht eine Liebschaft hat und infolgedessen auf sträfliche Weise den Dienst vernachlässigt. Aber im Augenblick handelt's dabei sich lediglich um Vermutungen, welche indessen den Telephonisten vom Landesgendarmeriekommando nicht weiterhelfen (und dem Herrn Teufel Pospišil auch nicht, von welchem geschätzter Leser sich vorstellen können wird, daß er auf tausend Kohlen gesessen hat, respektive in seinem Fall wird man sagen müssen: auf tausend Eisstückln von gefrorenem Weihwasser); und es haben wahrhaftig die beiden Herren, der Ritter von Branković und der Herr Teufel Pospišil, eine ganz hübsche Geduldsprobe hinter sich bringen müssen, bis endlich dann gegen halber sechse am Abend, und zwar auf dem Weg über Jungbunzlau, Münchengrätz und Deutsch Gabel, das Telephonat mit dem Postenkommando in Hühnerwasser doch noch zustandegekommen ist.

Der Herr Wachtmeister Leopold Hawlitschek, welcher soeben von einem kurzen dienstlichen Inspektionsgang zurückgekommen ist (nämlich ums Dunkelwerden hat er sich stets auf der Gasse noch einmal sehen lassen, weil es nix schaden kann, wenn die Bevölkerung in der Gewißheit zu Bette geht, daß sie auch während der Nacht nicht des polizeilichen Schutzes entraten muß) – der Hawlitschek hat in der Wachstube sich's bequem gemacht, nach des Tages Mühen; in Hemdsärmeln sitzt er da und in Strumpfsocken, mit dem Rücken zum Ofen, welchem er tüchtig eingeheizt hat mit Tannenzapfen und Scheiten von Buchenholz. Es ist kalt draußen, eine sternklare Nacht ist hereingebrochen, mit klirrendem Frost, und es knacken die Sparren im Dachgebälk; da fühlt man sich schon sehr wohl in der warmen Stube, und eigentlich möchte es an der Zeit sein, daß man sich einen Tschaj genehmigt (welches ein russischer Tee mit Rum ist und hübsch viel Zucker drin), aber da rasselt das Telephon in der Ecke – und wie er zum Apparat schlurft, der Hawlitschek, und den Hörer abhebt und jemand am anderen Ende sich meldet als »Landesgendarmeriekommandant von Branković«: no, da kann er bloß lachen, der gute Poldi; nämlich wenn jemand um diese Stunde mit solcher Titulatur sich meldet, so darf man gewiß sein, daß es dabei um den Wachtmeister Mottl sich handelt, einen Kollegen aus Böhmisch Leipa, mit welchem er hin und wieder am Abend ein bissl Schach spielt zum Zeitvertreib, denn es muß ja das telephonische Übermittlungswesen zu etwas gut sein, nicht wahr? Und weil nun der Mottl dafür bekannt gewesen ist, daß er sich gern einen Jux aus den Leuten macht, so möchte der Hawlitschek keinesfalls sich von ihm veralbern lassen, ohne daß er es ihm retour gibt, und da ihm gerade nix Besseres einfällt, erwidert er leutselig:

»Dankschön, mein Lieber – hier Kaiser Franz Joseph der Erste am Apparat.«

No, da kann man sich ausmalen, wie erfreut der Herr Oberst von Branković sich gezeigt hat ob dieser Gegenmeldung vom Postenkommando in Hühnerwasser. Und ziemlich rasch hat der arme Hawlitschek dann gemerkt, daß er's tatsächlich mit dem Herrn k.k. Landesgendarmeriekommandanten zu tun gehabt hat am Telephon, denn es hat der Herr Oberst von Branković einen hübschen Schkandal ihm gemacht, weil natürlich nicht jeder x-beliebige Trottel fernmündlich für den Kaiser Franz Joseph sich ausgeben darf, ein Staatsbeamter am allerwenigsten, noch dazu wenn derselbe beim Gendarmeriekorps dient; und von rechtswegen müßte man herich jetzt ein Verfahren gegen den Hawlitschek anhängig machen, da möchte die Prokuratur kein Erbarmen zeigen, wenn man ihr diesen Vorfall zur Meldung bringt; und der Hawlitschek kann von Glück sagen, daß Herr Oberst ihn dieses eine Mal noch verschonen werden, weil man den Hawlitschek nämlich im Augenblick für was Besseres braucht ... Und dann hat er in allen Einzelheiten ihm Instruktion erteilt über seinen Auftrag bezüglich Ausspürung und Inhaftnahme des an den König Herodes auszuliefernden Ehepaares mit Kind und Esel, welches von Bethlehem über königlich böhmisches Territorium nach Ägypten zieht. Und weil es dabei sich um eine Affäre handelt, welche von allerhöchstem staatspolitischen Interesse ist, so stellt man dem Hawlitschek für den Fall, daß er selbige rasch und so unauffällig wie möglich zu ordnungsgemäßem Abschluß bringt, die alsbaldige Beförderung zum k.k. Gendarmerie-Oberwachtmeister in Aussicht, wobei der Herr Oberst ihn übrigens darauf aufmerksam machen möchten, daß man dem Hawlitschek solche blöden Spassettln wie vorhin, wo er sich für den Kaiser Franz Joseph hat ausgeben wollen, kein zweites Mal durchgehen lassen wird – »Daß das klar ist!« –, und abschließend haben Herr Oberst von ihm verlangt:

»Wiederholen S' mir jetzt dem Order, Hawlitschek!«

»Zu Befehl, Herr Oberst!«

Der Hawlitschek hat sich habacht gestellt und hat dem Herrn Landesgendarmeriekommandanten mit schneidiger Stimme noch einmal ins Telephon zurückgebrüllt, was der Ritter von Branković ihm soeben befohlen gehabt haben; und er hat ihm das alles so glatt und so lückenlos wiederholt, daß er förmlich gespürt hat, wie der Herr Landesgendarmeriekommandant ihm am liebsten, wenn sich das hätte machen lassen, per Telephon auf die Schulter geklopft haben möchte, was aber leider nicht möglich gewesen ist, und so haben Herr Oberst des Schulterklopfens sich leider enthalten müssen und lediglich »Bravo, bravo« zu ihm gesagt, »wünsch Ihnen alles Gutes, Hawlitschek – sein S' mir nur hübsch energisch – und denken S' in eventuellen Zweifelsfällen daran, daß beim k.k. Gendarmeriewesen nix unmöglich ist.«

Damit ist das Gespräch beendet gewesen, und der Herr Landesgendarmeriekommandant haben abgeklingelt, woraufhin sich der Hawlitschek wieder kommod gestellt hat, jedoch nur vorübergehend. Nämlich man hat es bereits auf der Gendarmerieschule ihnen eingebleut, daß je wichtiger eine Sache ist, desto weniger darf man bei ihrer Inangriffnahme herumtrödeln – und so trifft er denn unverzüglich die erste Entscheidung über sein weiteres diesbezügliches Vorgehen. Da es zum einen inzwischen ja Nacht geworden ist, und es werden zum andern die bethlehemitischen Landstreicher schwerlich um diese Zeit und bei solcher Hundekälte noch unterwegs sein, weil sie bestimmt ein Quartier sich gesucht haben werden: so möchte es, sagt er sich, grundverkehrt sein, wenn man schon jetzt mit der Fahndung nach ihnen anfangen möchte, sondern es reicht, wenn man morgen bei Tagesanbruch damit beginnen wird.

Hierauf hat nun der Hawlitschek erstens sich seinen Tschaj gebraut (lang genug ist er heute daran verhindert gewesen), und zweitens hat er per Telephon mit der Gendarmeriewache sich verbinden lassen in Böhmisch Leipa, woselbst sich der Wachtmeister Mottl gemeldet hat, ausnahmsweise mit richtigem Dienstgrad und Namen übrigens; und der Hawlitschek hat ihm gesagt, daß er jetzt seinen nächsten Zug tun möchte in ihrer Schachpartie, nämlich er schlägt ihm mit seinem Rössl den Läufer weg, indem er vom Feld f6 auf d7 zieht, und es soll sich der Mottl den gegenwärtigen Stand der Partie einstweilen notieren, weil man sie bis auf weiteres unterbrechen muß: »Nämlich man hat mich, verstehst du, mit einem speziellen Kommando betraut, von welchem ich leider nix Näheres dir verraten darf, höchstens vielleicht, daß es einige Tage dauern kann, eh ich mich wieder zurückmelden werde bei dir – und bis dahin servus!«

Kapitel Numero zehn

welches im Städtchen Niemes sich abspielt, im Möldnerschen Hause; wobei, unter anderem, von der großen beweglichen Weihnachtskrippe die Rede sein wird, welche der Möldner Anton alljährlich in seiner Stube aufbaut.

An dieser Stelle, geschätzter Leser, werden wir das Kapitel vom Wachtmeister Hawlitschek vorläufig unterbrechen müssen, indem wir aus Hühnerwasser uns nunmehr hinweg- und wieder ins Städtchen Niemes zurückbegeben, woselbst unterdessen die Wandersleute aus Bethlehem Obdach bezogen haben, im Möldnerschen Hause, welches ein früheres Tuchmacherhaus gewesen ist, eins von den kleineren übrigens; aber es haben inzwischen die Tuchfabriken mit ihren mechanischen Webstühlen längst schon im Königreich Böhmen die häusliche Tuchmacherei zum Erliegen gebracht gehabt, und das einzige, was davon bei den Möldnerschen sich erhalten hat, ist ein zuletzt vom Großvater selig noch auf die alte Weise, nämlich von Hand geschlagener Webstuhl gewesen. Den haben sie später hinausgeräumt in den Schuppen, dort hat er nicht länger im Wege ihnen herumgestanden – und außerdem, daß wir geschätztem Leser nichts vorenthalten, ist als ein weiteres Erbstück aus jenen Tagen auch noch die große bewegliche Weihnachtskrippe vorhanden gewesen in der Familie, eine von jenen handgemalten Papierkrippen, wie man dereinst um die Weihnachtszeit sie im nördlichen Böhmen besonders häufig in Tuchmacherhäusern hat antreffen können, so daß man geradezu ihnen den Namen »Tuchmacherkrippln« gegeben hat. Und es ist dieses weitere Erbstück, auch das muß gesagt sein, im Möldnerschen Hause noch jetzt mit der größten Liebe und Ehrerbietung behandelt worden, im Gegensatz zu erwähntem Webstuhl.

Zwei Zimmer im Oberstock hat der Möldner vermietet gehabt, an zwei ältere Fräulein, und wenn auch der Zins nicht gerade hoch ist, welchen die beiden Zimmer ihm eintragen – brauchen kann er ihn trotzdem, nämlich als k.k. Postverwalter hat man zwar sein geregeltes Einkommen jeden Monat, aber natürlich, man wird nicht fett davon.

Der Möldner mag um die Mitte fünfzig gewesen sein, die Möldnersche nicht viel jünger. Sie haben drei Kinder gehabt, zwei Mädln und einen Burschen, welche bereits aus dem Hause gewesen sind, die zwei Töchter verheiratet, eine in Niemes, die andere in der Nähe von Zwickau (um Ostern wird sie ihr erstes Kind bekommen, da freut sich die Möldnern schon sehr darauf), und der Sohn ist zum Militär gegangen, er hat bis zum Korporal es bereits gebracht gehabt, und die Eltern bedauern es nur, daß sein Regiment in Galizien stationiert ist. Das muß, wie man sich erzählt, eine ziemlich gottverlassene Gegend sein, und sie können nur hoffen, daß nicht der Franzl dorten aus Langeweile das Saufen sich ihnen angewöhnt in der Garnison, was der Himmel verhüten möge (aber man hört aus Galizien leider von zahlreichen k. u. k. Militärpersonen, wo er das *nicht* verhütet hat).

Es gehört zwar die Möldnersche absolut nicht zu jener Sorte von Weibern, welche mit ihren Sorgen und Kümmernissen hausieren gehen, schon gar nicht bei fremden Leuten – und trotzdem ist sie am heutigen Abend schon bald auf den Franzl zu sprechen gekommen, als wenn es um keine wirklichen Fremden sich handeln möchte bei diesen Leuten da mit dem Kind und dem Esel, für welche der junge Kreybich um Nachtlager sie gebeten hat. Und wenn sie die junge Frau sich ansieht mit ihrem Kindl, dem winzig kleinen, und wenn sie an kommende Ostern denkt und an ihre Steffi, im Zwick'schen drüben: dann kann sie es kaum erwarten, die Möldnersche, bis sie das Enkerle glücklich wird hutschen können.

Vielleicht liegt es daran, daß sie besonders freundlich sich annimmt um ihre Gäste. Sie hat einen Topf mit Erdäpfelfleisch auf den Ofen gestellt, das hätte sie eigentlich aufheben wollen bis morgen, für sich und den Anton zum Mittagessen; aber nun läßt sie es sich nicht nehmen, daß sie es aufwärmt für ihre Gäste, und bald schon duftet es in der Küche nach Kümmel und Majoran, und ein wenig, ein ganz klein wenig (aber da muß man schon sehr genau hinriechen) auch nach Knoblauch. Und wie sie den beiden das Erdäpfelfleisch dann vorsetzt (No ja, meint sie, während sie ihnen die Teller füllt, Erdäpfelfleisch ist vielleicht zu viel gesagt, bei den wenigen Bröckln Rindfleisch, welche darin sich vorfinden werden, aber sie sollen es trotzdem sich wohl bekommen lassen), wie sie das Mahl ihnen vorsetzt, da danken es ihr die heiligen Leute und lassen das Erdäpfelfleisch sich schmecken und werden satt davon; und nicht nur hat es auf einen zweiten Teller gereicht für den heiligen Josef, und nicht nur haben die beiden Hausleute auch noch davon gegessen an diesem Abend, sondern es kann sich die Möldnersche nur darüber verwundern, wie gründlich sie diesmal sich mit dem Quantum verschätzt haben muß beim Kochen: Nämlich es bleibt von dem Erdäpfelfleisch ihr trotzdem noch soviel im Topfe übrig, daß es sogar für den Möldner und sie auf den morgigen Mittag reicht.

Der Esel ist auch versorgt gewesen, den haben sie draußen im Schuppen untergebracht, wo der Webstuhl vom Großvater selig gestanden hat, und an Heu hat es nicht gemangelt für ihn, nämlich der Möldner hat einen reichlichen Wintervorrat für seine Karnickeln davon gehabt, da ist's auf zwei Armvoll nicht angekommen. Und hinterher haben sich auch ein paar leere Postsäcke noch gefunden, mit denen haben sie dann den Esel zugedeckt, damit er's hübsch warm haben soll die Nacht über, was natürlich dem Erzengel Gabriel höchst willkommen gewesen ist; und weil ja der Möldner inzwischen bereits gewußt hat, mit welchem Ziele die Gäste aus Bethlehem unterwegs sind, so hat er dem heiligen Josef dann, wie sie wieder ins Haus gegangen sind, einen Vorschlag gemacht: Nämlich er hat gehört, daß morgen ein Postschlitten in der Frühe um halber sieben von Niemes nach Weißwasser fahren muß, welches Städtchen am Weg nach Ägypten gelegen ist, an der Straße nach Münchengrätz, und falls nicht der frühe Aufbruch sie davon abschreckt, so möchte es ohne besondere Schwierigkeiten sich richten lassen, daß sie der Schlitten mitnimmt.

No, wie der Möldner ihm das gesagt hat, da hat sich der heilige Josef nicht lang am Kopf gekratzt, sondern so zeitig früh kann es gar nicht losgehen, meint er, daß sie von diesem Anerbieten nicht trotzdem mit tausend Freuden und einem Vergeltsgott möchten Gebrauch machen.

In der Küche drin hat unterdessen die Muttergottes dem lieben Jesulein vor dem Schlafengehen noch einmal die Brust gereicht, und danach, wie es satt gewesen ist, hat die Möldnersche sie gebeten, ob sie das Kindl ihr umpacken helfen darf: ja, sie möchte am liebsten es ganz alleine wickeln, damit sie ein bissl wieder in Übung kommt.

Das hat ihr die Muttergottes natürlich nicht abschlagen können, und wie dann die Möldnersche mit dem Umpacken fertig gewesen ist (sie hat noch perfekt sich darauf verstanden, als ob sie zeitlebens nichts anderes möchte getan haben), hat sie als nächstes den dreien das Nachtlager hergerichtet; und zwar hat sie in der Großen Stube zwei Strohsäcke auf den Fußboden ihnen hingelegt (die hat sie für Gäste immer bereitgehalten, falls beispielsweise von auswärts Verwandtschaft gekommen ist über Nacht), und dann hat sie noch Kopfpolster ihnen gebracht und zwei warme Zudecken. Und es tut ihr ock leid, sagt sie, daß in der Großen Stube zu wenig Platz ist im gegenwärtigen Zeitpunkt, so daß sie den einen Strohsack neben die Tür und den anderen unter das Fenster hat legen müssen: aber es nimmt halt, in diesen Wochen bis Lichtmeß, die Weihnachtskrippe beträchtlichen Raum ein, welche ja, wie sie sehen können, das hintere Drittel der Stube beinahe ausfüllt; sonst möchte sie selbstverständlich das Nachtlager dort an der Rückwand ihnen bereitet haben – aber was will man machen?

Die Möldnersche Weihnachtskrippe, wir haben das schon erwähnt, ist ein Tuchmacherkrippl gewesen, bestehend aus einigen hundert Figuren der unterschiedlichsten Größe und Herkunft, jede von ihnen aus mehreren aufeinandergeklebten Lagen Papier oder Pappendeckel herausgeschnitten und bunt bemalt – von Künstlern, welche man nur zum allergeringsten Teile mit Namen gekannt hat, wie beispielsweise den Florian Schäfer aus Reichenberg, oder bei ihrem Spitznamen, wie den Mannlmaler von Oschitz. Es sind ja die weitaus meisten von ihnen gar keine professionellen Maler gewesen, so daß für das Pinseln von Krippenfiguren lediglich ihnen der Sonntag verblieben ist und der Feierabend; auch haben die einen sich besser aufs Malen von Viechern verstanden, die andern auf Sträucher und Bäume, die dritten aufs menschliche Personal, und da hat man natürlich sich untereinander austauschen müssen mit den Figuren, beziehungsweise man hat zum Verkauf sie gebracht, etwa in Reichenberg auf dem Kripplmarkt in der Windgasse unter den Schwarzen Lauben. Dort haben von weit und breit sich die kleinen und großen Krippl-Titsche getroffen, an den vier Sonntagen vor dem Weihnachtsfest, und dann haben sie fachmännisch sich die ausgestellten Figuren betrachtet, und je nachdem, was zu ihren bereits vorhandenen Krippen gepaßt hat, haben sie mit Bedacht dann vielleicht ein paar Stücke hinzuerworben an Engeln und Hirten, an Schafln und Ziegenböcken, da ein Kamel für den Troß der Dreikönige aus dem Morgenland, dort einen Hütejungen, die Flöte blasend, oder ein Bauernweib auf dem Weg nach Jerusalem, welches im Buckelkorb Eier und Butterwecken zu Markte trägt.

Nämlich es haben die Tuchmacherkrippln nicht selten aus kleinen Anfängen sich entwickelt gehabt, indem man sie alle Jahre um einige weitere Einzelstücke und Gruppen erweitert hat, sei es im Wege des Zukaufs, sei es durch eigenhändige Produktion mit Pinsel und Farbe – und wenn, wie im Möldnerschen Falle, ein solches Krippl seit mehreren Generationen in der Familie sich befunden und unverminderter Liebe und Wertschätzung sich erfreut hat, so wird man sich nicht verwundern dürfen, wenn es im Lauf der Jahre zu immer bunterer Vielfalt und immer größer werdenden Ausmaßen sich herausgewachsen hat, bis es zu guter Letzt schon beinahe das ganze hintere Drittel der Großen Stube einnimmt. Und wie nun die bethlehemitischen Gäste den Raum betreten, da sehen sie solch eine böhmische Tuchmacherkrippe zum ersten Mal, und der Möldner natürlich ist stolz darauf, wie er merkt, was für Augen sie machen bei ihrem Anblick.

So zündet er extra noch einmal für sie die Kerzen an, welche am vorderen Krippenrand sich befinden, von einer Blendleiste gegen die Zuschauer abgedeckt, so daß sie ihr volles Licht auf die Krippe werfen und diese ausleuchten bis in die fernsten Winkel des Heiligen Landes hinein.

Das Heilige Land hat der Möldner wie alle Jahre aus einer Vielzahl von Latten, Leisten und Brettern erstellt gehabt, welche zu weiten Teilen mit Platten von samtenem Moos bedeckt respektive an manchen Stellen mit Stücken von Baumrinde oder Felsenpapier verkleidet sind.

Im Vordergrunde befindet sich auf der linken Seite, von einigen hochgewachsenen Palmbäumen überschattet, der Stall von Bethlehem, welcher das Aussehen eines alten, stark vom Verfall bedrohten Gemäuers hat, mit nur teilweise noch vorhandenem Strohdach und einem großen steinernen Torbogen, welcher auf zwei gottlob noch halbwegs vertrauenerweckenden Pfeilern ruht, wohingegen das übrige Mauerwerk stellenweise beträchtliche Risse und Scharten aufweist. Unter dem Torbogen, über das liebe Jesulein in der Krippe herabgebeugt, kniet selig die Muttergottes und lächelt dem Kindlein zu, welches seinerseits ihr die Arme entgegenstreckt, während der heilige Josef, samt Ochs und Esel sich mehr im Hintergrund haltend, als treuer Hüter und Wächter ihnen zur Seite steht.

Über dem Stalle, zwischen den Wipfeln der Palmbäume, singen und jubilieren, an Zwirnsfäden von der Decke herniedergeschwebt, die Gloria-Engel, von welchen der größte und schönste ein seidenes Band mit der golden prangenden Aufschrift EHRE SEY GOTT IN DER HÖHE zwischen den ausgebreiteten Armen hält (was, auf die Dauer von jeweils mehreren Wochen, selbst einem Gloria-Engel nicht leichtfallen dürfte, so daß man sich denken kann, wie er vielleicht des Nachts – und wann immer sonst man gerade ihn nicht beobachtet – rasch sich ein bissl Bewegung macht mit den lahmgewordenen Armen, sonst möchten sie bei lebendigem Leibe zuletzt ihm noch abfallen.

Vor dem Stall unten haben zunächst bloß die Anbetungshirten dem lieben Jesulein ihre Huldigung dargebracht; jetzt aber sind die Dreikönige aus dem Morgenland noch hinzugekommen, seit dem Dreikönigstag, wo der Möldner sie pünktlich aus ihrer besonderen Schachtel herausgeholt und ins Moos gesteckt hat, vermittels der auf der Kehrseite ihnen angepappten hölzernen, unten mit einer Spitze versehenen Spreiler, welche auch ihnen, wie allen übrigen Krippenfiguren, den nötigen Halt geben. Und es tragen natürlich die Muttergottes, der heilige Josef, die Könige und ihr Troß samt den Anbetungshirten, welche im unmittelbaren Umkreis des Stalles von Bethlehem sich befinden, lauter Gewänder von biblischem respektive von königlich morgenländischem Zuschnitt; aber je weiter ins Heilige Land hinein man sich umschaut, desto spärlicher werden nicht nur die Palmen dort, währenddem Fichten, Weiden und Föhrenbäume mehr und mehr überhandnehmen in der Landschaft, sondern es ist auch im gleichen Maße die biblische Tracht immer seltener unter den Leuten anzutreffen: Schon bei den Wunderhirten, welchen der Engel des Herrn im Gefilde erscheint, überwiegen die schwarzen Filzhüte mit den breiten Krempen sowie die beim böhmischen Landvolk zu Zeiten von Möldners Großvater üblich gewesenen Männerhosen aus grobem Tuche, welche man, von den Knien abwärts, mit breiten Leinwandstreifen umwickelt oder in dicke wollene Strümpfe hineingesteckt hat. Mit anderen Worten, es nimmt auf der Möldnerschen Krippe (wie überhaupt auf den dortigen Tuchmacherkrippln) das Heilige Land einen rasch immer stärker werdenden böhmischen Einschlag an, während schon bald die biblischen Züge ihm gänzlich abhanden kommen, aus welchem Umstand hinwiederum klar und augenscheinlich hervorgeht, daß seinerzeit, wie wir von jeher vermutet haben, das Heilige Land mit dem Königreich Böhmen in engster Nachbarschaft sich befunden hat.

Es stehen die bethlehemitischen Gäste nun also da, vor der Möldnerschen Weihnachtskrippe, und während sie immer neue und immer staunenswertere Einzelheiten darauf entdecken, Handwerksbetriebe und Wirtshäuser, da eine Windmühle auf

dem Hügel, dort eine Glashütte in den Wald geschmiegt, und darüber, auf einem Bergesrücken, von Mauern und Türmen umgeben, die Heilige Stadt Jerusalem, überaus prächtig zum Ansehen, nämlich sie setzt sich aus lauter Gebäuden zusammen, welchen berühmte Wallfahrtskirchen zum Vorbild gedient haben, so die Laurenzikirche von Gabel, das Kloster Maria Haindorf, die Gnadenkirche zu Kulm und noch viele weitere glorreiche Andachtsstätten, welche man hier in Jerusalem alle auf einem Haufen versammelt sieht, Kuppel an Kuppel und Turm an Turm, wie man von einer heiligen Stadt es nicht anders erwarten kann – während sie also schauen und schauen und nicht aus dem Staunen dabei herauskommen, hat der Möldner sich unbemerkt in den hinteren Winkel zwischen der Stubenwand und der Krippe begeben, wo er an zwei Gewichten aus Stein sich zu schaffen macht, welche an starken Schnüren von einer doppelt gekerbten Rolle unter der Stubendecke herabhängen. Und nun leiert er heimlich, mit einer am seitlichen Rand der Krippe befindlichen Kurbel, das größere von den beiden Gewichten zur Decke hinauf, bis es fast an der Rolle anstößt. Dann gibt er die Kurbel frei – und allmählich herabsinkend aus der Höhe, setzt das Gewicht ihm mit seiner Schwere das »Werkl« der Krippe in Gang, so daß nun mit einem Male ins Heilige Land Bewegung hineinkommt; nämlich es fangen jetzt plötzlich im Bergwald die Holzknechte mit der Arbeit an, Äxte und Beile schwingend die einen, während zwei andere emsig an einem Baumstamm sägen (obzwar sie's allmählich ja wissen müßten, daß sie ihn niemals werden entzweibekommen, trotz allen Eifers), es hämmert der Schmied auf den Amboß ein, mit dem Zuschläger um die Wette, es schleppen die Müllerburschen das Mehl zur Mühle, es schweifen die Wäscherinnen am Bach die Wäsche, es drehn sich die Spinnräder und die Haspeln, es grasen die Kühe, es weiden die Schafe auf allen Hängen, es rennen zwei Ziegenböcke gegeneinander an, mit gesenkter Stirn; und wenn sie zusammenprallen, so wetzen sie kurze Zeit das Gehörn aneinander: dann nehmen sie wieder Anlauf zu neuem Kampfe – und abermals stürmen sie aufeinander ein.

An mehreren Stellen des Heiligen Landes spannen sich Brücken über die Täler und Felsenschluchten, da sieht man nun Hirten über den Abgrund ziehen, mit Hund und Herde, Holzweiber buckeln Reisig nach Hause in großen Körben, es setzt der Gendarm einem Vagabunden nach, welcher mit einer gestohlenen Gans unterm Arm sich vor ihm davonmacht; es folgen ein Scherenschleifer mit seinem Schleifstein, ein Bärenführer mit seinem Bären, ein Lumpensammler, ein Jäger, ein Vogelsteller, ein Bauer mit einem Schubkarren voller Mist – und ganz hinten, am äußersten Ende des Heiligen Landes, da schleichen auf schwankendem Stege sich ein paar Pascher der Grenze zu, sechs oder sieben sind es, mit rußgeschwärzten Gesichtern und prallen Hocken... Und ihnen nach folgt, im Abstand von wenigen Schritten, ein sichtbarlich auf der Flucht nach Ägypten begriffener heiliger Josef samt Esel und Muttergottes, welche das liebe Jesulein in den Armen wiegt.

No, es hat dies dem richtigen heiligen Josef natürlich besonderen Spaß gemacht, wie er ein zweites Mal auf der Möldnerschen Krippe sich da entdeckt hat mit der Familie, und das Spaßigste an der Sache ist das gewesen, daß wenn sie, den Paschern folgend, den Steg überquert haben und auf der linken

Seite desselbigen hinter den Felsen verschwunden gewesen sind, so hat es nicht lang gedauert, bis auf der rechten Seite schon wieder die Pascher erschienen sind, welchen wiederum dann aufs neue der heilige Josef gefolgt ist mit Weib und Kind – und so ist das ein ständiges Gehen und Wiederkommen gewesen auf diesem Stege (wie übrigens auf den anderen Brücken auch), und zugleich hat man allenthalben im Heiligen Lande ein leises Schleifen und Schnurren gehört, ein Ticken und Tacken, ein Knistern und Klappern und Schaben und leichtes Scharren: Das ist von dem Werkl unter der Krippe ausgegangen – und wie dann nach einer Weile der Antrieb zu Ende gewesen ist, weil das Gewicht in der Stubenecke den Fußboden jetzt erreicht hat, da ist mit der gleichen Plötzlichkeit, wie zuvor es begonnen hatte, das ganze bewegliche Treiben im Heiligen Lande zum Stillstand wieder gekommen, nichts rührt sich mehr auf den Feldern und Triften, alles ist starr und stumm jetzt mit einem Schlag. Bloß die Gloria-Engel zwischen den Wipfeln der Palmenbäume wiegen an ihren Fäden sachte sich weiter im warmen Luftstrom, der von den Kerzenlichtern am Rande der Krippe zu ihnen aufsteigt.

Es hätte nun freilich der heilige Josef kein Zimmermann sein dürfen, wenn er nicht alsbald sich möchte gefragt haben, wie denn der Möldner auf seiner Krippe das alles so hübsch in Gang setzt, wobei man zwar manches von selbst sich erklären kann, wie es läuft, aber anderes wieder (zum Beispiel, auf welche Weise die beiden streitbaren Ziegenböcke bewegt werden), also da muß man schon lange daran herumtüfteln, denkt er, bis man auf so was kommt. Und es scheint, daß der Möldner dem heiligen Josef anmerkt, wie sehr ihm daran gelegen sein möchte, daß man ihn einen Blick auf das Werkl tun läßt; nämlich bevor noch ein einziges diesbezügliches Wort zwischen ihnen gefallen ist, greift schon der Möldner Anton wieder zur Kurbel, und während aufs neue er das Gewicht hinaufleiert unter die Stubendecke, meint er zum heiligen Josef:
»Jetzt wern'mr amoul uns dos Krippl von untn oasahn – wenn Se dos int'ressieren tut ...«

No, es hat sich verständlicherweise der heilige Josef sehr über diesen Vorschlag vom Möldner erfreut gezeigt, und sie haben es beide der Muttergottes nicht übelgenommen, wie sie zu ihnen gesagt hat, daß sie, wenn's recht ist, einstweilen schon lieber sich mit dem Kindlein zum Schlafen legt, auf den Strohsack unter dem Fenster, weil sie ja morgen in aller Frühe werden herausmüssen, und da möchte sie die paar Stunden, welche zur Nachtruhe ihnen verbleiben, auch wirklich ausnützen; aber es sollen die beiden Männer nur ja sich nicht stören lassen von ihr. Wenn sie dem Kindl und sich die Zudecke übern Kopf zieht, dann können sie bei der Krippe herumhantieren, so lang wie es ihnen Spaß macht, das wird sie vom Schlaf nicht abhalten.

Das Gewicht hat nun also die Möldnersche Weihnachtskrippe wieder in Gang gesetzt, und während im Heiligen Lande aufs neue die Menschen und Tiere aus ihrer Starrheit zum Leben erwachen, schlägt Möldners Anton das grüne Tuch auseinander, mit welchem der untere Teil der Krippe verhangen ist, und er hat auch schon eine Kerze zur Hand gehabt, sonst möchte natürlich der heilige Josef dort unten nichts sehen können. Und wie sie nun beide sich auf den Fußboden knien und unter die Krippe hineinschaun – no Jesus Maria! da hat sich der heilige Josef bloß wundern können über die vielen Walzen und Rollen und Scheiben und hölzernen Kamm- und Zahnräder, welche er da erblickt hat im vollen Lauf: kleine und große und ganz, ganz winzige, je nachdem, und es ist ein Gewirre von Fäden und Schnüren und Riemen dazwischen gewesen, von Rolle zu Rolle, von Rad zu Rad gespannt, und alles hat sich gedreht, mit verschiedenen Schnelligkeiten, in Richtung und Gegenrichtung, die großen Scheiben hübsch langsam, die kleineren rasch, und die allerkleinsten so flink, daß man meinen möchte, sie kriegen dafür bezahlt; und auf einigen von den Rädern und Wellen, da haben Nocken daraufgesessen, welche zu unterschiedlichen Zeiten auf unterschiedliche Hebel heruntergeschlagen haben; und manche wieder sind miteinander durch ein Gestänge verbunden gewesen, so daß aus der Drehbewegung ein wiegendes Hin und Her zustandegekommen ist, welches nach oben dann auf diverse Figuren im Heiligen Lande sich übertragen hat – und es ließe vermutlich ein ganzes Buch sich füllen mit der Beschreibung der einzelnen Antriebsarten, bloß von der Möldnerschen Weihnachtskrippe in Niemes alleine: aber wir wollen geschätzten Leser damit verschonen, nämlich zum Unterschied von dem mechanischen Werkl unter dem Heiligen Lande, welches inzwischen wieder zum Stillstand gekommen ist, muß die Geschichte ja weitergehen.

Wie aber nun der Möldner zum dritten Male das größere von den beiden Gewichten hinaufleiert mit der Kurbel, da stellt ihm der heilige Josef die naheliegende Frage, warum seine Krippe denn eigentlich zwei Gewichte hat, wo doch offensichtlich zum Antrieb das eine ausreicht.

»Das schon«, hat der Möldner darauf ihm mit einem Achselzucken geantwortet – aber das zweite da, dieses kleinere, muß man wissen: also das hat ihm in früheren Jahren immer das Flötenwerk angetrieben, welches ja separat von der übrigen Krippe gelaufen ist; aber seitdem er vergangenen Herbst es zerlegt und gereinigt und frisch geschmiert hat, wie man das alle paar Jahre tun muß, da scheint's, daß dabei ein Fehler ihm unterlaufen ist, denn es läuft zwar seither das Flötenwerk wieder ausgezeichnet, wenn man es aufzieht – aber, er kann das zu seiner Schande ihm demonstrieren: Es gibt keinen Ton von sich.

Damit kurbelt er auch das kleinere von den beiden Gewichten zur Stubendecke hinauf, und dann zeigt er dem heiligen Josef, wie zwar ein weiterer Mechanismus unter der Krippe sich nun in Gang setzt, bestehend aus einem Doppelgebälge und einer sich langsam drehenden, über und über mit kurzen Eisenstiften gespickten Walze, welche normalerweise bewirkt, daß abwechselnd mehrere Orgelpfeifen betätigt werden, welche in einem darüber befindlichen Kasten zu sehen sind; und es öffnen und schließen sich zwar die Klappen derselben in einer bestimmten Folge, das kann man auch sehen, und es heben und senken in stetem Wechsel sich auch die Bälge, von welchen die Orgelpfeifen mit Luft versorgt werden – aber das ist auch schon leider alles gewesen, und ganz umsonst setzen droben im Heiligen Lande die Musikanten der Hirtenmusik ihre Instrumente an, die Schalmeien und Flöten, die Hornpfeifen und den Dudelsack: nämlich da können sie blasen und tuten, soviel sie wollen, das nützt ihnen überhaupt nix, da bringen sie nicht den leisesten Ton heraus. Und es habe doch früher, berichtet der Möldner dem heiligen Josef traurig, sein Flötenwerk einen herrlichen Klang gehabt, also wirklich, es hat nix gequäkt und gequietscht daran, wie man häufig bei solchen Werkln es antrifft; und dreierlei Lieder hintereinander hat es von seiner einzigen Walze abgespielt: »Kommet ihr Hirten« als erstes, dann »Heda ihr Schäfersleut, eilet herbei!« und als drittes und letztes noch »Freu dich, o Christenheit, insgemein!«. Und es haben die Musikanten droben bei jeder Pause zwischen den einzelnen Stücken immer die Instrumente abgesetzt, und dann haben sie brav gewartet, bis drunten wieder das nächste Lied an der Reihe gewesen ist; aber das hat im vergangenen Herbst ja der Möldner nun alles sich blöderweise verhunzt, und noch dazu eigenhändig.

»No ja«, meint der heilige Josef, welchem der Möldner leidtut, das kann er natürlich ihm nachfühlen, daß ihn das ärgern muß; aber vielleicht wird er eines Tages doch noch den Fehler finden und wird ihn beheben können – und alles wird mit dem Flötenwerk wieder in bester Ordnung sein.

Dabei hat er dem Möldner Anton die Hand auf die Schulter gelegt, und nun haben sie erstens den grünen Vorhang wieder geschlossen, welcher den unteren Teil der Krippe verdeckt hat; dann haben sie zweitens die Kerzen ausgelöscht vor dem Heiligen Lande; und drittens haben sie gegenseitig sich eine gute Nacht gewünscht und sind endlich zu Bett gegangen.

Am andern Morgen, pünktlich um halber sieben, sind die hochheiligen Wandersleute von Niemes dann mit dem Postschlitten abgefahren, in Richtung Weißwasser, und es haben die beiden Möldnerschen ihnen nachgewinkt bis zur nächsten Ecke, er mit der Hand und sie mit dem Taschentüchl; danach sind sie beide wieder ins Haus gegangen, und während die Möldnern das Bettenzeug und die Strohsäcke wieder hinausgetragen hat aus der Großen Stube, da hat sich der Anton mit einem Mal an den Kopf gefaßt, und »Jetzt hab ich's!« hat er gerufen, und eilends hat er am Mechanismus von seinem Flötenwerk eine bestimmte Schraube ein bissl gelockert und hat dafür eine zweite ein bissl angezogen; und wie er nun, voller Hoffnung, das Werk in Gang setzt, da wird sich geschätzter Leser vermutlich sagen: No ja, damit hat man die ganze Zeit ja schon rechnen können, daß mit dem Möldnerschen Flötenwerk letzten Endes sich noch ein Wunder ereignen wird...

Aber dazu muß man leider feststellen, daß auch geschätzter Leser eben von Zeit zu Zeit sich verrechnen kann; nämlich das diesbezügliche Wunder, welches auch wir ja dem Möldner vom ganzen Herzen möchten vergönnt haben, das von uns allen mithin erwartete, ja geradezu fast schon für unausweichlich gehaltene – also, wir traun es uns kaum zu sagen, daß es in Wahrheit nun doch nicht eingetreten ist: sondern es sind, wie an diesem Morgen so auch in Hinkunft, dem Möldner Anton in Niemes alle Bemühungen um das vermurkste Flötenwerk fehlgeschlagen, da hat auch der später hinzugezogene Uhrmacher Breuer von Böhmisch Kamnitz nix daran ändern können, obzwar er für solche Dinge ein ausgesprochener Spezialist gewesen ist. Und so hat denn der Möldner wohl oder übel dazu sich entschließen müssen, daß er im nächsten Winter in Reichenberg auf dem Kripplmarkt unter den Schwarzen Lauben ein neues Flötenwerk sich gekauft hat um schweres Geld (wohingegen die leider dem Anton versagt gebliebene Hilfe von seiten des heiligen Josef natürlich gratis möchte gewesen sein).

Nun soll man jedoch nicht denken, geschätzter Leser, es seien die Möldnerschen überhaupt nicht dafür bedankt worden, daß sie in ihrem Hause den heiligen Wandersleuten aus Bethlehem Obdach gewährt haben auf der ägyptischen Reise. Es hat nämlich immerhin sich ein anderes, wenn auch zunächst nicht als solches durchschaubares Wunder für sie ereignet, welches zwar nicht das Flötenwerk bei der Weihnachtskrippe betroffen hat, aber dafür den Franzl, den in Galizien stationiert gewesenen und, wie wir wissen, von der Gefahr bedrohten, daß mit der Zeit er dort hinten ihnen vielleicht zum Säufer wird: Aber gerade das ist er nicht geworden (aus himmlischer Gnade und Vorsehung, wie die Möldnern es vollkommen richtig erkannt hat, im nachhinein), weil er beim nächsten Kaisermanöver die Ruhr sich geholt hat, in einem von diesen galizischen Sümpfen, so daß man ins Truppenspital ihn hat einliefern müssen, in sehr bedenklichem Zustand, nach Czernowitz – und hinterher, wie er einigermaßen wieder zu Kräften gekommen ist, hat man, aus Gründen vorübergehender Schonung, zu einem deutschböhmischen Regiment ihn versetzt, und zwar ausgerechnet nach Reichenberg, zu den Vierundneunzigern in die Stabskanzlei, wo er dann für den Rest seiner militärischen Dienstzeit verblieben ist. Und da er schon bald sich mit einem hübschen und noch dazu braven Mädl verlobt hat, einer gewissen Tschiedl Pauline aus Ober Berzdorf, mit welcher er später sich auch verheiratet hat, so ist er für alle Zukunft von jeglichem Alkoholismus bewahrt geblieben – welch letzteres zwar, das läßt sich natürlich nicht ausschließen, auch in Galizien möglicherweise hätte der Fall sein können: aber man weiß es nicht.

Kapitel Numero neun / Abteilung B

in dessen Verlauf der Herr Teufel Pospišil endlich ein ihm zur Ausführung seines höllischen Auftrags geeignet erscheinendes Viech zum Hineinfahren findet, und zwar in Gestalt eines Fleischer- & Selcherhundes mit Namen Tyras.

Nunmehr erscheint es uns angezeigt, daß wir schleunigst den zweiten Teil des vorhin von uns unterbrochenen, jetzt aber schwerlich länger hintanhaltbaren Kapitels vom Wachtmeister Leopold Hawlitschek in der Gemeinde Hühnerwasser hier anfügen, bevor noch der restliche Teil der Geschichte womöglich uns aus dem Blick gerät und irgendwo sich vor uns versteckt, so daß wir zu einem späteren Zeitpunkt verzweifelt ihn möchten suchen müssen. Drum wollen wir lieber gleich hier den zeitweilig außer acht gelassenen Faden wiederum aufgreifen, und so bitten wir also, es möge geschätzter Leser ein weiteres Mal uns freundlicherweise in die Gemeinde Hühnerwasser begleiten, wo unterdessen auch der Herr Teufel Pospišil längst schon eingetroffen ist, welcher auf dortigem Postenkommando, im Gegensatz zum Herrn Wachtmeister Hawlitschek, eine überaus miserable, weil schlaflose Nacht verbracht hat – aus Gründen, welche man sich schon denken können wird.

Nämlich es ist die Geduld vom Herrn Teufel Pospišil mittlerweile aufs äußerste strapaziert gewesen, einesteils noch von Prag her, aber zum weitaus größten Teil hat das Verhalten vom Wachtmeister Hawlitschek diesen gegenwärtigen Zustand bei ihm bewirkt gehabt. Denn nicht nur hat der Herr Teufel Pospišil während der ganzen Nacht auf dem Postenkommando vom Hawlitschek sich was vorschnarchen lassen müssen, und nicht nur ist es am anderen Morgen selbstredend ihm viel zu langsam gegangen, wie er dem Hawlitschek zuschauen dürfen hat beim Rasieren und Waschen und Stiefelputzen, was alles naturgemäß seine Zeit braucht, besonders wenn man es gründlich macht (und an Gründlichkeit läßt der Hawlitschek nix zum Wünschen übrig, das hat der Herr Rittmeister Pompe sogar bei der letzten dienstlichen Qualifizierung ausdrücklich ihm vermerkt, in der Personalakte) – nein! dieses alles ist für den armen Herrn Teufel Pospišil längst noch die letzte Geduldsprobe nicht gewesen, sondern es hat auch der Hawlitschek ausgiebig noch gefrühstückt, präzise: er hat einen starken Malzkaffee sich gekocht, wohinein er sodann ein Stück Schwarzbrot gebrockt hat, hübsch langsam, da kann der Kaffee sich einstweilen ein bissl abkühlen, daß man den Schlund nicht daran sich verbrühen wird... Und so ist dem Herrn Teufel Pospišil allen Ernstes bereits der Verdacht gekommen, es möchte vielleicht der Hawlitschek in der Zwischenzeit die vom Herrn Landesgendarmeriekommandanten gestern ihm telephonisch erteilte Order verschwitzt haben. Aber es hat der Herr Teufel Pospišil erstens den Hawlitschek Poldi noch viel zu wenig gekannt; und zweitens ist er auch, scheint's, mit den dienstlichen Üblichkeiten beim k.k. Gendarmeriewesen nicht im genügenden Maße vertraut gewesen – sonst hätte er wissen müssen, daß selbstverständlich der Hawlitschek unter gar keinen Umständen den Rayon seines Postenkommandos verlassen darf, ohne vorherige ordnungsgemäße Ablösung, welche in diesem Falle durch den Herrn k.k. Gendarmen Fiebiger sowieso ja schon bald erfolgen wird, und zwar in der Früh um achte.

Wie aber dann der Fiebiger, auf die Minute pünktlich, beim Hawlitschek stellig geworden ist auf dem Postenkommando – gerade um diese Zeit sind die heiligen Wandersleute aus Bethlehem auf dem Postschlitten draußen vorbeigefahren, in Richtung Weißwasser, was den Herrn Teufel Pospišil, welcher als einziger es bemerkt hat, von seinem Platz auf dem Ofen aus, nun erst recht in die höchste Rage versetzt hat, so daß man als wahres Glück es bezeichnen kann, daß er nicht alsogleich aus der Haut gefahren ist (aber das möchte ihm, in Ermangelung einer solchen, ohnehin ziemlich schwergefallen sein) –, wie also nun um achte der Fiebiger beim Herrn Wachtmeister Hawlitschek auf dem Postenkommando stellig geworden ist, da nimmt alles Weitere einen so raschen und schneidigen Fortgang an, daß der Herr Teufel Pospišil endlich aufs neue zu einigermaßen berechtigten Hoffnungen sich veranlaßt sieht.

Nämlich es dauert die Übergabe des Postens vom Hawlitschek an den Fiebiger maximal drei Minuten, in deren Verlauf der Herr Wachtmeister lediglich den Herrn k.k. Gendarmen davon in Kenntnis setzt, daß er hiermit den Fiebiger bis auf weiteres mit der alleinigen und gesamten Verantwortlichkeit für das Postenkommando in der Gemeinde Hühnerwasser betrauen muß, weil nämlich seitens des Landesgendarmeriekommandos in Prag an ihn, den Herrn Wachtmeister Hawlitschek, gestern abend spezielle Order ergangen ist, betreffs Durchführung einer geheimen Fahndungssache, welche vermutlich für einige Zeit seine dienstliche Absentierung vom hiesigen Posten erforderlich machen wird: »Mehr«, schließt er mit gewichtiger Miene, »darf ich davon Ihnen nicht verraten, Fiebiger – aber es is eine Sache, verstehn Sie, bei welcher man keine unnütze Zeit verplempern darf: drum tun Sie mir, bittschön, so schnell wie möglich jetzt auf die Sprünge helfen!«

Es hat also nun der Herr Wachtmeister Hawlitschek rasch sich in felddienstmäßige Adjustierung geworfen: Mantel an, Überschwung festgeschnallt, Bajonett aufs Gewehr gepflanzt, letzteres umgehängt, Helm auf, dem Fiebiger absalutiert und hinaus zum Tempel! – wobei er nach wenigen Schritten jedoch gemerkt hat, daß in der Eile des Aufbruchs die Handschuh ihm liegengeblieben sind auf dem Postenkommando, weshalb er noch einmal dorthin zurückkehrt, und außer den Handschuhen nimmt er zur Vorsicht gleich ein Paar Ohrenschützer sich auch noch mit, in der Manteltasche, weil man natürlich um diese Jahreszeit niemals wissen kann, ob man sie nicht unterwegs vielleicht eines Tages brauchen wird

Gebraucht wird des ferneren Proviant, und den gibt es ebenso preiswert wie gut in der um die nächste Ecke gelegenen Fleischer- & Selcherei vom Herrn Anton Schmejkal. Der hat ein paar dreißig Jahre zuvor aus dem Tschechischen hier hereingeheiratet, in die Gemeinde Hühnerwasser, aber sein Deutsch hört noch immer sich höchst befremdlich an, trotz der langen Zeit, und das wird sich auch schwerlich ändern – no, Hauptsache, daß seine Fleisch- und Wurstwaren äußerst schmackhaft gewesen sind.

Der Hawlitschek kauft beim Herrn Schmejkal geschwind sich drei Schinkensemmeln, ein Stückl Salami und zweimal fünf Deka gemischten Aufschnitt, das ganze um fünfzig Heller. Und wie er gerade hinzufügt: »Wenn Sie mir bittschön, Herr Schmejkal, das alles hübsch ordentlich einpacken möchten, am besten doppelt«, da kommt in den Laden der Hund vom Herrn Schmejkal hereingesprungen. Der Tyras, ein richtiger Fleischerhund, hat beinah schon die Größe von einem kleineren Kalb gehabt, er ist weiß und hat schwarze Flecken, von welchen ihm einer genau überm linken Auge sitzt, was ein ziemlich verwegenes Aussehen ihm verliehen hat.

Er kommt also nun hereingesprungen, der Tyras, und schnuppert im Laden herum, weil er hofft, daß vielleicht ein paar

Wurstzipfl für ihn übriggeblieben sind respektive sogar noch was Besseres, etwa ein Restl Suppenfleisch. Und der Hawlitschek, wie er den Tyras sich so betrachtet, da kommt ihm mit einem Mal ein Gedanke von größter Tragweite in den Sinn. »Es möchte vielleicht nix schaden«, denkt er sich, »wenn ich auf ein paar Tage den Tyras mir beim Herrn Schmejkal ausborgen täte, damit er mir bei der Suche nach diesen betreffenden Ausländern an die Hand geht ...« Denn freilich, es kann nicht besonders schwer sein, dieselbigen zu erwischen, weil ja so zahlreich die Esel gewiß nicht sein werden, welche im Königreich Böhmen zur Zeit unterwegs sich befinden (jedenfalls nicht von der Sorte, welche auf allen vieren läuft), aber mit Hilfe von einem Spürhund wird das natürlich noch sehr viel leichter sein.

»No, was denn!« hat der Herr Schmejkal sofort gemeint, wie der Hawlitschek ihn gefragt hat, ob er vielleicht den Tyras auf ein paar Tage möchte geborgt bekommen, nämlich es könnte der Hund ihm bei einer gewissen dienstlichen Sache von größtem Nutzen sein, welche zwar streng geheim ist, aber gerade deshalb muß man mit aller nur denkbaren Gründlichkeit sie betreiben – »No was denn, Sie wern doch nicht von mir glauben wollen, Härr Kommandant, daß ich jetzt Ihnen nein sag auf Ihre Frage! Dem Gendarmeriewäsn muß man selbstvr-ständlich entgägenkommen, in jedr Hinsicht: da haben S' den Tyras – und nähmen S' sich Ihnen das Hundl mit – und tun Sie sich's Ihnen bittscheen behalten, so lang wie Sie's wern beneetigen!«

Wie aber nun der Herr Teufel Pospišil, welcher natürlich im Laden zugegen gewesen ist, dieses alles gehört hat, so hätte er keinesfalls der Herr Teufel Pospišil sein dürfen, wenn er nicht augenblicklich möchte erkannt haben, daß ja hier plötzlich ihm die Gelegenheit sich eröffnet, wie er auf denkbar schleunigste Weise des ihm vom Luzifer anbefohlenen Auftrages sich entledigen können wird; nämlich darüber ist er sofort sich im klaren gewesen, daß wenn er vom Tyras Besitz ergreift, wird es ihm keinerlei weitere Schwierigkeiten bereiten, daß er mit seiner Hilfe den Hawlitschek auf die richtige Fährte bringt – und wenn dann der kleine Dreimal-verflucht-sei-der-Name und seine Mischpoche vom Hawlitschek erst einmal aufgespürt sind und festgenommen, so wird man sie anschließend ohne Erbarmen dem König Herodes wieder zurückschicken, was auf dasselbe hinausläuft, als wenn man den kleinen Dreimal-berotzt-sei-der-Name gleich möchte in ein offenes Bajonett hineinschmeißen: weil ja der König Herodes bloß darauf wartet, daß er ihn abmurksen lassen kann! Und somit möchte das Heil der Welt dann für Zeit und Ewigkeit sich erübrigt haben, bevor es noch über die ersten Anfänge kaum hinausgekommen ist.

Damit ist der Herr Teufel Pospišil kurz entschlossen dem Tyras also hineingefahren, dem armen Hundsviech. Aber es scheint, daß der Tyras es überhaupt nicht gemerkt hat, wie da nun selbiger plötzlich sich breitgemacht hat in ihm, von den Ohrwaschln bis zum Schwanz – und doch muß man wissen: Von jetzt an wird alles das, was vermeintlich der Tyras tut, eigentlich nicht mehr der Hund vom Herrn Schmejkal getan haben, sondern in Wahrheit ist der Herr Teufel Pospišil es gewesen, welcher den Tyras hat bellen lassen und schnuppern und knurren und jaulen und zähnefletschen, wie es gerade ihm in den Kram paßt; und niemand, selbst der Herr Schmejkal nicht, hat im mindesten eine Ahnung davon gehabt, geschweige denn einen Argwohn.

Es hat also der Herr Schmejkal dem Hawlitschek seine Wurstwaren abgewogen und eingepackt, auch die Schinkensemmeln natürlich, alles hübsch doppelt und ordentlich; und hernach, wie der Hawlitschek ihm das Geld auf die Pudl hinzählt, streicht der Herr Schmejkal es ein, und indem er die Hände sich an der Schürze abwischt, meint er: »No alsdann, Härr Kommandant, dann winsch ich halt Ihnen všecko dobrého auf den Wäg, daß Sie hibsch g'sund uns nach Hihnrwassr wiedr zurückkommen alle bajde – und lassen S' sich Ihnen, bittscheen, mitsamt dem Tyras vordrhand Gott befohlen sein!«

Damit hat der Herr Schmejkal natürlich nichts Böses den beiden sagen wollen, im Gegenteil! – aber er hat noch die letzten Worte kaum ausgesprochen gehabt, da hat den Herrn Teufel

Pospišil schon die große höllische Wut ergriffen in seinem Hundsbalg (nämlich das muß man als Teufel sich nicht gefallen lassen, daß man dem droberen Alten sich anbefehlen läßt, auch aus Versehen nicht!), und so ist er im ersten Zorn auf ihn losgestürzt, in der Gestalt vom Tyras, wie wenn er dem armen Herrn Schmejkal im nächsten Augenblick möchte die Gurgel durchbeißen wollen. Aber zum Glück hat er letzteres nicht getan, nämlich er hat noch gerade mit aller Kraft sich beherrschen können, so daß er nun doch an die Gurgel ihm nicht gegangen ist, sondern statt dessen hat er mit voller Zunge ihm das Gesicht beleckt – und das hat er so stürmisch getan und mit solcher Gründlichkeit, daß der Herr Schmejkal kaum noch zu Atem gekommen ist: »Stačí to, Tyrašku, stačí to!« hat er geprustet, wobei er mit beiden Händen ihn von sich weggefuchtelt hat, »stačí to, Tyrašku – langt schon, langt schon!« Und dann, wie er endlich vom Hals ihn gehabt hat, da wischt der Herr Fleischer- & Selchermeister aufatmend mit dem Schürzenzipfel sich über die Backen und sagt zum Herrn Hawlitschek:

»No«, sagt er, »haben S' sich Ihnen das ang'schaut, Härr Kommandant? – was fir a traje und temperamentvolle Hundesääle, der Tyrasl! Und verläßlich is er und g'scheit – no, Sie wern das schon sälbr sehen... Und lassen S' sich Ihnen vom Schmejkal das eine sagen: Der Tyras wird Ihnen nie im Stich lassen, niemals nicht! Und warum nicht, bittscheen? Weil – er is nämlich in allen Dingen a wahres Prachtstick von einem Hund, an dem wern S' bestimmt Ihre zuverlässige Frajde haben, Härr Kommandant!«

Von Freude hat vorerst jedoch auf seiten vom Wachtmeister Hawlitschek nicht die Rede sein können. Nämlich es hat zwar der Tyras, ganz ohne jegliche Renitenz, vom Hawlitschek an die Leine sich nehmen lassen, und ebenso ist er bereitwillig aus dem Schmejkalschen Laden ihm auf die Gasse hinausgefolgt; dort aber, wie der Hawlitschek sich nach links wendet, in die Richtung auf Niemes zu (weil er natürlich nicht wissen kann, daß in der Zwischenzeit schon die hochheiligste Reisegesellschaft aus Bethlehem die Gemeinde Hühnerwasser passiert gehabt hat, in Richtung Weißwasser), wie also nunmehr der Hawlitschek auf der Gasse nach links sich wendet, im guten Glauben, daß wenn er in Richtung Niemes ihnen entgegenmarschiert, so werden die flüchtigen Ausländer unausweichlich ihm in die Hände laufen – da gehen die Schpumpernadln schon los mit dem Tyras, weil der Herr Teufel Pospišil ja inzwischen weiß, was der Hawlitschek nicht weiß; und demzufolge läßt nun der Tyras auf keine Weise vom Fleck sich bringen, da kann sich der Hawlitschek anstrengen, wie er mag, und da kann er die Hundeleine sich noch so fest um die Hand wickeln: Das hilft alles nix, jedenfalls ihm nicht, aber dem Tyras schon; denn sobald nun der Hawlitschek dreimal ums Handgelenk sich die Hundeleine herumgeschlungen hat, kann er ja nicht mehr los davon, wenn die Leine gespannt ist: Und darauf, scheint's, hat der Tyras es angelegt, denn von jetzt an ist *er* es, welcher die Richtung angibt, indem er nach rechts sich wendet, auf Weißwasser zu; und dann zerrt er ganz einfach den Hawlitschek hinter sich drein, und zwar schneller und immer schneller, so daß sie schon bald in Geschwindschritt verfallen sind und danach in Sturmschritt.

No je, hat der Hawlitschek da geflucht und geschimpft auf das Hundsviech, das miserablige, welches um keinen Preis auf der Welt ihm gehorchen will! Aber er hat das nicht lange durchgehalten, weil es schon bald an der nötigen Luft ihm gefehlt hat, so daß er nur mühsam sich überhaupt noch bei Atem gehalten hat. Und wie der Herr Teufel Pospišil das gemerkt hat, da hat er sofort den Tyras ein bissl die Gangart wieder verlangsamen lassen, nämlich es hat ihm verständlicherweise daran gelegen, daß er den Hawlitschek nicht zu Tode sich rennen läßt, das ist klar, denn er hat ja für seine höllischen Zwecke ihn noch gebraucht, und zwar lebend und handlungsfähig. Es hat also nun der Herr Wachtmeister Hawlitschek sich im Weitergehen ein bissl verschnaufen dürfen, wenn auch der Tyras immer noch akkurat soviel an der Leine gezogen hat, daß sie hübsch straff geblieben ist und der Hawlitschek sie nicht abwickeln können hat.

Noch jetzt hat der brave Wachtmeister keinen Verdacht

geschöpft, daß im Tyras vielleicht der Teufel drinsteckt, sondern er hat bloß für einen ausnehmend störrischen Hundskrüppl ihn gehalten, wie es ja solche bisweilen gibt – und es ist ihm zwar aufgefallen, wie seltsam die anderen Hunde, welchen sie unterwegs auf den Dörfern begegnet sind, sich zum Tyras betragen haben, aber den Grund dafür hat er nicht geahnt; denn wie hätte er wissen können, daß sich, im Unterschied zu den Menschen, die Hunde in Hühnerwasser und sonstwo nicht vom Herrn Teufel Pospišil haben verblöden lassen. Es muß wohl von jetzt an der Tyras ein bissl zu stark nach Hölle ihnen gestunken haben, denn ausnahmslos jedem anderen Hundsviech hat sich nach kurzem Beschnuppern das Fell gesträubt, und sogleich sind sie allesamt vor dem Tyras jaulend davongelaufen, als möchten sie eins mit dem glühenden Schürhaken auf die Schnauze bekommen haben.

No, dem Herrn Teufel Pospišil hat das natürlich egal sein können (was es ihm auch gewesen ist), wenn nur der Hawlitschek hübsch sich vom Tyras nach Weißwasser zerren läßt – und eigentlich hat es da keine besonderen Schwierigkeiten gegeben, von dessen Seite aus. Nämlich es hat an der Straße zwar eine telegraphische Leitung entlanggeführt, wo man vielleicht an den Stangen sich hätte festklammern können; aber da hat schon der Tyras dafür gesorgt, daß der Hawlitschek niemals auf Armlänge ihnen nahegekommen ist, und den Bäumen am Straßenrande natürlich auch nicht, obzwar immer wieder aufs neue der Tyras zu ihnen sich hingezogen gefühlt hat mit größtem Verlangen; aber das hat der Herr Teufel Pospišil ihm nicht durchgehen lassen, da wird er gefällist eben die Hundsnatur sich einstweilen verkneifen müssen, bis man zu einem späteren Zeitpunkt das jetzt Versäumte gefahrlos ihn nachholen lassen kann.

Zum Schluß sind sie alle beide, der Hawlitschek und der Tyras, begreiflicherweise nicht böse darum gewesen, wie sie das Städtchen Weißwasser endlich erreicht haben, wo ihnen noch dazu, bei den ersten Häusern gleich, der Herr Wachtmeister Patočka über den Weg gelaufen ist, welchen der Hawlitschek zufällig gut gekannt hat, noch von der Gendarmerieschule her.

Und es hat sich natürlich der Patočka höchst erfreut, aber auch verwundert darüber gezeigt, wie der Hawlitschek ihm da plötzlich entgegenkommt auf der Straße: Ob er denn Urlaub hat? fragt er ihn bei der Begrüßung, oder was sonst ihn hierherführt, nach Weißwasser? – No, und da hat sich der Hawlitschek keinen anderen Rat gesehen, als daß er in großen Zügen den Patočka informiert hat darüber, mit welchem speziellen Auftrag er unterwegs ist (auf Dienstgeheimnis, versteht sich). Und kaum ist der Patočka halbwegs im Bilde gewesen, da haut er dem Hawlitschek auf die Schulter, und »Hawlitschek!« ruft er, »ich werd dir was sagen, da wirst du staunen!« – Nämlich er selbst hat mit eigenen Augen gesehen, wie die soeben vom Hawlitschek ihm beschriebenen Individuen mit dem Kind und dem Esel vor ungefähr anderthalb Stunden in Weißwasser angekommen sind, mit dem Niemser Postschlitten, woraufhin sie zu Fuß sich dann weiterbegeben haben, in Richtung Münchengrätz.

No, das ist für den Hawlitschek eine Nachricht gewesen, mit welcher er ganz und gar nicht hat rechnen können; und weil er mit Hilfe vom Tyras nun einerseits also ein unverhofft großes Stück weitergekommen ist in der Fahndungssache und weil er zum andern sich, wie er meint, eine kurze Erholungspause nicht nur verdient hat, sondern nach Lage der Dinge sich guten Gewissens auch leisten kann (nämlich bis spätestens heute abend wird er die flüchtigen Ausländer eingeholt und verhaftet haben), so lädt er den Patočka auf ein Bier ein, zu welchem Zwecke die beiden sich in die nächstgelegene Wirtschaft verfügen. Und nicht nur hat der Herr Teufel Pospišil ihnen das durchgehen lassen, in der Gewißheit, daß alles noch heutigen Tages mit Sicherheit dem gewünschten Abschluß sich zuführen lassen wird, sondern er hat auch dem Tyras es nunmehr gestattet, daß er an allen ihm hierfür geeignet erscheinenden Örtlichkeiten seinen bislang unterdrückten Bedürfnissen ausgiebig nachkommen können hat.

Kapitel Numero elf

welches in Jivina sich ereignet, auf einem tschechischen Dorf in der Nähe von Münchengrätz; wobei wir von einem Wunder erfahren werden, welches an einem verschneiten Waldrand sich dort begeben hat.

Die Straße von Niemes nach Münchengrätz führt durch die Ortschaft Jivina, ein tschechisches Bauerndorf, weder reich noch arm, weder klein noch groß. Die Leute in Jivina haben ihr Auskommen, Arbeit gibt es für alle genug und zu essen auch. Natürlich, die einen sind etwas besser gestellt und die anderen etwas schlechter; wie sollte das ausgerechnet in Jivina nicht der Fall sein — obgleich ja, man muß sich das immer wieder vor Augen führen, das Schicksal nicht nach dem Gelde fragt. Auch schert es sich wenig um Fleiß und Tüchtigkeit, und ob jemand zwölf Kühe im Stall hat oder vielleicht bloß eine, das ist ihm gleichgültig.

Nehmen wir beispielsweise den Schmied von Jivina, einen gewissen Jireš, welcher ein tüchtiger Mensch um die fünfzig ist und neben der Schmiede auch noch ein Wirtshaus betreibt, wo die Lausitzer Fuhrleute, wenn sie mit ihren schweren Wagen nach Prag unterwegs sind, Nachtstation machen: Es hat sich herumgesprochen, daß Roß und Fuhrmann beim Schmied von Jivina gut versorgt sind und daß es zudem nicht besonders teuer kommt. Trotzdem ist mancher Heller beim Jireš hängengeblieben, und manche Krone hat er herausgewirtschaftet mit der Zeit, so daß er nicht schlecht gefahren ist mit den Fuhrleuten aus der Lausitz. Freilich, er hat dafür tüchtig arbeiten müssen den ganzen Tag; und die Jirešová, seine Frau, die hat auch keine Langeweile gekannt, das kann man sich an zwei Fingern ausrechnen, wenn man sich vorstellt, was alles an so einer Wirtschaft dranhängt. Trotzdem hat sie dem Jireš zwölf Kinder geboren und aufgezogen im Lauf der Jahre: zehn davon sind schon groß und ein Teil verheiratet, bloß die Dorotka und ihr kleiner Bruder, der Pepíček, sind noch Schulkinder. Die Dorotka ist im September elf geworden, dem Pepíček fehlen noch ein paar Wochen auf sieben – es ist aber nicht gesagt, ob er sie erleben wird.

Zu Weihnachten hat das Christkind dem Pepíček eine Hitsche gebracht, einen kleinen hölzernen Rodel, den hat sich das Jungerle sehr gewünscht gehabt; und der Jireš selber hat ihm die Hitsche gebaut, hat heimlich die Bretter zurechtgeschnitten und zugehobelt, hat sie zusammengeleimt und mit blauer Ölfarbe angestrichen; und weil es dem Pepíček seine Hitsche gewesen ist, hat er noch extra mit weißer Farbe die Anfangsbuchstaben seines Namens ihm draufgemalt.

No, da kann man sich vorstellen, welche Freude es für den kleinen Jireš gewesen ist, wie er am Morgen des Weihnachtstages erwacht, und die Hitsche hat dagestanden, unter dem Christbäuml in der Wohnstube, so schön neu und blau, und obendrauf hat eine Pudelmütze aus roter Wolle gelegen und ein Paar roter Fäustlinge, auch für den Pepíček; und die Fäustlinge und die Mütze haben voll Pfefferkuchen gesteckt und voll Zuckerzeug; und unter der Hitsche, zwischen den Kufen, da haben sich ein paar Äpfel gefunden und zwei, drei Hutzelbirnen: So reich ist der Pepíček diesmal vom Christkind beschenkt worden.

Noch am heiligen Weihnachtstag, gleich nach dem Mittagessen, hat er die rote Pudelmütze, die Fäustlinge und die Hitsche zum ersten Mal ausgeführt. Die Dorotka ist nicht dabei gewesen, weil sie der Mutter beim Abwasch geholfen hat, und danach sind die beiden zur Tante Nohynková nach Bakov gegangen, der haben sie jede Weihnachten ein Glas Honig, ein Packl Kaffee und ein Christbrot hinübergetragen, zum Zeichen, daß man sie nicht vergessen hat (weil sie seit vielen Jahren verwitwet gewesen ist, und Kinder, welche sich möchten kümmern können um sie, hat sie nicht gehabt).

Wie nun die beiden von Bakov über die Felder zurückkommen, ist es inzwischen dunkel geworden, der Frost hat schon angezogen, der Schnee unter ihren Füßen hat laut geknirscht, und sie haben sich sehr auf die warme Stube gefreut, wie sie sich aus den Wolltüchern ausmummeln werden, und sicherlich hat der Pepíček längst schon die Tuchschuhe ihnen angewärmt: die holt er dann von der Ofenbank und stellt sie den beiden hin, daß man bloß hineinsteigen braucht.

So kommen die Dorotka und die Mutter also nach Hause, aber der Pepíček hat ihnen diesmal die Tuchschuhe nicht gewärmt, der Pepíček liegt im Bett, bis zur Nase zugedeckt, und rings um den Kachelofen sind seine nassen Kleider zum Trocknen aufgehängt.

»Jesus, Maria und Josef!« Die Jirešová erschrickt, und der Jireš berichtet ihr, was geschehen ist; nämlich der Pepíček hat sich den ganzen Nachmittag lang auf der neuen Hitsche vergnügt gehabt, mit den anderen Dorfkindern hat er der Reihe nach alle Hügel von Jivina abgerodelt, bis sie zum Schluß auf dem Klosterbergl gelandet sind. Dort sind sie zum Klosterweiher hinuntergefahren, aufs Eis hinaus, und der Pepíček hat nicht aufgepaßt, sondern es hat dort der Pater Braumeister vorgestern eine Fuhre Eis aus dem Weiher brechen und einfahren lassen, und dort hinaus, auf genau die Stelle, welche zwar unterdessen schon wieder mit einer dünnen Eisdecke überzogen gewesen ist, aber bloß fürs Auge: dorthin also hat der Pepíček seine Hitsche gelenkt – und da ist er dann eingebrochen.

Sie haben ihn glücklicherweise sogleich herausgefischt; zwei größere Jungen, der Tonda vom Straßenmeister und Rybníks Vašek, haben sich auf den Bauch geschmissen und haben den Pepíček bei den Handgelenken gepackt; und sie haben – gottlob! – ihn herausgezogen, klatschnaß zwar, doch wenigstens lebt er noch, und das ist die Hauptsache.

Die Jirešová ist entsetzt und erleichtert zugleich. »Pepíčku, Pepíčku!« schluchzt sie. »Das wär ja ein hübsches Unglück gewesen, wenn du uns möchtest ertrunken sein! Hoffentlich wirst du dich nicht verkühlt haben in den nassen Kleidern...«

Am nächsten Tag hat der Pepíček Fieber bekommen. Sie haben ihm Essigstrümpfe gemacht, und das Fieber ist bissl zurückgegangen. Aber am Tag darauf ist der Husten dazugekommen, beim bloßen Zuhören hat man gedacht, daß es ihm die Brust zerreißt; und der Doktor Goldstück aus Münchengrätz, obzwar er mosaischen Glaubens gewesen ist: am Abend des dritten Tages hat er gemeint, daß jetzt nur noch Beten hilft, und es wäre vielleicht nicht schlecht, wenn die Jirešová für den Pepíček eine Kerze zur wundertätigen Muttergottes von Ober Politz versprechen möchte, am besten gleich zweie.

Es hat aber alles nichts helfen wollen, das Beten nicht und die Kerzen auch nicht, der Pepíček hat von Tag zu Tag schlimmer husten müssen, das Fieber hat tüchtig an ihm gezehrt, es hat ihn ganz matt und elend gemacht, immer größere Augen hat er bekommen, die Nase ist immer spitzer geworden in seinem Gesicht.

Die Jirešová und die Dorotka haben sich Tag und Nacht bei ihm abgewechselt, sie haben ihm feuchte Wickel gemacht und Butterpflaster, und wenn er zum Trinken verlangt hat, dann haben sie mit der einen Hand ihn ein wenig aufgerichtet und haben ihm mit der andern das Glas mit dem süßen Eibischtee an den Mund geführt.

Aufs Essen hat er schon lang keinen Appetit mehr gehabt, der Pepíček, er hat nur so dagelegen, die meiste Zeit mit geschlossenen Augen; und manchmal ist es der Dorotka vorgekommen, daß er schon sehr weit weg ist von ihnen allen.

Trotzdem ist sie nicht müde geworden und hat ihm Geschichten erzählt, weil sie nämlich gemerkt hat (oder sie hat sich das auch bloß eingebildet), daß sie dem Pepíček damit helfen kann. Wenn er im Fieber geglüht hat wie ein Stück Eisen im Schmiedefeuer, dann hat sie ihm lauter Geschichten vom Winter erzählt: von den Eisblumen an den Fenstern, die sie ihm pflücken wird, und vom großen Schneetreiben im Gebirge, wo alle Häuser im Schnee versunken sind bis zum Dach, und die Leute haben sich mühsam herausgewühlt wie die Maulwürfe; oder sie hat ihm von einem dicken Schneemann erzählt, welchen sie für den Pepíček bauen will, wenn er wieder gesund ist, und wie dann der Schneemann durch einen Zufall lebendig wird und halb Jivina auf den Kopf stellt, weil er bissl blöd ist, aber bei einem Schneemann muß man mit so was natürlich rechnen.

Von Zeit zu Zeit fängt der Pepíček an zu frieren, dann schüttelt es ihn am ganzen Körper vor Kälte, und wenn er so daliegt, vom Frost gebeutelt, und nichts kann ihm helfen, kein zweites Zudeck, kein heißer Ziegelstein, welchen sie ihm zu Füßen legen, und keine Wärmflasche auf dem Bauch, dann erzählt ihm die Dorotka wieder neue Geschichten: vom Sommer diesmal, vom Sonnenglanz auf den Wiesen, und wie sie zusammen ins Heu fahren; oder sie gehen am Nachmittag mit den Pilzkörbln in den Wald hinaus, und der Pepíček findet so viele Herrenpilze und Rotkappen, daß er sie kaum erschleppen kann; und auf einmal begegnet den Kindern im Walde ein Hutzelmann, das ist der Herr Hutzelmann Veverka – und wenn sie es nicht verraten, sagt er, dann wird er zu einem geheimen Platz sie führen, dort gibt es die größten Himbeeren weit und breit und die schönsten Erdbeeren.

Der Pepíček wird von dem, was die Dorotka ihm erzählt hat, im Fieber nicht viel verstanden haben; aber gewiß hat ihm ihre Stimme wohlgetan, und manchmal, so scheint es, hat sie ihn doch noch erreichen können mit dem oder jenem Wort: zum Beispiel die Erdbeeren müssen großen Eindruck auf ihn gemacht haben.

Eines Mittags, nachdem er fast eine halbe Stunde lang einen schrecklichen Husten gehabt hat und sie schon alle gedacht haben, daß es mit ihm zu Ende geht (aber er hat sich dann wieder beruhigt und ist eine Weile still auf dem Rücken gelegen und hat geschlafen, und alle sind wieder hinausgegangen, bis auf die Dorotka), eines Mittags hat er dann plötzlich gesagt, daß er Erdbeeren essen möchte – und daß ihm die Dorotka welche holen soll aus dem Wald.

Die Dorotka hat ihn nicht gleich verstanden, weil er sehr mühsam gesprochen hat. Also meint sie, er will vielleicht was zum Trinken haben, und greift nach dem Topf mit dem Eibischtee; aber der Pepíček wiederholt, daß er Erdbeeren möchte:

»Erdbeeren, Dorotko ... Erdbeeren aus'm Walde ...«

Diesmal versteht ihn die Dorotka, und sie versucht ihm das auszureden, weil sie doch Winter haben, und alles ist dicht verschneit und weiß draußen: Erdbeeren wird es erst wieder im Sommer geben, dann freilich wird sie ihm jeden Tag einen Korb voll holen, auch zwei, das verspricht sie ihm, oder drei – soviel er nur essen kann.

Aber der Pepíček mag auf den Sommer sich nicht vertrösten lassen, er hat es sich in den Kopf gesetzt, daß er heut schon die Erdbeeren haben muß: »Dorotko«, bettelt er, »hol mir ein Körbl Erdbeeren, Dorotko... bittschön, bittschön...«

Die Dorotka weiß, daß es gegen jede Vernunft ist, wenn sie jetzt in den Wald geht und Erdbeeren holen will. Trotzdem bringt sie es nicht übers Herz, dem Pepíček seine Bitte abzuschlagen: »Wart nur, Pepíčku«, sagt sie, »ich geh schon.« – Und wirklich, sie schlüpft in die Stiefel und wickelt sich in ihr Wolltuch ein, dann tritt sie mit einem Beerenkorb in der Hand auf die Straße hinaus.

Es ist kalt draußen, klar und kalt, und die Sonne scheint. Einen Augenblick bleibt die Dorotka vor der Haustür stehen, weil sie geblendet ist von dem starken Licht. Wie sie dann zwinkernd aufblickt, sieht sie, daß aus der Niemser Richtung zwei fremde Leute mit einem Esel die Straße heraufkommen. Der Mann ist schon etwas älter, er stützt sich auf einen Stecken und geht voran; die Frau ist um etliche Jahre jünger als er und sehr zart, sie sitzt auf dem Esel, und erst wie sie näher herankommen, zeigt es sich, daß sie ein Wickelkind an der Brust trägt, von dem aber unter dem Bausch ihres weiten Mantels bloß das Gesichtl zu sehen ist.

Die Dorotka sagt den Fremden grüß Gott und will sie an sich vorüberlassen, bevor sie die Straße quert; aber der Esel bleibt bei ihr stehen und macht einen langen Hals, und dann schnuppert er an dem Beerenkorb, und er schnuppert und schnuppert daran herum, als möchte er voller Heu und Disteln sein.

Die Dorotka hat keine Ahnung davon, daß die Frau auf dem Esel die Muttergottes ist; aber sie spürt, daß sie etwas sagen muß, und so hat sie der Muttergottes erzählt, daß der Pepíček krank ist, und zwar auf den Tod krank, und daß er sie mit dem Korb in den Wald geschickt hat, weil er sich Erdbeeren wünscht, und es möchte vielleicht der letzte Wunsch sein in diesem Leben, welchen er haben wird – aber sie weiß nicht, woher sie die Erdbeeren für den Pepíček mitten im Winter nehmen soll.

Wie die Muttergottes das hört, da erbarmt sie sich über den Pepíček und die Dorotka, und sie fragt, ob die Dorotka nicht vielleicht einen Platz weiß, hier in der Nähe, wo Erdbeeren möchten wachsen können.

»Das schon«, sagt die Dorotka. »Aber nicht jetzt, sondern erst im Sommer.«

»Wer weiß«, sagt die Muttergottes und nickt ihr zu. Dann steigt sie vom Esel herunter und bittet den heiligen Josef, daß er das liebe Jesulein eine Weile nehmen soll: Er mag mit dem Kind und dem Esel einstweilen vorausgehen, sagt sie, es wird nicht lang dauern, dann holt sie ihn wieder ein, auf der Straße nach Münchengrätz, und die Dorotka soll sie nur jetzt zu der Stelle hinführen, welche sie vorhin gemeint hat.

Es geht eine große Zuversicht von der fremden Frau aus, die greift auf das Mädl über; und während der heilige Josef, bevor sie in Richtung Münchengrätz weiterziehen, dem lieben Jesulein rasch noch die Nase putzt und der Esel sich an der Hauswand vom Jireš die Flanke scheuert, bekommt es die Dorotka mit der Eile und stapft, vor der Muttergottes her, auf den nächsten Waldrand zu, wo es um Peter und Paul, das weiß sie, von Erdbeeren nur so leuchtet.

Jetzt freilich ist alles hier draußen vom Schnee verweht, aber der Muttergottes scheint das nichts auszumachen. Ob es die Stelle ist, will sie wissen, und wie ihr die Dorotka das bestätigt, kniet sie sich auf den Mantel nieder und scharrt mit den bloßen Händen den Schnee auseinander. Die Dorotka hilft ihr dabei, und es dauert nicht lange, so stoßen sie unterm Schnee auf die ersten Erdbeerranken: vom vorigen Jahr sind sie, braun und erfroren alle, die Blätter schon abgefallen und halb verfault.

Doch nun beugt sich die Muttergottes auf sie hinunter und haucht sie mit ihrem Atem an – und da begibt sich nun vor den Augen der Dorotka etwas, womit sie trotz aller Zuversicht niemals im Leben möchte gerechnet haben: Unter dem Anhauch der Muttergottes belebt sich das dürre Geranke, der Saft steigt hinein, es entfalten sich Blätter und Blüten – und ehe die Dorotka richtig hinschaut, da haben die Blüten sich schon in Früchte verwandelt, und über ein kleines, da werden sie reif und rot, und es duftet am Waldrand nach Erdbeeren wie zur Sommerszeit.

Ob sie nicht davon kosten mag? fragt nun die Muttergottes – no, und da kostet also die Dorotka eine von diesen Erdbeeren, aber nur eine einzige, denn sie weiß ja, die sind nicht für sie gewachsen. Und wie sie die eine Erdbeere mit der Zunge im Mund zerdrückt, geht davon eine ganz besondere Süße und Frische aus, und mit einem Mal muß die Dorotka an das himmlische Paradies denken: daß auch dort vielleicht Erdbeeren wachsen, und daß sie nicht köstlicher schmecken können als diese hier.

Es wird für die Muttergottes nun aber Zeit, daß sie weitergeht. Sie ist aufgestanden und klopft sich den Schnee vom Mantel, und wie ihr die Dorotka danken will, da erwidert sie, daß es gern geschehen ist – und sie legt ihr zum Abschied die Hand auf den Scheitel und segnet sie. Dann wendet sie sich zum Gehen, und ohne daß sie auf Weg und Steg achtet, schreitet sie über die Felder davon, auf die Straße nach Münchengrätz zu; und es scheint, daß sie überhaupt kein Gewicht hat, weil sie nicht einsinkt im tiefen Schnee – nicht einmal eine Fußspur läßt sie darin zurück.

Die Dorotka hat ihr nachgeschaut, bis sie hinter den Weidenbüschen am Klosterweiher verschwunden gewesen ist, und es ist ihr so vorgekommen, wie wenn sie geträumt haben möchte und müßte nun jeden Augenblick aufwachen aus dem Traum. Aber nein, sie hat nicht geträumt, es ist alles in Wirklichkeit so geschehen, wie es geschehen ist: Das begreift sie allmählich doch – und nun hat sie geschwinde die Erdbeeren in den Korb gepflückt und ist damit heimgelaufen zum Pepíček; und der Pepíček hat die Erdbeeren alle aufgegessen, die ersten hat ihm die Dorotka in den Mund gesteckt, die anderen hat er schon selbst aus dem Körbl herausgenommen.

»Oh, wie gut die sind!« hat er gesagt und ist glücklich gewesen, das hat ihm die Dorotka angemerkt. »Oh, wie fein die schmecken – so süß, so süß...« Und die Dorotka hat ihm versprechen müssen, daß sie ihm morgen wieder Erdbeeren holen wird aus dem Walde, und übermorgen und immer, an jedem Tag.

Danach hat der Pepíček dankschön gesagt und ist eingeschlafen, friedlich und still ist er eingeschlafen, mit dem Geschmack von Erdbeeren auf der Zunge – und ehe die Dorotka halbwegs begriffen hat, daß er nie mehr aufwachen wird, ist schon alles vorbei gewesen: Den Tod hat die Muttergottes nicht von ihm abwenden können, der ist ihm für diese Stunde bestimmt gewesen – und amen. Aber wer weiß, was gerade im Königreich Böhmen der Pepíček sich vielleicht erspart hat mit seinem frühen Tod? Das kann niemand sagen.

Die Dorotka hat ein paar Tage bitterlich weinen müssen um ihn, und solang sie in Jivina bei den Eltern gelebt hat (mit vierzehn ist sie nach Böhmisch Kamnitz gekommen, als Küchenmädl aufs gräflich Kinskysche Schloß, und mit einundzwanzig hat sie geheiratet, einen Schneider in Reichenberg, in der Hirtentreibe), solang sie in Jivina noch gelebt hat, da ist sie an jedem Sonntag zum Pepíček auf den Friedhof hinausgegangen, und sommers hat sie ihm hie und da ein paar Erdbeeren auf das Grab gestreut.

Geschichten hat sie ihr Leben lang übrigens gerne erzählt, die Dorotka, auch als alte Frau noch: Es haben mir keine Geschichten besser gefallen als jene, welche die Großmutter Dora uns Kindern damals erzählt hat, an manchem Abend, daheim in Reichenberg.

Kapitel Numero zwölf

worin von gewissen unerwarteten Schwierigkeiten die Rede sein wird: einesteils für den Herrn Teufel Pospišil – anderenteils jedoch hauptsächlich für den Hawlitschek und den Tyras.

Es hat der Herr Teufel Pospišil übrigens, seit er im Tyras drinsteckt, gewisse Umstände seines Befindens feststellen müssen, von welchen zuvor er sich nichts hat träumen lassen, nämlich es ist ja begreiflicherweise ein Unterschied, ob man in unbeschränkt geistigem Zustande sich befindet, wie es bis dahin bei ihm der Fall gewesen ist, oder ob bis auf weiteres man mit irdischer Leiblichkeit sich behaftet sieht, noch dazu mit der Leiblichkeit eines Fleischerhundes, welcher diverse, aus seiner Hundsnatur sich ergebende Eigenschaften, Gewohnheiten und Bedürfnisse an den Tag legt, mit denen man nicht nur ständig rechnen muß, sondern es muß der Herr Teufel Pospišil auch zugleich ihnen immer wieder entgegenwirken, sobald sie den höllischen Interessen zuwiderlaufen. (Wir haben ein Beispiel davon ja bereits erwähnt, bezüglich der Bäume und Telegraphenmasten am Straßenrand zwischen Hühnerwasser und Weißwasser; und es zehrt dem Herrn Teufel Pospišil dieses ständige Hin und Her mit dem Tyras ganz hübsch an den Nerven, wobei es noch außerdem einen nicht unbeträchtlichen Aufwand an Willenskraft ihm verursacht, welche an anderer Stelle dann möglicherweise ihm fehlen wird!) Aber das ist noch bei weitem nicht alles gewesen, was dem Herrn Teufel Pospišil nunmehr zu schaffen macht: Nämlich er hat ja, zugleich mit der Hundswerdung, auch gewisse höllische Privilegien eingebüßt, wie zum Beispiel die Fähigkeit, daß er auf Wunsch in Gedankenschnelle an jeden beliebigen anderen Ort sich verfügen kann, und das unsichtbar, respektive es möchte ihm solches natürlich auch jetzt noch freistehen, aber dann möchte er in den Tyras nicht mehr zurückkehren dürfen, nach Maßgabe der von den Droberen ihnen eingeräumten Bedingungen. Und da können, bei allen Teufeln, sie lange warten, bis er so blöd sein und diesen Gefallen ihnen erweisen wird; nämlich er ist ja nicht auf den Kopf gefallen, und wenn er schon, aus erwähnten Gründen, zur Zeit keinen weitergehenden Aus- und Überblick sich verschaffen kann über den Stand der Dinge – no bittschön, es steht ihm ja immerhin eine Hundsnase zur Verfügung, so daß man mit ihrer Hilfe ans Ziel sich schon durchschnüffeln können wird...

Es hat nun der Hawlitschek also in Weißwasser, im Verein mit dem Wachtmeister Patočka, endlich sein Bier sich genehmigt, das wohlverdiente; und wie sich geschätzter Leser schon denken können wird, ist es bei diesem einen Bier nicht geblieben: Nämlich das erste macht Durst auf ein zweites, das zweite zieht für gewöhnlich ein drittes nach, und das dritte bedarf dann zur Abrundung mindestens eines vierten, wobei unter alten Freunden man selbstverständlich die Biere sich gegenseitig spendiert, so daß sie im Grunde genommen einen nix kosten (wie jedenfalls der Herr Wachtmeister Patočka nach dem fünften Glas das behauptet, weil man ja schließlich rechnen gelernt hat, nicht wahr – und das kann man ja an zwei Knöpfen sich abzählen, daß bei erwähntem Verfahren die Rechnung am Ende sich ausgleicht für beide Seiten). No, kurz und gut also, wie dann der Hawlitschek endlich so weit gewesen ist, daß er aufs neue sich mit dem Tyras zur Ausübung seines Fahndungsdienstes in Marsch gesetzt hat, was einigermaßen mühsam vonstatten gegangen ist, weil es ihm plötzlich vorkommt, als möchte er Blei in den Füßen haben; und wie also nun, zur Verfolgung der bethlehemitischen Flüchtlinge, der Herr Teufel Pospišil erstmals per Hundeschnauze die Fährte aufnimmt, da hat zwar der Tyras nach kurzem Herumgeschnupper dieselbige auch schon ausgemacht – aber es ist dieser prompte Erfolg dem Herrn Teufel Pospišil leider vergällt worden durch die Tatsache, daß die vom Tyras aufgenommene Witterung penetrant ihm nach Himmel entgegengestunken hat und nach Heiligkeit, welche beiden Gerüche natürlich für einen

Teufel so ziemlich das Allerschlimmste von allem sind, was man ihn wittern lassen kann. Und so darf es geschätzten Leser nicht wundernehmen, daß der Herr Teufel Pospišil augenblicklich in ebenso großer Wut wie Betroffenheit sich zurückgestoßen gefühlt hat von diesem Geruch (also bittschön, für ihn ist es, wie gesagt, ein Gestank gewesen, ein unausstehlicher), und der Herr Wachtmeister Hawlitschek, welcher von alledem keinen bleichen Schimmer gehabt hat, wie hätte er den auch haben sollen? – der Hawlitschek hat noch zu allem Überfluß fortwährend »Hussa, Tyrasl, hussa!« geschrien, »tu mir ock hübsch ihnen auf den Socken bleiben, den Vagabundischen!«

No, es hat in bezug auf den Himmelsgestank der Herr Teufel Pospišil letztlich sich überwinden müssen, wenngleich ihn das große Selbstverleugnung gekostet hat – aber was tut man nicht alles, wo es um Wohl und Wehe des höllischen Reiches geht? Da möchte man, was der Satan verhüten wolle, notfalls sogar einen Kessel voll Weihwasser aussaufen, wenn es sein müßte (doch zum Glück steht das keineswegs zur Debatte hier), und man muß ja auch schließlich den Tyras nicht unentwegt an der Fährte von diesen Leuten herumschnuppern lassen, sondern es reicht, wenn er alle paar fünfzig Meter die Witterung kontrolliert – und natürlich, an jeder Straßengabel und überall sonst, wo ein Weg oder Pfad sich zur Seite abzweigt, da muß er es wohl oder übel auch tun, weil man ja leider bei dem Gesindel, dem bethlehemitischen, niemals vor Überraschungen respektive Gemeinheiten sicher ist.

Es sind nun auf diese Weise der Hawlitschek und der Tyras den heiligen Wandersleuten nicht allzu schnell zwar, jedoch ohne weiteren Aufenthalt nachgefolgt auf der Straße nach Münchengrätz; und wer weiß, was nicht alles passiert sein möchte an diesem Abend noch, wenn nicht in Jivina, wo die Verfolger am späteren Nachmittag anlangen (also zu einer Zeit, wo der Pepíček schon verstorben gewesen ist) – wenn nicht in Jivina vor der Schmiede der Tyras ganz unvermittelt möchte gestutzt und nicht weitergewußt haben, weil sich die Fährte auf einmal gabelt: und zwar führt die eine Spur weiter in Richtung

Münchengrätz, wohingegen die andere von der Straße sich abkehrt, auf einen nahegelegenen Waldrand zu.

Da ist dem Herrn Teufel Pospišil also nichts anderes übriggeblieben, als daß er an beiden Spuren den Tyras gründlichst herumschnüffeln lassen hat, wobei dem Herrn Teufel, nach Abwägung der Gerüche und einigen anderen kombinatorischen Überlegungen, völlig zutreffend sich der Eindruck vermittelt hat, daß es die Muttergottes gewesen sein muß, welche an dieser Stelle die Straße verlassen hat – und da hat es sofort außer jeglichem Zweifel für ihn gestanden, daß wo auch immer sie hingeht, die angeblich Jungfraugebliebene, dahin wird sie den kleinen Bankert (befurzt sei der Name!) mitschleppen, das ist höllenklar. Und so darf man von ihr unter gar keinen Umständen sich verblöden lassen, sondern die Spur, welche von der Straße nach Münchengrätz hier bei der Schmiede sich abzweigt, ist selbstverständlich die einzig wahre und wichtige von den beiden, so daß dem Herrn Teufel Pospišil die Entscheidung leichtfällt, welcher von ihnen man nunmehr folgen muß.

Es schlägt also dementsprechend der Tyras den schmalen Pfad ein, auf welchem zuvor, wie wir wissen, tatsächlich die Muttergottes dahingewandelt ist mit der Dorotka; und der Hawlitschek fragt sich zwar kopfschüttelnd, was denn wohl jetzt wieder in das Hundsvieh hineingefahren ist, weil es so heftig ihn von der Straße wegzerrt; aber seit heute früh, wo der Tyras nach Weißwasser ihn geschleppt hat, und hinterher hat es sich dann gezeigt, wie recht er daran getan hat: seitdem ist der Hawlitschek überzeugt davon, daß der Tyras schon wissen wird, wie man in ihrer Sache am besten weiterkommt, hoffentlich jedenfalls. Und so läuft er ihm hinterdrein, der Herr Wachtmeister, bis sie am Waldrand den freien Fleck finden mit dem Erdbeerkraut, welchem sie allerdings keine Beachtung schenken, weil sie's ja eilig haben, die beiden, so daß sie mit solchen nebensächlichen Dingen sich nicht befassen können, sondern sie hasten daran vorbei, immer hübsch der Spur nach, welche jedoch von jetzt an sich bloß noch wittern läßt: weil ja (woran wir geschätzten Leser erinnern dürfen) hinfort die Muttergottes beim Querfeldeinwandeln keinerlei Fußstapfen mehr im

Schnee hinterlassen hat, sondern aus himmlischer Gnade und Fürsicht ist sie vor jeglichem Einsinken in denselben bewahrt geblieben – was man im nachhinein, wenn man erfahren hat, wie es in dieser Hinsicht dem Hawlitschek und dem Tyras ergangen ist, nur begrüßen können wird.

Nämlich es hat zwar der Hawlitschek selbstverständlich sogleich bemerkt gehabt, daß es von jetzt an im Schnee keine weiteren Fußstapfen mehr gegeben hat; aber es hätte ja vielleicht sein können, daß der Wind sie inzwischen zugeweht und verwischt hat, nicht wahr? Und außerdem, sagt er sich, möchte der Tyras schwerlich mit solchem Ungestüm an der Leine ihn mit sich fortzerren, weg von dem Waldstück aufs freie Feld hinaus, wenn ihn nicht eine diesbezügliche Witterung möchte geleitet haben. No, und was letzteres angeht, so hat der Herr Wachtmeister Hawlitschek damit vollkommen recht gehabt, nämlich es ist zwar die hinterlassene Witterung überaus fein und zart gewesen, wie man es bei der Muttergottes nicht anders erwarten wird, aber so fein hat sie gar nicht sein können, daß nicht, im Tyras drin, der Herr Teufel Pospišil halberts rasend möchte davon geworden sein, was hinwiederum auf den Tyras sich übertragen hat – und zwar dahingehend, daß er mit einem solchen Eifer und Ungestüm der Verfolgung sich hingibt, als möchte er blind und taub sein und bloß noch aus seiner Schnauze allein bestehen: wobei er sich nicht im mindesten darum schert, daß je weiter aufs freie Feld sie hinauskommen, desto tiefer und immer tiefer sinken sie in den Schnee ein, welcher schon bald dem Tyras bis an den Bauch und dem Hawlitschek über die Waden hinaufreicht bis zu den Kniekehlen. Und so kommt er allmählich ganz hübsch ins Schwitzen, der Hawlitschek, und ins Keuchen. Aber der Tyras, als möcht ihn der Teufel reiten (was in gewissem Sinn ja tatsächlich der Fall gewesen ist, wenn man's nicht allzu wörtlich nimmt), der Tyras hat kein Erbarmen mit ihm gehabt und kein Einsehen, sondern er wühlt durch den Schnee sich mit unverminderter Heftigkeit weiter vorwärts, wie wenn er's von einem Maulwurf möchte gelernt haben; und obzwar auch bei ihm, insoweit es um seinen hündischen Teil sich handelt, allmählich sich eine

Erlahmung der Kräfte anzeigt: das ist dem Herrn Teufel Pospišil völlig wurscht, darauf kann man im Augenblick keinerlei Rücksicht nehmen, das wär' ja noch schöner!

Und so treibt er den armen Tyras weiter und weiter an, der Herr Teufel Pospišil, ohne Mitleid und ohne Gnade – und eben damit (wir werden, geschätzter Leser, es gleich erfahren) hat er in seinem höllischen Übereifer das dümmste von allem getan, was er tun kann: Nämlich der Tyras, weil er in einem fort sich von ihm gehetzt fühlt, läßt in der Folgezeit an der mindesten Vorsicht es fehlen, damit es nur ja dem Herrn Teufel Pospišil nicht zu langsam geht.

Und wie nun, auf freiem Felde, plötzlich ein tiefer Graben ihnen den Weg quert, ein selbstverständlich bis obenhin zugewehter, so daß man mit bloßem Auge ihn nicht bemerken kann: da wird man geschätztem Leser natürlich erklären müssen, wo dieser Graben hier draußen auf einmal herkommt. Die Antwort ist einfach die, daß der Pater Ökonomieverwalter von Klostergrätz ihn hat ausheben lassen, vor einigen Jahren bereits, zwecks Anlage und Bewässerung eines neuen Fischweihers, welchen Plan man jedoch aus verschiedenen Gründen dann nicht zum Ende gebracht hat, so daß nun besagter Graben (denn hinterher wieder zuschütten hat man ihn auch nicht wollen) gewissermaßen für nix und wieder nix da vorhanden gewesen ist – außer vielleicht, daß die himmlische Vorsehung extra es so gefügt hat, im Hinblick auf diesen heutigen Nachmittag, daß man am rechten Ort und zur rechten Stunde den Hawlitschek und den Tyras hineinfallen lassen kann.

No, und da sind sie im nächsten Augenblick auch schon dringelegen, die beiden. Und zwar hat der Tyras den Hawlitschek mit hineingerissen, vermittels der Hundeleine, wobei sie sich glücklicherweise zwar nicht verletzt haben, da ja der Graben bis obenhin voller Schnee gewesen ist; aber fast möchte man sagen: wie es nach Lage der Dinge nicht anders sich hat erwarten lassen, sind sie natürlich an einer besonders tiefen Stelle hineingefallen.

Da können der Hawlitschek und der Tyras einem beinah schon leidtun, wie sie nun miteinander im Schnee sich herumkugeln, was man im vollen Ausmaße freilich nur dann ihnen nachfühlen können wird, wenn man schon selber einmal aus einem solchen verschneiten Graben wieder herauskrabbeln müssen hat, wo einem ständig aufs neue die Füße wegrutschen unterm Leib; und man kann sich auch nirgends festhalten, nämlich wohin man auch greift mit den Händen, da ist es ein

Griff ins Lose, und höchstens fällt man ein weiteres Mal auf den Bauch dabei – was natürlich zur Folge hat, daß man schon bald sich nach Art eines Wiener Schnitzels paniert sieht, bloß nicht mit Semmelbröseln, sondern vom Schnee.

Wir wollen, geschätzter Leser, das Mißgeschick uns nicht weiter ausmalen, welches den Hawlitschek und den Tyras hier draußen betroffen hat, auf den Feldern von Jivina, sondern es reicht, wenn wir dazu feststellen, daß es ein schweres Stück Arbeit gewesen ist, bis sie dann endlich, bei Aufbietung aller Kräfte, den Grabenrand doch noch haben bezwingen können (anders läßt sich das nicht bezeichnen) – und hinterher zeigt es sich, daß der Herr Wachtmeister Hawlitschek nicht nur total vom Schnee durchnäßt ist: vielmehr hat er garantiert auch schon längst die vom Patočka ihm spendierten Biere bis auf das letzte Tröpfl wieder herausgeschwitzt gehabt. Und da sind sie nun beide, der Tyras und er, von jetzt an der heiligen Fährte mit stark herabgemindertem Ungestüm nachgefolgt, wobei sie zu allem Überfluß noch verschiedene Mulden haben durchqueren müssen, wo dann der Schnee dem Hawlitschek stellenweise bis an den Nabel gereicht hat, so daß er schon manchmal am liebsten sich einfach hinschmeißen täte und liegenbleiben. Da wird man sich hübsch verwundern in Jivina, denkt er sich, wenn man im nächsten Frühjahr hier draußen ihn finden wird, nach der Schneeschmelze; und vielleicht wird man hinterher an der Stätte seines Erschöpfungstodes ein Kreuz ihm setzen, wie er's auch schließlich als braver k.k. Gendarm sich möchte verdient haben, welcher in Ausübung seines Dienstes ums Leben gekommen ist...

Aber zum Glück hat der Tyras den Hawlitschek schließlich doch noch auf festen Boden wieder hinausgeführt, nämlich auf eine Straße; und wie sich bei näherer Orientierung herausstellt, hat es dabei um die Straße nach Münchengrätz sich gehandelt, auf welcher nun, akkurat an der Stelle, wo sie im Augenblick sich befinden, die beiden Spuren, welche in Jivina sich geteilt haben, miteinander sich wieder vereinigen.

Wie der Herr Teufel Pospišil das gemerkt hat, da hat ihm das einen solchen schrecklichen Grimm verursacht, daß aus Versehen ihm eine Wolke von Pech- und Schwefeldampf ausgekommen ist; aber dem Hawlitschek ist das egal gewesen, der hat sowieso schon vor Müdigkeit kaum noch gewußt, wo er geht und steht – und so hat der Herr Teufel Pospišil schließlich sich sagen müssen, daß er es weder dem Hawlitschek noch dem Tyras verübeln kann, wenn sie für heute genug haben von der Fahndung nach diesem Lausepack, bethlehemitischen, welches man aber morgen dafür um so sicherer einholen können wird und in Haft nehmen lassen: so wahr wie er Pospišil heißt und im höllischen Schematismus mit Name und Numero seines Ranges verzeichnet steht!

Es haben der Hawlitschek und der Tyras also von jetzt an sich auf der Straße nach Münchengrätz mit beliebiger Langsamkeit weiter dahinschleppen dürfen. Und nicht einmal ganz bis nach Klostergrätz sind sie hineingekommen an diesem Abend, sondern es hat eine Mühle ihnen am Weg gelegen, die Klostermühle – da haben sie bis zum anderen Morgen sich einquartiert. Zunächst hat den Klostermüller ja fast der Schlag getroffen, wie da auf einmal die k.k. Gendarmerie bei ihm anklopft: Nämlich es hat in der letzten Woche mit einer Kundschaft gewisse Streitigkeiten gegeben, um ein paar Säcke Mahlgut, welche auf völlig unerklärliche Weise ihm in der Mühle herich verschwunden sind (also da weiß er sich unschuldig wie ein Lampl!), aber es hätte ja sein können, daß man ihn trotzdem angezeigt hat dafür – und jetzt kommt man ihn abholen...

No, da sind ihm natürlich die sämtlichen strittigen Maltersäcke sogleich von der Seele gefallen, dem Klostermüller, wie nun der Hawlitschek bloß ein Nachtquartier sich bei ihm erbittet; und selbstverständlich hat ihm der Klostermüller das nicht nur nicht abgeschlagen, sondern er hat auch dem Hawlitschek ein paar trockene Sachen zum Anziehn geborgt, und dann hat er darauf geschaut, daß die Müllersche ihnen was Gutes zum Essen auftischt, dem Herrn Gendarmen und ihm; und der Tyras hat auch seinen Fraß bekommen – nämlich es sagt sich der Klostermüller: Wenn es auch möglicherweise nix hilft, so kann's doch erst recht nix schaden, wenn man sich mit Behörden und Amtspersonen ein bissl gutstellt.

Kapitel Numero dreizehn

welches in einem Gasthof zu Münchengrätz sich ereignet, zwischen dem heiligen Josef einerseits und dem Herrn Kantor Línek aus Bakov andrerseits, bei Gelegenheit mehrerer in Gemeinschaft genossener Biere sowie zweier kleiner Papričky.

Es ist ja der heilige Josef von Grund auf ein guter und gottesfürchtiger Mensch gewesen, sonst möchte der heilige Geist ihn nicht auserwählt haben, daß er der Muttergottes den Mann und für unseren Herrn und Heiland den Nährvater machen soll – aber natürlich, als Zimmermann ist er zumindest in einem Punkt nicht ganz frei gewesen von einer gewissen Schwäche, was auch in dieser Geschichte sich wieder einmal erweisen wird.

Wie sie am Abend in Münchengrätz angelangt sind, die biblischen Wandersleute, da hat nun der Esel des Herrn sie vor einen Gasthof geführt, »Zur Stadt Karlsbad« geheißen, und dort, vor dem Tor, ist er stehengeblieben wie festgewachsen, womit er dem heiligen Josef bedeutet hat, daß sie hier Nachtlager nehmen sollen, gegen Bezahlung, versteht sich; nämlich es hat nach dem kalten Tage dem lieben Jesulein und der Muttergottes ein warmes Zimmer mit richtigen Betten notgetan, und so haben sie eben das Zimmer wohl oder übel sich leisten müssen.

Der Esel ist gut versorgt gewesen, sie haben dort einen Mietstall gehabt, für Fuhrleute, und der Wirt, ein gewisser Procházka, hat sie den Esel gratis einstellen lassen, obzwar er sonst nicht gerade das Geld verachtet; und wie nun der heilige Josef den Esel getränkt und gefüttert hat und ins Haus zurückkehrt, da steigt ihm doch, vor der Gaststube auf dem Flur, der Geruch von Bier in die Nase: und eigentlich, denkt er sich, möcht' jetzt ein kleines Helles nicht schlecht sein für ihn;

aber er überwindet die Anfechtung mannhaft, im Hinblick auf ihre Reisekasse, welche man tunlichst schonen muß.

Wie er dann oben jedoch ins Zimmer tritt, hat die Muttergottes dem heiligen Josef gleich angemerkt, daß es nach einem Bier ihn gedürstet hat, und da hat sie ihm zugeredet, daß er die zwanzig Heller sich ruhig leisten soll; nämlich es muß auch die größte Sparsamkeit, findet sie, ihre Grenzen haben. Das hat nun der heilige Josef nicht zweimal sich sagen lassen, sondern er hat bei der Muttergottes sich schön bedankt für die Nachsicht, welche sie ihm bezeigt hat in dieser Sache. Dann ist er die Treppe wieder hinuntergestiegen, zum Procházka in die Gaststube.

Es haben dort ein paar Kartenspieler beisammengesessen, die haben Tarock gespielt; er aber hat sich von ihnen weggesetzt an den Tisch in der hinteren Ecke, wo schon ein einzelner älterer Gast auf sein Bier gewartet hat, nämlich der Kantor Línek aus Bakov, ein zierliches Männl mit schütterem Haar und freundlichen grauen Augen, welche indessen am heutigen Abend von einer gewissen Traurigkeit nicht ganz frei gewesen sind.

Es ist der Herr Kantor Línek von Amts wegen nicht nur dazu bestallt gewesen, daß er in Bakov an jedem Sonntag zur heiligen Messe die Orgel spielt und bei Kindstaufen, Hochzeiten und Begräbnissen ebenfalls, sondern überdies hat er die Schulkinder unterrichten müssen, im Lesen und Schreiben und Rechnen und in der Glaubenslehre; auch hat er zum Singen sie pflichtgemäß angeleitet, wobei er sich einer Geige bedient hat zum Vorspielen, und besonders gern, bei gegebener Jahreszeit, hat er Hirten- und Weihnachtslieder mit ihnen eingeübt, wechselweise im Chor und für Einzelstimmen.

Zwischendurch hat er den Kindern Geschichten erzählt, seit Jahren schon: wie es in Bethlehem damals gewesen ist, auf dem Feld bei den Hirten, und wie sich die Leute von allen Seiten zur Krippe herbeigedrängt haben, Bauern und Bürger, Handwerker und Geschäftsleute – Seine gräfliche Gnaden der Herr von Waldstein auf Wartenberg auch dabei, mit den gnädigsten Fräulein Töchtern und Herren Neffen, der Pater Braumeister und der Pater Küfer aus Klostergrätz (dieser dick wie ein Schmalzfaß, der andere spindeldürr) und mit ihnen noch viele weitere, Große und Kleine, Ehrenfeste und Gauner, Kinder und Tattergreise, in Haderlumpen die einen, gespornt und gestiefelt die andern, mit Stern und Ordensband: was für Leute da, rings um den Stall mit der Krippe – und was für Geschichten an ihnen dranhängen!

Der Herr Antonín Václav Línek, Kantor in Bakov, erzählt seinen Schulkindern die Geschichten so, wie er meint, daß sie dazumal sich ereignet haben, in jener hochheiligen Nacht unterm Weihnachtsstern. Und die Kinder in seiner Schule, die glauben ihm diese Geschichten aufs Wort und erzählen sie weiter, daheim zum Beispiel, und der Herr Pfarrer Štimpfl von Bakov erfährt sie natürlich ebenso wie sein Kaplan, ein gewisser Herr Kaplan Vavra, welcher für sich in Anspruch nimmt, daß er in allen Fragen des christlichen Lebens wie auch der Bibel von aufgeklärter Gesinnung ist: Grund zur Genüge, daß die Geschichten des Kantors Línek im höchsten Grad ihm suspekt gewesen sind, wohingegen jedoch der Herr Pfarrer Štimpfl sie mehr auf die leichte Schulter genommen hat: »Gehn S', lieber Bruder Vavra, und machen S' sich bittschön damit nicht lächerlich«, hat er zu ihm gesagt, »das sind Kindergeschichten, mein Lieber, da muß man nicht jedes Wort auf die Goldwaage legen.«

Aber der Herr Kaplan hat auf seiner Meinung beharrt, und weil der Herr Kantor Línek in dieser Beziehung als unbelehrbarer Fall sich erwiesen hat, so ist dem Herrn Kaplan Vavra zu seinem Bedauern nichts anderes übriggeblieben, als daß er sich höheren Orts über ihn beschwert hat, nämlich in Münchengrätz auf der Dechantei – und so hat man den Bakover Kantor heute hierher zitiert gehabt, und es hat der Herr Dechant Benda persönlich ihm die Leviten gelesen: In Hinkunft soll er gefälligst sich an das biblische Zeugnis halten und alles weitere weglassen, dieses ganze Brimborium, welches man Kindern nicht weismachen darf, weil es albernes Zeug ist, nicht wahr – wie wenn Bethlehem gleich hinter Bakov möchte gelegen sein, bloß ein Stückl die Iser abwärts. Und sollte noch einmal ihm, dem

Herrn Dechant Benda, etwas dergleichen berichtet werden, dann wird er mit einem geistlichen Donnerwetter nicht mehr davonkommen, der Herr Kantor, sondern dann wird man sich überlegen müssen, ob man in Kirche und Schule ihn überhaupt noch verwenden kann!

Es ist der Herr Dechant Benda ein streitbarer Herr gewesen, welcher zuweilen sich gerne in Eifer geredet hat, und zwar manchmal auch dort, wo zu Anfang er's gar nicht gewollt hat – wie beispielsweise auch heute wieder beim Kantor Línek: Den hat er im Grunde genommen bloß deshalb ja abgekanzelt, weil dieser Vavra ein solches Trara um die Sache gemacht hat; denn eigentlich neigt der Herr Dechant eher der Meinung vom Pfarrer Štimpfl zu. Und wie er sich nun bewußt wird, daß wieder einmal ihm die Gäule durchgegangen sind, denn der Línek steht vor ihm da wie ein Häufl Unglück, so tüchtig hat er's ihm aufgegeigt, da erscheint es ihm höchste Zeit, daß er damit aufhört. Er kommt also ziemlich unvermittelt zum Abschluß, indem er vom Platz sich erhebt, auf den Kantor zutritt und voller Sanftmut ihn mit den Worten entläßt:

»Und jetzt, mein Sohn, zieh dahin in Frieden – und halt dich an das, was ich dir gesagt hab, amen.«

Das Bierzapfen gilt im Königreich Böhmen als eine besondere Kunst, und es ist der Herr Procházka hier in Münchengrätz diesbezüglich für seine außergewöhnliche Sorgfalt bekannt gewesen, denn mindestens fünf bis sechs Mal im Lauf des Einschenkens streift er von jedem Glas mit dem Schankholz den obersten Faum weg und wartet geduldig ab, bis der Rest sich gesetzt hat, bevor er den nächsten Tschietsch aus dem Bierhahn nachlaufen läßt. Es ist diese Prozedur zwar ein bissl langwierig, aber dafür ist das Bier, wenn es auf den Tisch kommt, von einem Schaum gekrönt, der ist steif wie Schlagsahne, und es hält unter einer solchen Krone bedeutend länger im Glase sich frisch und schmackhaft, als wenn man in Hast und Eile es einschütten möchte, wie das inzwischen ja leider üblich geworden ist.

Weil aber der Herr Procházka immer gleich serienweise die Gläser einschenkt (meist sechse auf einmal, jedoch unter keinen Umständen mehr als sieben, damit er nicht hudeln muß), wird es geschätzten Leser nicht wundern dürfen, daß gleichzeitig mit dem Herrn Kantor Línek, welcher bereits seit geraumer Weile darauf gewartet hat, auch dem heiligen Josef sein Bier vom Herrn Procházka vorgesetzt wird, auf einem Unterteller von Porzellan. Und wie nun die beiden Gäste einander zuprosten, der Herr Kantor dem heiligen Josef und umgekehrt, fassen sie gegenseitig eine gewisse Vertraulichkeit zueinander, was dazu führt, daß sie, eh' noch die Gläser zu einem Achtel geleert sind, in ein Gespräch sich bereits vertieft haben; und es berichtet der Kantor Línek dem heiligen Josef, wie und auf wessen Veranlassung man ihn vorhin heruntergedonnert hat auf der Dechantei, obzwar ja, mit allem Respekt gesagt, auch der Herr Dechant Benda nicht mit Bestimmtheit wissen kann, wie es damals in Bethlehem wirklich zugegangen ist.

No, meint daraufhin der heilige Josef, das Bier schmeckt in Münchengrätz ausgezeichnet – und übrigens, was die Verhältnisse angeht in Bethlehem: Also da möchte er dem Herrn Kantor Línek jede gewünschte Auskunft erteilen können, nämlich er ist zwar in Bethlehem nicht zu Hause, aber es handelt sich um die Stadt seiner Vorväter; kürzlich erst, bei der letzten Volkszählung, ist er dort gewesen, so daß ihm aus nächster Nähe bekannt ist, was dort sich ereignet hat.

»Wirklich wahr?« fragt der Kantor Línek – dann hat er womöglich in Bethlehem Christi Geburt erlebt?

»Wirklich wahr«, sagt der heilige Josef, es haben die Engel gesungen in allen Zweigen wie Nachtigallen – mit Orgelklang und Posaunenschall, falls der Herr Kantor sich vorstellen können, wie das gemeint ist. Und hell ist's gewesen, rings um den Stall, wie von tausend Millionen Kerzen; aber es ist dieser Schein nicht von Kerzenlichtern gekommen, sondern er hat seinen Ursprung gehabt in den Augen von all den Menschen, welche zur Krippe gekommen sind, zu dem Kindlein Gottes und seiner Mutter, um anbetungsweise ihnen zu huldigen.

»Wirklich wahr?« hat der Kantor Línek gefragt, und ganz glücklich ist er dabei gewesen, denn eben dies hat er seinen Schulkindern immer erzählt gehabt, unter anderem.

»Wirklich wahr«, hat der heilige Josef ihm das bekräftigt, und beide haben mit ihren Gläsern sich zugeprostet, und abermals haben sie einen Zug von dem Bier getan; und dann haben sie weiterhin miteinander sich unterhalten, in tschechischer Sprache natürlich, aber dem heiligen Josef ist das nicht aufgefallen, der hat überhaupt nicht gemerkt, daß er tschechisch gesprochen hat mit dem Herrn Kantor Línek, obzwar er das Tschechische niemals erlernt gehabt hat, weder in Bethlehem noch in Nazareth, sondern er hat es ganz einfach von selbst gekonnt: Was wiederum eines von jenen mehr nebensächlichen Wundern gewesen ist, welche aus Anlaß der Flucht nach Ägypten zu Dutzenden sich ereignet haben, von niemand bemerkt und von keinem der Herren Evangelisten aufgezeichnet.

Es hat nun der heilige Josef dem Bakover Kantor verschiedene weitere Einzelheiten berichtet, welche in Bethlehem dazumal sich ereignet haben, rings um den Krippenstall. So erzählt er zum Beispiel von einem Rastlbinder, welcher mit Vogelbauern und Mausefallen hausiert und ein steifes Bein gehabt hat von kleinauf, so daß er zeitlebens an Krücken hat gehn müssen – und was meint der Herr Kantor wohl, was mit dem Rastlbinder sich zugetragen hat, wie er auf seinen Krücken zur Krippe gehumpelt kommt?

No, sagt der Kantor Línek und zögert ein bissl, bevor er damit herausrückt, daß er schon oft seinen Schulkindern die Geschichte erzählt hat von solch einem Rastlbinder: Wie nämlich jener mit großer Mühsal sich durch den Schnee schleppt auf seinen Krücken, zum Stall mit dem Kind hinein, und wie es ihm nicht gelingen will, daß vor dem lieben Jesulein er das Knie beugt, das steife, so daß es ihm in der Seele wehtut, weil er als einziger in der Runde dem Gotteskind nicht den Kniefall erweisen kann; und wie nun das liebe Jesulein dies bemerkt hat, da hat es ihn angeblickt – und mit einem Mal hat der Rastlbinder gespürt, wie die Steifheit in seinem Gebeine sich löst, als möchte man einen Schraubstock geöffnet haben, und alsbald läßt er sich niederfallen auf beide Knie, und kniend verharrt er in Anbetung vor dem Himmelskinde, bis einer der Engel ihn auffordert, daß er nun bittschön gehn soll und Platz machen, weil auch noch andere Leute hereinwollen in den Stall von Bethlehem.

Und da steht er nun auf, unser Rastlbinder, und geht aus dem Stall hinaus; und jetzt erst merkt er zu seiner freudigen Überraschung: Er braucht keine Krücken mehr! Und dankbar stellt er noch einmal sich hinten an bei den Leuten, die zu der Krippe drängen, und wartet geduldig, bis er das zweite Mal an der Reihe ist und hinein darf; und drinnen dann, vor der Krippe, da bricht er die Krücken entzwei, kricks-kracks überm Knie, und die Stücke legt er dem himmlischen Kind zu Füßen, mit einem »Dankschön, du lieber Heiland mein!« – Ob nicht, so fragt der Herr Kantor Línek den heiligen Josef, dies der Verlauf der Geschichte vom Rastlbinder gewesen ist?

»Wirklich wahr«, muß auch diesmal der heilige Josef ihm beipflichten, »wirklich wahr.« Und so findet sich mit der Zeit eine ganze Anzahl von weiteren solchen Wundergeschichten, welche zu Bethlehem allesamt in der Heiligen Nacht sich aufs Haar so ereignet haben, wie der Herr Kantor Línek den Bakover Schulkindern sie erzählt hat, die Jahre her:

- von dem Pfandleiher Herschl, welcher den Weg zur Krippe achtmal verfehlt hat, bis er nicht seinen Schuldnern die Wucherzinsen erlassen gehabt hat, so daß er beim neunten Male den Zugang zur Krippe endlich gefunden hat;
- von den Tratschweibern, Klapová hat die eine geheißen und Tlachačková die andere, welche sich um den Vortritt gestritten haben im Stall von Bethlehem, und es hat sie der Engel des Herrn beim Schlafittchen genommen und kurzerhand an die Luft gesetzt, alle zwei – und nicht eher hat er zur Krippe sie wieder hereingelassen, als bis sie sich miteinander vertragen haben;
- vom Amtmann Hückl aus Weißwasser, einem gestrengen Herrn, bei den Bauern gefürchtet, verhaßt in der Bürgerschaft, welcher im Stall vor der Krippe sich niedergeworfen und schluchzend als einen unbarmherzigen Bösewicht sich bezichtigt hat, öffentlich, und er wird sich von jetzt an ändern, auf daß er des Himmelreiches teilhaftig werde, falls das noch möglich ist;

- von den seit dreizehn Jahren zerstrittenen Eheleuten Zimprich aus Eisenbrod, welche zufällig vor dem Stall sich begegnet sind, und sie fallen sich um den Hals und bitten vor allen Leuten sich um Vergebung für alles das, was sie aneinander gesündigt haben in Wort und Tat;
- von dem versoffenen Musikanten Hurdálek, welcher beim Anblick des lieben Heilands zum alkoholischen Abstinenzler geworden ist, absolut und für alle Zeiten, so daß er am Feierabend seither als Posaunist sich betätigt, in Prag bei der Heilsarmee;
- vom Hub-Förster und dem Wildschützen Pytlák, welche geschworen haben, daß einer den anderen umbringen wird, sobald er ihm vor die Flinte kommt – und wie auf der Schwelle des Krippenstalls sie zusammentreffen, da schießen sie beide gleichzeitig ihre Büchsen ab, aber vor Freude und in die Luft hinauf; und seither sind sie einander im Wald aus dem Weg gegangen, und wenn sie trotz allem von fern sich gesehen haben, so haben sie weggeschaut...

Und so gibt es noch manche Geschichten aus Bethlehem, welche der heilige Josef dem Kantor Línek bestätigen kann, und sie trinken gemeinsam ein zweites Bier und ein drittes, wobei der Herr Kantor es sich nicht nehmen läßt, daß sie auf seine alleinige Zeche geschrieben werden; und schließlich bestellt er für jeden noch beim Herrn Procházka eine Malá Paprička, nämlich ein kleines, extra scharf papriziertes Gulasch mit Essigzwiebeln und Znaimer Gurken, in welches man eine Semmel sich einbrockt, von heute früh, also nicht mehr ganz frisch und noch nicht ganz altbacken, was dem genossenen Bier eine hübsche Grundlage gibt, wenn auch nachträglich. Und es hat der Herr Kantor Línek bloß eine einzige Sorge in dieser vorgeschrittenen Abendstunde: ob der geehrte Herr Gast aus Bethlehem ihm die Richtigkeit der diversen Geschichten auch garantieren kann? – woraufhin sich der heilige Josef mehr oder minder dazu genötigt sieht, daß er dem Kantor Línek aus Bakov sich zu erkennen gibt, aber bittschön auf Ehrenwort, daß er's um Gottes willen für sich behält, weil sie ja auf der Flucht nach Ägypten begriffen sind, vor dem König Herodes, und niemand kann wissen, ob sie nicht möglicherweise auch hier, im Königreich Böhmen, behördlicherseits gesucht werden.

»No was!« hat daraufhin der Kantor Línek zum heiligen Josef gesagt – *das* Ehrenwort gibt er ihm gerne, da läßt er sich lieber auf kleine Stückln hacken, von wem auch immer, bevor man von ihm eine Sterbenssilbe darüber erfahren wird, und es soll ihm die rechte Hand auf der Stelle verdorren und abfallen bis zum Ellbogen, wenn er's mit seinen Worten nicht ernst und ehrlich meint!

Aus alledem hat der heilige Josef ersehen können, daß er zum Glück keinem schlechten Menschen sich anvertraut hat, und also hat er beruhigt ihm Gott befohlen gesagt, nach dem vierten Bier; und während der Kantor Línek nach Bakov sich aufgemacht hat, mit hochgeschlagenem Mantelkragen, den Mützenrand über die Ohren herabgestülpt, ist der heilige Josef auf Zehenspitzen die Treppe zu ihrem Zimmer hinaufgestiegen, in Strumpfsocken und mit vorsorglich in der Hand getragenen Schuhen, weil er das liebe Jesulein nicht hat aufwecken wollen, zu dieser nicht mehr ganz frühen Stunde, und selbstverständlich die Muttergottes auch nicht.

Wenn man bedenkt, mit welch schweren Befürchtungen der Herr Kantor Línek am frühen Nachmittag gleichen Tages von Bakov nach Münchengrätz auf die Dechantei sich verfügt gehabt hat, so wird man auf keinen Fall überrascht sein dürfen davon, daß es nun auf dem Heimwege um so leichter ums Herz ihm gewesen ist, um so fröhlicher, und es möchte ihn ja gejuckt haben, daß er gleich morgen früh sich aus freien Stücken abermals auf die Dechantei begibt, wo er in aller Demut zwar vor den Herrn Dechant hintritt, jedoch ohne Furcht und Scheu ihm erklärend, daß auch in Hinkunft er, der Herr Antonín Václav Línek, der Bakover Schuljugend seine Weihnachtsgeschichten so und nicht anders erzählen wird wie bisher, weil sie alle erwiesenermaßen wahr sind; und wenn der Herr Dechant ihm das nicht glauben wollen, so mögen Herr Dechant den heiligen Nährvater Josef fragen, welcher ihm das persönlich bestätigen können wird, wie er's ihm selber, dem Kantor Línek, bestätigt hat: gestern abend beim Bier, in der Schankstube vom Herrn Procházka. Und es wird der Herr Dechant Benda vor Staunen aus allen Wolken fallen, wenn man ihm das erklärt, und vermutlich wird er an einem der nächsten Nachmittage den Herrn Kaplan sich nach Münchengrätz kommen lassen, den Vavra, weil er ein ernstes Wort mit ihm reden muß – und es kann diesem jungen Besserwisser nur gut tun, wenn man ihm einmal gehörig den Kopf zurechtsetzt, damit er nicht, wie geschehen, in Sachen sich einmengt, von denen er nicht die mindeste Ahnung hat.

Schade bloß, jammerschade (so muß der Herr Línek sich leider sagen, wie er in Bakov ankommt), daß er in Wirklichkeit dem Herrn Dechant Benda diese Erklärung niemals wird abgeben können, weil er's dem heiligen Josef ja ehrenwörtlich versprochen hat, nach dem vierten Biere, daß er zu keiner Sterbensseele von ihrer Begegnung sprechen wird – und da muß er natürlich Wort halten, das ist klar! Denn wo möchte es hinführen, fragt er sich, wenn man aufs Wort eines Kantors sich nicht mehr verlassen kann?

Es hat also der Herr Línek den abermaligen Gang auf die Dechantei sich versagen müssen, was ihm nicht leichtgefallen ist; aber er hat ja nicht ahnen können, daß noch im gleichen Jahre alles zu seinem Besten sich wenden wird: Im September nämlich, da hat überraschenderweise das Ordinariat in Leitmeritz den Herrn Kaplan Vavra auf eine vakant gewordene Pfarrstelle in der Nähe von Böhmisch Aicha versetzt – und somit ist der Herr Kantor Línek ihn losgewesen. Und niemand hat ihn daran gehindert, daß er auch künftig mit Anbruch der lieben Weihnachtszeit den Bakover Schulkindern seine Geschichten erzählt hat von Bethlehem und den wunderlich frommen Begebenheiten rings um den Stall mit der Krippe. Und immer, wenn er dabei auf den heiligen Josef zu sprechen gekommen ist, hätte man meinen können, daß er von einem alten Bekannten redet, mit welchem bisweilen er auf ein Bier sich zu treffen pflegt, beim Herrn Procházka, in der Gastwirtschaft »Zur Stadt Karlsbad« in Münchengrätz.

Kapitel Numero vierzehn

wo der Hawlitschek allen Ernstes bereits sich darauf gefaßt macht, daß er in naher Bälde die Fahndung erfolgreich abschließen können wird; aber es werden am Sichrower Berg ihm gewisse Umstände in die Quere kommen, mit welchen man nicht gerechnet hat.

Es ist der Herr Teufel Pospišil ja nicht blöd gewesen, auch wenn er bislang auf geschätzten Leser vielleicht einen eher gegenteiligen Eindruck möchte gemacht haben; aber man muß da genau auseinanderhalten, was jemand aus echter, weil angeborener Blödheit tut, oder ob anderweitige Gründe dabei im Spiele sind, beispielsweise ein allzu stürmisch sich geltendmachender Übereifer, wie der Herr Teufel Pospišil vorderhand zweifelsohne in dieser Sache ihn an den Tag gelegt hat, und zwar an den gestrigen. Weil aber, wie gesagt, der Herr Teufel Pospišil ja nicht blöd ist, so hat er am heutigen Morgen den Hawlitschek und den Tyras zunächst einmal in der Klostermühle sich ordentlich ausschlafen lassen, damit sie ihm wieder zu Kräften gekommen sind, und er hat auch die nötige Zeit für das Frühstück ihnen gewährt respektive zum Morgenfraß; und erst dann, wie sie beide, der Hawlitschek und der Tyras, nicht nur hübsch ausgeruht sich gefühlt haben, sondern noch obendrein wohlgesättigt: erst dann hat er mit den zweien sich wieder in Marsch gesetzt – und nun sind sie aufs neue der heiligen Fährte nachgefolgt, auf der Straße nach Münchengrätz, strammen Schrittes zwar, selbstverständlich, aber in keinem Vergleich zu der gestern von ihm ihnen aufgenötigten blinden Eile.

In Münchengrätz angelangt, haben sie einen einzigen kurzen Halt gemacht, in der Gastwirtschaft »Zur Stadt Karlsbad« (wohin ja die Spur sie geführt hat), bei welcher Gelegenheit aber der Hawlitschek standhaft geblieben ist und des Biers sich entschlagen hat, des vom Herrn Gastwirt Procházka freundlicherweise ihm angebotenen. Und es hat der Herr Procházka ihm bestätigt, daß die bewußte Familie mit dem Esel von gestern auf heute bei ihm im Logis gewesen ist über Nacht, und es wird vielleicht acht oder halber neune gewesen sein, in der Frühe, da sind sie, nach ordnungsgemäßer Entrichtung des Übernachtungsgeldes, zur Fortsetzung ihrer Reise wiederum aufgebrochen; aber mit welchem Ziele, das haben sie leider Gottes ihm nicht gesagt, und es hat der Herr Procházka auch von sich aus sie nicht befragt darum, denn bittschön, er hat ja natürlich nicht ahnen können, daß man von seiten des k.k. Gendarmeriewesens ihnen nachfahndet... Wie nun der Hawlitschek vom Herrn Procházka dieses alles erfahren gehabt hat, da hat er nicht einen Augenblick länger bei ihm in der Gaststube sich verweilt, sondern gleich ist er wieder losmarschiert mit dem Tyras, rasch ausschreitend zur Stadt Münchengrätz wieder hinaus, in die Richtung auf Turnau zu; und obgleich (wie an späterer Stelle wir noch erläutern werden) die Straße von Münchengrätz nach Ägypten ja eigentlich über Jitschin verlaufen ist, hat doch der Hawlitschek keineswegs sich davon irritiert gezeigt, weil er zum einen sich vollkommen auf den Tyras verlassen hat – und dann mag es, zum andern, vielleicht auch ein bissl am nötigen geographischen Überblick ihm ermangelt haben.

No, wie auch immer – es hat sich der Hawlitschek jedenfalls bald schon davon überzeugen können, daß man tatsächlich dem Tyras und seinem Spürsinn vertrauen darf; nämlich nach ungefähr einer guten Stunde, wie sie den unteren Anfang vom Sichrower Berg erreichen, da haben der Hawlitschek und der Tyras gerade noch sehen können, wie droben, am anderen Ende der Steigung, die in Verhaft zu nehmenden Individuen mit dem Esel über die Kippe verschwunden sind. Und obschon er sie bloß von fern und in aller Kürze hat sehen können, so hat doch dem Hawlitschek dieser flüchtige Anblick bereits für die Feststellung ausgereicht, daß es bei ihnen tatsächlich um jene Subjekte sich handelt, von welchen per Telephon der Herr Landesgendarmeriekommandant die Beschreibung nach Hühnerwasser ihm übermittelt gehabt hat.

Und nicht nur *das* hat der Hawlitschek feststellen können,

sondern es hat auch, zu alledem noch, der Esel so ausdrücklich mit dem Schwanz gewackelt, als ob er zur Vornahme einer bestimmten Handlung ihn möchte herausfordern wollen – was sicherlich bloß ein Mißverständnis gewesen ist. Aber der Hawlitschek, dessen ungeachtet, ist fürchterlich zornig geworden und hat sich den Helm in die Stirne gedrückt, und der Schnurrbart hat sich ihm vor Empörung gesträubt, so daß er ihn mit dem Handrücken glattstreichen muß, und zwar mit dem linken, weil er ja in der rechten Hand das Gewehr mit dem Bajonett getragen hat: »Laufen – lauft!« kommandiert er dem Tyras und will im Geschwindschritt den Sichrower Berg hinauf, damit er die Sache so rasch wie möglich zum Abschluß bringt; und dann wird es sich erst noch zeigen, meint er, wer letzten Endes dabei das Nachsehen haben wird – respektive das, was der Esel ihm durch sein Schwanzwackeln mutmaßlich angedeutet hat.

Der Hawlitschek rennt also mit dem Tyras los, und sie werden vielleicht ein paar zwanzig Schritte gelaufen sein, aber weiter auf keinen Fall, da hören sie hinter sich ein gewaltiges Rattern und Knattern, und irgend jemand brüllt dazu fortwährend »Öff! Öff-öff!« mit einer so quakigen Stimme, daß es sich anhört, als möchte man ständig mit aller Kraft in den Leib ihm treten. Der Hawlitschek, weil er im vollen Lauf ist, braucht ein paar Schritte, bevor er zum Stehen kommt – und wie er sich umdreht: Was sieht er vor seinen erstaunten Augen? Er sieht eine Kutsche, die kommt auf der Straße von Münchengrätz auf ihn zu gerumpelt, aber es sind keine Pferde davorgespannt, sondern es scheint, daß sie von alleine fährt; und das Rattern und Knattern kommt auch von der Kutsche her, ebenso wie das ständige »Öff-öff-öff!«. Und hinter der Kutsche, da zieht sich ein langer Schwaden von Qualm und Rauch auf der Straße hin, daß man meinen möchte, sie haben vielleicht ein Erdäpfelfeuer unter dem Wagen. No, hoffentlich werden die beiden Fahrgäste nicht den Hintern sich anbrennen! Die bis zur Nase in Wolldecken Eingemummelten sehen mit ihren Pelzmützen wie Kosaken aus – aber sie sind keine, sondern es handelt bei ihnen sich um den jungen Baron von Liebieg aus Reichenberg, der hat rechts gesessen, und links von ihm sitzt sein Freund und bewährter Beifahrer, der ebenso lange wie dürre Herr Doktor Stransky. Und was die vermeintliche Kutsche angeht, so ist das natürlich ein Automobil gewesen, ein Benz Viktoria, um genau zu sein, aber der Hawlitschek hat das beim besten Willen nicht wissen können: weil damals hat es im ganzen Königreich Böhmen erst sechs oder sieben Automobile gegeben, und in den Bereich seines Postenkommandos in Hühnerwasser hat sich einstweilen noch keins verirrt gehabt.

Er ist also von dem Anblick der Selbstfahrkutsche vollkommen überrascht gewesen, der Hawlitschek, und so hat er sich keinen Zollbreit vom Fleck gerührt, und es sind ihm vor Staunen die Augen fast aus dem Schädel herausgefallen, wie er so dagestanden hat, mittendrauf auf der Straße nach Liebenau, und der junge Baron von Liebieg kann auf die Hupe drücken, soviel er mag, und »Öff-öff!« machen, und der Herr Doktor Stransky kann noch so wild mit den Armen fuchteln und »Aus dem Weg!« schreien, »Blödian!«: Es hat dieses alles den beiden Herrschaften überhaupt nix genützt – und zum Schluß, wie der

Hawlitschek justament sich nicht wegscheuchen lassen hat, bleibt dem Baron keine andere Wahl, als daß er die Bremse zieht, was den Wagen erheblich ins Schleudern versetzt auf der glatten Fahrbahn, und weil es vermutlich im Augenblick das Gescheiteste ist, was man tun kann, besinnt der Baron sich nicht lang und chauffiert das Vehikel kurzerhand in den Straßengraben.

Es gibt einen ohrenbetäubenden Krach, und im nächsten Moment hüllt den Hawlitschek eine Wolke aus Schnee und Gestank ein, welche vorübergehend die Sicht ihm nimmt und beinah auch den Atem. Aber da muß man erst gar nicht hinschaun, denkt sich der Hawlitschek, sondern das kann man auch blinderweise sich vorstellen, was mit den beiden Herren vermutlich passiert sein wird – und zwar hat er genau dasselbe gemeint und befürchtet, der Hawlitschek, was auch die alte Baronin Liebieg dem jungen Herrn Theodor und dem Stransky-Franzl seit langem schon prophezeit hat: daß sie sich eines Tages den Hals brechen werden, wenn sie nicht endlich Vernunft annehmen und aufhören mit dem Automobilgefahre, wo es doch richtige Kutschen genug gibt, und Pferde und Hafer auch, und bloß weil man Geld wie Heu hat, so muß man noch lange nicht jedem Mutwillen nachgeben, welchen ein paar Verrückte gerade in Mode gebracht haben.

No, die alte Baronin Liebieg hat glücklicherweise nicht recht behalten mit ihren Befürchtungen, und der Hawlitschek folglich auch nicht. Vielmehr sind, bekanntermaßen, die Automobile damals nicht übermäßig geschwind gefahren, selbst wenn man Vollgas gegeben hat, und so haben sich der Herr Theodor und der Doktor Stransky gerade noch am Geländer vom Benz Viktoria festklammern können, wenn auch mit Mühe, so daß bei dem Sturz in den Straßengraben sie nicht zu Schaden gekommen sind, sondern es hat sie bloß tüchtig durchgerüttelt und gegeneinandergehaut, und die Pelzmützen sind ihnen in den Schnee gefallen; und möchte dem Doktor Stransky sein Zwicker nicht angebunden gewesen sein (er hat ihn an einem Schnürl aus schwarzer Seide getragen, welches mit einem Knopf am Revers seines Rockes befestigt gewesen ist), so wäre vermutlich der Zwicker ihm auch in den Schnee gefallen und möglicherweise dabei kaputtgegangen. So aber hat, an dem schwarzen Schnürl, der Doktor Stransky sofort ihn erwischen können und hat ihn sich wieder aufgesetzt, und dann hat er den Hawlitschek, welcher noch immer wie eine Salzsäule auf der Straße gestanden hat, dermaßen angebrüllt, daß der Zwicker ihm gleich ein zweites Mal von der Nase gesprungen ist.

»Tun Sie da nicht auf der Straße herumstehn und Maulaffen feilhalten!« hat er ihn angebrüllt, »tun Sie uns lieber die Mützen aufheben, blöder Kerl Sie – und tun Sie ein nächstes Mal rechtzeitig aus dem Weg springen, wenn man schon auf Sie hupen tut! Sie müssen ja Powidl in den Ohren haben, Sie Unglücksmensch – oder sind Sie am Ende lebensmüde? Dann tun Sie sich einen Strick nehmen, ja? Oder tun Sie sich totschießen! Aber tun Sie sich, Himmelherrgott, nicht wie ein Ochs auf die Straße stellen und warten, bis man sie überfahren tut!«

Einmal in Rage, hat sich der Doktor Stransky sogleich seinen ganzen Schreck von der Seele heruntergeschimpft, denn obzwar er ein furchtloser Pionier des Automobilsports im Königreich Böhmen gewesen ist, das sei unbestritten, so hat ihm doch diese Fahrt in den Straßengraben einen beträchtlichen Stoß im Gemüt versetzt, und da ist es erfahrungsgemäß das Gesündeste, wenn man sich auf der Stelle Luft macht. Und also putzt er den Hawlitschek tüchtig zusammen, wobei es ihm, wie er zu seiner Genugtuung feststellen kann, mit jeder weiteren Grobheit, welche er diesem uniformierten Blödian an den Kopf schmeißt, bedeutend wohler zu Mute wird – und schließlich, nachdem er auf solche probate Weise das Herz sich genügend erleichtert hat, klettert er aus dem Automobil heraus auf die Straße und fordert den Hawlitschek auf, daß er ihnen gefälligst jetzt helfen soll, oder glaubt er vielleicht, daß der Benz Viktoria von alleine die Böschung wieder herauffahren können wird?

Der Hawlitschek will ihm darauf entgegnen, daß er im Dienst ist und daß er den beiden Herrschaften selbstverständlich gern helfen täte, aber das geht nicht, gehorsamst zu melden, nämlich es möchten sich andernfalls die gewissen Subjekte, welche auf allerhöchsten Befehl er zu arretieren hat, kurz vor der endlich so gut wie bereits schon erfolgten Inhaftnahme abermals aus dem Staub machen, respektive dem Schnee, und das kann er als pflichtbewußter Beamter keinesfalls zulassen, sondern er hat sowieso schon sich viel zu lange hier bei den Herrschaften aufgehalten, er muß jetzt im Laufschritt weiter und die Verhaftung vornehmen. Aber da ist er beim Doktor Stransky aus Reichenberg an die falsche Adresse geraten, der Hawlitschek, nämlich bevor er noch richtig zu der geplanten Erwiderung ansetzen kann, da ist ihm der Doktor schon übers Maul gefahren und hat ihn aufs neue angebrüllt:

»Tun Sie uns hier keine Reden halten, Sie alter Zwirnsack! Tun Sie gefälligst zupacken, wenn ich bitten darf – aber ein bissl Tempo, sonst müßt' ich mit Ihnen grob werden, und das möcht' ich nicht: weil ich ein sanftes Gemüt hab, im Grund genommen, und bloß wenn mich so ein Trottl ärgern tut, wie zum Beispiel Sie, da kann's sein, daß ich mich vergessen tu... Aber tun Sie sich das nicht wünschen, ich sag's Ihnen gleich, damit Sie sich hinterher nicht beklagen müssen!«

Der Hawlitschek ist überhaupt nicht zu Wort gekommen, und weglaufen können, das hat er auch nicht, obzwar der Herr Teufel Pospišil mit der Stimme vom Tyras ihn mindestens ebenso laut und maßlos auf hündisch beschimpft hat wie der Herr Doktor Stransky auf deutsch: Was ihm eigentlich einfällt, waff-waff, und wenn er nicht schleunigst ausführt, der Hawlitschek, was der Herr Landesgendarmeriekommandant ihm befohlen hat, wird er es dahin bringen, daß noch der Tyras ihn in die Wadln beißt, und dann wird er sich umschaun, der Hawlitschek, wie er springen wird! Und ganz recht wird ihm das geschehen, weil er von Grund auf, wau-wau, ein pflichtvergessener Mensch ist, welcher um keinerlei Order sich schert, sondern wertvolle Zeit verplempert, wo man von ihm erwartet, daß er aufs schnellste zugreift!

Es läßt aber der Herr Doktor Stransky vom Tyras sich nicht beeindrucken: »Kusch dich!« schreit er und scheucht ihn mit einem Fußtritt weg; und dann sagt er zum Hawlitschek: »Übrigens«, sagt er mit nunmehr besorgter Miene, »was glauben Sie wohl, wie man höheren Ortes mit Ihnen verfahren wird, wenn sich herausstellen tut (und herausstellen tut sich das ohne Zweifel), daß Sie, als k.k. Gendarmerieperson immerhin, einem in Notlage sich befindlichen Mitglied des böhmischen Herrenstandes«, er zeigt dabei auf den jungen Liebieg, »die elementarste Hilfe und Unterstützung verweigert haben? – wobei Sie sich selber die Frage am besten werden beantworten können, ob sich das für Sie auszahlen tun wird, Sie Oberrindviech, sie quadratonisches!«

Der junge Herr Theodor kennt seinen Stransky-Franz; darum weiß er auch, daß es der lange Doktor nicht halb so grimmig meint mit dem Hawlitschek, wie er's ihm an den Kopf schmeißt. Aber der Hawlitschek weiß das natürlich nicht, der Hawlitschek muß sich vorkommen wie der Watschenmann, und so steht er Gewehr bei Fuß auf der Straße, mit hochgezogenen Schultern, und wünscht sich sonstwohin, beispielsweise ins Pfefferland, auf den Mond, zu den Hottentotten oder, zum allermindesten, in die Gemeinde Hühnerwasser zurück, auf sein dortiges Postenkommando, woselbst er, in relativ untergeordneter Position zwar, eines ihm allseits entgegengebrachten Respekts sich erfreuen darf. Und so kann er fürs erste bloß dankbar aufatmen, wie nun der junge Liebieg endlich dem polternden Doktor die Hand auf die Schulter legt und ihm zuruft: »Laß gut sein, Franzl!«, worauf er sich dann dem Hawlitschek zuwendet und mit freundlicher Stimme ihn bittet, er möge doch ihnen beiden, trotz allem, zunächst einmal bei der Bergung des von der Straße geratenen Wagens zur Hand gehen.

No, was ist da dem Hawlitschek anderes übriggeblieben, als daß er die Fersen zusammenhaut und den Herrschaften, bei Hintansetzung aller sonstigen Pflichten, als Helfer gehorsamst sich zur Verfügung stellt, wenn auch der Tyras sich nunmehr aufführt, wie wenn ihn mit einem Schlage die Tollwut möchte gepackt haben. Nämlich er bellt und kläfft voller Wut auf den Hawlitschek los, die Augen vom Zorn gerötet, als möchte dahinter ein Feuer brennen in seinem Hundsschädel – ja, es schlägt ihm sogar versehentlich eine Stichflamme aus dem Rachen hervor! Und wer weiß, was vom Hawlitschek möchte übriggeblieben sein, wenn sie ihn nicht um Haaresbreite verfehlt hätte: Was natürlich ein ausgesprochener Glücksfall gewesen ist, nicht zuletzt auch im Hinblick auf den Herrn Teufel Pospišil – denn was hätte er ohne den Hawlitschek anfangen sollen, nicht wahr? Es hat also der Herr Teufel Pospišil demzufolge auf jegliche weitere Äußerung seines Zornes vorläufig lieber Verzicht geleistet, als daß er ein weiteres Mal die Hervorbringung einer Stichflamme möchte riskiert haben, und von gicks auf gacks ist der Tyras nicht mehr zum Wiedererkennen gewesen: so brav blickt er plötzlich zum Hawlitschek auf, und so treuherzig wedelt er mit dem Schwanz dabei, daß der Herr Doktor Stransky darüber sich bloß verwundern kann.

»Ich weiß nicht, Theo«, sagt er zum jungen Liebieg, »die Bestie hat was Infernalisches! Wenn sie mir gehören tät', denk ich, es möchte mir himmelangst werden.«

Es sind nun die beiden Automobilsportler im Verein mit dem Hawlitschek also zur Tat geschritten und wollen gemeinsam den Benz Viktoria aus dem Graben wieder hinausbugsieren, zurück auf die Landstraße; und es hat sich der Hawlitschek vorsorglich das Gewehr auf den Rücken gehängt, damit er die Hände frei hat, aber es zeigt sich schon bald, daß es bei der Arbeit auf Schritt und Tritt ihm im Wege ist, und besonders das Bajonett erweist sich als überaus hinderlich, insofern der Baron und der Doktor sich ständig davon bedroht fühlen, bald am Hintern und bald im Angesicht – bis es dem Hawlitschek endlich zu dumm wird und er die Flinte wegstellt. Er lehnt sie, das Bajonett nach unten, an einen Weidenbaum neben der Straße, und »Alsdann, die Herrschaften!« ruft er, sich in die Hände spuckend, »jetzt, bittschön, wer'n wir das gleich erledigt haben!«

Der Straßengraben indessen ist tief und die Böschung steil, und der Benz Viktoria läßt sich so leicht nicht hinaufwuchten auf die Straße, da müssen sie sich schon tüchtig anstrengen, alle drei, und es braucht seine Zeit, und vor allem: das braucht eine Menge Kraft und Ausdauer, bis sie ihn endlich oben haben auf der Chaussee – und jetzt erst (damit hat der Hawlitschek nicht gerechnet) stellt sich das eigentliche Problem heraus, nämlich wie kriegt man die Karre wieder in Gang, respektive den Motor, damit man den Sichrower Berg hinauffahren kann?

Zu diesem Zweck gibt es eine Kurbel, mit deren Hilfe der Motor sich anleiern läßt, wenn er mag, und jedenfalls muß man es darauf ankommen lassen, ob man nicht möglicherweise ihn doch vielleicht dazu bringen kann, daß er wieder anspringt. Während der junge Baron sich ans Steuer setzt, zur Betätigung des Benzinhebels, wechseln der Hawlitschek und der Doktor Stransky sich an der Kurbel ab, und nun leiern und leiern und leiern sie, wie man nur leiern kann, mit zusammengebissenen Zähnen und letzter Kraft – wobei denn auch wirklich der Motor ein paarmal zu einem verheißungsvollen Geknatter ansetzt, als möchte er tatsächlich wieder in Gang kommen wollen. Es stößt dann der Auspuff jedesmal eine Serie schwarzer und stinkender Wolken aus, sechs oder sieben von Fall zu Fall – und jedesmal, wenn sie bereits der Hoffnung sich wieder hingeben, daß man den kritischen Punkt überwunden hat: pratzdich! da stirbt ihnen dieser dreimal verfluchte Ratterkasten aufs neue ab. Und so könnten der Hawlitschek und der Herr Doktor Stransky sich krumm und dumm leiern an der Kurbel, wenn nicht zu guter Letzt noch dem Hawlitschek eine Erleuchtung möchte gekommen sein: Nämlich, so schlägt er den Herrschaften vor, wie wäre es, wenn sie ihn einfach abschleppen lassen, den automobilischen Wagen, von einem Pferdegespann oder, besser vielleicht noch, von ein paar Ochsen, welche man auf dem nächstgelegenen Bauerndorf sich ja ausborgen könnte! Das möcht' er sich schon getrauen, der Hawlitschek, daß er das für die Herrschaften in die Wege leitet.

Zuerst sind die beiden Herren nicht übermäßig erbaut gewesen von diesem Vorschlag, weil es natürlich im allerhöchsten Grade blamabel für sie gewesen sein möchte, wenn sie von ein paar Ochsen gezogen in Reichenberg hätten einparadieren müssen. Man kann sich ja unschwer vorstellen, was für ein Aufsehen das geben wird in der ganzen Stadt und wie sich die Spottvögel jeglichen Alters, Geschlechts und Standes an ihnen die Schnäbel möchten gewetzt haben.

Aber dann kommt auch dem jungen Liebieg eine Idee: »No, Franzl«, fragt er den Doktor, »und wenn wir uns bloß nach Sichrow kutschieren lassen, zum Onkel Rohan? Das wär' doch vielleicht eine Möglichkeit.«

»Eine Möglichkeit schon«, sagt der Doktor Stransky. »Und wenn ich mir's recht bedenken tu', nicht die schlechteste!«

Nun schicken sie also den Hawlitschek mit dem Tyras ins nächste Dorf, welchselbiges einen zwar ehrenwerten und schönen, der deutschen Zunge jedoch so ungeläufigen Namen hat, daß wir geschätzten Leser damit verschonen werden. Und während sie an der Straße nach Liebenau auf ihn warten, die beiden Herren (man kann ja nicht einfach den Benz Viktoria mutterseelenallein dort herumstehen lassen, nicht wahr?), da merken sie, wie es sie mehr und mehr an die Nasen friert, an die Finger, die Zehen und überhaupt, so daß sie versuchen müssen, sich einigermaßen warm zu halten, indem sie zunächst mit den Füßen trampeln und mit den Armen um sich schlagen. Aber die Kälte setzt ihnen immer strenger zu, und es ist bloß ein wahres Glück, daß der Doktor sich endlich an eine gewisse Tasche erinnert, welche bei seinem Gepäck auf dem Automobil sich befindet – und siehe da! in der Tasche befindet sich eine Flasche, und in der Flasche befindet sich etwas, womit auch die grimmigste Kälte von innen heraus sich vertreiben läßt, nämlich ein sechzigperzentiger Slibowitz.

No, da kann man sich vorstellen, wie rapide das Wohlbefinden der Herren Sportsfreunde sich gebessert hat, was auch auf ihre Laune natürlich nicht ohne Einfluß geblieben ist, und je kleiner der Rest von dem Slibowitz in der Flasche wird, desto fideler werden die beiden.

Wie dann der Hawlitschek mit dem Tyras wiederum aus dem Dorf mit dem unaussprechlichen Namen zurückkommt (und tatsächlich hat er dortselbst einen Bauernknecht aufgetrieben mit zwei Paar Ochsen), da sind sie vor Freude ihm bald um den Hals gefallen, die Pioniere des Automobilsports, und haben ihm auf die Schulter geklopft, und wenn sie vom Slibowitz noch was übriggehabt hätten in der Flasche, dann hätte der Hawlitschek auch einen Schluck davon abbekommen, zum Dank dafür, daß er die Ochsen ihnen verschafft hat. Aber die Flasche ist leider Gottes schon leer gewesen, wie es mitunter vorkommt auf dieser Welt, und da hat man nix machen können.

Nichtsdestoweniger ist der Hawlitschek ihnen mit unverminderter Tatkraft zur Hand gegangen: Dem Bauernknecht hilft er die Ochsen vorspannen vor das Automobil, und den Herren aus Reichenberg ist er behilflich beim Wiederhinaufklettern auf den Wagen, was sie ansonsten vermutlich bloß unter den größten Schwierigkeiten möchten geschafft haben, aber mit seinem Beistand ist das im Nu erledigt. Und wie der Baron und der Doktor dann oben sitzen, die Pelzmützen auf dem Kopf und hübsch warm in die Mäntel und Decken eingepackt, hängt der Hawlitschek rasch das Gewehr sich um, und dann schreit er: »Aufpassen bittschön, die Herrschaften – es geht los!« Und dem Bauernknecht ruft er auf tschechisch zu: »Vorwärts, Franto, damit sich's abfährt!«

Es wird eine lustige Fuhre, den Sichrower Berg hinauf! Der Hawlitschek treibt gemeinschaftlich mit dem Franto die Ochsen an, er auf deutsch, der auf tschechisch, aber den Herren Ochsen ist das ganz offensichtlich egal, die trotten um keinen halben Schritt schneller, ob man nun deutsch oder tschechisch ihnen die Ohren vollschreit. Der Doktor Stransky betätigt mit beiden Händen die Hupe, daß man es bis nach Turnau hinüber hören kann, und der junge Herr Theodor ahmt mit aufgeplusterten Backen den nicht mehr in Gang zu bringen gewesenen Motor nach, »Hrrrn-hrrrn-hrrrn!«, wie wenn sich damit seine angeschlagene Ehre als Automobilsportler wiederherstellen lassen möchte.

Und hintennach zottelt der Tyras, mit hängenden Ohren und nicht gerade besonders vergnügtem Blick – was ja in Hinsicht auf den Herrn Teufel Pospišil nur verständlich gewesen ist, welcher naturgemäß einen anderen Fortgang der Dinge sich möchte gewünscht haben; aber er ist, wie wir wissen, nicht nur kein blöder, er ist auch ein nüchtern denkender Teufel gewesen, und wenn er an einem gewissen Punkte vorübergehend nicht weiterkommt, wie zum Beispiel hier, dann läßt er es eben vorläufig sein Bewenden haben damit und vertröstet sich auf die nächste Gelegenheit, wo er dann um so energischer dafür sorgen können wird, daß man endlich ans Ziel gelangt.

Kapitel Numero fünfzehn

worin sich die heiligen Wandersleute zu einer Rast unter freiem Himmel veranlaßt sehen; auch wird uns, im weiteren Ablauf desselben, die Preibisch Hanni aus Schumburg begegnen, welche in einem großen Kummer sich keinen Rat weiß.

Wer sich, geschätzter Leser, in geographischer Hinsicht ein bissl auskennt im Königreich Böhmen, dem hat sicherlich längst schon die Frage sich aufgedrängt, weshalb wohl die heiligen Wandersleute nicht auf dem kürzesten Wege von Münchengrätz sich nach Schatzlar zur schlesischen Grenze verfügen (welcher Weg sie dann allerdings über Jitschin möchte geführt haben), sondern statt dessen machen sie mit dem lieben Jesulein einen Umweg von vielen Meilen in nördlicher Richtung, aufs Isergebirge zu, was auf den ersten Blick einem ganz und gar überflüssig erscheinen möchte, so daß man sich fragen muß, ob nicht womöglich der Erzengel Gabriel irgendwo einen Wegweiser übersehen hat an der Landstraße. Aber man muß den Verlauf der Geschichte abwarten, ehe man weitergehende Spekulationen anstellt, weil es natürlich auch sein kann, daß es gerade für diesen Umweg spezielle Gründe gegeben hat: nämlich wir kennen nicht Gottes Ratschluß, und demzufolge erscheinen uns Seine Wege bisweilen sonderbar.

Den Hawlitschek jedenfalls ist die biblische Reisegesellschaft zunächst einmal los gewesen, der wird für den Rest des Tages mit anderweitigen Dingen beschäftigt bleiben, wie man zum Teil schon weiß und zum Teil noch erfahren wird. Sie haben den Sichrower Berg also hinter sich gebracht, sie haben zur Linken ein paarmal die Türme des fürstlich Rohanschen Schlosses auftauchen sehen hinter den Bäumen, und wie sie nach einigem Wandern nach Jilowei kommen, da werden sie dort am Ortsrand von einem k.k. Gendarmerieposten angehalten, bestehend aus einem Oberwachtmeister und zwei Mann. Der heilige Josef befürchtet schon, daß man sie um die Reisepässe befragen wird – aber es will dann der Oberwachtmeister lediglich wissen von ihnen, ob sie nicht unterwegs vielleicht einem Menschen begegnet sind, welcher am Kopf eine frische Schramme gehabt hat, über dem linken Auge; auch möchte es durchaus sein können, daß er inzwischen schon einen Verband um den Schädel trägt oder die Schramme mit einem Pflaster sich zugepappt hat. Und da es sich bei erwähntem Subjekte um den berüchtigten Räuber und Wegelagerer Josef Schmirgel handelt, so täten sie gut daran, wenn sie's der Gendarmerie nicht verheimlichen möchten, falls sie dem Kerl mit der Schramme begegnet sind.

Nein, sagt der heilige Josef, begegnet sind sie demselben nicht, und überhaupt hören sie heute zum ersten Mal von ihm, nämlich sie sind nicht aus dieser Gegend hier, sondern bloß auf der Durchreise. Und er sagt das so überzeugend aufrichtig, daß der Herr Oberwachtmeister keinerlei Grund sieht, weshalb er die Angaben, welche der biedere Wandersmann ihm gemacht hat, bezweifeln sollte. Er wünscht ihm vielmehr eine gute Weiterreise mit der Familie, und sie sollen ock sich in acht nehmen vor dem Schmirgelseff, daß er sie nicht an der nächsten einsamen Stelle im Walde womöglich ausraubt, der Erzhalunke vermaledeite, welcher nur ja nicht glauben soll, daß er noch lange der Gendarmerie auf der Nase herumtanzen können wird!

Es geht nun bereits auf den Mittag zu, und sie haben es bis zum Städtchen Liebenau nicht mehr weit gehabt – da sehen sie, daß auch dort bei den ersten Häusern Gendarmen stehn, und da will es der Erzengel Gabriel offenbar nicht ein weiteres Mal darauf ankommen lassen, ob man den heiligen Josef um die Papiere befragen wird. Kurz vor der Brücke über die Mohelka zweigt von der Straße nach Liebenau sich ein Pfad ab, dem folgen sie nunmehr nach rechts hinüber, den nächsten Hang hinauf; dann geht es ein Stück durch den Wald, und jenseits des Waldes stoßen sie dann schon bald auf die Straße nach Reichenau, welche bei mäßiger Steigung zunächst eine Weile bergan führt.

Die Sonne ist mittlerweile am Himmel durchgekommen, der Schnee gleißt von allen Hängen, die Ebereschen am Straßenrand werfen blaue Schatten, und alles ist friedlich und still in der weiten Runde, aber mit einem Mal wird das liebe Jesulein unter dem Mantel der Muttergottes unruhig und beginnt zu weinen; und da es auf keinerlei Art und Weise sich wieder beschwichtigen lassen will, weder durch gutes Zureden noch durch Summen und Wiegen, meint schließlich die Muttergottes zum heiligen Josef, daß sie nach einer geschützten Stelle sich werden umschaun müssen, wo sie das Kindlein stillen kann – und dann sehen sie wenig später am Straßenrand einen Bildstock stehen, der heißt bei den Leuten »Maria Rast«, als ob man von jeher in dieser Gegend möchte gewußt haben, daß eines Tages die Muttergottes sich hier auf der Flucht nach Ägypten ein bissl verweilen wird.

Hinter dem Bildstock, gegen den Kamm des Berges zu, türmt sich in einer hohen Wächte der Schnee auf, im Halbrund, zu einem weißen, glitzernden Wall: der fängt nun die Strahlen der Sonne ein, wie mit ausgebreiteten Armen – und all ihr Leuchten und ihre Wärme versammeln sich auf den Stufen am Fuß der Säule, welche man hier zu Ehren der Muttergottes errichtet hat.

»Ein hübscher Platz«, sagt der heilige Josef zur Muttergottes, und beide sind auf den ersten Blick sich darüber einig gewesen, daß sie nicht leicht einen besseren finden werden für eine Rast im Freien, was auch die Muttergottes ihm nur bestätigen kann. Da geht er beim Absteigen ihr zur Hand, und während sie mit dem Kindlein zu Füßen des Bildstocks sich niederläßt, auf den besonnten Stufen, führt er den Esel des Herrn ein paar Schritte zur Seite, damit sie nur ja ihnen keinen Schatten machen.

Lassen wir also das himmlische Knäblein in Ruhe trinken, geschätzter Leser, und wenden wir unser Augenmerk nunmehr der Hanni Preibisch zu, einem Mädchen aus Schumburg, genauer gesagt einer jungen Frau, auch wenn sie fürs erste sowohl in Schumburg als auch in Kukan noch zu den Mädchen gerechnet wird; aber es hat da die Hanni gewisse Schwierigkeiten bekommen in letzter Zeit, und lang kann es nicht mehr dauern, bis man ihr die Misere anmerkt.

No also, die Preibisch Hanni aus Schumburg – das Hannerle, wie sie von ihren Eltern genannt wird: der Vater ist k.k. konzessionierter Tabaktrafikant, bei Königgrätz hat er das linke Bein verloren; die Mutter kränkelt seit vielen Jahren, sie hat's auf der Brust, und mindestens jeden zweiten Tag läuft sie in die Kirche, weil sie ein frommes Gemüt hat und überdies in der ständigen Furcht lebt, daß sie in Sünden versterben möchte (aber wie sollte ihr das geschehen, wo sie doch stets bedacht ist, daß sie die Zehn Gebote hält, in Gedanken, Worten und Werken), also: die Preibisch Hanni, knapp zwanzig Jahre alt, ledigen Standes, ein Mädchen mithin nach Meinung der Leute und ihrer Eltern – und doch, und doch.

Die Hanni weiß, und sie weiß das seit Anfang der Woche vor Weihnachten mit Gewißheit, daß es sich auf die Dauer nicht wird vertuschen lassen, was da mit ihr passiert ist im Marschnerschen Hause in Kukan, wo sie als Stubenmädl im Dienst steht, das dritte Jahr schon. Und freilich, sie hätte auf gar keinen Fall mit dem jungen Herrn Ferry Worell sich einlassen dürfen, welcher ein Neffe der gnädigen Herrschaft ist, und es hat ja der junge Herr Ferry auch niemals sie im geringsten Zweifel darüber gelassen, daß man sich unter gar keinen Umständen heiraten können wird – also wirklich, in dieser Beziehung, da kann sie ihm keine Schuld geben, und auch sonst liegt die Schuld an der ganzen Geschichte natürlich bei ihr alleine. Es hat sie ja niemand dazu gezwungen, daß sie dem Ferry nachgibt in dieser Sache; auch hat es zunächst bloß ganz harmlos mit ihm sich angefangen, mehr so aus Spaß, und ein bissl Neugier ist auch mit dabei im Spiel gewesen auf ihrer Seite. No ja, und gefallen hat ihr der Ferry Worell schon auch, schon sehr hat er ihr gefallen, sonst möchte das alles vermutlich ja nicht passiert sein mit ihr. Und jetzt also wird sie, geschätzter Leser, uns gleich auf der Straße entgegenkommen, die Hanni, von Kukan herüber, wo sie für ein paar Tage sich Urlaub genommen hat; nämlich es hält sich die Hanni bei der Geschichte, von welcher sie da betroffen ist, nicht nur allein für schuldig, sondern sie muß auch allein damit fertig werden: Das nimmt ihr kein Ferry Worell ab, keine gnädige Herrschaft in Kukan und niemand sonst auf der ganzen Welt.

Die Eltern, das weiß sie, werden von ihr sich lossagen, da besteht kein Zweifel dran – und die Marschners in Kukan? Mein Gott, wie die Gnädigste sich empören wird über sie, wenn sie alles erfahren wird! Aber daß es der Ferry gewesen ist, wird sie nicht erfahren, jedenfalls nicht von ihr. Und der junge Herr Worell, falls er gerade wieder in Kukan ist, der wird auch nichts davon verlauten lassen; höchstens vielleicht daß er rote Ohren bekommen wird, wenn er hört, wie man ihr den Laufpaß gibt.

Aber so weit will die Preibisch Hanni es gar nicht erst kommen lassen. Sie hat, wie bereits erwähnt, ein paar Tage Urlaub sich ausgebeten in Kukan, aus familiären Rücksichten, wie sie gesagt hat, da kann sich die Gnädigste denken, was immer sie mag – und jetzt also ist die Hanni nach Pelkowitz unterwegs, zu der alten Andulka, welche angeblich sich darauf versteht, wie man so was ins reine bringt für zehn Kronen (das hat ihr die Köchin im Marschnerschen Hause gesteckt, die Frau Lisa, auf der ihre Ratschläge und Erfahrungen man in weiblichen Dingen zumeist sich verlassen kann).

Ganz sicher ist sich die Hanni bei ihrem heutigen Vorhaben aber trotzdem nicht. Ob es nicht möchte besser gewesen sein, wenn sie mit ihrem Kummer zur heiligen Beichte gegangen wäre – natürlich zu einem fremden Pater, nach Gablonz hinüber oder nach Reichenberg, wo kein Mensch sie kennt? Auch hat sie, verständlicherweise, ein paarmal schon auf die Grünwalder Talsperre ihre Gedanken gerichtet; da möchte die Hanni ja nicht die erste sein, welche dort ihren Frieden sucht, und die letzte vermutlich auch nicht; und möglicherweise möchte sie längst diesen Weg schon gegangen sein – wenn nur die Furcht nicht gewesen wäre vor dem, was danach kommt: das Hintretenmüssen vor Gottes Angesicht.

Arme Hanni! – da tschappt sie nun schweren Herzens übers Gebirge nach Pelkowitz, und kein Ferry ist da, der ihr beisteht auf diesem Gang, und kein Vater hilft ihr, und keine Mutter und keine Gnädigste – aber was hätten ihr die auch helfen können?

Hilfe verspricht sich die Preibisch Hanni allein von der alten Andulka. Und hinterher, hofft sie, wenn sie in ein paar Tagen nach Kukan zurückkehren kann, da wird alles wieder so sein für sie, wie es vordem gewesen ist: Niemand wird einen Grund sehen, daß er von ihr sich lossagt, niemand wird aus dem Marschnerschen Hause sie fortjagen, niemand wird rote Ohren bekommen müssen um ihretwillen – wie denn auch und warum denn, wenn man das fragen darf?

Es wird also, denkt sich die Hanni, alles schon seinen glimpflichen Weg nehmen, wenn sie ein bissl Glück hat ... Und dennoch ist es im Grunde genommen ihr schrecklich bange, wie sie nun auf der Straße nach Pelkowitz einsam dahinstapft, über die Höhe herüber und dann bergab; und die Sonne blendet sie, und der Schnee leuchtet an den Hängen auf, daß sie meint, es verschlägt ihr das Augenlicht, wenn sie richtig hinschaut. Drum hat sie das Kopftuch tief in die Stirn sich hereingezogen, und unwillkürlich hält sie beim Gehen den Kopf gesenkt, gleichsam als möchte sie einen Bitt- und Bußgang tun.

Ja – und da kommt sie nun also, die Preibisch Hanni, an dem besagten Bildstock vorbei, wo die heiligen Wandersleute gerade Rast halten; und sie sieht auf den Stufen die Muttergottes sitzen, das heißt, sie erkennt sie natürlich keineswegs, sondern für sie ist es eine ganz gewöhnliche junge Frau gewesen, welche da auf den Stufen sich niedergelassen hat und ihr ebenso ganz gewöhnliches Kindlein stillt; und der dazugehörige Mann steht ein wenig abseits mit seinem Esel und blickt, auf den Stab gestützt, in das weiße Land hinaus.

Das Kind hat inzwischen sich satt getrunken, die Frau klopft ein bissl ihm auf den Rücken, da läßt es nach einer Weile ein Rülpserle hören, ein zartes, dann schließt es die Augen und schläft auf der Stelle ein: warm und schwer liegt's der Frau in den Armen, rot im Gesicht, und sein Atem geht auf und ab dabei, auf und ab.

Und die Preibisch Hanni aus Schumburg, wie sie nun da vorübergeht an den beiden, da hat sie ein bissl den Schritt verlangsamt und ihnen grüß Gott gesagt, wie sich das gehört.

Und es hat ihr die Muttergottes mit einem Kopfnicken für den Gruß gedankt und freundlichen Blickes die Hanni angeschaut; dann aber hat sie sogleich sich dem lieben Jesulein wieder zugewendet und hat mit dem Schneuztüchl sachte ihm über Mund und Kinn gewischt. Und es ist um die beiden, das Kindlein und seine Mutter, nicht nur das Leuchten der Sonne gewesen, das von der Schneewächte auf die beiden zurück-

strahlt, sondern zugleich hat man einen seligen Schimmer von Glück und Zufriedenheit ihnen angemerkt, ob man's wollen hat oder nicht.

Die Preibisch Hanni, wie sie nun so vorbeigeht an ihnen, da treibt's ihr beim Anblick der beiden das Blut zum Herzen, daß es ihr siedend heiß wird davon und beinahe ein bissl schwindlig im Kopf... Und nun wird man vielleicht erwarten, es möchte die Hanni in einer plötzlichen Aufwallung des Gefühls sich dazu entschlossen haben, daß sie nun doch ihr eigenes Kindlein austragen wird und zur Welt bringen – aber das hat sie in diesem Augenblick nicht getan, und es möchte auch wohl diese Lösung entschieden zu einfach gewesen sein, respektive für sie zu schwierig, als daß man im Ernst hätte damit rechnen dürfen.

Es ist vielmehr etwas anderes eingetreten, fürs erste, und zwar hat die Hanni im Weitergehen aus heiterem Himmel an das gewesene Fräulein Schier sich erinnern müssen, bei der sie in Schumburg zur Schule gegangen ist, und sie weiß noch genau, wie sie alle geheult haben damals, weil man von Schumburg das Fräulein Schier ihnen einfach weggeheiratet hat eines schönen Tages, und zwar nach Liebenau, wo sie seither als verehelichte Frau Baumeister Blaschka lebt und vergangenen Sommer ihr zweites Kind schon bekommen hat.

Also nein! muß die Hanni denken (und spürt dabei, wie es sogleich ihr ums Herze ein bissl leichter wird), wie hat sie in allen Ängsten denn bloß vergessen können, daß ja das Fräulein Schier noch da ist! Und sicherlich wird die Hanni mit ihr sich beraten können in Liebenau, wenn sie hingeht und sich ihr anvertraut; nämlich das Fräulein Schier ist dafür bekannt gewesen unter den Schumburger Schulkindern, daß man ihr alles sagen und alles mit ihr besprechen kann, selbst die heikelsten Dinge (was damals für sie eben heikle Dinge gewesen sind, in der Kinderzeit). Und warum, denkt die Hanni, sollte das Fräulein Schier in der Zwischenzeit sich verändert haben in dieser Hinsicht, bloß weil aus ihr die Frau Baumeister Blaschka geworden ist?

Währenddem ist die Preibisch Hanni aus Schumburg weiter die Straße hinabgegangen, und wie sie nach einer Weile die Stelle erreicht hat, wo dann nach links hinüber der Fußpfad sich abzweigt in Richtung Pelkowitz – da läßt sich, bevor wir die Hanni endgültig aus dem Blick verlieren, gerade noch so viel erkennen, daß sie an dieser Stelle geradeaus weitergeht auf der Straße, ins Tal hinunter, dem nächsten Walde zu.

Und was nun in Liebenau sich ereignen wird, beim gewesenen Fräulein Schier, und ob man vielleicht im Gespräch für das Hannerle einen anderen Ausweg wird finden können als den nach Pelkowitz (welcher ja letzten Endes auch dann noch ihr offensteht) – wie das nun alles im einzelnen sich entwickelt hat und zu welcher Entscheidung die Preibisch Hanni dabei gelangt ist: Wir werden, geschätzter Leser, es nicht erfahren. Aber zum allermindesten mag uns die Hoffnung erlaubt sein, daß wie auch immer die Hanni Preibisch sich nun entscheidet, so wird sie zuvor doch mit einem Menschen darüber gesprochen haben, welcher es mit ihr gut meint. Und dieses, bei einigem Nachdenken, halten wir für das beste von allem, was man in ihrem gegenwärtigen Zustand der Hanni wünschen kann.

Kapitel Numero sechzehn

welches erwartungsgemäß auf dem fürstlich Rohanschen Schlosse Sichrow sich zuträgt; wobei, unter
anderem, man erfahren wird, wie der Hawlitschek aus
Versehen sich eine folgenschwere Verletzung beibringt,
und zwar mit dem eigenen Bajonett.

Auf Schloß Sichrow hat es inzwischen ein großes Hallo gegeben, wie man die Baron Liebiegsche Ochsenfuhre in der Allee hat auftauchen sehen, nämlich das Ochsengeblöke, das Hupen und Schreien und Peitschenknallen ist weithin zu hören gewesen, und alles ist neugierig an die Fenster gelaufen und hat hinausgeschaut, was da unten vorgeht.

Im Schloßhof hat man sodann den ochsenbespannten Automobilfahrern einen Empfang bereitet, wie Sichrow ihn seit dem Besuch des Erzherzogs Stephan nicht mehr gesehen hat: Onkel Durchlaucht persönlich haben am Tore den lieben Theodor und den Stransky Franzl willkommen geheißen, man reicht ihnen zum Empfang Champagner, man klatscht in die Hände und läßt sie hochleben, alle zwei samt den Ochsen und der Begleitmannschaft, dreimal hoch! Bloß absitzen dürfen sie vorerst nicht, sagt der Onkel Rohan, sondern man muß eine photographische Aufnahme von dem Ereignis machen, weil es dabei sich immerhin um die Erfindung des Ochsomobilsports handelt. Und dies, so betont er, gehört sich für spätere Generationen im Lichtbild festgehalten, wenn die Gelegenheit schon sich förmlich anbietet. »Johann!« ruft er dem Kammerdiener, »den Apparat!«

»Wie Durchlaucht befehlen!« Es schreitet sogleich der Herr Johann in seiner Livree davon, unter Beibehaltung gewohnter Würde; und wie er nach einer Weile zurückkommt, da bringt er in einem großen hölzernen Kasten die Kamera angeschleppt, inklusive Stativ und Zubehör: Durchlaucht sind, wie man wissen muß, nicht nur ein passionierter Waidmann und Sammler von Schnupftabaksdosen, Durchlaucht betätigen neuerdings sich zudem als Lichtbildner und besitzen sogar eine eigene Dunkelkammer im Schloß, nach modernsten Gesichtspunkten eingerichtet vom Herrn k. u. k. privilegierten Hofphotographen Niklisch aus Prag.

Zunächst bringen Durchlaucht, tatkräftig assistiert vom Herrn Johann, Stativ und Kamera auf dem Schloßhof zur Aufstellung (anders läßt sich die Prozedur nicht bezeichnen in ihrer spektakulären Umständlichkeit), woraufhin dann für eine Weile der Onkel Rohan unter dem schwarzen Tuch verschwindet hinter der Kamera, nämlich man muß eine solche Aufnahme ja präzise einstellen, das versteht sich von ganz alleine. Und wie er dann schließlich wieder zum Vorschein kommt, schiebt er von oben die photographische Platte ein in den Apparat, zieht den Schieber heraus – und »Aufgepaßt, Theo und Franzl!« ruft er, »setzts euch in Positur – und nicht wackeln, bittschön!« Hierauf erfaßt er mit Daumen und Mittelfinger der rechten Hand die Verschlußkappe vor dem Objektiv: »Hergeschaut, bittschön, und keinen Mucks gemacht«, sagt er und zählt bis drei... Auf »eins« hat er die Verschlußkappe abgezogen, auf »zwei« überkommt den Herrn Doktor Stransky ein unwiderstehlicher Juckreiz im unteren Drittel der Nase, und pünktlich auf »drei« niest er los, daß man glauben könnte, er möchte ganz Sichrow in Grund und Boden niesen. Die Aufnahme jedenfalls ist verhunzt, und Durchlaucht entschließen sich zur Darangabe einer zweiten Platte.

»Jetzt aber, wenn ich bitten darf, bissl mehr Selbstbeherrschung, die Herren!«

Der Doktor Stransky kann diesmal den Juckreiz gerade noch unterdrücken, welcher auf »zwei« ihn befällt, doch leider muß kurz vor »drei« der Hawlitschek diesmal niesen und faßt sich vor Schreck auch noch an die Nase. »No ja«, meint der Onkel Rohan geduldig, »versuchen wir's halt ein drittes Mal.« Beim dritten Mal blöken auf »zwei« die Ochsen und schütteln sich unterm Joch, beim vierten Mal droht der Franto ihnen auf »eins« mit dem Stecken, damit sie auf »zwei« und »drei«

stillehalten – und so verwackelt sich eine Aufnahme nach der andern, bis endlich die siebente oder achte gelingt und Durchlaucht befriedigt feststellen können, daß hiermit die dokumentarische Arbeit also geleistet ist: Er darf seine ebenso lieben wie unerwarteten Gäste nun freundlichst bitten, daß sie hereinkommen und sich's im Schloß bequem machen.

Der Baron und der Doktor haben das Stillsitzen vor der Kamera gründlich satt gehabt und sind froh, daß sie endlich von dem verfluchten Automobil herunterdürfen, wo schon allmählich die Knochen ihnen erlahmt sind, namentlich von der Hinterpartie herauf. Doch bevor sie dem Onkel Rohan ins Schloß folgen, steckt der Herr Doktor Stransky rasch noch dem Ochsentreiber zwei Kronen Trinkgeld zu, was spendabel ist, und der Hawlitschek möchte zum wenigsten ihrer drei sich verdient haben – aber leider: Er ist im Dienst, und im Dienst darf er keinerlei Trinkgeld annehmen. Wenn man indessen zu einem bescheidenen Imbiß ihn einlädt ins Schloß, so muß er dazu nicht unbedingt nein sagen, weil es für diesen speziellen Fall keine Vorschrift gibt. Und wie der Herr Johann auf Grund eines Winkes von Seiner Durchlaucht den Hawlitschek auffordert, daß er sich nach getaner Arbeit bei der Frau Witwe Machatschka in der Kuchl ein bissl stärken soll, da läßt sich der Hawlitschek das nicht zweimal sagen. »Ich werd' bloß zuvor noch dem Franto helfen die Ochsen abschirren«, meint er, »dann komm' ich gleich...«

Damit bückt er sich nach dem Zugseil hinunter, welches er rasch von der Vorderachse des Wagens noch losknoten möchte, bevor er der Einladung in die Kuchl Folge leistet; aber da kommt in der Eile versehentlich ihm das eigene k.k. Gendarmeriegewehr in die Quere – und Gott sei Dank, daß das Bajonett ihm nicht mit der Spitze ins Auge gefahren ist, sondern es ritzt ihm bloß über der linken Braue die Haut auf, etwa drei Finger breit.

Der Hawlitschek hält das für einen ausgesprochenen Glücksfall, weil immerhin ja das Auge ihm hätte auslaufen können, nicht wahr, was tausendmal schlimmer möchte für ihn gewesen sein – und so läßt er sich's in der Kuchl ganz gern gefallen, daß die Frau Witwe Rosalie Machatschka, welche dem fürstlich

Rohanschen Küchen- und Kellerwesen auf Sichrow vorsteht, persönlich sich der Verwundung annimmt, indem sie die Schramme mit einem in Branntwein getunkten Lappen abtupft. »Das wird jetzt ein bissl brennen«, sagt sie zum Hawlitschek, »aber immer noch besser, als wenn es zu Komplikationen kommt.« Man kann ja bei so was nie wissen, ob es nicht tückischerweise zu einer Vergiftung des Blutes führt – und das möchte natürlich dann wesentlich schlimmer sein für den Herrn Wachtmeister ...

Nur ein Glück, daß sie rechtzeitig mit dem Branntwein zur Hand ist. Auch wird sie sogleich, nach bewährtem Rezept aus dem Doktorbuche, ein Pflaster dem Herrn Patienten verabreichen, und er muß herich keinerlei Weiterungen befürchten wegen der Wunde, sondern jetzt ist er nach allen Regeln versorgt – und nun soll er in Gottes Namen sich schmecken lassen, was sie ihm an dem großen Tisch in der Kuchl vorsetzen wird.

Es setzt die Frau Witwe Machatschka ihm zunächst eine Rindssuppe vor mit Nudeln, dann einen Schweinebraten mit böhmischen Knödeln und fein gedünstetem Weißkraut, dazu ein Marillenkompott, und als Mehlspeis gibt's frischgebackene Kolatschen, teils mit geriebenem Mohn gefüllt, teils mit Powidl, dazu schenkt die Frau Witwe Machatschka dem Herrn Hawlitschek einen schön heißen Kaffee ein, mit Zucker und Schmetten dazu – und der Tyras geht auch nicht leer aus. Neben die Kuchltür hat sie ihm eine Schüssel hingestellt, da sind Knochen und Flechsen drin, nebst ein paar übriggebliebenen Wurstzipfln; und es macht sich der Tyras mit allem, was an ihm hündisch ist, freudigst darüber her, weil er tüchtig Hunger hat, währenddem der Herr Teufel Pospišil weder aus solchem Hundefraß sich was macht noch aus anderweitiger Erdenspeise: Wenn es nach ihm ginge, müßten sie längst wieder auf dem Weg der Verfolgung befindlich sein, er (respektive der Tyras) mitsamt dem Hawlitschek, denn wie soll man den kleinen Bankert aus Bethlehem an den König Herodes ausliefern, wenn man statt dessen zu Hilfsdiensten, Imbißnahmen und anderen überflüssigen Aufenthalten sich ständig verleiten läßt, wie auch jetzt wieder. Doch was kann er dagegen machen, der arme Herr Teufel, als daß er ein weiteres Mal in Geduld sich faßt und gezwungenermaßen abwartet, bis der Hawlitschek und der Tyras gesättigt sind.

No, was die Sättigung angeht, so kann zwar dieselbe nicht ausbleiben mit der Zeit, und wenn es nur davon abhängen möchte, so müßten der Hawlitschek und der Tyras nach spätestens einer halben Stunde den Ranzen voll haben und zum Abmarsch bereit sein – was aber nicht der Fall gewesen ist, wenigstens insoweit es sich um den Hawlitschek handelt. Der Hawlitschek hat zwar tüchtig bei Tisch sich dazugehalten, so daß er in einem günstigen Augenblick, wo die Frau Witwe Machatschka mit dem Tyras beschäftigt ist, heimlicherweise den Leibriemen um drei Löcher sich weiter aufschnallt, weil er ein bissl Luft sich machen muß, sonst zerreißt es ihn; aber zur Wiederaufnahme seiner pflichtgemäßen Obliegenheiten hat er sich vorerst trotzdem noch nicht entschließen können. Nämlich es kommen jetzt der Verwalter Chrast und der Forstmeister Halbgebauer bei der Frau Witwe Machatschka in der Kuchl auf einen Kaffee vorbei, und da fragen die beiden Herren den Hawlitschek, ob er nicht auch vielleicht zu dem k.k. Gendarmerie-Kontingent gehört, welches man neuerdings in der hiesigen Gegend zusammengezogen hat, weil es die höchste Zeit ist, daß man dem Räuber Schmirgel endlich das Handwerk legt.

Nein, hat der Hawlitschek ihnen darauf erwidern müssen, von einem diesbezüglichen Kontingent ist ihm nix bekannt, wie übrigens auch von erwähntem Räuber nicht.

»No, das wundert mich aber«, sagt der Verwalter Chrast zum Hawlitschek; und dann haben die beiden Herren gemeinsam mit der Frau Witwe Machatschka ihn darüber ins Bild gesetzt, welche Bewandtnis es mit dem Schmirgel hat.

Angefangen, berichten sie, hat's auch bei ihm, wie das häufig bei solchen Halunken anfängt. Ein bissl Wildern, ein bissl Paschen – und wie man vor anderthalb Jahren zum Militär ihn hat stecken wollen, damit man ihn loswird: da ist von der Assentierung er ihnen weggelaufen, und seither hat nun der Schmirgelseff sich aufs Räubern verlegt gehabt. Natürlich, er hält in der Hauptsache sich dabei an die reichen Leute – aber wer garantiert einem, daß er nicht trotzdem manchmal danebengreift? Jedenfalls sind der Verwalter Chrast, die Frau Witwe Machatschka und der Herr Forstmeister Halbgebauer sich absolut einig darüber, wie dringend nötig es sein möchte, daß man den Schmirgel einlocht, damit man sich wenigstens wieder bei Dunkelheit aus dem Hause getrauen kann und nicht ständig befürchten muß, daß der Kerl an der nächsten Hausecke einem auflauert. Und dann weiß man ja, was die Stunde geschlagen hat: Her mit dem Geldbeutel, mit dem Trauring, der Taschenuhr und was sonst man von einigem Wert mit sich führt!

Man denke nur, wie es dem Viehhändler Porsche aus Proschwitz ergangen ist oder dem Glasfabrikanten Wander aus Dessendorf oder dem Brettsägewerksbesitzer Pankratz von Ober Polaun, welcher mit Recht zwar bei seinen Leuten verhaßt ist, weil er um einen Hungerlohn sondersgleichen sie für sich schuften läßt, und er selbst schwimmt dabei im Gelde und weiß nicht wohin damit. Aber gibt das vielleicht (so wenigstens meint der Verwalter Chrast) dem Schmirgelseff die Berechtigung, daß er besagten Herrn Pankratz, wie dieser einmal beim Kartenspiel sich verspätet gehabt hat, nächtlicherweile auf offener Straße anfällt? Und nicht nur hat er ihn vollkommen leergeplündert, sondern er hat auch sogar die Pferde vom Schlitten ihm ausgespannt und davongejagt, und der Herr Pankratz hat müssen zu Fuß bis nach Ober Polaun tschappen in jener Nacht, und er möchte dabei um ein Haar sich den Tod geholt haben...

»Ja«, meint dazu die Frau Witwe Machatschka seufzend, »er treibt es schon wirklich schlimm, der Schmirgel...«

»Aber am allerschlimmsten«, bemerkt der Herr Forstmeister Halbgebauer, »am allerschlimmsten treibt er's entschieden mit den Organen der k.k. Staatsgewalt, weil er bei jeder Gelegenheit sie blamiert und für Trotteln hinstellt!«

Hat nicht der Schmirgel erst kürzlich im Blaner Walde den Maschke-Gendarm aus Dalleschitz überfallen und ausgezogen, buchstäblich bis aufs Hemde? Den Helm und die sonstige Adjustierung hat er ihm weggenommen, so daß also neuerdings der Falott im kompletten Besitz einer Gendarmerie-Montur sich befindet; und niemand kann sagen, ob er nicht demnächst darin herumspazieren wird.

»Falls man ihm dazu Zeit läßt«, meint der Verwalter Chrast. Denn wenigstens hat ja der Überfall auf den Herrn Wachtmeister Maschke dazu geführt, daß man endlich in ernstzunehmender Weise dem Schmirgel zu Leibe rückt: Gestern bereits hat man herich in Gistey drüben ihm einen Streifschuß verpaßt – und da wird's nicht mehr lange dauern für ihn, bis sich's ausspaziert hat.

Es wird dann noch eine ziemlich lange und angeregte Kaffeestunde, welche sich bis in den frühen Abend hineinzieht, wo draußen schon alles dunkel geworden ist, und so kann man dem Hawlitschek letzten Endes bloß zureden, daß er bis morgen früh auf Schloß Sichrow bleiben soll. »Sie wer'n doch nicht etwa, Herr Wachtmeister, jetzt noch sich auf den Weg machen wollen?« meint die Frau Witwe Machatschka voller Sorge. »Das möcht' ja geradezu heißen, das Schicksal herausfordern – und den Schmirgel natürlich auch. Es wird der Herr Chrast Ihnen sicherlich gern eine Kammer zuweisen für die Nacht – und vorher, versteht sich, vorher werden wir noch bei mir in der Kuchl ausgiebig miteinander nachtmahlen...«

No, hat der Hawlitschek da im Stillen sich eingestanden, da müßt' er ja wirklich blöd sein, wenn er ein solches Angebot möchte ausschlagen, noch dazu, wo er keineswegs ja auf eine Begegnung mit diesem Schmirgel erpicht ist, zu nächtlicher Stunde am allerwenigsten. Und so gibt er denn der Frau Witwe Machatschka um so lieber nach, als sie vom ersten Moment an einen nicht unsympathischen Eindruck auf ihn gemacht hat; und späterhin, nach Verabfolgung des erwähnten Pflasters und den diversen, ihm dargebotenen Beispielen ihrer Kochkunst, da hat dieser Eindruck sich noch verstärkt bei ihm, so daß es vermutlich nicht nur die Aussicht auf das ihm angekündigte Nachtmahl gewesen ist, welche zur dankbaren Annahme ihres Vorschlages ihn bewogen hat, sondern es mag auch (in allen Ehren, versteht sich) der Wunsch ihn dabei geleitet haben, daß man auf diese Weise ein bissl länger noch ihrer freundlichen Obsorge sich anheimgeben können wird.

Für den Herrn Teufel Pospišil ist das natürlich ein Anlaß zu neuerlicher Empörung gewesen, weshalb er mit allen ihm zu Gebote stehenden Mitteln dagegen Protest erhebt. Wütend läßt er den Tyras losfahren auf den Hawlitschek, bellend, fauchend und zähnefletschend; aber der Hawlitschek zeigt nicht im mindesten sich vom Tyras beeindruckt, sondern er weist mit den Worten »Kusch dich, verfluchtes Hundsviech, bei allen Heiligen!« ihn zurück – und was bleibt da dem armen Herrn Teufel Pospišil anderes übrig, als daß er tatsächlich den Tyras kuschen läßt, weil er sich gegen die Anrufung aller Heiligen nicht behaupten kann?

Dem Tyras erscheint es mithin geboten, daß er sich hinter den Herd verzieht, in den äußersten Winkel, welcher gemeinhin die Hölle genannt wird, während der Hawlitschek nunmehr den weiteren Freuden der Tafel sich hingibt, wobei die Frau Witwe Machatschka weder an mancherlei guten und schmackhaften Speisen es für ihn fehlen läßt, noch versäumt sie es diesgelegentlich, daß sie ihr allzu früh über sie hereingebrochenes Witwentum andeutungsweise beklagt (nämlich das muß man zugeben, daß sie für eine Witwe noch viel zu jung ist, denn aussehen tut sie wie Ende dreißig, obzwar sie bereits auf die Mitte vierzig zugeht; aber das sagt sie dem Hawlitschek bloß so nebenbei, weil er wissen soll, daß sie nix ihm verheimlichen möchte).

Da muß der Herr Teufel Pospišil wieder einmal sich geschlagen geben; und notgedrungen, weil ihm nix anderes übrigbleibt, läßt hinterm Herd er den Tyras die Schnauze sich zwischen die Pfoten stecken, und alsbald schlafen sie miteinander ein: satt und zufrieden der Tyras, jedoch voller Ingrimm der böse Feind in ihm drinnen, nämlich es wurmt ihn die Niederlage gewaltig, welche er gegen den Hawlitschek abermals einstecken müssen hat – aber was hilft ihm das?

Kapitel Numero siebzehn

worin wir es mit dem Räuber Schmirgel zu tun bekommen, welcher im Grunde genommen ein armes Luder ist – aber so arm kann man niemals dran sein, daß es nicht trotzdem vielleicht einen Ausweg gibt.

Nachdem nun bereits wiederholt vom Schmirgel Josef die Rede gewesen ist, wird geschätzter Leser sich wohl schon denken können, daß er im weiteren Fortgang des Buches noch mehr über ihn erfahren soll; nämlich der Erzengel Gabriel (ebenso umsichtig, wie er es einzurichten gewußt hat, daß ausgerechnet die Preibisch Hanni aus Schumburg der Muttergottes begegnet ist): warum sollte er nicht vielleicht an den Schmirgelseff auch gedacht haben, wie er sich zu dem weiten Umweg entschlossen gehabt hat, welcher sie über Reichenau bis hinauf in die Gegend von Tannwald führt. Zum allermindesten sollte man niemals darauf vergessen, daß es in diesem Leben immer erst hinterher sich herausstellt, welche vermeintlichen Umwege keinesfalls unnütz gewesen sind, denn es vollzieht sich der Wille Gottes bloß selten und ausnahmsweise wie nach dem Lineal.

Es ist unterdessen schon ziemlich spät geworden, über dem Tannwalder Spitzberg funkeln am Abendhimmel die ersten Sterne auf, hell und klar. Das verspricht eine kalte Nacht, da sollte man sich beizeiten um eine Bleibe umschaun, denkt sich der heilige Josef, und wenn sie nur an die richtige Haustür klopfen, dort vorn in der nächsten Ortschaft, aus welcher die Lichter ihnen bereits entgegenschimmern, so wird sich gewiß eine Unterkunft für sie finden lassen. Aber der cherubinische Esel kehrt von den Lichtern sich ab und wendet sich rechterhand in den Bettelgrund, wo es auf schmaler Straße nunmehr dahingeht, an wenigen dürftigen Häusern vorbei, und später biegt er auf einen Fußpfad ein, welcher zum Walde hinaufführt. Doch ist es bei näherem Hinsehen gar kein richtiger Pfad, sondern lediglich Tapfen im Schnee sind es, welche ein einzelner Mensch darin hinterlassen hat.

Die Fußtapfen, um es kurz zu machen, stammen vom Räuber Schmirgel und führen zu einer verlassenen Jagdhütte, wo der Schmirgelseff vor den Gendarmen Zuflucht gesucht hat. Seit gestern, wo sie in Gistey auf ihn geschossen haben (aber zum Glück hat er bloß einen leichten Streifschuß davongetragen, über dem linken Auge) – seit gestern weiß nun der Seff so sicher, wie er fünf Finger an jeder Hand hat, daß sie ihn kriegen werden. Wenn sie ihn heut nicht kriegen, dann morgen oder den Tag darauf; aber kriegen, das steht für ihn außer Zweifel, kriegen wird man ihn allemal – und seitdem er das weiß, hat er Angst. Denn er hat sich das früher niemals vor Augen geführt, daß es kein Zurück gibt, wenn man sich einmal eingelassen hat auf die Räuberei; da kann man nicht, wenn es brenzlig wird, einfach sagen: Ab heut hat sich's ausgeräubert, ich werd' euch, ihr guten Leute, von jetzt an in Ruhe lassen, damit ihr mich auch in Ruh laßt – sondern für einen solchen glimpflichen Schluß ist es längst zu spät. Er hat diese Suppe sich eingebrockt, nun muß er sie auslöffeln. Allzu lang kann es nicht mehr dauern, bis man von seiten der Gendarmerie ihn hier oben aufspürt. Der Rauch aus dem Schornstein wird ihn verraten, wenn er den Ofen anheizt; und anheizen müssen wird er ihn schließlich doch, wenn er nicht erfrieren will.

Eiskalt ist es in der Hütte. Der Schmirgelseff sitzt am Fenster und schaut auf den mondbeschienenen Hang hinaus: Der Stutzen und das Gewehr vom Maschke-Gendarm aus Dalleschitz liegen in Griffweite auf dem Tisch bereit, schußfertig. Wie der Schmirgel sich letzten Endes verhalten wird, wenn sie den Hang heraufkommen und ihn holen werden, das weiß er noch selber nicht – ob er schießen soll oder nicht schießen, oder ob es vielleicht das beste sein wird, wenn er sich alles mit einer einzigen Kugel abmacht (er sagt sich, das möchte am schnellsten gehen; jedenfalls kann es ihm dann egal sein, auf wieviel Jahre er hinter Gitter gemußt hätte).

Also, der Schmirgelseff schaut zum Fenster der Jagdhütte auf den Hang hinaus, und da sieht er nach einer Weile, wie aus dem Schatten im Bettelgrund zwei Gestalten sich lösen, eine davon beritten, die kommen nun langsam heraufgestapft, auf die Hütte zu, und wer weiß, wieviel andere ihnen nachfolgen, das Gewehr im Anschlag. Den Seff packt bei diesem Anblick aufs neue die Angst, sie packt ihn auf so erbärmliche Weise, daß er zu schlottern anfängt am ganzen Leibe, der Schweiß bricht ihm aus, und der Hals ist ihm plötzlich wie zugeschnürt. Schießen, wenn die Gendarmen kommen? Im Augenblick weiß er von solchen Gedanken nichts mehr. Er tut, was die Angst ihm eingibt: Sowie er den ersten Schreck überwunden hat, rafft er Gewehr und Stutzen zusammen und kriecht auf den Zwischenboden ins Heu damit; dort versteckt er sich unter der Dachschräge, in der verzweifelten Hoffnung, daß sie ihn hier nicht finden werden. Und hätte er einen Wunsch frei, der Schmirgel, so tät' er was darum geben, wenn er sich möchte unsichtbar machen können, wenigstens für die nächsten anderthalb Stunden, bis sie die Hütte nach ihm durchsucht haben. Heilige Muttergottes! denkt er – sechs Kerzen für dich nach Maria Haindorf und sechs für das Prager Jesulein, wenn du mir da heraushilfst, aus dieser Mausefalle...

Er verbringt auf dem Zwischenboden im Heu eine kleine Ewigkeit, alle paar Augenblicke den Atem anhaltend, weil er horchen muß, ob nicht draußen Geräusche sich schon vernehmen lassen: ein Klirren, ein Klappern, ein kurzer Kommandoruf, oder es knacken vielleicht Gewehrschlösser. Aber nein, um die Hütte draußen bleibt alles still, er hört bloß sein eigenes Herz klopfen bis zum Hals herauf – so laut klopft es, daß er das andere Klopfen fast überhört hat, wie da auf einmal wer an die Tür klopft unten, bescheiden und zaghaft eher (so klopfen Gendarmen nicht, wenn sie Einlaß begehren!). Aber es kann ja auch eine List sein von ihnen, sagte er sich, und so hält er in seinem Versteck auf dem Zwischenboden sich lieber stille und gibt keinen Laut von sich, auch nach dem zweiten und dritten Anklopfen nicht. Dann hört er, wie jemand den hölzernen Riegel hebt und zur Tür hereinkommt.

Ein Mann spricht mit einer Frau unten: Daß es kalt ist hier drinnen, und hoffentlich gibt es in dieser elenden Chalupe wenigstens einen Ofen und Holz zum Einheizen für die Nacht, sonst möchte das Kindlein frieren; aber zuerst muß man nachschaun, ob nicht vielleicht eine Kerze sich irgendwo finden läßt oder ein Kienspan, damit man sich in der Hütte ein bissl umschaun kann.

Dem Schmirgelseff wird es bei diesen Worten ganz zweierlei: »Jesus Maria!« denkt er, »die wer'n mir doch hoffentlich jetzt kein Licht machen wollen, da müßt' man ja vorher wenigstens erst noch die Fenster zuhängen...« – aber es ist schon zu spät dafür.

Unten reißt jetzt der heilige Josef ein Zündholz an – und richtig, er sieht auf dem Wandbrett neben der Tür eine Kerze stehen. Die steht dort in einem flachen Blechnapf, als möchte sie eigens auf ihn gewartet haben. Nun stellt er sie auf dem Tisch an die Vorderkante und zündet sie an. Sie haben es in der Stube jetzt leidlich hell, und wie sie darin sich umschaun, merken sie, daß an den Wänden Reif glitzert; aber zum Glück steht ein kleiner eiserner Ofen dort, an der Rückwand des Raumes. Brennholz ist auch vorhanden, ein ganzer Stapel von glatten, trockenen Buchenscheitern, und oben darauf, wie für sie zurechtgelegt, findet sich eine Handvoll Spreiler zum Anheizen. »No«, meint der heilige Josef, »wer sagt's denn? Jetzt werden wir's hier bald warm haben wie zu Hause in Nazareth!«

Damit heizt er den Ofen an, bis die Platte glüht. Bald schon können die biblischen Wandersleute sich aufwärmen dran, und das liebe Jesulein, welches die Muttergottes nun aus den Wolltüchern ausschält wie eine kleine Zwiebel aus ihren Häuten, das liebe Jesulein strampelt mit Armen und Beinen und juckst vor sich hin, daß man hören kann, wie es sich wohlfühlt auf dieser Welt. Und jetzt fehlt ihnen bloß noch ein bissl Mehl und ein bissl Schmalz auf die Einbrenn, dann möchte die Muttergottes ihnen zur Nacht können eine Suppe kochen – doch schade, sie haben dergleichen nicht, und so werden sie auf die Suppe halt leider verzichten müssen.

Der heilige Josef schürt ein paar Buchenscheiter im Ofen

nach, und es wundert ihn, was denn der Esel auf einmal hat, weil er ihn fort und fort mit der Nase ins Kreuz stößt, als möcht' er ihm etwas sagen wollen, wobei er nach oben blinzelt zur Decke hin. Und wie dann der heilige Josef endlich begreift, was von ihm gewollt wird, und wie er zur Luke im Zwischenboden hinaufblickt, da sieht er dort oben den Schmirgelseff. Also genau genommen sieht er bloß ein Paar Augen, welche da aus der Luke auf sie herunterstarren.

Der Schmirgelseff liegt seit geraumer Zeit schon am Rand der Luke und blickt in die Stube hinunter auf die zwei fremden Leute, das Kind und den Esel; zuerst hat er einen Schkandal ihnen machen wollen, daß sie die Kerze ihm auf der Stelle ausblasen sollen, sonst können sie was erleben! – aber dann hat er es bleiben lassen, warum weiß er selber nicht. Vielleicht daß er ihnen das Kindl nicht hat verschrecken wollen, vielleicht auch aus einem anderen Grunde; nämlich je länger er auf die Fremden hinunterschaut, desto sicherer fühlt er sich werden in ihrer Nähe, und eh' er sich dessen recht versieht, da hat er zwar nicht die Gendarmen vergessen gehabt, und er hält es auch jetzt noch für vollkommen ausgeschlossen, daß es ihm in den nächsten paar Tagen nicht an den Kragen gehen wird. Aber die Angst, daß es heute nacht noch geschehen möchte, hier in der Jagdhütte überm Bettelgrunde – die Angst hat er jetzt schon nicht mehr, der Schmirgelseff, sondern es ist über ihn die Gewißheit gekommen, auf eine für ihn ganz unerklärliche Weise: Solange er mit den Fremden und diesem Kind unter einem Dach sich befinden wird, kann ihm nichts passieren, weder von seiten der k.k. Gendarmerie noch sonstwoher.

Es bleibt ihm jedoch keine Zeit, daß er drüber nachdenkt, was ihm da widerfahren ist, weil ihm der heilige Josef zuruft, ob er nicht lieber vom Zwischenboden herunterkommen will und zu ihnen sich hinsetzen an den warmen Ofen. Und wenn ihm vielleicht die Hütte gehören sollte, dann möcht' er es ihnen, bittschön, nicht übelnehmen, daß sie ihn nicht um Erlaubnis gefragt haben, ob sie für diese eine Nacht hier Quartier nehmen dürfen. Aber das haben sie ja nicht ahnen können, daß er daheim ist, wo sie doch auf ihr mehrfaches Anklopfen ohne Antwort geblieben sind.

No, meint der Schmirgel, indem er vom Zwischenboden zu ihnen hinabsteigt, von Übelnehmen kann überhaupt keine Rede sein. Erstens gehört ihm die Hütte gar nicht, und zweitens: Auch er hält hier oben sich ohne Erlaubnis auf, falls sie das beruhigt; wenn sie schon einmal da sind mit Kind und Esel, dann soll ihm das recht sein, sie werden schon auskommen miteinander.

Den Stutzen und das Gewehr hat er droben im Heu gelassen, trotzdem besteht für den heiligen Josef kein Zweifel, mit wem sie es da zu tun haben. Der Verband überm linken Auge läßt sich ja keineswegs übersehen – und der Gedanke, daß jener also ein Räuber ist, bereitet dem biblischen Nährvater anfangs nicht wenig Sorge, obgleich er sich vor der Muttergottes nichts anmerken läßt davon.

»Mir ist kalt«, sagt der Schmirgel; er ist an den Ofen herangetreten und reibt sich die klammen Finger. »Jetzt möcht' mir was Heißes im Magen gut tun...« Ob nicht die junge Frau ihnen eine Suppe kochen mag, fragt er die Muttergottes. Sie soll an den Schrank in der Ecke gehen, dort findet sie alles, was sie zum Kochen brauchen wird: einen Topf, einen Rührlöffel, Mehl und ein bissl Schmalz und Salz, und es müssen auch ein paar Zehen Knoblauch beim Vorrat sein.

Wie der heilige Josef das hört, so schwinden ihm alle Sorgen dahin wie Schnee an der Märzensonne. Das trifft sich ja ausgezeichnet, denkt er voll Freude, da werden sie also doch noch zu einem Nachtmahl kommen!

Die Muttergottes bettet das liebe Jesulein auf der Bank in die Mäntel, dann reibt sie die Einbrenn an für die Suppe, tut Wasser dran und ein wenig Knoblauch, dazu eine Handvoll getrockneter Herrenpilze, welche im Schrank sich gefunden haben; nun rührt sie das Ganze ein paarmal um, läßt es aufkochen und hernach eine Weile ziehen am Ofenrand, daß es die beiden Josefe kaum noch erwarten können, bis sie den Topf vom Feuer nimmt, auf den Tisch vor sie hinstellt und ihnen gesegnete Mahlzeit wünscht.

Sie löffeln die Suppe gemeinsam aus, und die tut ihnen nach dem kalten Wintertag überaus wohl im Magen, dem Schmirgel am allerwohlsten. Schon lang, fällt ihm ein, hat er nicht mehr mit anderen Leuten aus einem Topf gegessen – und solch eine gute, schmackhafte Suppe schon gar nicht.

Wie aber nun die Suppe zu Ende gelöffelt ist, hat mit einem Male der Schmirgelseff einen tiefen Seufzer getan, und dann hat er gesagt, daß er alles satt hat, satt bis zum Hals hinauf! Wenn man im guten ihn fortziehen lassen täte, so möcht' er am liebsten sich auf und davon machen, nach Amerika oder sonstwohin, wo es fremd genug ist, daß niemand ihn kennen möchte; und dort, in der Fremde, da möcht' er dann einen neuen Anfang probieren wollen mit seinem Leben, und zwar einen besseren.

Mehr hat der Schmirgelseff nicht gesagt; aber es hat ja das heilige Paar ihn schon längst erkannt gehabt, und so haben sie seine Worte genau verstanden – mehr noch: Sie haben's dem Schmirgel angemerkt, daß es ihm damit ernst und ehrlich gewesen ist! Und so hat ihm der heilige Josef darauf nur erwidern können, es möchte vielleicht nicht dumm sein, wenn er vor Antritt einer so weiten Reise erst einmal tüchtig sich ausschläft – und morgen, mit Gottes Hilfe, wird dann schon alles irgendwie seinen Weg nehmen.

Mehr hat auch er nicht dazu verlauten lassen, und doch hat bei seiner Rede der Schmirgelseff auf die Zukunft sich wenigstens insoweit einen neuen Mut gefaßt, als er's von jetzt an nicht mehr für vollkommen ausgeschlossen hält, daß er vielleicht den Gendarmen doch noch entwischen kann.

Und weil er auf einmal sich hundemüde gefühlt hat, was ja kein Wunder ist, wenn man bedenkt, daß er zeit seines ganzen Räuberlebens kaum jemals in wirklicher Ruhe geschlafen hat, höchstens »auf einem Auge«, sofern ihm das möglich gewesen ist – weil also plötzlich ihn eine solche Müdigkeit übermannt hat, daß er sich bloß mit der größten Anstrengung noch hat wachhalten können, so hat er dem heiligen Josef für seinen Ratschlag gedankt, und rasch ist er auf den Zwischenboden wieder hinaufgekrochen und hat sich ins Heu gestreckt; und im Heu ist er alsbald eingeschlafen, auf beiden Augen und ganz ohne jede Furcht, daß jemand ihm auf den Hals kommen möchte, während er daliegt und schläft. Und es ist dies seit langem das erste Mal gewesen, daß er in solcher völligen Ruhe und Furchtlosigkeit dem Schlaf sich anheimgegeben hat.

Es hat nun der heilige Josef dem Esel sich zugewandt, welcher zu Füßen der Muttergottes sich einen Platz gesucht hat, und während er mit dem Messer ein altes, hartgewordenes Brotstück vom Schmirgel aufschneidet und der Esel die Brocken ihm aus der Hand frißt, hat auch das himmlische Kind seine Abendmahlzeit bekommen. Und nachdem sie dann beide, das liebe Jesulein und der Esel, versorgt gewesen sind, und es haben die heiligen Leute endlich zum Schlafen sich hinlegen wollen, da hören sie plötzlich ans Fenster pumpern und wie ihnen jemand mit barscher Stimme befiehlt, daß sie aufmachen sollen: Wenn sie nicht augenblicklich, zum Himmelfixkruzitürken, die Türe im guten öffnen, so wird man sie ihnen eindreschen!

No, da kann man sich vorstellen, wie der heilige Josef zusammengefahren ist. »Gleich!« hat er ausgerufen, »ich komm' ja schon!«, und er ist mit dem Kerzenlicht in der Hand an die

Tür gelaufen. (Wobei zu bemerken ist, daß es noch immer sich um dieselbe Kerze gehandelt hat wie am Anfang und daß sie, obzwar sie den ganzen Abend ihnen geleuchtet hat, nicht um das mindeste Stückl dabei heruntergebrannt ist. Und wenn wir geschätztem Leser davon berichten, so deshalb, weil wir der Meinung sind, daß man auch solche geringeren Wunder nicht unerwähnt lassen sollte: Es möchte uns leid sein um jedes einzelne, welches man später womöglich vergessen wird.)

Wie nun der heilige Josef also zur Tür kommt und öffnet, da sieht er beim Schein der Kerze, daß draußen im Schnee drei Gendarmen stehn, der Herr Wachtmeister Krause aus Reinowitz mit zwei Mann, eine ganze Patrouille also: die haben den Bettelgrund abgestreift, und wie sie gemerkt haben, daß in der alten Jagdhütte Licht brennt, da sind sie sofort heraufgekommen, weil man natürlich nicht wissen kann, ob nicht vielleicht der Schmirgel sich hier versteckt hält.

Daß freilich der heilige Josef der übel berüchtigte Räuber nicht ist, das glauben sie ihm aufs Wort, denn sie haben ja eine genaue Beschreibung vom Schmirgel, und außerdem wissen sie, daß er am Kopf eine frische Schramme haben muß.

Wie sie dann eintreten in die Hütte, so treten sie aber trotzdem mit aller Vorsicht ein, der Herr Wachtmeister Krause zuerst, das Gewehr an der Hüfte, den Finger am Abzugshahn, und es müssen die beiden Gendarmen zunächst von der Tür her ihm Deckung geben, bis er sich drinnen umgeschaut hat und ihnen winkt, daß sie jetzt hereinkommen sollen – aber hübsch leise, damit sie der jungen Frau, welche neben dem Ofen auf einem Schemel sitzt, das Kindl nicht aufwecken. Nämlich das Kindl ist eingeschlafen an ihrer Brust, noch ganz klein ist es, allerhöchstens drei Wochen alt. Und ein Esel liegt auf dem Fußboden vor den beiden, der blickt voller Mißtrauen die Gendarmen an – und erst wie er merkt, daß von ihrer Seite der Frau und dem Kindl keine Gefahr droht, da hat er von ihnen sich wieder abgekehrt.

Dem heiligen Josef ist nicht recht wohl zumute in seiner Haut. Zum einen hat er den Schmirgel um keinen Preis den Gendarmen verraten wollen, nach allem, was sie zuvor miteinander besprochen haben. Aber zum andern darf er ja die Gendarmen nicht einfach anlügen, wenn sie ihn nach dem Schmirgel befragen werden: Das wär' mir ein schöner Heiliger, muß er denken, der nicht in allen Dingen nach bestem Wissen sich an die Wahrheit hält, wenn man ihm Zeugnis abverlangt!

So hat er aus Not des Gewissens sich äußerst unbehaglich gefühlt, und es möchte uns überhaupt nicht verwundert haben, wenn er am Ende doch für den Schmirgelseff sich entschieden und dem Herrn Wachtmeister Krause auf alle dahingehenden Fragen sonstwas möchte erzählt haben, bloß die Wahrheit nicht – auf die Gefahr hin, daß man ihn einen schlechten Heiligen schelten wird. Aber zum Glück ist ihm das erspart geblieben. Nämlich mag sein, daß die Muttergottes mit einem heimlichen Stoßgebet dies bewirkt hat, mag sein, daß es purer Zufall gewesen ist: Jedenfalls hat der Herr Wachtmeister Krause vom heiligen Josef lediglich wissen wollen, ob nicht vielleicht was Verdächtiges ihnen aufgefallen ist, wie sie die Hütte betreten haben. Das hat nun der biblische Nährvater guten Gewissens mit einem Nein ihm beantworten können. Wie sie hereingekommen sind, fügt er hinzu, da ist es hier drinnen finster und kalt gewesen; er selber hat dann das Kerzenlicht angesteckt und ein bissl eingeheizt.

Es hat der Herr Wachtmeister Krause zwar hierauf gesagt, daß er eigentlich sich was anderes in der Hütte erwartet hat, seit sie hier oben das Licht gesehn haben – aber freilich, man kann sich täuschen, auch dienstlicherweise gelegentlich, und er wird also demnach mit den Gendarmen für nix und wieder nix aus dem Bettelgrund hier heraufgestiegen sein. »No, es gibt manchmal Schlimmeres«, hat er eingeräumt. Und weder ist er auf die Idee gekommen, daß er den heiligen Josef nach den Papieren fragt, noch hat er bezüglich der Luke im Zwischenboden einen Verdacht geschöpft; und wie nun das liebe Jesulein überdies noch im Halbschlaf zu weinen begonnen hat – also geweint hat es eigentlich nicht direkt, sondern es hat bloß ein bissl herumgequengelt –, da hat er sogar bei der Muttergottes sich extra dafür entschuldigt, daß sie das Kindl in Ausübung ihres Dienstes ihnen im Schlaf gestört haben.

Damit hat er den beiden Gendarmen bedeutet, sie möchten sich aus der Hütte wieder hinausbegeben, auf Zehenspitzen gefälligst! – und wie sie den Hang dann hinunterstapfen, da überlegt sich der Wachtmeister Krause, ob nicht der Schmirgel am Ende längst sich davongemacht hat, vermutlich sogar in der Adjustierung vom Maschke-Gendarm aus Dalleschitz... Und es möchte vielleicht der Herr Rittmeister Posselt nicht schlecht beraten sein, wenn man sich bei der künftigen Fahndung mehr auf die Gegend von Liebenau konzentrieren wird.

Der Schmirgel, wie er am anderen Morgen erwacht und vom Zwischenboden heruntergestiegen ist, hat keine blasse Ahnung davon gehabt, daß verwichene Nacht der Herr Wachtmeister Krause vergeblich hier oben nach ihm gesucht hat mit der Patrouille; und es haben die biblischen Wandersleute, während sie mit dem Schmirgel die Morgensuppe gelöffelt haben, wohlweislich keine Sterbenssilbe darüber verlauten lassen – wozu auch? Das möchte ihn höchstens kopfscheu gemacht und in seinem Vertrauen darauf, daß die Flucht nach Amerika ihm gelingen wird, nicht gerade bestärkt haben. So aber hat der Schmirgelseff unbeirrt festhalten können an seinem Entschluß. Er weiß auch den Weg schon, sagt er, welchen er nach Amerika nehmen wird – nämlich das ist ganz einfach, er hat in der Schule das schon gelernt, beim Herrn Lehrer Effenberger: Wenn er dem nächsten Bach folgt, so wird dieser Bach ihn zur Kamnitz führen, die Kamnitz zur Desse, die Desse zur Iser, die Iser zur Elbe, und wenn er der Elbe nachgeht (er könnte natürlich auch Glück haben, und es nimmt ihn ein Schiffer gratis auf seiner Zille mit), so gelangt er zuletzt ans Meer, und am Meer gibt es sicherlich Möglichkeiten genug für ihn auf ein Schiff nach Amerika.

Weil aber der Verband um den Kopf sich dem Schmirgel gelockert hat über Nacht, so fragt ihn die Muttergottes, ob sie vielleicht einen neuen ihm machen soll vor dem Aufbruch. Und wie sie nun den Verband ihm abnimmt, da zeigt es sich, daß die Wunde zum Glück nicht besonders groß ist, so daß man nach Ansicht der Muttergottes mit einem einfachen Heftpflaster sich begnügen kann, wie sie dergleichen für alle Fälle im Reisebündel mit sich führt.

Der Schmirgel ist einverstanden damit – um so mehr, als ein solches Pflaster den Vorteil hat, daß es wenig aufträgt. Er muß also nicht mehr darauf gefaßt sein, daß der Verband um den Schädel von weitem bereits ihn der Gendarmerie verraten wird. »Wenn ich die Mütze ein bissl tiefer mir in die Stirne hereinziehn tu«, meint er, nachdem er sich bei der Muttergottes bedankt hat, »dann wer'n sie mir nix mehr anmerken...« Damit streift er die Jacke über und stülpt sich die Mütze auf.

Wie er nun aber, bevor er sich auf den Weg macht, nach alter Gewohnheit zum Stutzen greifen will und der Stutzen nicht da ist, sondern er hat auf dem Zwischenboden ihn liegenlassen, da trifft ihn ein Blick des Esels, als möchte ihm dieser bedeuten wollen: No servus, mein Lieber, das nenn' ich mir gute Vorsätze! Und dem Schmirgel fällt ein, daß er eigentlich ja den Stutzen nicht mitnehmen wollen hat; und die Sachen vom Maschke-Gendarm aus Dalleschitz, das Gewehr und die übrige Adjustierung, die fallen ihm auch ein. Wenn es sich möchte machen lassen, sagt er zum heiligen Josef, so tät' er am liebsten den ganzen Krempel dem Maschke wieder zurückbringen; aber das wird nicht gehen, es möchte ihn zuviel Zeit kosten, wenn er das Zeug ihm vorbeibringt in Dalleschitz – und womöglich erwischt man ihn noch dabei.

No, meint der heilige Josef, dann wird es vielleicht nicht dumm sein, wenn man es folgendermaßen macht: Wenn der Schmirgelseff ihnen die Sachen hierläßt, so werden sie alles zusammenschnüren zu einem Bündel, und einen Zettel werden sie auch hineinpacken, wem das alles gehört; und es mag nur der Seff unterdessen getrost aus dem Staub sich machen – sie werden für ihn das Bündel am Tannwalder Pfarrhofe auf die Schwelle legen, damit er's los ist.

Wenn sie das wirklich für ihn erledigen möchten, so wär' ihm das eine große Beruhigung, hat der Schmirgel zu diesem Vorschlag gesagt; aber dann sollen sie auch den Stutzen gleich noch dazulegen, damit alles in einem Aufwasch geht. Rasch noch hat er die Sachen vom Zwischenboden ihnen heruntergeholt – und erst dann ist er endgültig auf und davon gegangen, der Schmirgelseff.

»Gott befohlen!« ruft ihm der heilige Josef nach, und sie wünschen ihm alles Glück auf den Weg; und wenn er dann in Amerika anfangen wird mit dem neuen Leben, da soll es ihm gut geraten.

Kapitel Numero achtzehn

worin man von einigen weiteren Schwierigkeiten erfahren wird, welche dem Hawlitschek in den Weg sich legen – obschon sie zu guter Letzt den Effekt haben, daß man ihm eine schriftliche Sondervollmacht erteilen läßt.

Dem Hawlitschek, wie er am frühen Morgen in Sichrow hat aufbrechen wollen, haben verschiedene Hindernisse sich in den Weg gestellt. Zum ersten ist der Verwalter Chrast der Meinung gewesen, daß man ihm unbedingt erst noch die Schuhe ordentlich wichsen muß, ehe er unter die Leute geht. Er hat einen Pferdejungen herbeigerufen, damit er sie putzt und den nötigen Glanz ihnen aufbürstet, daß man sich in Ermangelung eines Spiegels notfalls darin rasieren kann. Und es hat zwar der Pferdejunge nach allen Regeln der Kunst, mit viel Spucke und Ausdauer, ihm die Schuhe poliert, daß sie hinterher prächtig gefunkelt haben vor Schwärze – aber natürlich, das hat seine Zeit gebraucht, und es ist der Herr Teufel Pospišil ziemlich ungehalten gewesen darüber.

Zum weiteren hat die Frau Witwe Machatschka dann dem Hawlitschek klargemacht, daß sie auf keinen Fall es verantworten kann, wenn er losmarschiert, ohne daß sie zuvor miteinander gefrühstückt haben. Wer weiß denn, wie bald er das nächste Mal warmes Essen bekommen wird, wenn er unterwegs ist, und außerdem ist ja das Frühstück die wichtigste Mahlzeit überhaupt: Da soll man sich immer hübsch damit Zeit lassen, weil man nur dann eine richtige Grundlage hat für den ganzen übrigen Tag.

Dem Hawlitschek hat das eingeleuchtet, und wenn auch der Tyras schon ungeduldig geknurrt hat, so haben sie miteinander sich dennoch niedergesetzt und gefrühstückt. Zuerst hat es Rührei mit Schinken gegeben, dann eine Schmettensuppe mit

Lomnitzer Zwieback, darauf einen frischen heißen Kaffee mit Buttersemmeln und Mohnzöpfln und zum Schluß für den Hawlitschek extra noch einen Pfannkuchen – no, eine schlechte Grundlage für den Tag ist das sicherlich nicht gewesen.

Als letztes hat die Frau Witwe Machatschka überdies noch dem Hawlitschek den Verband erneuert; es sieht zwar die Wunde über der linken Augenbraue nicht schlimm aus, hat sie gemeint (nur ein Glück, daß die Bajonettspitze nicht verrostet gewesen ist!), aber ein Pflaster mit bissl Peru-Balsam unterm Verband kann nix schaden. Sie legt ihm das Pflaster auf und umwickelt es sorgsam mit Leinenstreifen, zu welchem Zweck sie ein altes Handtuch zerreißt, und den letzten Streifen spendelt sie mit zwei Sicherheitsnadeln fest, damit unterwegs der Verband ihm nur ja nicht aufgeht... Doch leider, der Helm vom Herrn Wachtmeister Hawlitschek ist zu klein für den Mordsverband, wie sich alsbald zeigt, und so muß sie ihm einen dünneren anlegen, weil (wie der Hawlitschek sie belehrt hat), kein k.k. Gendarm bei Ausübung seines Dienstes sich unbehelmt antreffen lassen darf – denn wo möchte es bittschön hinführen, wenn es in diesem Punkt keine Zucht und Ordnung gibt? Es möchte der eine dann seinen Helm vielleicht wie ein Erdbeerkörbl am Riemen tragen, der andere möcht' sich ihn ans Gewehr hängen, oder er schnallt ihn sich an den Überschwung oder sonstwohin; ja, es möchte vielleicht auch vorkommen, hauptsächlich bei der jüngeren Mannschaft, daß jemand sich überhaupt ohne Helm zum Dienst begibt: und es möchte dies alles, versteht sich, der Reputation des k.k. Gendarmeriewesens bei der Bevölkerung einen starken Abbruch tun.

Der zweite Verband trägt noch immer ein bissl auf; doch zur Not, meint der Hawlitschek, kann er den Helm jetzt darüberstülpen, auch wenn er ihm ziemlich auf halber dreizehn sitzt – aber es geht ja nicht zur Fronleichnamsparade, nicht wahr, sondern Hauptsache, daß er nun endlich losmarschieren kann, wie das von ihm erwartet wird.

Die Frau Witwe Machatschka gibt ihm noch rasch ein paar Brote mit Wurst und Speck mit. Er soll, wenn er seinen Auftrag erledigt hat, unbedingt wieder bei ihr hereinschaun, sagt sie; es möcht' ihr das eine Ehre sein, und sie wird ihm dann alles vorsetzen, was er sich von ihr wünschen wird. Das verspricht er ihr und bedankt sich schon jetzt dafür; dann hängt er energisch sich das Gewehr um, und schnellen Schrittes begibt er mitsamt dem Tyras sich aus dem Schloß davon.

Er kann einem wirklich leid tun, der arme Hawlitschek, wie er nun da auf der Straße von Sichrow nach Liebenau arglos dahinmarschiert, wohlgesättigten Leibes den angenehmsten Gedanken sich hingebend, was die Frau Witwe Machatschka alles ihm kochen und braten soll, wenn er sie auf dem Rückweg besuchen wird. (Und dies nicht nur um ihrer Kuchl willen, sondern auch sonst ist sie, wie gesagt, eine resche Person, bei welcher sich's lohnen möchte, daß man als Junggeselle vielleicht ein paar weitergehende Möglichkeiten ins Auge faßt!) – Ja, und bei alledem hat der Hawlitschek keinen Schimmer davon, welch schmähliche Wendung der Dinge für diesen Morgen ihm vorbestimmt ist.

Nämlich am Ortsrand von Jilowei stehen auch heute wieder die drei Gendarmen auf Posten; und wie sie den Hawlitschek kommen sehen, mit dem Verband um den Kopf und dem schiefen Helm, und der Köter an seiner Seite hat absolut nicht das Aussehn von einem k.k. Diensthund – da wissen sie gleich, wen sie vor sich haben.

Frech ist der Kerl ja schon, das muß man ihm lassen, und kaltblütig ist er auch, sonst möchte er nicht so freundlich »Servus, die Kameraden!« rufen, »was macht's ihr da bei der Lausekälte?« Aber das ruft er natürlich bloß, weil er meint, daß er sie verblöden kann – und damit macht er sich ihnen erst recht verdächtig.

»Halt!« schreit der Oberwachtmeister ihm entgegen. »Stehnbleiben! Schmeiß das Gewehr weg, oder wir schießen!«

Der Hawlitschek muß sich verhört haben, glaubt er: Was denn die Schpumpernadln sollen? fragt er halb überrascht und halb ärgerlich.

»Schpumpernadln?« – Sie werden ihm das gleich zeigen, was das für Schpumpernadln sind!

Damit fallen sie über den Hawlitschek her, alle drei zugleich, und der Tyras, welcher in voller Wut auf sie losfährt, kriegt einen Tritt in die Rippen, daß es ihn gegen den nächsten Zaun schmeißt – ausgerechnet an eine Stelle, wo man ein schadhaft gewordenes Stück mit zwei Leisten vernagelt hat, welche ein Kreuz miteinander bilden.

Da kann man sich vorstellen, wie dem Herrn Teufel Pospišil es bei dieser Berührung zumute gewesen ist, durch den Hundsbalg hindurch! Laut aufgeheult hat der Tyras im ersten Schrecken, dann wälzt er sich wie verrückt eine Weile im Schnee herum, winselnd und jaulend, daß allen Hunden im Dorf sich vor Angst das Fell sträubt, wie sie das hören – und jedenfalls hat er für diesmal genug gehabt, kneift den Schwanz ein und sucht das Weite.

Den Hawlitschek hat man rasch überwältigen können: drei gegen einen, das ist ja kein großes Kunststück. Der eine von den Gendarmen reißt ihn zu Boden, der zweite dreht ihm die Arme nach hinten, der Oberwachtmeister schnürt sie ihm auf dem Rücken fest – und jetzt ab mit dem Haderlumpen verfluchten, nach Liebenau zum Herrn Rittmeister Posselt, damit sie ihm melden können, daß man den Schmirgel endlich erwischt hat!

Was denn? Dem Hawlitschek geht ein Licht auf: Er soll der Räuber Schmirgel sein? »Blödsinn!« beteuert er, »nix wie Blödsinn!«

Sie lachen darüber: Man hat sich das an den Knöpfen abzählen können, sagen sie, daß er sich mit den Sachen vom Maschke aus Dalleschitz kostümieren wird. Aber das sieht man ihm ja von weitem an, daß er kein Gendarm ist, so schief wie er beispielsweise den Helm trägt – da hätt' er die Maschkerade sich sparen können!

Der Hawlitschek ist verzweifelt, er schwört ihnen, daß er nicht der Schmirgel ist – aber das kann er ja, sagen sie, wenn er sich traut, dem Herrn Rittmeister Posselt zu Protokoll geben, ja? Dann wird es sich schon herausstellen, ob der Herr Rittmeister mit sich spaßen läßt. »Maul halten jetzt – und Abmarsch!«

Der Herr Rittmeister Posselt hat seinen Kommandostand sich im Rathaus von Liebenau eingerichtet, zu ebener Erde, in der Kanzlei vom Herrn Ortspolizisten Hampel, welcher sie für die Zeit seiner Anwesenheit dem Herrn Rittmeister zur Verfügung gestellt hat, während er selber einstweilen in Eichlers Gasthaus »Zum Erzherzog Stephan« ausgewichen ist, wo er als Stammgast sich ohnehin heimisch fühlt.

Wie nun die drei Gendarmen den Hawlitschek durch das Städtchen zum Marktplatz führen, da kommen aus allen Häusern die Leute herbeigelaufen und staunen sie an, und es haben die Kinder mit »Schmirgelseff!«- »Schmirgelseff!«-Rufen sie bis zum Rathaus geleitet, wo der Herr Rittmeister Posselt gerade in der Kanzlei zwei Paar Wiener mit Kren sich hat kommen lassen zum Gabelfrühstück; aber man kriegt bei der Gendarmerie ja nicht jeden Tag einen endlich in Haft genommenen Räuber vorgeführt – und so bleiben die Krenwürstln vorläufig unverzehrt auf dem Teller liegen und kühlen allmählich aus.

Der Hawlitschek, wie er sich dem Herrn Rittmeister Posselt in Gegenüberstellung befindet, faßt eine neue Hoffnung, und wenn sie die Hände ihm nicht auf dem Rücken möchten zusammengefesselt haben, so möcht' er zur Meldung sich jetzt habtacht gestellt und Herrn Rittmeister salutiert haben; aber das hat er verständlicherweise nicht tun können, sondern er muß sich darauf beschränken, daß er so forsch wie nur möglich Rapport erstattet.

»Wachtmeister Hawlitschek Leopold«, schreit er den Rittmeister an, als möcht' er mit einem Schwerhörigen es zu tun haben, »Kommandant des k.k. Gendarmeriepostens in der Gemeinde Hühnerwasser, derzeit per Order des Landesgendarmeriekommandos auf einer speziellen Fahndung begriffen und irrtümlich festgenommen – gehorsamst zur Stelle, Herr Rittmeister!«

Man wird dem Herrn Rittmeister Posselt keineswegs nachsagen können, daß er ein trockener Mensch gewesen ist, ohne Sinn für Humor und manchmal sogar etwas derbe Späße, aber in Angelegenheiten des Gendarmeriewesens kennt er keinen

Spaß. So muß er natürlich dem Hawlitschek in die Parade fahren, indem er ihn anbrüllt, daß er die primitiven Versuche zu seiner Verblödung gefälligst sich schenken soll, nämlich man hat ihn durchschaut, und es wird ihm nix nützen, wenn er den Lügenschüppl herauskehrt! Das beste wird für ihn sein, wenn er mannhaft zugibt, daß er der Räuber Schmirgel ist.

Wenn er der Schmirgel sein möchte, tät' er das dem Herrn Rittmeister freudig zu Protokoll geben, hat der Hawlitschek ihm darauf nur entgegnen können – aber, gehorsamst zu widersprechen, es liegt hier ein Irrtum vor! Wenn man ihm in die linke Brusttasche greifen möchte, so wird man dortselbst, wie es Vorschrift ist, seinen Ausweis mit Dienstnummer vorfinden...

Dienstnummer? sagt der Herr Rittmeister Posselt mit einem Achselzucken – und Ausweis! Den kann er sich sonstwo gestohlen haben, der Schmirgel, genau wie die Uniform. »Oder ham Sie vielleicht einen Marschbefehl vorzuweisen? Wie kommen Sie, Himmelherrgott, von Hühnerwasser in diese Gegend hier – ohne Marschbefehl?«

»M-melde gehorsamst...« – der Hawlitschek fängt zu stottern an – »es h-hat der Herr Landesgendarmeriekommandant mir p-persönlich die Order gegeben – p-per Telephon...«

»Was du nicht sagst!« Der Herr Rittmeister haut mit der Faust auf den Schreibtisch, daß die erkalteten Krenwürstln einen Hupfer tun. »Dank's deinem Schöpfer, Schmirgel, und dank es der heiligen Jungfrau von Philippsdorf, daß ich dich nicht auf der Stelle abwatsch' für deine Frechheiten! Heut noch, verstehst du, laß ich dich überstellen – nach Reichenberg auf das Kreisgericht! Und dann wirst du schon sehn können, was du den dortigen Herren Richtern wert bist mit deinen Geschichtln, den ganz und gar teils erstunken- und teils erlogenen!«

No, was hätte der Hawlitschek hierauf in seiner totalen Verdatterung dem Herrn Rittmeister Posselt erwidern sollen? *Nichts* hat er ihm erwidert – und selbst wenn er eine Antwort parat gehabt hätte, möcht' er sie kaum noch anbringen können, nämlich schon dröhnt es ihm um die Ohren: »Abführen, den Halunken! Und daß man mir ja nicht den Malefizkerl noch lange in Uniform da herumlaufen läßt – sonst möcht' ich vor Zorn mich vergessen und sie ihm eigenhändig vom Leibe reißen!«

In Ermangelung einer regulären Arrestzelle hat man den Hawlitschek kurzerhand in den ersten Stock verbracht, wo er zunächst sich der Uniformstücke entledigen müssen hat – Tempo! Tempo! –, und anschließend hat man ihn, bloß mit der Unterwäsche bekleidet, an einem gewissen Ort provisorisch eingesperrt, welchen man für die Zeit, wo man dort sich aufhält, normalerweise von innen zuriegelt. Jetzt aber hängen sie draußen ein starkes Schloß davor, und ein Doppelposten zieht rechts und links von der Türe auf. Es werden darüber hinaus zwei Gendarmen noch extra im Hof postiert, damit der Gefangene nicht durch das Fenster entweichen kann, welches für einen erwachsenen Menschen zwar viel zu schmal ist, aber man muß ja beim Schmirgel auf alles gefaßt sein, nicht wahr? Und da wird der Herr Rittmeister Posselt schon recht haben, wenn er das Fenster trotzdem bewachen läßt.

Es macht der Gefangene in der Tat sich am Fenster schon bald zu schaffen – nicht aber, weil er zum Zweck der Entweichung es öffnen möchte, sondern im Gegenteil! Nämlich es ist seine provisorische Zelle ja nicht geheizt, und auf dem einzigen Sitzplatz, welchen sie bietet, sieht man ganz hübsch der Zugluft sich ausgesetzt, teils von unten und teils von oben – wobei man sich gegen die untere einigermaßen schützen kann, sofern man den in die Sitzgelegenheit passenden Holzdeckel mit dem darunter befindlichen Ausschnitt zur Deckung gebracht hat. Das Fenster hingegen, so schmal es ist, muß sich verzogen haben, so daß man es weder öffnen noch richtig schließen kann, und so muß halt der Hawlitschek mit der oberen Zugluft sich ebenso abfinden wie mit der Tatsache, daß man ihn für den Räuber Schmirgel hält.

Er weiß nicht (und wird es auch nie erfahren), daß seine fälschlicherweise erfolgte Inhaftnahme für den richtigen Schmirgel von größtem Vorteil gewesen ist, insofern nämlich der Herr Rittmeister Posselt, da man den Räuber ja nun gefangen

glaubt, sämtliche weiteren Maßnahmen zur Befahndung desselben einstellen lassen hat, mit Befehl an die Außenposten zu unverzüglichem Rückmarsch nach Liebenau – womit man dem wahren Schmirgel zur unbehinderten Flucht verholfen hat, während der falsche, in Unterwäsche an jenem schändlichen Orte als Arrestant befindlich, der oberen Zugluft sich ausgesetzt sieht.

Ein paarmal versucht noch der Hawlitschek, sich dem Posten bemerkbar zu machen: »Rauslassen, Kameraden, rauslassen!« schreit er und rankert dabei an der Tür herum, »das ist alles ein blöder Irrtum!« Weil aber sich die Posten auf keine Weise erweichen lassen (»Halt's Maul!« ruft der eine auf deutsch und der andere »Kušej, ty zatracenej!« auf tschechisch, was ungefähr auf das gleiche hinausläuft), da läßt er die Rankerei schließlich bleiben und zieht sich in trüben Gedanken auf seinen Sitz zurück.

Ein Glück nur, daß die Frau Witwe Machatschka ihn nicht sehen kann hier, im Zustande seiner tiefsten Erniedrigung! Und ein Glück auch, daß er an diesem Morgen so gut gefrühstückt hat! Nämlich bis weit über Mittag läßt man ihn gänzlich unverpflegt, und wie dann (das mag gegen zwei, halb drei gewesen sein) jemand an seine Tür kommt und aufschließt, da stellt man ihm nicht etwa, wie er im stillen sich das erhofft hat, ein noch so bescheidenes Mittagessen herein, sondern – er traut seinen Augen nicht, aber es ist die Wahrheit – der Oberwachtmeister, welcher in Jilowei ihn verhaftet hat, bringt seine Uniform ihm zurück mit den Worten: »Tu dich beeilen, Hawlitschek, der Herr Rittmeister warten, es hat in der Zwischenzeit alles sich aufgeklärt!«

»Aufgeklärt?« fragt der Hawlitschek, während er in die Hosen steigt und die Träger sich über die Schultern streift. »Wie denn das?«

»No, ganz einfach«, berichtet der Oberwachtmeister. Nämlich es hat der Herr Rittmeister Posselt vor ungefähr anderthalb Stunden aus Tannwald die telephonische Meldung hereinbekommen, daß man dortselbst auf der Schwelle des römisch-katholischen Pfarrhofs ein Bündel gefunden hat, mit den geraubten Sachen vom Wachtmeister Maschke aus Dalleschitz, inklusive Gewehr und Patronentaschen. Erstaunlicherweise hat aber auch der Stutzen vom Schmirgel dabeigelegen, und niemand kann sagen, wie alles dorthin gekommen ist – nur, daß die Adjustierung vom Hawlitschek nicht die vom Maschke sein kann, das hat ja nun auf der Hand gelegen. Es sind also dem Herrn Rittmeister Zweifel gekommen, ob nicht vielleicht der Hawlitschek doch ihm die Wahrheit gesagt haben möchte bei der Vernehmung. In Anbetracht dessen hat er per Telephon unverzüglich dem Landesgendarmeriekommando in Prag von der Sache Bericht erstattet, und offenbar hat sich dabei herausgestellt, daß dem Hawlitschek seine Aussagen richtig gewesen sind.

»No, das freut mich aber!« Der Hawlitschek knöpft sich den Rock zu und setzt den Helm auf, dann schreitet er an den Posten vorbei und meldet sich beim Herrn Rittmeister Posselt, welcher ihm mit der Rechten die Hand schüttelt, während er mit der Linken ihm auf die Schulter klopft.

»Nix für ungut, mein Lieber!« sagt er. »Man kann sich in solchen Sachen ja manchmal ein bissl irren, nicht wahr? – Aber wenigstens einen Vorteil hat die Inhaftnahme Ihnen eingebracht, Hawlitschek! Nämlich es hat der Herr Landesgendarmeriekommandant mich dazu ermächtigt, nicht nur den fehlenden Marschbefehl Ihnen auszustellen, sondern Sie kriegen noch überdies eine besondere Vollmacht mit, welche Sie als in geheimer Mission unterwegs sich befindlich ausweist und gleichzeitig allen Behörden des k.k. Staatsdienstes anbefiehlt, daß Ihren sämtlichen Weisungen unbedingt Folge zu leisten ist, insoweit sie von Ihnen in Ausübung Ihrer Sondermission denselben erteilt werden.«

Damit hat er den Marschbefehl und besagtes Patent, welche beide schon fertig geschrieben gewesen sind, feierlich unterzeichnet und abgestempelt und hat sie dem Hawlitschek überreicht und ihm nochmals die Hand geschüttelt zum Abschied. Es hat dann der Hawlitschek noch ein Mittagessen verabfolgt bekommen, ein leider schon völlig kaltes, und hierauf hat er sich, kurz nach dreie, wieder in Marsch gesetzt.

Einesteils ist nun der Hawlitschek sehr befriedigt gewesen darüber, daß die Verwechslung sich nicht nur aufklären lassen hat, sondern zugleich auch der Anlaß zur Ausstellung der speziellen Vollmacht gewesen ist, welche in Hinkunft bei allen eventuellen Notlagen sicherlich gute Dienste ihm leisten wird; andernteils aber, wie er zum Städtchen Liebenau jetzt hinausmarschiert, muß er sich freilich sagen, daß auch das allerschönste Patent mit den allerdienstlichsten Unterschriften und Siegeln ihm wenig nützen wird für den Fall, daß er nicht herausbringt, in welche Richtung die zu verhaftenden Individuen in der Zwischenzeit sich gewandt haben. Nämlich wie soll er das nunmehr feststellen können – ohne den Tyras, welcher ja leider am frühen Vormittag ihm abhanden gekommen ist?

No, da wird man sich aber schon denken können, daß der Herr Teufel Pospišil selbstverständlich den Hawlitschek nicht vergessen hat, sondern er hat bei der Mohelka-Brücke bereits in Gestalt vom Tyras auf ihn gewartet, und wie nun der Hawlitschek auf die Brücke hinaufmarschiert, kommt von der anderen Seite der Tyras ihm schon entgegengesprungen, so daß sie sich in der Mitte treffen, bei welcher Gelegenheit es der

Hawlitschek bloß um Haaresbreite verhindern kann, daß der Tyras im freudigen Ansturm ihn über das Brückengeländer hinunterschmeißt, in die Mohelka.

Nach der Begrüßung haben sie dann gemeinsam zur weiteren Fahndung sich wieder aufgemacht; und obzwar die von ihnen verfolgte Fährte von gestern gewesen ist, hat dieser Umstand doch keineswegs ihnen Schwierigkeiten verursacht. Was nämlich den Geruch der Heiligkeit angeht, so ist der Herr Teufel Pospišil jederzeit in der Lage, selbst nach acht Tagen noch im Gelände ihn aufzuspüren – wobei es ihm ausgesprochen zugute kommt, wenn die Fährte inzwischen ein bissl älter geworden ist: nämlich sie wirkt dann entsprechend weniger penetrant auf ihn.

Kapitel Numero neunzehn

in dessen Verlauf wir, bei dichtem Schneefall, den heiligen Wandersleuten von Reiditz nach Glasersdorf folgen werden, woselbst aber von der Fleková das erbetene Obdach ihnen verweigert wird – und das sieht ihr ähnlich.

Inzwischen waren die bethlehemitischen Flüchtlinge unverwandt ihres Weges weitergezogen, von Tannwald übers Gebirge hinüber, in Richtung auf Jablonetz an der Iser zu. Und wie sie am Nachmittag dann nach Reiditz kommen, da fällt ihnen auf, daß es für die Tageszeit reichlich dunkel gewesen ist – und richtig, es dauert nicht lange, da fängt es zu schneien an, so daß sich der heilige Josef schon überlegt hat, ob es nicht möchte besser sein, wenn sie bereits in Reiditz nach einem Quartier sich umsehen für die Nacht. Aber es hat dies der Esel Gottes nicht zugelassen, sondern mit einem Kopfschütteln hat er dem heiligen Josef angezeigt, daß sie weitermüssen.

Da sind sie durch Reiditz also hindurchgezogen, bei langsam stärker werdendem Schneefall, und hinter der alten Glashütte haben sie dann aufs neue den Wald erreicht, wo es wieder bergauf gegangen ist, nicht gerade sehr steil zwar, aber der Weg ist an manchen Stellen vereist gewesen, so daß sie bloß langsam vorwärtsgekommen sind. Alles in allem mögen sie wohl eine gute Stunde gebraucht haben, bis der Wald hinter ihnen liegt und sie wieder ins Freie kommen.

Im Schutz der Bäume haben sie wenig davon bemerkt, daß der Schnee immer dichter und dichter gefallen ist mit der Zeit; doch jetzt, wo sie auf die freie Höhe hinaustreten, da geraten sie in ein solches Schneegestöber hinein, daß man kaum noch die Hand vor Augen sieht – aber zum Glück haben Stangen zu beiden Seiten des Weges im Schnee gesteckt, alle paar Schritte eine: an denen hat sich der heilige Josef mühsam entlanggetastet.

Nun freilich, das liebe Jesulein hat von der ganzen Stöberei nichts bemerkt. Denn wie sie ins Freie hinausgekommen sind, hat die Muttergottes ihr wollenes Umtuch über den Kopf sich nach vorn geschlagen, auch über das liebe Jesulein mit hinweg; und da hat sie nun auf dem Rücken des Esels gesessen, das Kindl im Arm, und es hat ihrer beider Atem es unter dem Tuch ihnen hübsch behaglich gemacht wie in einer warmen Stube. Aber der heilige Josef, wer möchte es ihm verdenken wollen, ist ärgerlich auf den Esel gewesen, welchem sie's ja verdanken, daß sie in dieses schreckliche Wetter hineingeraten sind – wo er doch rechtzeitig hätte wissen müssen, um wieviel besser es für sie alle möchte gewesen sein, wenn sie auf ihn, den heiligen Josef, möchten gehört und in Reiditz ein Nachtlager sich gesucht haben. Nämlich nach Jablonetz an der Iser werden sie ohnedies heute nicht mehr kommen, weil es inzwischen dunkel geworden ist, und so müssen sie zusehen, daß sie gleich in der nächsten Ortschaft am Weg eine Bleibe finden, also in Glasersdorf.

Der Zufall will es (oder auch nicht der Zufall), daß sie, dem ersten Lichte folgend, welches aus dem Gestöber ihnen entgegenschimmert, zum Haus der Familie Flek geraten. Kein großes Haus; Küche und Stube, zwei Schlafkammern, hinten hinaus der Stall, nur gerade für eine Kuh und drei Ziegen ist Platz darin: Dies alles zu ebener Erde hintereinander, und oben darüber, von Giebel zu Giebel, der Heuboden mit dem steilen, kniehoch mit Schnee beladenen Schindeldach. Kein großes Haus, wie gesagt – und doch groß genug, daß um seinetwillen die Fleková und der Flek sich in Schuld und Unrecht verstrickt haben.

Das ist nun schon einige Jahre her gewesen; damals hat noch das Haus den zwei alten Syrowatkas gehört, dem František und der Hanka: Er hat als Glasmacher auf der Reiditzer Hütte gearbeitet, sie hat das Hauswesen und die Ziegen versorgt, ein paar Erdäpfeln angebaut und die Wiese geheut; sommers ist sie mit Pilzen und Beeren zu Markte gegangen, im Herbst und im Winter hat sie mit Perlenfädeln sich ein paar Kreuzer hinzuverdient. Kinder haben sie keine gehabt, und mit jedem Jahr, das sie älter geworden sind, ist's ihnen schwerer ums Herz gewesen, wenn sie daran gedacht haben, wie es mit ihnen beiden einmal sich enden wird.

Da ist dann in Glasersdorf eines Tages die junge Fleková aufgetaucht, eine hübsche und resolute Person, die ist mit der alten Hanka um sieben Ecken herum verwandt gewesen. Zum Mann hat sie einen Korbflechter namens Josef Flek gehabt, einen armen Schlucker aus Harrachsdorf; dürr und grämlich ist er gewesen, mit einem Hinkefuß noch dazu, und genommen hat ihn die Fleková lediglich, weil es geheißen hat, daß eine hübsche Erbschaft dem Flek ins Haus steht, von seinem Taufpaten her, einem ledigen Gastwirt in Jungbunzlau. Aber die Erbschaft ist ausgeblieben, weil es sich nach dem Tod vom Herrn Paten gezeigt hat, daß er sein ganzes Vermögen den Kapuzinern vermacht hat, als frommer Mensch – und die Fleková, wie sie davon erfahren hat, ist es zu spät gewesen; da hat sie den dürren Flek schon am Hals gehabt, und ein Kind dazu, einen Jungen von dreizehn Monaten, und das zweite ist mittlerweile schon unterwegs, auf Kirchweih hat sie's erwartet. Wer wird's da der Fleková ernstlich verdenken können, daß sie von jetzt an mit allen Mitteln darauf getrachtet hat, wie sie bei nächster Gelegenheit einen Weg findet, welcher sie aus der Misere wieder hinausführt.

Sie ist also eines Tages in Glasersdorf aufgetaucht, beim František und der Hanka, und hat ihnen schöngetan, Onkel hin, Tante her, hat sich nützlich gemacht bei den alten Leuten, hat hier ein Paar Socken gestopft und dort einen Korb geflickt, hat die Ziegen gemolken, gebuttert, den Mist aus dem Stall gekarrt, Wäsche gewaschen, das Essen gekocht, nach den Hühnern gesehen, die Stube geweißt, den Fußboden aufgewischt, Reisig und Zapfen geholt aus dem Walde – alles ganz freundlich und wie mit der linken Hand. Und diesmal ist ihr die Rechnung aufgegangen. Der František und die Hanka haben Gefallen an ihr gefunden, und wenn sie schon keine eigenen Kinder haben – vielleicht ist die Fleková ihnen vom lieben Herrgott geschickt worden auf die alten Tage? So haben sie über kurz oder lang den Gedanken gefaßt, daß sie für immer die beiden zu sich ins Haus nehmen werden, die Fleková und den Flek, mitsamt ihrem kleinen Jungen und dem Geschwisterle, welches auf Kirchweih kommen soll.

Die Fleková hat sich im Anfang ein bissl herumgeziert, auf den Vorschlag der beiden Alten hin: Das möchte man doch dem František und der Hanka nicht zumuten können, hat sie gemeint, und sie kann das von ihnen nicht annehmen. Aber schon bald hat sie ja gesagt, wenn auch zögernd – und schließlich sind dann die alten Syrowatkas mit ihr und dem Flek zum Notar gegangen, hinunter nach Jablonetz, und dort haben sie alle viere in der Kanzlei ein Papier unterschrieben, von welchem der František und die Hanka nicht recht begriffen haben, was eigentlich dringestanden hat; aber der Flek hat gesagt, daß es herich üblich ist unter Verwandten, wenn man dergleichen Absprachen notariell macht, weil es erst dann seine Richtigkeit damit hat – und das hat ihnen eingeleuchtet.

Im Spätsommer ist die Familie Flek nach Glasersdorf übersiedelt. Auf Kirchweih ist dann die Fleková niedergekommen, wieder mit einem kleinen Jungen – und bald darauf ist der Jammer losgegangen, von Woche zu Woche schlimmer. Da hat sich's auf einmal ausgeonkelt gehabt und ausgetantet, von jetzt an hat es bloß »Alter hol das« und »Alte tu dies« geheißen, die Fleková hat sich vom František und der Hanka bedienen lassen den ganzen Tag, sie hat sie herumkommandiert und geschuriegelt, hat ihnen schlimme Worte gegeben, und manchmal hat sie im Zorn die Pantoffeln nach ihnen geschmissen oder ein Holzscheit vom Ofen, wie es gerade sich so ergeben hat.

Der Flek hat zu alledem nichts gesagt, der hat seine Körbe geflochten und weggeschaut. Denn es haben die beiden Alten ihm leidgetan, das schon auch; und trotzdem hat er sich nicht getraut, sie in Schutz zu nehmen, erstens aus Angst vor der Fleková, und zweitens ist es ja um das Haus gegangen. Da kann man naturgemäß keinerlei Rücksicht nehmen, da gibt's kein Mitleid, das muß man genau nach dem einmal gefaßten Plan erledigen, ohne Wenn und Aber. In diesem Punkt sind die Fleková und der Flek sich vollkommen einig gewesen, und abermals ist die Rechnung den beiden aufgegangen.

Um Ostern des nächsten Jahres ist das gewesen: Die Fleková hat dem František und der Hanka wieder einmal einen Riesenschkandal gemacht, wegen nix und wieder nix, daß sie herich unnütze Fresser sind, welche freiwillig keinen Handgriff tun wollen, ohne daß man sie dazu anstellt. Jedesmal bleibt die Hälfte liegen, und ständig hat sie den ganzen Tag bloß mit ihnen Ärger; wie soll man das auf die Dauer aushalten, ohne daß es sich auf die Galle schlägt? Und im übrigen hat sie den beiden bloß sagen wollen: Die Kammer, wo sie bisher geschlafen haben, die braucht sie ab jetzt für die Kinder, noch heute wird auf den Dachboden übersiedelt, dort werden sie Platz genug haben, außerdem fehlt's ihnen nicht an frischer Luft dort, und wenn es an der oder jener Stelle hereinregnet, sind sie selber schuld daran, warum steigen sie nicht aufs Dach und flicken es? Die Hanka soll bloß nicht zum Lamentieren anfangen, damit erreicht sie gar nix bei ihr, und wenn es den beiden vielleicht nicht mehr passen möchte in diesem Hause – no bittschön! es werden sie weder die Fleková noch der Flek daran hindern, hier wegzugehen.

Damit ist das entscheidende Wort heraus gewesen. Die Fleková hat es von allem Anfang an kaum erwarten können, daß sie es ausspricht. Aber aus Klugheit hat sie das unterlassen, so lang sie nicht sicher gewesen ist, daß der František und die Hanka hinreichend mürbe sind – und mürbe, das sind sie inzwischen wohl längst gewesen, die beiden Alten; weiß Gott, daß sie mürbe gewesen sind.

Es hat dennoch dem František dieses alles zunächst nicht einleuchten wollen: Nämlich in Jablonetz damals, wie sie das Haus auf die Fleková und den Flek überschrieben haben, da hat es doch ausdrücklich im Vertrag geheißen, daß man auf Lebenszeit ihm und der Hanka das Wohnrecht zusichert unter diesem Dach – und er hat ja von dem, was der Herr Notar ihnen damals vorgelesen hat, wenig genug verstanden, der František: Aber das eine, worauf es vor allem ankommt, da hat er sich überzeugt davon, daß es drinnensteht – und niemand kann sie jetzt einfach wegjagen.

»Wegjagen?« hat der Flek ihm darauf geantwortet, also, das

werden sie nicht erleben, der František und die Hanka, daß man von hier sie wegjagt. Es ist ja auch niemals die Rede davon gewesen, mit keiner Silbe, das kann er auf seinen heiligen Eid nehmen, wenn es sein muß; aber man kann sie natürlich nicht zwingen zum Dableiben, nicht gegen ihren Willen. Ausziehen nämlich, das können sie jederzeit hier, die beiden Alten, da wird er der Allerletzte sein, welcher sie davon abhält – bloß, daß das nix mit dem notariellen Vertrag zu tun hat, sondern es liegt dann bei ihnen allein, wie sie sich entscheiden, da möchten sie ihnen auf keinen Fall was hineinreden, er und die Seinige, absolut nicht: Wie kämen sie denn dazu?

Es hat sich dann ein paar Wochen noch hingezogen, bis über Pfingsten hinaus, wobei für den František und die Hanka das Leben mit jedem Tag schlimmer geworden ist, nämlich die Fleková hat auf den beiden herumgehackt wie der Teufel, nix ist ihr recht gewesen und dreimal nix, fortwährend hat sie gekeift und gezetert, Verwünschungen hat sie ausgestoßen, gedroht hat sie ihnen, die Holzscheiter sind geflogen, der Nudelwalker und alles, was sonst ihr gerade zur Hand gekommen ist.

Schließlich und endlich, das ist um Johannis gewesen, da haben der František und die Hanka bloß noch den einen Wunsch gehat: Weg von hier! Fort von der Fleková, irgendwohin, wo sie ihren Frieden haben, wo niemand sie kujonieren wird – aber wie das anstellen?

No, hat der Flek ihnen vorgeschlagen, es gibt ja zum Beispiel das alte Hirtenhäusl am Waldrand droben, welches per Zufall seit ein paar Jahren leersteht, das können sie sich ja herrichten: Eine Ziege bekommen sie mit, drei Hühner, Geschirr und Bettzeug. »Damit ihr auch dorten wie Menschen leben könnts, wenn ihr schon unbedingt hier nicht bleiben wollt.« Und er hat ihnen heimlich sogar fünf Kreuzer zugesteckt, wie es die Fleková nicht gesehen hat, und dann haben der František und die Hanka ihr bissl Kram auf dem Schubkarren, welchen der Flek ihnen leihweise zur Verfügung gestellt hat, ins Hirtenhäusl hinaufgeschafft, wo sie von jetzt an hausen.

Kümmerlich hausen sie dort, das ist wahr, aber glücklich sind sie im Hirtenhäusl mit ihrer einen Ziege und den drei Hühnern, weil niemand sie jetzt beschimpft und verwünscht und schlägt, und niemand keift ihnen hier die Ohren voll – das ist auch wahr.

Dies alles ist nun schon, wie gesagt, ein paar Jahre her gewesen; der Flek und die Fleková haben ihr Ziel erreicht gehabt: Das Haus von den beiden Alten, beim Jablonetzer Notar auf sie überschrieben, gehört also jetzt ihnen ganz alleine, nach Recht und Gesetz; und wenn auch gewisse Leute in Glasersdorf sich das Maul über sie zerreißen, was kümmert sie das? Vertrag ist Vertrag – und basta.

Und jetzt also dieser frühe Winterabend, das Schneetreiben draußen, der Wind ums Haus, und der heilige Josef mit der Familie und dem Esel ist von der Landstraße abgebogen und stapft auf das Licht zu, welches ihm aus dem Fenster des Flekschen Hauses entgegenschimmert. Die Fleková hat gerade das Brot auf den Tisch gebracht, das Salz und die Schüssel mit den gedämpften Erdäpfeln; der Flek und die beiden Jungen sitzen schon da und warten darauf, daß sie ihnen das Nachtmahl austeilt. Sie hat einen herrischen Zug um den Mund bekommen, der ist mit den Jahren nicht milder geworden, und alles im Haus geht nach ihrem Kopfe. Der Flek ist noch stiller geworden, noch grämlicher; manchmal hat er das Leben satt bis zum Hals hinauf, und er möchte am liebsten heulen, aber er traut sich selbst das nicht, wenn er an seine Frau denkt.

Einer der Jungen, der kleinere von den beiden, grapscht in die Schüssel nach einem Erdäpfel, weil er meint, daß die Mutter vielleicht nicht hinschaut, aber die Fleková gibt ihm eins auf die Finger und schimpft ihn aus: »Noch einmal, wenn mir das vorkommt«, sagt sie, »dann werd' ich dich hungrig ins Bette stecken – das wär' mir ja noch schöner, wenn sich hier jeder nehmen möchte bei Tisch, was ihm grade einfällt! Wie wenn wir Zigeuner sein möchten!«

Sie greift nach dem Brot, und bevor sie es anschneidet, zeichnet sie mit dem Messer drei Kreuze darauf, wie es Brauch ist. In diesem Augenblick hören sie ein Geräusch vor dem Hause, es wird an die Tür geklopft.

Die Fleková wundert sich, wer das sein kann, um diese Zeit und bei diesem Wetter, und ohne daß sie das Brot aus der Hand legt, geht sie zur Türe und öffnet. Da sieht sie, im Lichtschein des Fensters, draußen den heiligen Josef stehen mit seinem verschneiten Bart und dem Wanderstecken, und neben ihm steht der Esel Gottes, welcher auf seinem Rücken die Muttergottes trägt und das liebe Jesulein.

»Gute Frau«, setzt der heilige Josef an und möchte für sich und die Seinen um Obdach bitten bis morgen früh. Doch ehe er mit der Bitte noch richtig begonnen hat, fährt schon die Fleková ihm ins Wort und herrscht ihn mit schneidender Stimme an, was ihm einfällt: Er soll von der Türe gefälligst sich wegmachen, honem-honem! – sie möchte mit solchem hergelaufenen Pack nix gemein haben, weil sie ein ehrliches Haus führt, und niemand soll jemals ihr über die Schwelle kommen, mit welchem sie nicht bekannt ist, bei Nacht schon gar nicht.

Der Flek ist hinzugetreten, die fremden Leute mit ihrem Wickelkind tun ihm leid, und wenn es nach ihm ginge – also dann möcht' er schon mit sich reden lassen. Aber es geht nicht nach ihm, es geht nie nach ihm! Das ist immer schon so gewesen, die letzten Jahre her, warum soll's dann heute anders sein?

Die Fleková, weil der heilige Josef so rasch sich nicht abweisen lassen will, bricht in lautes Gezeter aus: »Wenn ihr nicht augenblicklich von hier verschwindets, dann hol' ich den Besen, zum Kruzitürken! Und wehe, wenn ich ihn auf euch loslass'! Da werdets ihr Sprünge machen, wie ihr noch keine gemacht habts, das schwör' ich euch!«

Von dem Geschrei ist das liebe Jesulein in den Armen der Muttergottes aufgeschreckt, und es fängt zu weinen an, laut und jämmerlich, daß es dem Erzengel Gabriel einen solchen Stich gibt, als ob man das Herz ihm mit einer glühenden Lanzenspitze möchte durchbohrt haben; und so ist er für einen Augenblick schon versucht gewesen, daß er der Eselshaut sich entledigt, damit er die Fleková, in der furchtbaren Majestät seiner wahren Gestalt vor sie hintretend, in die Schranken verweisen kann. Denn das muß ihr gesagt sein, dem unglückseligen Weibsstück, wen sie da lästerlich von der Schwelle weist. Aber dann hat er, gerade im letzten Moment noch, sich glücklicherweise daran erinnert, daß wenn er den Esel verlassen möchte (und sei es im noch so gerechten und heiligen Zorne!), so möchte er fortan die heiligen Wandersleute nicht mehr begleiten dürfen auf ihrer Reise, weil es ja ausdrücklich ihm versagt ist, ein zweites Mal in den Esel einzugehen. Er ist also unter größter Mühe und Selbstverleugnung im Esel dringeblieben – aber dafür hat er nunmehr auf dessen besondere Weise sich Luft gemacht, nämlich er streckt den Kopf vor gegen die Fleková, legt die Ohren an, bläht die Nüstern und bleckt die Zähne – und plötzlich, aus vollem Halse, posaunt er los, daß vor Schrecken der Wind sich am eigenen Atem verschluckt, und das Stöberwetter setzt aus, und nur ein paar letzte Schneeflocken hängen noch in der Luft herum, und es braucht eine Zeitlang, bis sie sich fallen lassen.

»Halt inne!« Der Wind und das Wetter haben den Ruf verstanden, den Engelsruf aus dem Eselsmaul, obgleich die Posaune nicht *sie* gemeint hat: »Halt inne, Weib – du versündigst dich! Hörst du nicht Unsern lieben Heiland weinen vor deiner Tür? Auf die Knie mit dir, Fleková! Hinwerfen sollst du dich auf dein Angesicht vor dem König der Könige, welcher ist Gottes Wort, menschgeworden in diesem Kindlein aus Bethlehem, dem du das Haus verweigerst!«

Die Fleková hat den Engelsruf nicht verstanden. Erschrocken natürlich, das ist sie schon, wie der Esel auf einmal lostrompetet hat; aber sie will nicht hören, was er ihr da entgegenschreit. Nicht mit dem Herzen, bloß mit den Ohren hört sie es – und das reicht nicht in dieser Stunde, das reicht wahrhaftig nicht.

Zuerst, wie der Esel mit seinem Geschrei begonnen hat, ist sie zwar heftig zusammengezuckt, mit beiden Händen hat sie vor Schreck sich das Brot vors Gesicht gehalten, wie wenn sie auf diese Weise sich möchte schützen wollen; dann aber hat sie dem Flek einen Rüffel gegeben und hat ihn ins Haus gescheucht, während sie selber mit schriller Stimme ein letztes Mal noch gekeift hat: »Zieht ab, Gesindel!« Da ist sie schon halb im Flur gewesen, dann haut sie den Fremden die Tür vor der Nase zu, daß es nur so kracht, und zornig legt sie von innen den Riegel vor.

Es hat daraufhin nun der heilige Josef mit der Familie kehrt gemacht, und sie sind auf die Straße zurückgestapft und sind weitergezogen, weg von dem Haus der Fleková, welche an diesem Abend noch ziemlich lange darüber sich aufgeregt hat, wie zudringlich heutzutage die Menschen sind, und wenn's ihr nicht möchte ums Fressen leid sein, dann müßte gleich morgen ein Hund ins Haus.

Nein, sie hat nichts begriffen, die Fleková, nichts von alledem, was ihr da widerfahren ist mit dem weinenden Gotteskind vor der Tür und dem Engel des Herrn, dessen Ruf sie vernommen und nicht verstanden hat, weil er für sie das Gebrüll eines Esels gewesen ist. Und wer weiß, wie ihr weiteres Leben möchte verlaufen sein, wenn sie sich damals, an jenem Abend im Winter, dazu möchte überwunden haben, daß sie das bissl Barmherzigkeit aufbringt, welches man ihr da abverlangt hat: Kann sein, daß sich manches möchte bei ihr geändert haben mit dieser Stunde, und manches möchte vielleicht ganz anders gekommen sein, als es später für sie und den Flek gekommen ist – aber wer kann das schon mit Bestimmtheit sagen?

Viel Gutes haben sie jedenfalls nicht erlebt unter ihrem Dache. Es hat halt kein Segen darauf gelegen, wie es in Glasersdorf bald geheißen hat.

Der Flek ist, je länger je mehr, dem Trübsinn verfallen, er hat sich dann eines Tages im Ziegenstall aufgehängt. Der ältere von den Söhnen hat ihn nicht lang überleben sollen, mit zweiundzwanzig ist er beim Holzrücken unter den Hörnerschlitten geraten und ist auf der Stelle hin gewesen, die arme Haut; dem jüngeren hat es in Glasersdorf nicht behagt bei der strengen Mutter, er hat sich mit einem Zigeunermädl davongemacht und ist nie mehr aufgetaucht.

Da hat sie nun dagestanden, die Fleková, mit dem leeren Haus und mit leeren Händen – und niemand, rein niemand im Dorfe hat Mitleid mit ihr gehabt. Einsam hat sie dahingelebt, mit den Hühnern, den Ziegen, der Kuh und dem schlechten Gewissen;

das hat ihr, je weiter sie in die Jahre gekommen ist, immer heftiger zugesetzt. Sie hat dieserhalb manche schlaflose Nacht gehabt, manchen schweren Traum: Der František und die Hanka, seit langem tot schon, sind ihr erschienen und haben sie angeschaut, stumm und traurig; sie haben dabei kein einziges Wort verloren an sie, und doch hat ihr Schweigen ihr um die Ohren gedröhnt wie Posaunenschall. Die Posaunen des jüngsten Gerichts! hat sie denken müssen und hat sich gefürchtet davor, und sie hat einen Ausweg gesucht – aber wie ihn finden, bei allen Heiligen?

Die Fleková ist steinalt geworden mit ihrer Schuld, noch den Hitler hat sie erlebt. Zuletzt ist sie dreimal die Woche nach Jablonetz an der Iser hinuntergehumpelt, sommers und winters; beim ersten Frühlicht hat sie sich aufgemacht in die Kirche und hat gebeichtet – immer dasselbe hat sie gebeichtet, und immer hat der Herr Pfarrer geduldig die Absolution ihr dafür erteilt: Aber wer garantiert ihr denn, daß sie wahrhaftig vor Gottes Angesicht Gnade gefunden hat?

Einsam ist sie gealtert, die Fleková, einsam hat sie der Tod ereilt, auf dem Rückweg von Jablonetz und in Zweifeln.

Und doch steht zu hoffen, daß ihr der Herrgott in seiner unermeßlichen Güte vergeben hat – wie er allen vergeben wolle, die je einen Menschen um Haus und Heimat gebracht haben, sei es in Glasersdorf, sei es sonstwo im Königreich Böhmen und anderwärts.

Kapitel Numero zwanzig

welches in Glasersdorf seinen Fortgang nimmt, und zwar draußen im Hirtenhäusl, beim František und der Hanka, welch selbige dort ihre alten Tage in großer Armut verbringen müssen: aber sie nehmen die Wandersleute aus Bethlehem trotzdem auf.

Möchte es nach dem heiligen Josef gegangen sein, dann hätte er nun, da die Fleková von der Schwelle sie weggejagt hat, einfach beim Nachbarhaus angeklopft; und danach, wenn es hätte sein müssen, wäre er mit der Familie weitergezogen von Tür zu Tür, bis sie irgendwo doch noch Einlaß und Bleibe möchten gefunden haben. Der Esel indessen hat einen anderen Plan gehabt: Sein Ziel, wie geschätzter Leser sich wohl schon denken kann, ist das Hirtenhäusl gewesen, am droberen Ortsrand von Glasersdorf, wo jetzt der František Syrowatka gehaust hat mit seiner Hanka.

Das Hirtenhäusl liegt abseits der Straße am halben Hange. Bis zu den Fenstern hinauf ist es zugeschneit, um und um; der Zugang zur Haustür ist freigeschaufelt gewesen und links hinüber der Pfad zum Bornhäusl mit dem Brunnen. Kopfschüttelnd muß sich der heilige Josef fragen, weshalb wohl der Esel sie ausgerechnet hierher gezerrt hat. Aber nun sind sie ja einmal da, und so hebt er den Wanderstecken – und kaum daß er anklopft, da kommt schon die Syrowatková Hanka gelaufen und öffnet ihnen: Klein ist sie, flink und zierlich und ganz verhutzelt um Mund und Augen.

»Jesus Maria!« ruft sie beim Anblick der fremden Wandersleute, wo sie denn herkommen bei der Nacht mit dem Wickelkind? Und bevor noch der heilige Josef richtig um Obdach hat bitten können, da ist's ihnen schon gewährt gewesen: Sie sollen ock machen, daß sie hereinkommen an den Ofen, die guten Leute, damit sie sich tüchtig aufwärmen; und der Esel bekommt seinen Platz im Vorhause, neben der Ziege. Sie werden sich schon vertragen, die beiden Viecher, auch wenn es ein bissl eng ist für zwei, aber wenigstens warm ist's hier drinnen und windgeschützt; nämlich sie haben ja keinen Stall, darum müssen sie über den Winter die Ziege hereinnehmen. Und die Hühner, die haben sie auch herinnen, die hocken in einer Kiste unter der Ofenbank, wo sie es einesteils hübsch gemütlich haben, und andernteils sind sie da vor dem Fuchs sicher, vor dem Marder und anderem Raubzeug; und legen sie Eier, so muß man nicht lang nach versteckten Nestern suchen, was auch seinen Vorteil hat.

In der Wohnstube ist es behaglich warm gewesen, es hat dort nach Heu gerochen und Ziege, nach Leinöl und Reisigfeuer; die Wände sind schief, das Gebälk verzogen, die niedrige Holzdecke hängt nach der Mitte hin ziemlich durch – es ist alles sehr einfach hier und bescheiden. Man sieht auf den ersten Blick, daß es arme Leute sind, die da hausen – und doch sieht man auch, daß die Hanka in allen Dingen auf strenge Ordnung hält. Nämlich sie ist es von klein auf nicht anders gewohnt, und so lang, wie sie Hände und Füße noch halbwegs rühren kann, mag sie davon nicht lassen; auch sollte man, wie sie findet, in ihren Jahren darauf bedacht sein, daß man kein schlechtes Andenken hinterläßt in der Nachbarschaft.

Der František ist ein klappriges, dürres Männl mit langen Armen und dünnem Halse; er trägt einen Leinenkittel, der ist ihm so weit geworden, wie wenn er auf Zuwachs möchte geschneidert sein, und er trägt auf der Stirn einen grünen Augenschirm: Sein Lebtag hat er ins Feuer geschaut auf der Reiditzer Hütte, ins weiße, glühende Glas hinein – und es sind von dem vielen Licht auf die alten Tage die Augen ihm schwach geworden, dem František; da hilft auch die Brille nichts, welche ihm der Herr Doktor Bruscha aus Hochstadt verschrieben hat.

Seit sie ihn aus der Arbeit in Reiditz entlassen haben, hat sich der alte Syrowatka aufs Perlenfädeln verlegt. Vor zwei Jahren noch hat er »auf sechse« gefädelt, da hält man sechs Nadeln gleichzeitig in der rechten Hand; aber längst sind es bloß noch dreie – und bald schon, das kann er sich ausrechnen, werden es bloß noch zwei sein. Die Glasperlen sind nicht größer als Schrotkugeln, manchmal kleiner. Der František hat sie in einem hölzernen Trögl vor sich auf dem Tische liegen, da fährt er nun mit den Nadeln hinein und stochert darin herum, mit der Linken nachhelfend. Soviel Perlen wie möglich spießt er auf jede Nadel, dann streift er sie auf die Fäden, welche am Ende der Nadeln befestigt sind, und beginnt von neuem. Und wenn auch das Perlenfädeln dem František nicht viel einträgt, so hat er doch wenigstens das Gefühl dabei, daß er die Tage, welche ihm noch geblieben sind, nicht ganz nutzlos vertrödeln muß.

Ohne Not schaut der František nie von der Arbeit auf. Beim Schein der Petroleumlampe fädelt er seine Perlen weg: aufgespießt und zurückgestreift auf die Fäden, aufgespießt und zurückgestreift – immer so weiter, bis tief in die Nacht hinein. Jetzt aber, wo die Hanka die fremden Leute ihm in die Stube führt mit dem Kindl, da legt er die Nadeln weg, schiebt den Augenschirm aus der Stirne und blickt sie an.

Ob sie von weither kommen?

»Von weither«, bestätigt der heilige Josef, wobei er hinzufügt, wie froh sie darüber sind, daß die Frau ihnen nicht die Tür gewiesen hat.

»No, dann is es ja gut«, sagt der František ohne Umschweif, »dann macht's euch ock hübsch bequem da, bei uns am Ofen, und wärmt euch auf. Dem Kindl wird's kalt sein, denk' ich, und Hunger werdet ihr auch haben. – Hanuško?« wendet er sich der Alten zu, »ob du am Ende für sie ein paar Erdäpfelplatzln machen kannst? – Auf Erdäpfelplatzln«, das sagt er nun wieder zum heiligen Josef, »darauf versteht sie sich nämlich, die Hanka.«

Die Hanka reibt auf dem Reibeisen ein paar Erdäpfeln in die Schüssel, tut Salz daran und ein wenig Mehl, dann streicht sie mit einem Flederwisch auf die heiße Ofenplatte ein bissl Schmalz, ganz leicht nur, damit nichts anbrennt, und brutzelnd und schmirgelnd bäckt sie die Erdäpfelplatzln heraus für sie, goldbraun und knusprig auf beiden Seiten. Das duftet ganz paradiesisch durchs Hirtenhäusl, daß schon vom bloßen Hinriechen einem das Wasser im Munde zusammenläuft – und der heilige Josef bedauert es nur, daß der Erzengel Gabriel auch am heutigen Abend wieder mit Heu sich begnügen muß.

Heiß sind die Platzln und resch, wie die Hanka sie auf den Tisch bringt: Es sollen die Herren Gäste ock aufpassen, daß sie sich nicht die Finger daran verbrennen, oder den Mund sogar.

Der heilige Josef läßt sich die Erdäpfelplatzln schmecken, das Fett tropft ihm in den Bart, ihrer neun oder zehne verputzt er auf

einen Sitz, die sind weg wie im Handumdrehen; und auch die Muttergottes ist überaus davon angetan – auch von der frischen Ziegenmilch, welche sie dazu trinken.

»No?« meint der František, »hab' ich euch von der Hanka und ihren Platzln zuviel erzählt?«

Nein, sagt der heilige Josef, das sieht man ja, wie sie ihnen munden: Soviel kann er gar nicht essen davon, wie er gerne möchte...

Es hat auch das liebe Jesulein seine Abendmahlzeit bekommen; zuvor aber hat die Muttergottes es noch gebadet, in einem Wasserzuber, welchen die Hanka für sie bereitgestellt hat. Und hinterher hat die Alte ihr rasch noch die Windeln herausgewaschen, nebst ein Paar Socken vom heiligen Josef, und hat sie auf einer Leine über dem Ofen zum Trocknen aufgehängt. Und es hätten am liebsten der František und die Hanka den Gästen ihr eigenes Nachtlager in der Wohnstube abgetreten. Aber das haben die heiligen Leute nicht zugelassen, sondern sie haben gesagt, daß es ihnen lieber ist, wenn sie die Nacht auf dem Dachboden zubringen dürfen im Heu. Und nach einigem Hin und Her hat die Hanka sich damit abgefunden, aber geschwind noch hat sie zwei Leintücher ihnen mitgegeben: Dann müssen sie wenigstens nicht auf dem bloßen Heu schlafen.

Auf dem Dachboden ist es schön warm gewesen und still, und das Heu, welches im vergangenen Sommer die Syrowatková Hanka kleinweise mit der Sichel geschnitten hat, an Wiesenrändern und Feldrainen, auch aus dem Wald hat sie hie und da eine Schürze voll sich nach Hause mitgebracht: Das Heu hat nach Sommerblumen und mancherlei Kräutern geduftet, nach Minze und wildem Quendel, nach Arnika, Salbei und Thymian, und es mag nicht zuletzt auch der Heuduft ein Anlaß gewesen sein zu dem Traume, welchen die Muttergottes geträumt hat in dieser Nacht.

Nämlich es hat ihr vom Sommer geträumt, und sie ist mit der Sichel im Walde gewesen, Gras für die Ziege holen, und wie sie zurückkommt, da läßt sie am Waldrand sich eine Weile nieder und blickt zu den Häusern hinunter von Glasersdorf, auf den Wiesenhang und die Felder, wie sie in einzelnen schmalen Streifen darüber sich hinziehen, gelb schon und bald zur Ernte reif, und sie hört, wie die Bienen summen im Klee, und es zirpt eine Grille nicht weit von ihr, und im Walde, da klopft der Specht, und im Dorf unten zimmert der heilige Josef an einem Dachstuhl herum; man kann es den Axtschlägen förmlich anhören, wie die Arbeit ihm von der Hand geht, weil sie ihm Freude macht.

Und dann sieht die Muttergottes das liebe Jesulein, wie es im Gras mit den Nachbarskindern sich spielt hinter Hájeks Hause. Es hat ihnen jemand Tannenzapfen geschenkt, damit spielen sie, daß die Zapfen bald ihre Kühe und bald ihre Ziegen sind, welche sie austreiben müssen und hüten und wieder heimtreiben, wie sie das bei den größeren Kindern im Dorfe sich abgeschaut haben. Dann und wann sind die Zapfen auch Schweine, oder sie sind eine Schafsherde, und es wundert die Muttergottes sich einesteils überhaupt nicht darüber, daß sie nun bald drei Jahre in Glasersdorf leben, der heilige Josef mit ihr und dem lieben Jesulein – andernteils aber weiß sie mit einem Mal wieder, daß sie ja eigentlich auf der Flucht nach Ägypten befindlich sind.

Jesus Maria! denkt sie, wie haben wir bloß so lange in Glasersdorf uns verweilen können? – Es ist ja natürlich im Sommer sehr schön hier, und friedlich ist es in dieser Gegend, und wenn sie die Wahl hätte, möchte die Muttergottes sich auf der weiten Welt keinen anderen Ort wissen, wo sie lieber geblieben wäre, für immer und allezeit. Aber sie weiß auch in diesem Augenblick, daß sie in Glasersdorf nicht hätten bleiben dürfen. Das schlägt sich ihr aufs Gewissen, so daß sie davon erwacht; und da hört sie das liebe Jesulein ruhig atmen an ihrer Seite, und nebenan schnarcht der heilige Josef im Heu... Gottlob! denkt sie, hat es ihr leider im Traum bloß was vorgemacht. Und obgleich sie im Herzen ein bissl traurig ist, schließt sie beruhigt die Augen, und bald ist sie wieder eingeschlafen.

Wie sie am anderen Morgen aufgewacht und heruntergekommen sind in die Stube, da hat schon die Hanka im Ofen Feuer gemacht gehabt und hat Wasser geholt aus dem Bornhäusl. Einen Topf davon hat sie warmgestellt, daß die Fremden sich waschen können, am besten vielleicht im Vorhaus, da sind sie ungestört, und das Kindl, das kann man einstweilen hier in den Korb legen, auf der Ofenbank. Übrigens hat auch die Hanka die Windeln bereits von der Leine heruntergenommen und hat einen Strich mit dem Bügeleisen darüber gemacht gehabt, und dann hat sie schön sorgfältig sie zusammengefaltet und aufeinandergelegt. Und wie ihr die Muttergottes dafür gedankt hat, sie ist ganz gerührt gewesen, da hat ihr die Hanka geantwortet: »No, das is' ne der Rede wert, junge Frau, ich hab's gerne getan«, und geschwind ist sie an den Ofen gelaufen und hat ihnen eine Kysselsuppe gekocht (das ist eine Suppe aus Milch und Sauerteig, mit viel Kümmel dran), daß sie was Ordentliches im Leibe haben, wenn sie schon unbedingt weitermüssen bei dieser Hundskälte – aber sie werden schon ihre Gründe haben, nicht wahr? Zum Schluß hat die Hanka rasch noch drei Eier hineingequirlt in die Suppe, extra zur Gutschmecke, aber die Eier hat sie nicht aufgeschlagen, wie man das für gewöhnlich tut, sondern sie hat mit der Spitze des Küchenmessers sie sorgfältig unten und oben angepickt und behutsam ausgeblasen, so daß ihr die Schalen im ganzen erhalten geblieben sind, ohne Bruch und Sprung: Die hat sie dann weggelegt, auf den Kleiderkasten, wo schon noch mehr solcher leergepusteten Eier gelegen sind.

Nun ist ja die Muttergottes auch eine Hausfrau gewesen und hat bei der heiligen Mutter Anna die häuslichen Fertigkeiten von Grund auf erlernt gehabt. Aber das Eierausblasen, wie sie soeben es bei der Hanka gesehen hat, ist ihr neu. Und wie sie hernach miteinander bei Tische sitzen und essen, da wendet die Muttergottes sich an die Hanka und fragt sie, warum sie die Eier nicht einfach aufgeschlagen hat.

No, hat die Hanka geantwortet, daß sie die Eier ausbläst, macht sie aus alter Gewohnheit so, weil der František früher immer die leeren Schalen gefärbt hat. Wenn eine Anzahl zusammengekommen ist, hat er sie abends oder am Sonntag sich hergenommen und sie mit bunten Mustern bemalt, und manchmal hat er die Muster auch mit der Messerspitze herausgekratzt aus dem Farbgrund – das hat ihm so leicht keiner nachmachen können weit und breit. Und dann haben sie jedes von den verzierten Eiern auf einen Faden gezogen, damit man es aufhängen kann, in der Stubenecke, am Fenster oder an einem Zweig mit Palmkatzln; und auf Ostern, da haben sie in der Karwoche regelmäßig die Eier nach Gablonz und Reichenberg auf den Markt gebracht zum Verkauf, und ein paar davon haben sie auch an die Nachbarskinder verschenkt, am Gründonnerstag, wenn sie zum Singen gekommen sind. Aber auch das ist jetzt alles anders geworden, fügt sie hinzu, weil der František mit den Augen es nicht mehr schafft, und so hebt sie die leeren Eierschalen nun für den lahmen Proksch auf, den Invaliden aus Wustung drüben, welcher sie dann und wann bei der Hanka sich abholen kommt – nur freilich: so schön, wie der František immer die Eier verziert hat, so schön bringt der Proksch es nicht, das muß leider gesagt sein, obzwar er sich große Mühe gibt.

Dem František ist es nicht recht, daß die Hanka dies alles in seiner Gegenwart zu den Fremden sagt, darum legt er den Löffel weg und entschuldigt sich, daß er jetzt aufstehen muß vom Tisch, denn es ist ihm mit Schrecken eingefallen, daß er den Esel noch nicht gefüttert hat, und die Ziege auch nicht. Das wird er jetzt nachholen, aber sie sollen nur ja sich nicht stören lassen beim Essen, sondern in aller Ruhe die Suppe auslöffeln.

Während er draußen im Vorhause bei den Tieren ist, erkundigt die Muttergottes sich bei der Hanka, ob denn die Augengläser dem František gar nicht helfen, ein bissl wenigstens?

Nein, sagt die Hanka bekümmert, die Brille hilft ihm so gut wie nix mehr; und wenn auch der Doktor Bruscha in Hochstadt ihm eine neue verschreiben möchte, so tät' das dem František auch nix nützen, weil es ihm, wie der Doktor meint, mit dem Augenlicht unaufhaltsam zu Ende geht. Das verlischt ihm allmählich mehr und mehr, damit muß man sich eben abfinden; und der František selber hat sich auch längst damit abgefunden, von dem wird man keine Klage hören darüber und kein Gebarme. Und dennoch drückt es ihr bald das Herz ab, gesteht die Hanka, wenn sie dem František zuschaun muß, wie er ihr langsam blind wird, ohne daß man dagegen was machen kann: aufhalten wenn man's zum wenigsten könnte, wenn schon nicht abwenden.

Ja, das ist schlimm, sagt die Muttergottes, das kann sie der Hanka nachfühlen; und es tun ihr die alten Leute vom Herzen leid, alle beide, so daß sie im stillen den lieben Herrgott bittet, er möchte ihr etwas einfallen lassen, wie man dem František und der Hanka helfen kann.

Wie dann der Esel getränkt und gefüttert ist, und auch das liebe Jesulein ist gestillt und hat frische Windeln bekommen, da machen die biblischen Wandersleute sich reisefertig. Der

František und die Hanka geleiten sie vor die Türe hinaus, und wie nun die Muttergottes ihnen zum Abschied die Hand reicht, da fällt ihr auf, daß dem František seine Augengläser völlig verstaubt gewesen sind. Kein Wunder, daß er dann mit der Brille nicht richtig sehen kann, meint sie – und wenn es ihm recht ist, dann wird sie die Gläser ihm rasch noch ein bissl putzen, bevor sie davonziehen.

No, sagt der František, wenn sie es unbedingt tun möchte, soll ihm das recht sein, aber versprechen darf sie sich nix davon, nämlich ob mit oder ohne Staub auf der Brille, das bleibt sich egal für ihn... Die Muttergottes indessen läßt sich die Brille trotzdem geben und wischt mit dem Saum ihres Fürtuchs den Staub von den Gläsern, dann streicht sie ein bissl Spucke darauf, und schließlich reibt sie mit einer anderen Stelle des Tuches sie gründlich blank, daß sie nur so funkeln.

Der František hat sich die Brille dann wieder aufgesetzt und hat Dankschön gesagt, und es haben die beiden Alten den scheidenden Gästen noch eine Weile nachgewinkt, bis sie am Ortsrand von Glasersdorf hinter der ersten Scheune verschwunden gewesen sind. Danach sind die beiden wieder ins Haus gegangen an ihre Arbeit; und wie sich der František an den Tisch setzt zum Perlenfädeln, da hat er zum ersten Male seit langem wieder vier Nadeln auf einmal befädeln können anstatt bloß drei; und so hat er den festen Entschluß gefaßt, daß er in Hinkunft die Brille sich mindestens zweimal am Tage putzen wird.

Wenn aber nunmehr geschätzter Leser zu Spekulationen in einer gewissen Hinsicht sich sollte veranlaßt sehen, so darf man der Wahrheit halber es nicht verschweigen, daß eben an jenem Wintermorgen, bevor noch der František zu der Hanka ein Wort vom Brillenputzen hat sagen können, ein nächster Besuch ihnen unerwarteterweise hereingeschneit ist ins Hirtenhäusl, und zwar ist es diesmal der Doktor Bruscha aus Hochstadt gewesen. Er hat sowieso nach der jungen Hablová schaun müssen, die hat Fieber bekommen im Wochenbett, aber er wird sie schon übern Berg bringen, hofft er – und weil er schon einmal da ist, in

Glasersdorf, hat er auch gleich beim František mit hereinschaun wollen. Es hat nämlich ein Kollege aus Turnau kürzlich von einem Steinschneider ihm berichtet, welcher schon halb erblindet gewesen ist, aber nach langem Herumdoktern hat man mit einer bestimmten Salbe ihm doch noch helfen können, wenigstens daß es nicht schlimmer geworden ist. Ja, und nun hat auch der Doktor Bruscha also sich diese Salbe besorgt, und er hat einen Tiegel davon ihnen mitgebracht, weil es auf keinen Fall etwas schaden kann, wenn auch der František einmal sie ausprobiert: Er soll nur hübsch brav jeden Morgen und jeden Abend ein bissl sich von der Salbe in jedes Auge schmieren, etwa soviel wie ein halbes Gerstenkorn unter jedes Lid, und in ungefähr vierzehn Tagen wird dann der Doktor wieder im Hirtenhäusl vorbeikommen, denn er ist selber drauf neugierig, ob es ihm was genützt haben wird – und nun Gott befohlen!

Damit hat er kehrtgemacht und ist wieder hinausgestapft an die Straße zu seinem Schlitten, bevor noch der František und die Hanka ihn haben fragen können, was sie ihm für die Salbe schuldig sind. Aber das möchte auch durchaus überflüssig gewesen sein, nämlich der Doktor Bruscha hat niemals von armen Leuten sich was bezahlen lassen, sondern zum Teil hat er an den bessergestellten Patienten sich schadlos gehalten dafür, und zum Teil hat er eben draufgezahlt.

Der František hat in Hinkunft die Salbe gewissenhaft angewandt, und mithin, geschätzter Leser, kann man natürlich geteilter Meinung sein, ob es sich lediglich um die Wirkung des Turnauer Mittels gehandelt hat oder ob eine nichtmedizinische Ursache da im Spiele gewesen ist. Jedenfalls ist es seit jenem Morgen dem František alle paar Tage ein bissl besser gegangen mit seinen Augen, so daß er am Ende zwar ohne die Brille nicht ausgekommen ist, aber jetzt hat er sie wenigstens nicht mehr umsonst getragen. Und nicht nur hat er die Perlen zuletzt wieder mit fünf Nadeln gleichzeitig aufgefädelt, sondern er hat eines Sonntagmorgens sogar auch die Farbtöpfe wieder hervorgekramt und das Malzeug; und während die Hanka in Jablonetz in der Kirche gewesen ist, hat er für sie drei Ostereier bemalt, damit hat er sie überrascht. Die Hanka hat weinen müssen vor

Freude, wie sie die Eier gesehen hat; und das nächste Mal, wie der lahme Proksch aus Wustung vorbeigekommen ist, hat sie ihm von den ausgeblasenen Eiern bloß noch die Hälfte gegeben, nämlich den Rest hat von jetzt an der František wieder selber angemalt.

Kapitel Numero einundzwanzig

worin man die Tandler Mariechen aus Przichowitz ein Stück Weges begleiten wird; und der Hubertl, während die Muttergottes einstweilen lieber zu Fuß geht, darf auf dem Esel des Herrn bis nach Jablonetz an der Iser ihnen voranreiten.

Der Hawlitschek und der Tyras, damit wir der Ordnung halber es rasch erwähnen, haben am gestrigen Abend es immerhin noch bis Tannwald geschafft gehabt (weiter hat der Herr Teufel Pospišil es den beiden nicht zumuten wollen im Schneegestöber, weil er ja schließlich ein Mittlerer Oberteufel auf Probe gewesen ist und kein Unmensch), so daß also nunmehr die heiligen Wandersleute aus Bethlehem weiterhin eines gewissen Vorsprunges sich erfreut haben, eines inzwischen beträchtlich zusammengeschmolzenen allerdings. Wie auch immer, sie haben sich weder zu übertriebener Eile verleiten lassen, noch sind sie mit ungebührlicher Langsamkeit ihres Weges dahingezogen, auf Jablonetz an der Iser zu, sondern es hat sich der heilige Josef darum bemüht, daß er rüstig dem Esel voranschreitet, insoweit ihm das möglich gewesen ist bei dem vielen Neuschnee vom gestrigen Abend. Weiter im Tal unten, hofft er, wird man bereits die Straße vielleicht geräumt haben, oder wenigstens wird sie ein bissl schon von den Schlitten ausgefahren sein.

Wie sie das erste Waldstück gerade durchquert haben, da gewahren sie auf der Straße nach Jablonetz wenige hundert Schritte voraus zwei Gestalten, von welchen die eine offensichtlich ein Kind und die andere nicht viel größer ist, also vielleicht Geschwister, wie auf den ersten Blick es den Anschein hat. Aber bei näherem Hinsehen merken die biblischen Wandersleute, daß bei der zweiten Gestalt es um eine schon ältere Frau sich handelt, welche so stark verwachsen ist, daß sie gewissermaßen in anhaltend tiefer Verbeugung sich fortbewegt, langsamen Schrittes und ziemlich mühsam.

Die Frau ist die Tandler Mariechen aus Przichowitz, welche in jungen Jahren von einem Leiterwagen heruntergefallen ist, wie sie mit ein paar anderen Mädeln und Burschen nach Unter Polaun hat fahren wollen, auf eine Hochzeit. Ein lustiges Ding ist sie damals gewesen, die Tandler Mariechen, immer zum Tanzen aufgelegt und zu jederlei Unsinn; aber seit jenem Sturze, da hat sie zeitlebens sich nicht mehr gerade aufrichten können, sondern von jetzt an ist sie verkrümmt gewesen, und niemand, kein Arzt und kein Bader, hat ihr zu einem geraden Rücken wieder verhelfen können, nicht einmal der berühmte Fichten-Jörge in Reichenberg.

Es haben der Tandler Mariechen auch alle Wallfahrten nichts geholfen, und alle Gelübde auch nicht – und leicht ist's ihr nicht gefallen (weiß Gott, daß ihr das nicht leichtgefallen ist!), wie sie allmählich mit ihrem verkrüppelten Zustand sich abfinden müssen hat für den Rest des Lebens. Und daß sie natürlich nicht heiraten können wird, das ist klar, und folglich wird sie auch ohne Kinder bleiben. Und wenn sie nicht immerzu der Familie bloß zur Last fallen will, dann muß sie um eine Arbeit sich umschaun, zu der man auch jetzt noch sie brauchen kann – weil sie zum wenigsten ihren Unterhalt selbst sich verdienen möchte.

Nun hat ja die Tandler Mariechen von jeher geschickte Hände gehabt, deshalb hat sie aufs Nähen sich nunmehr verlegt und ist, wie es auf den Dörfern damals der Brauch gewesen ist, »in die Häuser gegangen«, das heißt, daß sie jeweils in einem Haus ein paar Tage geblieben ist und genäht und geflickt und gestopft hat, und dann ist sie weitergezogen ins nächste Haus, wo sie wiederum ein paar Tage geblieben ist, je nachdem, wieviel Arbeit für sie vorhanden gewesen ist. Das Essen hat sie umsonst gehabt in den Häusern, und freies Nachtlager selbstverständlich, und ein paar Heller hat sie sich obendrein noch hinzuverdient.

Mit der Zeit ist die Tandler Mariechen auf allen Dörfern im weiten Umkreis dafür bekannt geworden, daß man nicht leicht eine Nähterin finden wird, welche an Fleiß und Geschick ihr gleichkommt. So hat immer häufiger man von auswärts um sie geschickt, wenn irgendwo eine Hochzeit ins Haus gestanden hat. Nämlich beim Brautkleidnähen und für die Aussteuer hat man schon gut überlegen müssen, wem man mit einer solchen Arbeit sich anvertraut; und da hat man, in Gottesnamen, es auch in Kauf genommen, daß die Mariechen seit ein paar Jahren nicht mehr allein in die Häuser gegangen ist, sondern man hat ihr erlauben müssen, daß sie das Hundl mitbringt – sonst möchte sie nicht gekommen sein.

Diesmal wandert die Tandler Mariechen hinüber nach Nieder Rochlitz. Dort hat man im Richterschen Hause die einzige Tochter demnächst verheiraten wollen, und weil es von beiden Seiten um eine gute Partie sich handelt, so hat die Mariechen sich ausgerechnet, daß man auf mindestens vierzehn Tage sie brauchen wird. Und es ist die Mariechen auch diesmal wieder auf ihrer Wanderung nicht allein gewesen, sondern wir haben ja schon erwähnt, daß ein Kind sich an ihrer Seite befunden hat, das ist fröhlich herumgesprungen im Schnee und hat einen kleinen Schlitten hinter sich nachgezogen.

Wie aber nun die heiligen Wandersleute näher herankommen, wird ihnen klar, was sie vorher natürlich nicht haben wissen können: Das Kind mit dem Schlitten, ein Jungerle etwa von sieben Jahren, das ist von Geburt an blöde gewesen. Man hat ihm das angemerkt, im Gesicht und vor allem an seiner Sprechweise; nämlich es hat keine Wörter hervorbringen können, das arme Wesen, höchstens ein unbeholfenes Lallen und Winseln, und manchmal, zum Beispiel vor Freude oder vor Aufregung, hat es auch Laute von sich gegeben, als möchte ein kleiner Hund bellen. Und so hat man es bei den Leuten sich angewöhnt, daß sie den blöden Jungen »das Hundl« genannt haben.

Eigentlich hat er ja Hubert geheißen mit Namen (»Hubertl« ruft ihn die Tandler Mariechen: »Hubertl, komm ock« und »Hubertl, iß ock« und »Hubertl, tu ock hübsch stille sitzen«), und wenn trotzdem in ihrer Gegenwart jemand zum Hubertl

»Hundl« sagt – no, der kann sich auf was gefaßt machen: Nämlich es gibt ja Leute, die denken sich nix dabei, wenn sie so was sagen – und denen muß die Mariechen es beibringen, daß man das Jungerle nicht verspotten darf, wenn auch der Hubertl tausendmal nix versteht davon. Zwei- oder dreimal schon, wo man in einem Hause absichtlich sie geneckt hat auf diese Weise, da hat die Mariechen das angefangene Stück ihnen fertiggenäht; dann aber hat sie sich mit dem Hubertl auf und davon gemacht, und niemals wieder hat sie in dieses betreffende Haus einen Fuß gesetzt.

Der Hubertl also (wir wollen ihn selbstverständlich beim richtigen Namen nennen, auch wenn wir den anderen vorhin erwähnt haben, weil man auch über diesen Umstand Bescheid wissen sollte), der Hubertl also, wie er auch seinerseits nun die heiligen Leute erblickt mit dem Esel, da findet er an dem grauen Reittier sogleich Gefallen, vielleicht weil es klein ist und lange Ohren hat, und es mag auch vielleicht auf besondere Art ihn der Erzengel Gabriel angeschaut haben, aus dem Esel heraus. Den Hubertl jedenfalls überkommt eine solche freudige Aufregung, daß er in jene bellenden Laute ausbricht, von welchen wir schon gesprochen haben. Und wie nun das liebe Jesulein das gehört hat, so scheint's, daß dem Hubertl sein Gebelle ihm Spaß gemacht hat, nämlich auf einmal fängt es zu glucksen an und zu lachen – und dieses hinwiederum hat auch die Muttergottes zum Lächeln gebracht, obzwar sie ja eigentlich voller Mitleid gewesen ist mit dem blöden Jungerle.

No, so hat man sich also begrüßt mit der Tandler Mariechen und hat ein paar Worte mit ihr gewechselt, woher und wohin, und dann hat ihr der heilige Josef noch rasch einen guten Weg gewünscht und sie Gott befohlen mitsamt dem Hubertl, weil die Mariechen natürlich ihm viel zu langsam gegangen ist, und sie müssen ja schaun, daß sie heute zum wenigsten einen Teil von der Zeit hereinbringen, welche sie gestern verloren haben – aber es stellt sich heraus, daß er wieder einmal mit dem Esel des Herrn nicht gerechnet hat.

Nämlich der Esel, scheint's, hat am Hubertl einen solchen Gefallen gefunden, daß er geduldig von ihm sich streicheln läßt;

und er reibt auch ein bissl die Nase am Hubertl seiner Schulter und schnuppert ihm an der Pudelmütze herum – und nichts wird ihn dazu bringen, daß er dem heiligen Josef nachgibt und einfach das Jungerle und die Tandler Mariechen am Wege stehen läßt.

Mehr, wie dem Esel gut zureden und ein paarmal am Strick ziehen, hat ja der heilige Josef nicht können (denn schlagen hat er ihn weder wollen, noch möcht' er sich das getraut haben, wie man sich denken kann), und so hat er zu guter Letzt halt auch diesmal wieder dem Esel Gottes in christlicher Demut sich fügen müssen, worin er ja langsam schon eine gewisse Übung gehabt hat.

Wie sie nun aber sich anschicken, daß sie gemeinsam nach Jablonetz weiterwandern, da bittet die Muttergottes den heiligen Josef, er soll ihr vom Esel herunterhelfen: Sie möchte gern sich ein bissl Bewegung verschaffen und ein paar Schritte zu Fuß gehn, sagt sie. Einstweilen könnte man ja das Jungerle auf den Esel hinaufsetzen, fügt sie hinzu, es möchte das Reiten vielleicht ihm Spaß machen.

Die Muttergottes ist also nunmehr ein Stück zu Fuß gegangen, neben der Tandler Mariechen her, und der Hubertl ist auf dem Esel ihnen vorangeritten. Ein bissl hat er sich ja gefürchtet zunächst, wie er plötzlich so hoch da droben gesessen hat auf dem grauen Rücken, so daß er ganz steif sich gemacht hat im ersten Moment. Bloß gut, daß der heilige Josef zur Stelle ist, welcher ihn hinten am Röckl festhält, sonst möchte der Ritt nicht von langer Dauer gewesen sein. Mit der Zeit aber, während der heilige Josef beständig ihm freundlich zuredet und der Esel darauf bedacht ist, daß er so sanft wie möglich die Hufe aufsetzt, damit er das Jungerle nicht ins Wanken bringt – mit der Zeit hat der Hubertl jegliches Mißtrauen dann verloren und hat immer besser im Gleichgewicht sich gehalten, so daß ihn der heilige Josef schon bald möchte vollständig haben loslassen können; aber das hat er zur Sicherheit lieber nicht getan, sondern auch jetzt noch hat er beim Weiterreiten den Hubertl festgehalten, wenn auch das Jungerle nichts gemerkt hat davon.

Die Tandler Mariechen hat mit der rechten Hand sich beim Gehen auf einen Stock gestützt, wie sie das immer tun muß, und hat mit der Linken die Hitsche vom Hubertl hinter sich hergezogen, was zwar die Muttergottes zunächst ihr hat abnehmen wollen, aber die Tandler Mariechen hat das nicht zugelassen. Nämlich, so hat sie der Muttergottes erwidert, es soll nur die junge Frau lieber zusehen, daß sie mit ihren beiden Händen das Kindl festhält, damit es um Gottes willen ihr nicht herunterfällt. Und dann haben die beiden, die Muttergottes und sie, im Dahinwandern miteinander sich unterhalten – und nicht, daß die Muttergottes die Tandler Mariechen danach befragt haben möchte, sondern es hat die Mariechen von selber damit begonnen, daß sie vom Hubertl ihr erzählt hat, und wie es dazu gekommen ist, daß er in ihrer Obhut sich nun befindet.

Das ist vor fünf Jahren gewesen, im Spätherbst, da hat die Mariechen gerade in Wurzelsdorf eine Arbeit gehabt, bei der Familie Pochmann im Oberen Gasthause, und es ist dort ein lediges Frauenzimmer damals im Dienste gestanden, als Kellnerin, eine gewisse Rosl; die ist eine ziemlich liederliche Person gewesen und hat einen kleinen Jungen gehabt, von zwei Jahren etwa, dem hat man schon damals angemerkt, daß er blöde gewesen ist. Von wem sie den Jungen gehabt hat, das hat sie nicht sagen können, die Rosl, oder sie hat's auch nicht sagen wollen (da wird sie vermutlich schon ihre Gründe dafür gehabt haben) – und es ist dieses blöde Jungerle, während die Tandler Mariechen bei ihrer Arbeit gesessen hat, immer um sie herumgekrochen auf allen Vieren und hat wie ein kleines Hundl sie angebellt. Und manchmal, da hat sie ein bissl ihn auf den Schoß genommen, den Hubertl, und da hat er sich in den Arm ihr geschmiegt und ist stille geworden dabei, wie wenn er sich möchte darüber gefreut haben.

Eines Abends dann, wie der Hubertl längst schon geschlafen hat, sind ein paar Kartenspieler im Oberen Gasthaus beisammengesessen, darunter auch ein gewisser Purde aus Schenkenhahn, welcher das große Wort geführt hat an diesem Abend. Und wie ihm die Rosl das vierte Bier gebracht hat, es kann auch das fünfte bereits gewesen sein, da packt er sie um die Hüfte und sagt zu ihr, daß er vom Fleck weg sie heiraten täte, wenn nicht das Hundl (so haben sie damals den Hubertl schon genannt) ihm ins Haus kommen möchte bei dieser Gelegenheit...

Aber no ja, hat er unterm lauten Gelächter der übrigen Kartenspieler hinzugefügt, lang kann es nicht mehr dauern, dann wird ja das Hundl laufen lernen, nicht wahr, und da soll nur die Rosl hübsch aufpassen, daß es ihr eines Tages nicht in den Wald läuft, sonst könnte es nämlich sein, daß es nicht mehr zu ihr sich zurückfinden möchte: So, wie es damals, vor zwölf oder dreizehn Jahren, dem kleinen Jungen in Labau drüben ergangen ist, aus den Puschhäusern, welcher sich spurlos im Walde verloren hat – bis man nach vielen Monaten in der Wildnis draußen auf ein paar Knöcherln noch gestoßen ist, welche vermutlich (aber genau hat das niemand sagen können) als einziger Überrest sich von ihm erhalten haben. Und wenn schon, so hat er gemeint, einem ganz gewöhnlichen Jungerle so was zustoßen kann, da wird man bei einem Blödl sich um so weniger wundern dürfen, falls etwas Ähnliches ihm passieren möchte im Lauf der Zeit...

Die Tandler Mariechen hat währenddem in der Küche draußen gesessen, neben dem Ofen, und hat für den Hubertl eine

Puppe gerade ausgestopft, eine aus Restln für ihn zusammengenähte; und eigentlich hat sie zuerst bloß mit halbem Ohr dem Gespräch in der Gaststube zugehört, nämlich die Zwischentür hat einen Spaltbreit offengestanden, so daß in der Küche leicht zu verstehen gewesen ist, was man draußen geredet hat, noch dazu, wo die Kartenspieler ja keineswegs miteinander geflüstert haben. Wie aber dann der Purde mit seiner Geschichte von dem verlorenen Jungen aus Labau sich hat vernehmen lassen, da hat die Mariechen mit einem Mal aufgehorcht; und es haben sie diese Reden in tiefster Seele verschreckt, denn das hat sie natürlich sofort begriffen (früher noch, als die Rosl vielleicht es begriffen hat), wie das alles vom Purde gemeint gewesen ist. Und so hat eine große Angst sie befallen wegen dem Hubertl, daß man vielleicht eines Tages ihn wirklich im Walde verlieren wird, oder es möchte ihm sonstwas zustoßen, weil man ihn lossein will; denn je älter der Hubertl wird, desto lästiger muß er der Rosl fallen.

An diesem Abend hat die Mariechen lange nicht einschlafen können, weil sie in einem fort sich darüber Gedanken gemacht hat, wie sie dem armen Jungerle vielleicht helfen kann. Und so ist sie am anderen Morgen dann zu der Rosl gegangen und hat ihr gesagt, daß sie einen Vorschlag hat: Nämlich sie wird, wenn die Rosl einwilligt, ihr den Hubertl abnehmen, die Mariechen, und wird ihn von jetzt an versorgen und aufziehn, wie wenn er ihr eigenes Fleisch und Blut sein möchte – da soll es dem Hubertl an nix fehlen.

No, hat die Rosl dazu gemeint, wenn die Tandler Mariechen das Jungerle unbedingt haben möchte, so wird sich darüber natürlich reden lassen. Aber sie darf von der Rosl sich nicht erwarten, daß sie vielleicht ihr was zahlen wird für dem Hubertl seinen Unterhalt, sondern es muß dieses alles die Tandler Mariechen alleine bestreiten, sonst möchte die Rosl ja keine Veranlassung haben, daß sie den Kleinen weggibt. Da hat die Mariechen sogleich sie beruhigen können: An Geld hat sie überhaupt nicht gedacht bei dem ganzen Vorschlag, sagt sie, und wenn sie den Hubertl ihr schon abnimmt, dann wird sie auch selbstverständlich für alles aufkommen, was er brauchen wird.

Es sind dann die beiden Frauen bald miteinander sich einig geworden, und wenige Tage danach, wie die Tandler Mariechen für diesmal im Pochmannschen Gasthause fertig gewesen ist mit der Arbeit, da hat sie das blöde Jungerle also mitgenommen. Zum Abschied hat der Herr Pochmann sogar ihr ein altes Leiterwagl geschenkt, darin hat sie den Hubertl eine Zeitlang herumbefördert, wenn sie vom einen Haus in das nächste gewandert ist, weil er ja damals noch nicht hat laufen können; aber es hat nicht mehr lang gedauert, da hat er's erlernt gehabt. Und noch nie hat es sie gereut, sagt die Tandler Mariechen zur Muttergottes, daß sie den Hubertl damals zu sich genommen hat, sondern im Gegenteil, wenn sie noch einmal die Wahl hätte, möchte sie's wieder genauso tun. Nämlich es ist ihr der Hubertl unterdessen ans Herz gewachsen, wie wenn er tatsächlich ihr eigenes Kind sein möchte – und manchmal, da will's der Mariechen schon fast so vorkommen, daß sie vielleicht bloß deshalb vom Wagen hat fallen müssen, damals, vor vielen Jahren, damit zu gegebener Zeit für den Hubertl jemand da sein wird, welcher sich um ihn annimmt.

No, hoffentlich, fügt die Mariechen hinzu (und sie spricht damit etwas aus, was sie häufig sich schon gedacht, aber niemals zuvor einer Menschenseele gesagt hat), hoffentlich wird sie noch lang genug für das Jungerle sorgen können. Nämlich man darf nicht darüber nachdenken, was aus dem Hubertl einmal werden soll, wenn sie ihm vorzeitig wegsterben möchte. Und wenn sie vermutlich auch eine Sünde damit begeht, sagt sie, aber sie bittet den lieben Herrgott an jedem Abend darum und an jedem Morgen, er möcht' sie das arme Jungerle überleben lassen, nämlich sonst möchte sie keine ruhige Stunde haben in jener Welt dorten, wenn sie möchte den Hubertl müssen in dieser alleine zurücklassen... Aber mit solchen Gedanken will sie der jungen Frau nicht das Herze schwer machen, setzt sie hinzu – denn eigentlich ist sie von grundauf ja überzeugt davon (und das ist sie seit diesem Augenblick wirklich, wo sie der Muttergottes mit ihrem geheimen Kummer sich anvertraut hat), daß für den Hubertl dann, wenn es darauf ankommt, der richtige Weg sich schon finden wird: wie ja auch damals in Wurzelsdorf letzten Endes ein Weg sich für ihn gefunden hat, buchstäblich über Nacht.

Währenddem sind sie miteinander hinab ins Tal gelangt, und in Jablonetz hinter der Iserbrücke, da haben sich ihre Wege nun wieder getrennt, denn es hat ja die Tandler Mariechen nach Nieder Rochlitz müssen, also nach links hinum, wohingegen die heiligen Wandersleute der Straße nach Starkenbach folgen werden, zu Füßen des Riesengebirges dahin, und es hat diese Straße nach rechts geführt.

Da haben sie hinter der Iserbrücke sich also verabschiedet von der Tandler Mariechen und ihrem Jungerle, und der Hubertl hat vom Rücken des Esels wieder herunter müssen. Aber er hat nicht im mindesten sich dagegen gesträubt – und wie nun statt seiner die Muttergottes den Esel wieder bestiegen hat, wonach sie zum Abschied die beiden segnet, und wie dann die heiligen Leute aus Bethlehem ihre Wanderschaft wiederum aufnehmen mit dem Esel: da hat man vom Hubertl während alledem keinen einzigen Laut gehört, sondern ganz still ist er dagestanden, neben der Tandler Mariechen, und hat unter seiner Pudelmütze hervor sie angeschaut, mit so großen und ernsten Augen, als möchte er im Verborgenen etwas davon begriffen haben, wer da ein Stückl Weges mit ihnen dahingezogen ist; und es scheint, daß der Ritt auf dem Esel Gottes auf ihn einen tiefen Eindruck gemacht hat, nämlich es hat ihm die Tandler Mariechen die Freude darüber noch lange angemerkt.

Wie sie nun miteinander weitergewandert sind, auf der Straße nach Nieder Rochlitz, und wie dann der Hubertl langsam aus seiner Verwunderung wieder erwacht ist, so daß er mit aufgeregtem Gestammel darüber sich Luft machen muß – da hat auch die Tandler Mariechen sich merkwürdig frei und erhoben gefühlt im Herzen, als ob sie für alle Zeiten möchte gewußt haben, daß ihrer beider Los, das vom Hubertl und das ihre, in guten Händen liegt.

Kapitel Numero zweiundzwanzig

welches uns die Begegnung mit einem gewissen riesengebirgischen Herrn verschaffen wird, dessen Namen wir lieber nicht nennen wollen; aber es wird sich geschätzter Leser vermutlich nicht lange darüber im Zweifel bleiben, um wen es dabei sich handelt.

Es hat also für die bethlehemitischen Wandersleute nunmehr der weitere Weg nach Ägypten zu Füßen des Riesengebirges dahingeführt, welches zum einen Teil ja bekanntermaßen von jeher dem Königreich Böhmen angehört, wohingegen in späteren Zeiten die schlesische Seite als Kriegsbeute an den König von Preußen gefallen ist. Aber in seiner Gesamtheit, da hat das Gebirge seit eh und je seinen eigenen Herrn gehabt, böhmisch hin, preußisch her, und es ist dies ein Herr von besonderer Art gewesen, Kaisern und Königen nicht vergleichbar: Das möcht' er sich schön verbeten haben!

Noch heutigen Tages kennt man von diesem riesengebirgischen Herrn auch nicht annähernd seine wahre Gestalt, und ebensowenig kennen wir seinen wahren Namen, sondern man nennt ihn gemeinhin bloß unter seinem Spott- oder Übernamen, vor dessen Gebrauch sich geschätzter Leser indessen hüten möge, sofern er im Riesengebirge sich jemals aufhalten sollte. Nämlich manch einem schon, welcher Besagten bei eben dem Afternamen gerufen hat, soll das schlecht bekommen sein – wie Erwähnter denn überhaupt ein gestrenger Herr ist, rasch bei der Hand mit strafenden Donnerwettern, mit Regengüssen aus heiterem Himmel, mit Sturm und Kälte und bösen Nebeln, dem Spottvogel übern Weg gebraut.

Andererseits muß der Wahrheit halber davon berichtet werden, daß jener, sobald man aus wahrer Not und Bedrängnis um Beistand ihn anruft, selbst bei Verwendung des ungebührlichen Namens niemals sich kleinlich erzeigt und dem Anrufer dies verargen möchte, sondern im Gegenteil weiß man Begebenheiten genug, wo er trotzdem als Nothelfer und Beschützer sich Dank erworben hat, vornehmlich unter kleinen Leuten: Blätter zu Gold verwandelnd, Scherben in Edelsteine, hier einen Wucherer abschaffend, dort einen schlimmen Vogt; auch kuriert er zuweilen Gevatter Leinewebern die kranke Ziege und sorgt dafür, daß sie bei Schindelmachers das Brot für die sieben Kinder im Kasten haben.

Wenn er von Zeit zu Zeit sich den Menschen zeigt, läßt er sich für gewöhnlich als Holzhacker oder Köhler sehen, manchmal als Kräutermann, hin und wieder als Fuhrknecht auch; wenn es ihm Spaß macht, daß er den großen Herrn spielt, so spielt er den großen Herrn, mit Federhut, Stulpenstiefeln und Stoßdegen; dann wieder kommt er in schwarzer Kutte als Mönch daher, barfuß und rotbärtig; auch in Tiergestalt hat man zuweilen ihn schon betroffen, als Eber mit blanken Hauern, als Rappen, als Ziegenbock – oder er türmt überm Schlesischen Kamm zum Gewölk sich auf, wird zum Baumstrunk am Wege, zur Wetterfichte am Hang, zum Felsbrocken, welcher grün und grau aus dem Dickicht hervorschimmert. Mit den Wassern der Bäche braust er zu Tal, im Sturmwind fährt er dahin, mit Pfeifen und Johlen, da einen Baum entwurzelnd, dort einen ganzen Waldstrich, wenn ihn das große Wüten ankommt; und doch kann es sein, daß er bald schon sich wieder besänftigt – und nunmehr vielleicht, für die nächste Weile, wird er im Hochmoor sich niederlassen, auf einem der stillen, von Knieholzwiesen gesäumten Tümpel: ein flirrender Sonnenfleck.

Der Jemand, von dem man inzwischen sich wohl schon denken können wird, wer er ist, auch wenn wir beim richtigen Namen ihn leider nicht nennen können (während wir seines falschen auch weiterhin uns enthalten werden, aus Sorge, es möchte uns eines Tages Ärger eintragen, wenn wir ihn nicht nur aussprechen, sondern auch niederschreiben und obendrein noch in Druck geben), dieser Jemand beschäftigt zwar weder Grenzer noch Zollbeamte, welche den Zugang zu seinem Reich ihm bewachen müssen – und dennoch! Es kann keine Menschenseele sich unbemerkt dem Gebirge nähern, gleichgültig ob aus

Schlesien oder von Böhmen her, sei es zu nächtlicher Stunde, sei es bei Tageslicht, sonn- und werktags, bei jeglichem Wetter, zu jeder Jahreszeit: Wer immer es sein mag, er komme auf Schusters Rappen einher, zu Roß, in der Kutsche, auf Schneeschuhen, mit der Eisenbahn oder sonstwie – er darf die Gewißheit haben, daß jener ihn alsbald erspähen wird und sein Augenmerk auf ihn richtet, voll Neugier abschätzend, ob er Gutes im Schilde führt oder minder Gutes und ob man nicht vorsichtshalber ein Bein ihm stellen oder auf anderweitige Art vom Gebirge ihn lieber fernhalten sollte.

Wie nun die heiligen Wandersleute, von Jablonetz an der Iser herkommend, auf den Rand des Gebirges allmählich sich zubewegen, da dauert's auch diesmal nicht lang, und es hat sie Besagter, wie er als Sperber gerade vom Wolfskamm herniederstreicht, schon erblickt gehabt, wobei er vom heiligen Josef und dessen Familie rasch sich ein Bild macht – und weil er das bethlehemitische Kindl sogleich erkannt hat (wie es ja überhaupt ihm gegeben ist, daß er mancherlei zu durchschauen vermag, was menschlichem Blick verwehrt bleibt), so sieht er durch diesen Umstand in keine geringe Verlegenheit sich versetzt, namentlich was die Frage anlangt, wie er dem lieben Jesulein gegenüber sich nun verhalten soll.

Da er zum einen von braver und aufrechter heidnischer Art ist, kommt es auf keinen Fall in Betracht für ihn, daß er dem Gotteskind huldigt, indem er's anbetet; da er zum andern dem Herrn über alle Herrlichkeiten gleichwohl Respekt schuldet, möchte sich's trotzdem gehören, daß er ihm wenigstens einen Gruß entbietet; und da er zum dritten und letzten in derlei Verrichtungen keine Übung hat, kommt er sich einigermaßen hilflos vor, und es braucht seine Zeit, bis er endlich zu einem Entschluß gelangt.

Die Wanderer sind unterdessen weitergezogen, sie nähern sich einer Stelle, wo hüben und drüben am Straßenrand ein paar Fichten stehen, vom Schnee gebeugt, und es neigen sich zwei davon mit den Wipfeln so tief herab unter ihrer Last, daß sie miteinander ein Tor bilden.

Hier nun erscheint es Betreffendem angezeigt, daß er nicht länger zuwartet mit dem Willkommensgruß. Aufreißen heißt er die Wolken am Firmament, durchbrechen läßt er die Sonne mit aller Gewalt und Pracht: Golden breitet zu Füßen der heiligen Wandersleute sie einen Teppich aus, weiß macht den Torbogen sie erstrahlen, als ob er von Marmelstein möchte errichtet sein. Hüben und drüben die Fichten – das glitzert und gleißt im Spalier, daß es nirgendwo unterm weiten Himmelszelt seinesgleichen hat, und dahinter im Sonnenglast Berg an Berg gereiht, Koppe an Koppe und Kamm an Kamm.

Und doch hat das liebe Jesulein wenig gemerkt von dem festlichen Schauspiel zu seinen Ehren, nämlich es hat nur ein paarmal erschreckt mit den Augen geblinzelt, wie da auf einmal das viele Licht über sie hereingebrochen ist – und es hat dann die Muttergottes ihm mit dem Bausch ihres Mantels rasch das Gesicht verhüllt, weil sie gemeint hat, es möchte das grelle Leuchten ihm lästig sein.

Der riesengebirgische Herr ist darüber begreiflicherweise enttäuscht gewesen, fürs erste wenigstens; dann aber sagt er sich, daß er von Wickelkindern halt nix versteht, und man muß es der Muttergottes zugute halten, daß sie schon wissen wird, wie man's dem Bürschla recht macht, dem himmlischen.

Er verbringt nun geraume Zeit damit, daß er mit seinem Sperberblick ihnen nachschaut, und langsam wird es dabei ihm ganz fromm zumute, dem alten Heiden: ein Zustand, von welchem er nicht recht weiß, was er davon halten soll, weil er zum ersten Mal ihn an sich bemerkt; und er fühlt sich dabei zwar auf eine besondere Weise glücklich, das muß er zugeben, aber zugleich kommt die ganze Sache ihm nicht geheuer vor, und so hält er es für das Klügste, wenn er beizeiten sich wieder abkehrt von ihnen und anderen Dingen sich zuwendet.

Um diese Zeit ist am Rand des Gebirges gerade der Hawlitschek aufgetaucht mit dem Tyras, welche in Jablonetz an der Iser erfahren haben, daß die befahndeten Individuen maximal eine halbe Wegstunde ihnen voraus sein können, weshalb sie denn wieder einmal dem Ziel ihres Unternehmens ganz nah sich gewähnt haben – aber das ist eine Rechnung gewesen ohne den Wirt, will sagen: Sie haben dabei mit erwähntem Herrn nicht gerechnet.

Nämlich es hat sie derselbige kaum erblickt, da macht er sich seine Erwägungen über sie, und es kommt ihm der Hawlitschek zweifelhaft und der Tyras gefährlich vor, weil er den Teufel im Hundsbalg natürlich sofort ihm anmerkt; denn ob nun der Teufel Pospišil heißt oder Beelzebub oder sonstwie, so hat doch Betreffender auch als Heide die ganze höllische Sippschaft nicht ausstehen können: die haben ihm samt und sonders zu sehr nach Schwefel gestunken und Angebranntem, so daß man sie tunlichst vom Halse sich halten muß! Es verwandelt Erwähnter infolgedessen sich hinter dem nächsten Haselbusch in ein altes Vatterla, Tuchschuhe an den Füßen, im Mundwinkel eine Tabakspfeife, die Pudelmütze tief über beide Ohren herabgezogen – und solchergestalt also tritt er dem Hawlitschek nun entgegen, wie zufällig, und entbietet ihm einen guten Tag.

Der Hawlitschek, ihm den Gruß erwidernd, erkundigt im gleichen Atemzug sich bei ihm nach den bethlehemitischen Flüchtlingen: Ob er nicht etwa das ungleiche Paar mit dem Kind und dem Esel vielleicht gesehen hat – und wenn ja, was er meinen möchte, wie groß dann ihr Vorsprung sein wird.

No ja, sagt das Vatterla, mit dem Pfeifenstiel sich die Wange kratzend, gesehen hat er die Leute schon, und es scheint ihm auch, daß der Vorsprung nicht allzu groß ist, welchen sie ihnen voraus haben – aber weshalb denn der Herr Gendarm ihn darum befragt hat, bittschön?

»Weil ich, zum Donnerwetter, sie festnehmen muß!« erwidert der Hawlitschek, und der Tyras bekräftigt die Anwort mit Bellen und Zähnefletschen.

Das Vatterla, nun genugsam Bescheid wissend, denkt sich seins und beschließt auf der Stelle, den beiden es einzutränken. Augenwinkernd läßt es den Hawlitschek wissen, daß er per Zufall gehört hat, wie die von ihm Gesuchten im nahegelegenen Ponikla nach dem Wege zur Bahnstation sich erkundigt haben – no, mutmaßlich werden sie dorten den nächsten Zug besteigen und abdampfen.

»Himmelfixlaudon!« Dem Hawlitschek fehlt das gerade noch, daß sie im letzten Augenblick auf der Eisenbahn ihm davondampfen. »Los!« kommandiert er dem Tyras, »jetzt aber lauf!« Damit rennen sie im Geschwindschritt geraden Wegs auf die beiden Fichten zu, welche zum Torbogen sich vereint haben mit den Wipfeln – und wie sie darunter hindurchlaufen wollen, da kostet's das Vatterla bloß einen Wink mit dem Pfeifenstiel, und es krachen die Fichtenwipfel mit ihrer Schneelast auf sie herunter. Ein Glück nur, daß sie im letzten Augenblick noch zurückspringen können, der Hawlitschek und der Tyras, sonst möchten die Bäume im Sturz sie erwischt und womöglich erschlagen haben. So aber kommen sie mit dem Schrecken und einer tüchtigen Ladung Schnee davon – und hernach, wie sie wieder die Augen gebrauchen können, da hat unterdessen das Vatterla sich empfohlen gehabt, und der Weg ist den beiden von den heruntergeprasselten Wipfeln so gründlich versperrt gewesen, daß man sich wundern muß, wie sie es schließlich trotzdem geschafft haben, daß sie darüber hinweggekommen sind (respektive, es hat ja der Tyras auf allen Vieren darunter hindurchmüssen). No, und da haben sie nicht nur verschiedene Risse und Schrammen davongetragen bei dieser Gelegenheit, sondern es hat ja, von aller Mühe und Anstrengung abgesehen, das ganze natürlich auch Zeit gekostet – und wie sie das Hindernis glücklich dann überwunden haben, da hören sie auf der Bahnstation Ponikla eine Lokomotive pfeifen. Die pfeift ihnen wie zum Hohn, und es läßt sich mit Rattern und Zischen ein Zug vernehmen, welcher gerade abfährt.

Da hat sich verständlicherweise der Hawlitschek furchtbar aufgeregt, daß ihm das passieren muß; und er könnte sich ... alles Mögliche möcht' er sich können! – Aber, durchzuckt es ihn plötzlich, wer sagt ihm denn überhaupt, ob die von ihm Verfolgten auch wirklich den Zug benützt haben werden? Und deshalb muß man nun also auf schnellstem Weg zur Station hinüber und dort sich nach ihnen erkundigen.

Der Stationsvorsteher, ein dürres Männl mit roter Kappe und einem Ziegenbart, hat mit dem Vatterla an der Straße eine gewisse Ähnlichkeit, aber dem Hawlitschek fällt das nicht weiter auf, der hat andere Sorgen im Augenblick. Nämlich es stellt sich zu seinem Leidwesen nun heraus, daß die in Haft zu nehmenden Fremden tatsächlich ihm vor der Nase davongerattert sind auf der Eisenbahn – was der Stationsvorsteher schon deshalb mit unbezweifelbarer Verläßlichkeit ihm bestätigen kann, weil er selber ja nicht nur die Fahrkarten ihnen verkauft hat, sondern er hat auch den Platz ihnen angewiesen, hinten im Vieh- und Gepäckwagen, nämlich woanders hätten sie mit dem Esel gar nicht hineingedurft. Kurz und gut also, sie sind weg, und nun fragt es sich für den Hawlitschek, was man tun kann, damit er so rasch wie möglich sie wieder einholt und ihrer habhaft wird.

No, meint der Ziegenbärtige, nachfahren müssen wird man halt den Betreffenden, was denn sonst?

»Und wann geht der nächste Zug?« fragt der Hawlitschek.

»Regulär erst am Nachmittag, zwei Minuten vor halber drei«, erklärt der Stationsvorsteher – es sei denn, Herr Wachtmeister haben besondere Vollmachten. Diesfalls möchte es unter Umständen eine andere Möglichkeit auch noch geben.

An Vollmachten soll's nicht fehlen, erwidert der Hawlitschek, weil er da ein gewisses Patent hat, das möchte vermutlich ausreichen, denkt er sich.

Der Stationsvorsteher von Ponikla läßt das Patent sich zeigen, und während er's überfliegt, nimmt er stramme Haltung an: In Anbetracht der besonderen Umstände, meint er, könnte man beispielsweise mit einer außertourlichen Lokomotive dem fahrplanmäßigen Zug hinterdreinfahren...

»Und woher«, fragt der Hawlitschek, »soll man die Lokomotive nehmen, zum Donnerwetter?«

No ja, meint mit einem Augenzwinkern der Ziegenbärtige, manchmal ergeben sich ja im Leben die unwahrscheinlichsten Zufälle. Nämlich zum Glück hat er eine einzelne Lokomotive gerade jetzt auf dem Abstellgleis hinter der Bahnstation unter Dampf stehen...

»Was?« schreit der Hawlitschek, welchem längst ein Verdacht hätte müssen gekommen sein, »und das haben Sie mir nicht gleich gesagt?!«

Der Ziegenbärtige führt nun den Hawlitschek hinters Stationsgebäude, wo in der Tat auf dem Abstellgleis eine Lokomotive steht: Aufgeheizt ist sie, der Kessel wird jeden Augenblick bersten, wenn man sie nicht in Fahrt setzt.

»Dann aber nix wie 'nauf!« ruft bei diesem Anblick der Hawlitschek, »und mit Volldampf ab!«

Der Tyras, wie Hundsviecher es an sich haben, sträubt sich zunächst vor dem dampfenden Ungetüm; dann aber, auf energischen Zuruf vom Hawlitschek, überwindet er sämtliche von Natur her ihm innewohnenden Widerstände (wobei der Herr Teufel Pospišil sicherlich ihn bestärkt hat) und setzt hinauf. Der Hawlitschek folgt ihm, dem Hawlitschek folgt der Stationsvorsteher, der ziegenbärtige, welcher sogleich einen Handgriff zieht – und indem er zur gleichen Zeit mit dem Fuß einen Hebel niederdrückt, schreit er: »Abfahrt!«

Die Lokomotive stößt einen Pfiff aus, so gellend und schrill, daß der Hawlitschek das Gefühl hat, es drehn sich ihm sämtliche Eingeweide im Leib zusammen, und gleichermaßen wird auch dem Tyras es schwummerant davon. Der Stationsvorsteher hingegen betätigt die Pfeife in kurzen Abständen wieder und immer wieder: Es scheint, daß er daran Spaß findet – aber vielleicht ist bei Extrafahrten die ständige Pfeiferei sogar dienstlicherweise ihm vorgeschrieben.

Sie brausen mit solcher Geschwindigkeit auf der Strecke dahin, daß der Fahrtwind dem Hawlitschek um die Ohren pfeffert, als möchte man unablässig von allen Seiten mit hundert Händen ihm Watschen verabreichen. Wie es scheint, gibt es keine Weiche und kein Signal für sie – ob grün oder rot, dem Ziegenbart ist das vollkommen einerlei. Er hat eine Schaufel ergriffen und schürt in das Feuerloch ganze Berge von Kohle hinein; ohne Unterlaß heizt und heizt er den Kessel an, daß die Flammen herausschlagen, und es stieben die Funken dem Hawlitschek ins Gesicht und dem Tyras, welcher im Führerstand ängstlich sich in den äußersten Winkel duckt, um die Schnauze.

Schon können sie wenige hundert Meter voraus den fahrplanmäßigen Zug erblicken, schon kann man sich ausrechnen, wann sie ihn einholen werden: Der Abstand verringert sich mehr und mehr, schon erkennt man am letzten Waggon die Schlußtafeln und die Puffer. Wenn sie mit dieser Geschwindigkeit weiterfahren, befürchtet der Hawlitschek, werden sie unvermeidlich mit voller Wucht in den anderen Zug hineinrumpeln...

Aber der Ziegenbärtige läßt es so weit nicht kommen: Im letzten Augenblick, wie schon der Hawlitschek auf den großen Zusammenkrach sich gefaßt macht, bringt er's mit ein paar Handgriffen an den Hebeln fertig, daß sich die Lokomotive aufbäumt im vollen Lauf; dann stößt sie sich von den Schienen ab – und zunächst hat es ganz den Anschein, als ob sie den andern Zug möchten einfach der Länge nach überspringen wollen. Doch nein! sie bewegen von jetzt an sich steil nach oben, so daß es den Hawlitschek und den Tyras nach hinten haut, in den Tenderkasten hinein; und wie sich dann endlich die Lokomotive wieder in horizontale Richtung stellt und der Hawlitschek rappelt sich vorsichtig auf und riskiert einen Blick hinaus, da sieht er zu seinem namenlosen Entsetzen, daß die Maschine sich hoch in die Lüfte erhoben hat. Und nun brausen sie wie auf Adlersflügeln über das Land hinweg, das von oben zwar einen putzigen Anblick bietet, mit winzig gewordenen Häusern und Kirchen, mit Feld und Wald und der dunkel schimmernden Iser, welche als schmales Rinnsal tief unten dahinfließt; aber dem Hawlitschek ist es nach putzigen Anblicken nicht zumute, dem Hawlitschek stocken Herz und Atem.

Inzwischen ist ihm natürlich klar geworden, mit wem sie es da zu tun haben. Gott behüte, daß er den Namen ausspricht! Das möchte mit Recht den »Stationsvorsteher« erzürnen, welchem er ja bis dahin, so glaubt er wenigstens, keinerlei Anlaß dazu gegeben hat, daß er auf solche mißliche Weise mit ihnen umspringt. So wird es vermutlich um einen der üblichen groben Späße sich handeln, welche Betreffender willkürlich ja von Zeit zu Zeit sich erlauben soll.

Es läßt nun der Rotbemützte die Lokomotive, aus schierem Mutwillen offenbar, eine Schleife nach links beschreiben, wobei sie beängstigend schräg sich zur Seite neigt. Der Hawlitschek, an der hinteren Kante des Kohlentenders mit beiden Händen sich festklammernd, wartet von einem Moment auf den andern darauf, daß sie umkippen werden und abstürzen; und es kommt ihm in seiner Not die Frau Witwe Machatschka in den Sinn: Die wird ja nun leider vergebens auf einen Besuch von ihm warten müssen, so daß sie für einen unzuverlässigen Menschen ihn halten wird, denn wie möchte sie jemals erfahren sollen, was da mit ihm passiert ist und daß bis zum letzten Atemzug er an sie gedacht hat...

Der Rotbart indessen hat die Maschine fest in der Hand behalten, es möcht' ihm kein Zirkuspferd besser parieren können. Er ist in die scharfe Linkskurve bloß hineingeblättert, damit er dem Hawlitschek etwas zeigen kann; und es ist nicht die Landschaft zu beiden Seiten der Iser unten, die er ihm zeigen will; und es ist auch der fahrplanmäßige Zug nicht, welcher soeben in Wichau anhält, wo ein paar nebensächliche Fahrgäste aus- und einsteigen, Bauernweiber mit Buckelkörben, ein Pardubitzer Dragoner, der Schankwirt und Kolonialwarenhändler Hauschka aus Hrabačov – nein! Was Besagter dem Hawlitschek zeigen will, sind die zwei Leute aus Bethlehem, welche mit Kind und Esel zu eben der gleichen Zeit auf der Straße nach Starkenbach friedlich dahinwandern. Und der Hawlitschek, wie er nach einer Weile begriffen hat, daß es offenbar für den letzten Atemzug doch noch zu früh ist, und wie er nun abermals vorsichtig einen Blick nach unten wagt – no, da wird man sich vorstellen können, daß es ganz hübsch ihn gerissen hat, wie ihm nun plötzlich klar wird, daß die befahndeten Ausländer überhaupt nicht der Eisenbahn sich bedient haben. Dieser verdammte Bocksbart! In seiner Heimtücke hat er den Hawlitschek hinters Licht geführt – und nun lacht er ihn auch noch aus dafür; und wie zur Bekräftigung läßt er die Dampfpfeife höhnisch aufschrillen, daß dem Geprellten die Seele im Leib sich dabei zusammenkrampft, teils aus Ärger und teils vor Schmach.

Es wird sich geschätzter Leser vermutlich bereits gewundert haben, daß auf den letzten Seiten nur ausnahmsweise vom

Tyras die Rede gewesen ist, und die wenigen Male bloß nebenbei. Das hat seinen Grund in der Tatsache, daß seit Beginn der Luftreise es dem Tyras buchstäblich hundeelend gewesen ist, weil er ja schließlich im Lokomotivfahren nicht die mindeste Übung gehabt hat, schon gar nicht in solchen schwindelnden Höhen. Und was den Herrn Teufel Pospišil angeht, so hat er natürlicherweise bei dem Herumkurven in den Lüften sich ebenso miserabel gefühlt wie der Tyras selber, zum Speien ist ihm gewesen, mit einem Wort, und es hat sich ihm alles vor seinen Augen herum- und hinumgedreht, so daß er zur Abfassung eines klaren Gedankens sich nicht in der Lage gesehen hat, wenigstens vorerst nicht.

Jetzt aber, wie er die höhnische Lache hört, welche der Riesengebirgische anschlägt, da fühlt er von einem jähen Verdacht sich durchzuckt, und nun bietet er sämtliche ihm verbliebenen höllischen Kräfte auf gegen die Übelkeit, welche der Tyras mit seiner Hundsnatur ihm verursacht. Und schließlich, nach einer Anstrengung sondersgleichen, gelingt es ihm in der Tat, daß er über den Zustand der äußersten Jämmerlichkeit hinwegkommt – und jetzt erst kapiert der Herr Teufel Pospišil, welchem Schwindel sie da gemeinsam aufgesessen sind, er und der Hawlitschek.

Da ergreift ihn die blinde Wut – und haff-haff! muß der Tyras sogleich auf den Schurken von Lokomotivführer losfahren, daß es ausschaut, als möcht' er ihn auf der Stelle in tausend Stückln zerreißen wollen.

Der Rotbemützte indessen weiß sich zu wehren. Er haut mit der Kohlenschaufel dem Tyras eins auf die Schnauze, »Dreckshund, vermaledeiter!« Und ehe der Hawlitschek es verhindern kann, stürzt er vor ihrer beider Augen kopfüber sich in die Flammen unter dem Kessel, verloht darin auffuchernd wie ein Bündel Zunderschwamm – und erhebt sich sodann in Gestalt einer Rauchwolke aus dem Schornstein der Lokomotive, worauf er sich alsbald wieder zu Fleisch und Bein verdichtet (sofern überhaupt man von Bein und Fleisch bei ihm reden kann). Rittlings sich auf den Rücken des feuerspeienden Rosses schwingend, treibt er mit Hüh und Hott zum Galopp es an:

Rechts herum, links hinum, auf der Kreisbahn, im Achter, gelegentlich eine Volte schlagend, daß sich der Hawlitschek und der Tyras im höchsten Grade besoffen vorkommen müssen. Im Nu ist der Kamm des Gebirges erreicht, und nun dampfen sie, eine Höhe von zehn, zwölf Klaftern über dem Boden einhaltend, auf die Koppe zu. Rasch sich in Serpentinen zum Gipfel hinaufgeschraubt! – dann ein Überschlag in der Luft und im Sausebraus an der schlesischen Grenze entlang, übern Silberkamm und die Mädelsteine zum Hohen Rad und zum Elbbrunnen, welcher freilich um diese Jahreszeit zugefroren ist und vom Schnee verweht.

Dort angelangt, läßt der Rotbart die Lokomotive ein paarmal kreiseln, wobei er mit wildem Geschrei sie anstachelt, daß sie schneller und immer schneller und schneller wird, bis zuletzt sich der Hawlitschek und der Tyras im Tender nicht länger halten können, sondern es haut sie im hohen Bogen hinaus – und sie können von Glück sagen, daß auf der Elbwiese soviel Schnee liegt in diesem Winter, sonst möchten sie schwerlich mit heilen Knochen davongekommen sein. So aber landen sie einigermaßen glimpflich in einer der hohen Wächten, und wie sie nach einer Weile sich dann errappeln und mühsam genug sich herauswühlen aus dem Schnee, da ist weit und breit von der fliegenden Lokomotive nichts mehr zu sehen gewesen. Aber vom Hohen Rad kommt ein Rabe herabgestrichen, der hält eine rote Mütze im Schnabel; und wie er die Elbwiese überfliegt, da läßt er die Mütze fallen – und plötzlich ist das Gebirge von einem einzigen großen Gelächter erfüllt, als möchten die Berge selber den Hawlitschek und den Tyras auslachen.

Kapitel Numero dreiundzwanzig

welches die bethlehemitischen Wandersleute nach Waltersdorf führt, zum Elsnerschuster und seiner Familie – woraufhin man erfahren wird, wie es dortselbst dem heiligen Herzog Wenzeslaus mit zwei wackeren Herren aus Starkenbach (respektive aus Jilemnice) ergangen ist.

Bei Hrabačov haben die biblischen Wandersleute den Lauf der Iser verlassen müssen, weil sie von jetzt an der Straße nach Hohenelbe gefolgt sind. In Waltersdorf ist es dann langsam Zeit gewesen, daß sich der heilige Josef nach einem Nachtquartier umschaut, damit sie nicht, wie es gestern in Glasersdorf ihnen passiert ist, im Finstern herumsuchen müssen. Und wie sie beim letzten Abendschein durch das Dorf ziehen, an der Kirche vorbei und dem kleinen Friedhof, da kommt ihnen auf der Straße ein Mann entgegen mit einer Reisighocke: Den fragen sie, ob er vielleicht ihnen möchte raten können, nämlich sie sind hier fremd, und sie suchen ein Nachtlager, aber es sollte nach Möglichkeit nicht zu teuer sein, also ganz was Einfaches.

No, meint der Mann mit der Reisighocke, da möcht' er nicht lang ihnen dahin und dorthin raten, sondern ein Nachtlager können sie gleich bei ihm haben: Wenn's ihnen recht ist für, sagen wir sechzig Heller, dann sollen sie nur gleich mitkommen.

Der Mann mit der Hocke hat Elsner Josef geheißen und ist seines Zeichens ein Schuster gewesen. Das dritte Häusla hinter der Kirche hat ihm gehört, dort hat er mit seiner Frau und den beiden Kindern gehaust; das Annla mag sieben gewesen sein, das Pepperla um die fünf herum.

Wie nun der Schuster mit seinen Gästen zu Hause ankommt, da ist zwar die Elsnern im ersten Augenblick nicht gerade darüber erfreut gewesen, daß er am Samstagabend die fremden Leute ihr ins Quartier bringt; aber wie sie die Frau mit dem

Wickelkind sich betrachtet, da hat sie das Nachtlager ihnen doch nicht verweigern können und hat sie hereinkommen heißen. Den Esel, sagt sie zum Elsner, soll er ihr in den Stall stellen zu den beiden Ziegen und soll für die Nacht ihn mit Wasser und Heu versorgen. Sie selbst aber hat den Fremden aus Mänteln und Schuhen herausgeholfen und hat ihnen wollene Socken gebracht – und fürs Kindla, sagt sie, da haben sie auf dem Dachboden noch die Wiege vom Pepperla stehen. Die holt sie geschwinde herunter und staubt sie ab, und dann stopft sie noch eigens ein Polster mehr hinein, damit es das Würmla, das kleine, schön weich darin haben soll.

Sie haben dann miteinander genachtmahlt, alle zusammen: Erdäpfeln in der Schale hat es gegeben, mit Quark und ein bissl Leinöl dazu, bloß die Kinder haben ein Flietscherla Butter bekommen, zum Groß-und-stark-Werden, wie die Elsnern gesagt hat – und bald ist es Zeit gewesen fürs Pepperla und fürs Annla, daß man sie schlafen schickt.

Hierauf haben die Elsnerschen noch eine halbe Stunde vielleicht mit den biblischen Gästen sich unterhalten. Sie haben vom schlechten Wetter in diesem Jahre geredet, vom Rhevmatismus (und wie man dagegen am besten sich schützen kann), von den teuren Zeiten im Land und vom Lotteriespiel, auf welches man eine bescheidene Hoffnung sich macht, wenn die Nummern vielleicht einmal stimmen möchten.

Zum Nachtlager hat dann die Elsnern den heiligen Leuten zwei alte Strohsäcke in die Stube hereingebracht, welche sie ihnen mit Heu gefüllt hat; und wie dann die Schustersleute zum Schlafen in ihre Kammer gegangen sind – no, da hat sich's der heilige Josef gleich auf dem einen Strohsack bequem gemacht, wohingegen die Muttergottes fürs erste noch auf der Ofenbank sitzen geblieben ist, mit dem lieben Jesulein auf dem Schoß, wie wenn sie noch eine Weile den Rücken sich möchte wärmen wollen. Vielleicht mag sie wirklich nichts weiter dabei sich gedacht haben, aber vielleicht auch nicht, denn es hat ihr Verhalten aufs allerpünktlichste sich im Einklang befunden mit einem gewissen Vorhaben, welches der heilige Herzog Wenzeslaus für die heutige Nacht sich zum Ziel gesetzt und wozu man ihm höchsten Ortes ausdrücklich die Erlaubnis erteilt hat, wenngleich mit der Einschränkung, daß man ihm einen erfolgreichen Ausgang des Unternehmens nicht garantieren kann.

Zunächst hat der heilige Wenzeslaus sich zur Ausführung seines Planes der Mithilfe zweier Engel bedient, und zwar von den kleineren, wie sie für solche Verrichtungen sich besonders eignen, wo es kein großes Aufsehen geben soll in der Nachbarschaft. Und so hat denn die ganze Geschichte, mit welcher wir auf den nächsten Seiten uns werden befassen müssen, in aller gebotenen Stille sich abgespielt, ohne daß irgend jemand, außer den Herren Bělohlavek und Weishäuptl, etwas davon bemerkt hat.

Erwähnter Herr Bělohlavek hat seinen Wohnort, wann immer danach befragt, mit Starkenbach angegeben, erwähnter Herr Weishäuptl seinen hingegen mit Jilemnice – und doch haben beide Herren in ein und demselben Städtchen gelebt, wobei der Herr Bělohlavek stets nur den deutschen Namen von diesem Städtchen verwendet hat und der Herr Weishäuptl prinzipiell nur den tschechischen – was ja im Grunde genommen das beste Verfahren gewesen ist. Weil man natürlich, wenn man in seiner eigenen, angeborenen Sprache spricht, auch die Ortsnamen so verwenden wird, wie sie in dieser Sprache gebräuchlich sind; und wenn man in einer anderen Sprache sich ausdrückt, so wird man die in der anderen Sprache gebräuchliche Form verwenden: wie wir ja auch, wenn wir deutsch sprechen, Prag und nicht Praha sagen, und reden wir tschechisch, dann sagen wir eben Praha zu Prag, und die Sache hat sich.

Damals jedoch, zu Zeiten der Herren Bělohlavek und Weishäuptl (deren Familiennamen übrigens beide das gleiche bedeutet), da hat es im Königreich Böhmen bezüglich der Sprachen und Ortsnamen immerfort Schwierigkeiten gegeben und Streiterei, insbesondere dort, wo der tschechische Landesteil an den deutschen gegrenzt hat. Und wenn man sich klar macht, daß noch dazu der Verlauf dieser Grenze zwischen den beiden Völkern in manchen Gegenden unscharf gewesen ist, nämlich es haben zuweilen Tschechen und Deutsche in ein und derselben Ortschaft zusammengelebt und einander sie strittig gemacht, so wird man vielleicht nicht darüber erstaunt sein dürfen, daß es in solchen Landstrichen immer wieder zu offenen Zwistigkeiten gekommen ist, welche dem heiligen Herzog Wenzeslaus in der ewigen Seligkeit keinen geringen Kummer bereitet haben: Nämlich als Landespatron von Böhmen, da ist er ja ihrer beider Schutzherr gewesen und Fürsprech vor Gottes Thron, der tschechischen Böhmen ebenso wie der deutschen; und wenn er bisweilen hat zusehen müssen, wie seine Landeskinder sich gegenseitig befeindet haben, bloß aus dem einen Grunde, weil diesen die eine Sprache und jenen die andere über alles gegangen ist – also, da hat er mit ihnen schon oft genug seine liebe Not gehabt. Und so hat er nichts sehnlicher sich herbeigewünscht, als daß es mit Gottes Hilfe ihm eines Tages gelingen möchte, daß er für alle Zeiten die beiden Völker im Land miteinander aussöhnt.

Zunächst einmal aber hat er im kleinen versuchen wollen, was man vielleicht eines Tages im großen tun kann. Weshalb er den Plan gefaßt hat, daß er fürs erste an lediglich zwei Personen die Sache erproben wird – und zwar am Herrn Weishäuptl und am Herrn Bělohlavek in Starkenbach.

Dazu muß man wissen, daß jeder der beiden erwähnten Herren ein redlicher und entschiedener Vorkämpfer für die Sache des tschechischen respektive des deutschen Volkes im Königreich Böhmen gewesen ist – und so hat er natürlich auf alles, was deutsch respektive tschechisch gesprochen hat, einen automatischen Haß gehabt. Das ist so weit gegangen, daß beide genannten Herren, obschon sie von Kindestagen an miteinander bekannt gewesen sind, gegenseitig den Gruß sich verweigert und manchmal sogar auf offenem Markt sich beschimpft haben, wenn sie zufällig auf dem Weg in die Sparkassa oder ins Amt zusammengetroffen sind.

Es hat den Herrn Bělohlavek als aufrechten Deutschen natürlich zutiefst gewurmt, daß er einen tschechischen Namen gehabt hat, sogar noch mit einem Háček über dem »e«; und umgekehrt ist der Herr Weishäuptl von dem seinigen auch nicht gerade erbaut gewesen. Aber das hat es im Königreich Böhmen ja immer wieder gegeben, daß die Familiennamen von Tschechen deutsch und von Deutschen tschechisch gewesen sind, so daß man von seiten der Herren Eltern nicht selten sich dahingehend beholfen hat, daß man den Kindern wenigstens Vornamen aussucht, welche das Manko des Hauptnamens wieder ausgleichen; wie denn auch der Herr Weishäuptl seit der heiligen Taufe die Vornamen Jaroslav Vojtěch führt, wohingegen man den Herrn Bělohlavek lediglich auf den Namen Joseph hat taufen lassen. Aber dafür hat er selbst einen um so deutscheren Firmnamen sich erwählt, nämlich Sigisbert, welchen er seither anstelle des Josephs verwendet, damit man auch ja nicht darüber im Zweifel ist, welcher Nation man gefälligst ihn zuzurechnen hat.

Der Herr Bělohlavek ist Eichbeamter gewesen, beim k.k. Bezirksamt in Starkenbach, und der Herr Weishäuptl pokladník bei der Městská spořitelna, also Kassier bei der Städtischen Sparkassa.

Daneben sind beide Herren – jeder auf seiner Seite, versteht sich – in mehreren nationalen Verbänden tätig gewesen, an führender Stelle jeweils, sei es als Obmannstellvertreter im Deutschen Schulverein respektive als Beisitzer in der Matice školská (welch beide Vereinigungen dem Ziel der Errichtung und Unterhaltung von eigenen Schulen in sprachlich gemischten Ortschaften sich gewidmet haben), sei es als Dietwart beim Deutschen Turnverein Arnau (in Starkenbach hat es für einen eigenen deutschen Turnverein leider nicht ausgereicht, nicht einmal eine einsame Riege hat der Herr Bělohlavek dort gründen können, obzwar er sich alle diesbezügliche Mühe gegeben hat), sei es als Schriftführer bei den Sokoln, wie sich die tschechischen Turner genannt haben. Außerdem ist der Herr Bělohlavek im Vorstand der Ortsgruppe Hohenelbe des Bundes der Deutschen in Böhmen gewesen, als Schatzmeister, und der Herr Weishäuptl erster Tenor bei der Tschechischen Liedertafel in Jilemnice. Und neuerdings hat der Herr Weishäuptl sogar dem Svaz českých lyžářů angehört, dem Verband tschechischer

Schneeschuhläufer im Königreich Böhmen, welchem es nicht ohne sein, des Herrn Jaroslav Vojtěch eifriges Zutun gelungen ist, daß man im Vorjahre, sehr zum Ärger des Deutschen Riesengebirgsvereins (welchem hinwiederum der Herr Bělohlavek mit Leib und Seele und einem Monatsbeitrag von fünfzig Hellern verbunden gewesen ist), unweit von Spindelmühle, in Friedrichsthal, also mitten im deutschen Sprachgebiet, eine Baude für sich erworben und ausbauen lassen hat, welche den tschechischen Schneeschuhläufern seither als Stützpunkt dient. Aber in Wirklichkeit ist aus besagter Baude nunmehr ein heimtückisch vorgeschobener Posten zur Slawisierung der heimischen Bergwelt geworden: So wenigstens hat der Herr Bělohlavek es dargestellt, in einem von ihm verfaßten Artikel im »Volksboten«.

Demnach wird es geschätzten Leser nicht weiter verwundern dürfen, wenn ausgerechnet die beiden erwähnten Herren den heiligen Herzog Wenzeslaus nicht nur zu häufigem Unmut veranlaßt haben, sondern es haben gerade sie als Versuchspersonen für die Erprobung dessen, wie man vielleicht die böhmischen Völker aussöhnen können wird miteinander, sich förmlich ihm angeboten. Jedenfalls sind schon die beiden kleineren Engel zu ihnen ausgesandt, und es kann nicht mehr lange dauern, bis sie in Starkenbach eintreffen.

Es geht auf halb zehn in der Nacht, der Herr Sigisbert Bělohlavek ist auf dem Heimweg begriffen, wie jeden Samstag hat er den Abend mit ein paar Freunden (natürlich Deutschen) verbracht gehabt, beim Tarock in der Schloßwirtschaft. Schon steht er vor seiner Haustür, schon fingert er nach dem Schlüsselbund in der Tasche des Überziehers – da stutzt er mit einem Male und blickt sich um, denn plötzlich hat er den Eindruck, als möchte ihm jemand mit einer Laterne über die linke Schulter leuchten. Aber das ist bloß das Licht von dem kleinen Engel gewesen, welcher nun auftragsgemäß dem Herrn Bělohlavek bedeutet, er möge den Schlüsselbund in der Tasche lassen und mitkommen, nämlich es ist eine große Gnade vom Himmel ihm zugedacht, und er soll jetzt nicht lang herumfragen, sondern er wird das schon alles mit eigenen Augen sehen können, wenn sie an Ort und Stelle sind.

No schön, der Herr Bělohlavek – was möchte er haben tun sollen, wenn nicht das, was vermutlich auch wir täten, wenn ein Engel (und sei es ein noch so kleiner) uns vor der Haustür erscheinen möchte mit einer solchen Botschaft? Er hat auf der Stelle den Hausschlüssel wieder eingesteckt, und dann ist er dem Engerle nachgefolgt, hinaus auf die Landstraße, teils verwundert und teils vor Neugier. Das Licht hat gerade ausgereicht, daß er nicht gestrauchelt ist in den tiefen, vereisten Furchen der Pferdeschlitten und daß er die Richtung halbwegs erkannt hat, wohin ihn der Engel führt.

So gelangen sie schließlich nach Waltersdorf hinter die Kirche, zum Häusla vom Elsner-Schuster, wo in der Stube noch Licht brennt. Es muß aber, scheint's, ein besonderes Licht sein, wie der Herr Bělohlavek im Näherkommen bemerkt. Es ist silbern und golden in einem, als ob es von Mond und Sonne gemeinsam ausgehen möchte – das strahlt auf ihn ein wie das schiere Himmelreich. Und so hält er die Hand vor die Augen, die linke, während er mit der rechten die Klinke niederdrückt und hineingeht zum Elsnerschuster.

Es kommt aber, eben in diesem Augenblick, von der anderen Seite auch der Herr Weishäuptl in das Vorhaus hereingeschneit, durch die Gegentüre (das haben die beiden Engel auf die Minute genau so eingerichtet), und beide zugleich, der Herr Sigisbert und der Herr Jaroslav Vojtěch, stehn vor der Stubentüre, welche von selbst sich vor ihnen auftut – und siehe! die Muttergottes sitzt bei den Elsnerschen auf der Ofenbank, mit dem lieben Jesulein auf dem Schoß: »Vítám Vás, pane Bělohlavku«, sagt sie auf tschechisch zum einen, und »Seien Sie mir willkommen, Herr Weishäuptl«, sagt sie auf deutsch zum andern im gleichen Atemzug. Und dann hört der Herr Bělohlavek in tschechischer Sprache sie weiter sagen, was sie mit deutschen Worten zugleich dem Herrn Weishäuptl kundtut: Sie möchte im Namen des Vaters, des Sohns und des Heiligen Geistes schön sich bei ihnen dafür bedanken, sagt sie, daß sie den nächtlichen Weg nicht gescheut und so spät noch aus Starkenbach respektive von

Jilemnice nach Waltersdorf sich begeben haben zum lieben Jesulein, welches sie nunmehr gemeinsam anbeten dürfen, spolu si němu klanětí.

Und das tun sie denn auch, die beiden: Sie beugen das Knie vor dem Kindlein und seiner Mutter, und fortwährend sich bekreuzigend, stammeln sie, jeder in seiner Muttersprache: »Gegrüßet seist du mir, lieber Heiland mein, bud' pozdraven, milý můj Spasiteli!«

Da lächelt das liebe Jesulein ihnen zu, wie wenn es aufs Wort sie verstehen möchte, und beide Herren sind überaus glücklich darüber und wissen sich kaum zu fassen vor lauter Seligkeit; und wie nun, zu Häupten der Muttergottes schwebend, die kleinen Engel das Preislied von Bethlehem anstimmen, GLORIA IN EXCELSIS DEO, da ist es den Herren Bělohlavek und Weishäuptl wie aus dem Herzen herausgesungen: »Friede auf Erden!« fallen sie in den Lobgesang freudig ein, »a lidem všem libost, und allen Menschen ein Wohlgefallen!«

Sie singen mit lauter Stimme, voll Inbrunst und Hingabe, der Herr Weishäuptl tschechisch und im Tenor, der Herr Bělohlavek auf deutsch und im Bariton. Es ist fast ein Wunder, daß sie den heiligen Josef mit ihrem Gesang nicht aufwecken; und es haben auch weder das Pepperla noch das Annla im Schlaf sich von ihnen stören lassen, noch kommen aus ihrer Kammer die Elsnersche und der Elsner herbeigelaufen und halten Nachschau. – Aber was haben wir »fast« gesagt? Wo es doch wahrhaft ein echtes und wirkliches Wunder gewesen ist, was da heut nacht in der Schustersstube zu Waltersdorf sich ereignet: genauso, wie es der heilige Herzog Wenzeslaus sich beim himmlischen Vater erbeten gehabt hat.

In dieser Stunde, da wissen sie beide nicht mehr, die Herren Bělohlavek und Weishäuptl, ob sie dem lieben Jesulein tschechisch lobsingen oder in deutscher Sprache. Das ist ihnen völlig gleichgültig nunmehr, es macht keinen Unterschied, sondern es zählt nur das eine jetzt: daß sie hier sind, im Angesicht dieses Kindleins und seiner Mutter, welche nun ihnen beiden das Antlitz zuwendet, voller Gnaden, und segnend hebt sie die Hand über ihre Häupter: »Bohu mír v této zemi všemu, který je dobré vůli – der Friede des Herrn einem jeden in diesem Lande, der guten Willens ist« – amen, amen.

Um Mitternacht hat dann die Muttergottes die beiden Engerlen wieder zurückgeschickt in das Himmelreich, und auch die Herren Bělohlavek und Weishäuptl haben gemeinsam sich auf den Heimweg gemacht nach Starkenbach/Jilemnice – wenn auch nicht Arm in Arm, so doch einträchtig nebeneinander, als möchten der alten Feindschaft sie völlig vergessen haben. Jeder von ihnen ist schließlich, nachdem man sich auf dem Markt voneinander verabschiedet hat, zurückgekehrt in sein Haus und Bett, wo er alsbald in einen tiefen, friedlichen Schlaf versunken ist.

No, da hat sich der heilige Herzog Wenzeslaus über die Maßen erfreut gezeigt, wie der Versuch mit den beiden Herren zu solch einem guten Ende gediehen ist – und so wird er gleich morgen dem himmlischen Vater die Bitte vortragen, ob man nicht könnte den Landeskindern im Königreich Böhmen allen auf einmal die Muttergottes erscheinen lassen, das liebe Jesulein auf dem Schoß – damit sie zu ihnen allen rede wie zum Herrn Weishäuptl und zum Herrn Bělohlavek, auf daß sie im Namen Gottes die Feindschaft im Lande begraben möchten, wie schon besagte Herren in dieser Nacht das getan haben.

Aber nun hat es, geschätzter Leser, sich wieder einmal herausgestellt, wie leider selbst Gottesfreunde und heilige Herzöge in der Menschheit sich manchmal täuschen können. Nämlich des anderen Tags in der Frühe, also am Sonntagmorgen, da hat der Herr Bělohlavek, wie er vom Schlaf erwacht ist (und dem Herrn Weishäuptl ist das nicht anders ergangen), also da hat der Herr Bělohlavek sich an den Kopf gefaßt und gemeint: Was der Mensch doch nicht alles zusammenträumt bei der Nacht! – wie zum Beispiel gestern, da ist ein Engerle ihm im Traum erschienen, das hat ihn ein Stück über Land geführt, zu der Muttergottes; in Waltersdorf hat er sie angetroffen, im Haus eines Schusters, wenn er sich recht erinnert, am Ofen sitzend, das liebe Jesulein auf dem Schoß – und es ist auch zugleich mit ihm dieser Deutschenfresser, der Mensch von der Sparkassa, vor sie hingetreten, der Weishäuptl, welcher seit neuestem seine tschechische Nase so hoch trägt, wie wenn schon das ganze Königreich Böhmen den Sokoln gehören möchte, von Starkenbach nicht zu reden.

Das hätt' er sich ja nicht träumen lassen, daß er vom Weishäuptl eines Tages noch *träumen* wird, der Herr Bělohlavek! Aber man muß wohl auf alles gefaßt sein im Traume, so beispielsweise auch darauf, daß einen die Muttergottes, in Gegenwart ausgerechnet von diesem Oberböhmaken, tschechisch anspricht. Also, darüber darf man ja gar nicht nachdenken, und es ist noch das einzig Gute dran, daß man die ganze Sache bloß träumenderweise erlebt hat und nicht in Wirklichkeit! Nämlich sonst möchte man allen Ernstes sich fragen müssen, ob man im Königreich Böhmen als guter Deutscher es hinnehmen darf, daß die Muttergottes der tschechischen Sprache den Vorzug gibt – und es könnte dies möglicherweise zur Folge haben, daß man aus diesem Grunde der christkatholischen Kirche den Rücken wendet und mindestens Protestant wird! Aber es möchte vielleicht sogar besser sein, wenn man zum Freidenker sich erklären täte, obzwar zu befürchten steht, daß man beim k.k. Bezirksamt sich dieserhalb, wenn es ruchbar wird, einen nicht unbeträchtlichen Ärger zuzieht.

Zu ähnlichen Überlegungen hat, wie geschätztem Leser schon angedeutet, auch der Herr Weishäuptl sich veranlaßt gesehen an jenem Morgen, und wie nun der heilige Herzog Wenzeslaus dies bemerkt hat, da ist er zufolgedessen sehr traurig geworden, so daß er in einen abseits gelegenen Winkel der ewigen Seligkeit sich zurückgezogen und bittere Tränen geweint hat über sein Land und die beiden Völker, welche ihm innewohnen in Zank und Streit – und nicht einmal Gottes Wunder, wie der Versuch gezeigt hat, kann sie zur Einsicht bringen.

Aber vielleicht ist die Zeit noch nicht reif dafür, und so wird er nicht müde werden, der heilige Herzog von Böhmen, daß er für beide betet, die Weishäuptls und die Bělohlaveks, damit sie nicht eines Tages sich gegenseitig ins Unglück bringen samt ihren Völkern. – Und wenn sie es dennoch tun sollten, möge der liebe Herrgott in seinem Ratschluß es fügen, daß wenigstens hinterher, wenn das Unheil an ihnen allen bereits geschehen ist, sie den Weg zueinander finden und ein für allemal ihren Frieden machen auf dieser Welt.

Kapitel Numero vierundzwanzig

bei welcher Gelegenheit wir dem Hawlitschek und dem Tyras uns wiederum zuwenden müssen, wobei wir noch einmal (und zwar auf den Hofbauden, wo man am allerwenigsten das erwarten möchte) dem König Herodes begegnen werden.

Es wird sich geschätzter Leser vielleicht schon darüber Gedanken gemacht haben, wie es denn mit dem Hawlitschek und dem Tyras inzwischen weitergegangen ist, seit wir sie gestern in äußerst mißlicher Lage haben zurücklassen müssen, im Riesengebirge droben, unweit vom Elbbrunnen, während sie mühsam gerade sich wieder errappelt haben von den Strapazen der außertourlichen Luftreise mit der Eisenbahn – wonach es sogar dem Herrn Teufel Pospišil dermaßen entrisch zumute gewesen ist, daß er schon allen Ernstes daran gedacht hat, ob er nicht vorzeitig möchte den Tyras wieder verlassen sollen, eingedenk aller bisherigen Miserabilien, welche bereits in dem Hundsviech ihm widerfahren sind. Aber dann hat er, im Hinblick auf seine Karriere, vorerst sich zum Hinausfahren leider doch nicht entschließen können – obzwar dies hinwiederum seinen gewissen Vorteil hat, weil der Herr Teufel Pospišil uns verständlicherweise fehlen möchte, wenn er gerade jetzt, wo die Dinge sich langsam zuspitzen, nicht nur allein den Hawlitschek möchte im Stich lassen, sondern zugleich auch uns.

Wie also gestern dann, nach erfolgtem Absturz, der Hawlitschek und der Tyras sich langsam wieder errappelt haben, sind sie natürlich zunächst einmal ratlos gewesen, wohin sie sich wenden sollen, in dieser weiten, verschneiten Einsamkeit. Dann aber haben sie plötzlich von ferne Stimmen gehört, und wie sich der Hawlitschek umschaut, da sieht er weit drüben ein paar Gestalten auftauchen, welche so rasch und leichtfüßig über den tiefen Schnee sich dahinbewegen, daß man bei ihrem Anblick sich fragen muß, ob das mit rechten Dingen zugeht.

Aber der Hawlitschek kann es im Augenblick sich nicht leisten, daß er bei dieser Frage sich lange aufhält – der Hawlitschek fängt zu schreien an. »Hilfe!« schreit er aus vollem Halse und fuchtelt dabei mit den Armen, »Hilfe! Zu Hilfeee!«, und gleichzeitig läßt auch der Tyras sich hören mit lautem Jaulen. Die Folge ist, daß besagte Gestalten den Lauf verlangsamen und zu ihnen herüberblicken; dann rufen sie ihrerseits etwas dem Hawlitschek zu, was dieser aber der eigenen Hiferufe wegen nicht hören kann, sondern er sieht nur, wie die Gestalten (es sind ihrer fünfe im ganzen) nach kurzem Aufenthalt sich erneut in Bewegung setzen und nunmehr geradenwegs auf ihn zukommen.

Alle fünf sind auf eine dem Hawlitschek ungeläufige Art bekleidet gewesen, mit Wollmützen, Wolljacken, wollenen Halstüchern, Wollstrümpfen bis zum Knie hinauf und mit wollenen Fäustlingen; nur gerade die Hosen sind nicht aus Wolle gewesen, dafür jedoch haben sie an den Beinen einen so auffallend engen Schnitt gehabt, daß man sie schlichtweg als Röhrlhosen bezeichnen muß – aber dies alles ist für den Hawlitschek das Erstaunlichste nicht an den jungen Leuten, als welche die fünf sich im Näherkommen erweisen: Für ihn das Erstaunlichste ist die Methode, mit welcher sie über den Schnee sich dahinbewegen. Nämlich vermittels von jeweils zwei langen und schmalen Brettern, welche sie irgendwie an den Schuhsohlen sich befestigt haben (mit Lederriemen vermutlich, oder mit Leinwandstreifen), gelingt es den fünfen, daß sie im Schnee nicht einsinken, sondern sie gleiten im raschen Tempo darüber hinweg, wobei sie noch obendrein immer wieder mit einem langen, nach Art einer Ruderstange in beiden Händen gehaltenen Stecken sich kräftig abstoßen.

Mit einem Wort also (was der Hawlitschek nicht hat wissen können, nämlich man hat auf dem Postenkommando in der Gemeinde Hühnerwasser bis dato noch überhaupt keine Ahnung davon gehabt, daß es so was gibt): Es sind Schneeschuhläufer gewesen, welche da über die Elbwiese auf den Hawlitschek

zukommen, und sie fragen ihn selbstverständlich sofort, was los ist mit ihm und wie er denn bloß, um Himmels willen, mitten im Winter mit seinem Hund hier heraufgeraten ist?

No, der Hawlitschek hat natürlich nicht gut ihnen sagen können, wie die Geschichte sich wirklich verhalten hat, nämlich das möchten die jungen Leute ihm sowieso nicht geglaubt haben, und so hat er denn lediglich ihnen angedeutet, daß er in einem geheimen Auftrag sich unterwegs befindet – und ob sie ihm, bittschön, dazu verhelfen möchten, daß er auf schnellstem Weg vom Gebirge wieder hinunterkommt...

Da haben die fünfe (es hat um Studenten aus Trautenau sich gehandelt) nach kurzer Beratung dem Hawlitschek vorgeschlagen, daß man am besten ihn zu den Hofbauden bringen wird, wo er's dann nicht mehr weit hat nach Rochlitz hinunter zum nächsten Gendarmerieposten.

Ohne Schneeschuhe kommt man hier oben jedoch bloß langsam vorwärts um diese Jahreszeit; und wie die Studenten am späten Nachmittag mit dem Hawlitschek auf den Hofbauden endlich eintreffen, hat er für heute die Nase voll gehabt. Und so tut er vielleicht das Gescheiteste, was er tun kann: er bleibt für die kommende Nacht auf den Hofbauden, wo er im Gasthaus sich einquartiert, während die jungen Leute nach Rochlitz abfahren.

Der Hofbaudenwirt, ein gewisser Melzer Karl, hat mit Spitznamen Pfeifla-Korle geheißen, nämlich zur Winterszeit und am Feierabend, da hat er Spielzeug geschnitzt, und zwar vorwiegend Vögel in jeder Gestalt und Größe, aber auch manchmal Pferde, welch alle sich hinten in einem Mundstück geendigt haben, so daß man auf ihnen pfeifen kann. Der Pfeifla-Korle sorgt nun fürs erste dafür, daß der Hawlitschek die verschwitzten Sachen am Ofen sich wieder trocknen kann, wobei er mit ein Paar Hosen und einem Hemd ihm einstweilen aushilft; und zweitens hat er von seiner Alten ihm eine Biersuppe kochen lassen zum Nachtmahl: Die wird dem Herrn Wachtmeister guttun, meint er, nämlich es gibt nix Besseres, wie man wieder zu Kräften kommt, und es soll die Rosina ock ja ne am Zucker sparen und extra zwei Eier ihm noch hineinquirlen, daß er sich ordentlich daran stärken kann.

Wie die Biersuppe fertig ist, hat der Hawlitschek gleich nach den ersten paar Löffeln verspüren können, daß eine schöne Wärme im ganzen Leib sich ihm davon ausbreitet, bis in die Zehenspitzen hinein, und zum ersten Mal wieder, seit die verschneiten Fichten auf ihn und den Tyras heruntergeprasselt sind, fühlt er sich angenehm wohl und zufrieden in seiner Haut.

Wie dann die beiden Männer, der Hawlitschek mit dem Pfeifla-Korle, noch eine Weile beisammensitzen am Tisch in der Baudenstube, da hören sie plötzlich Gesang vor den Fenstern draußen. Es sind ein paar junge Stimmen, welche sich da vernehmen lassen – und kaum daß sie richtig begonnen haben, sagt schon mit einem Augenzwinkern der Pfeifla-Korle zum Hawlitschek, daß sie jetzt gleich werden hohen Besuch bekommen: Er soll ock schon immer sich drauf gefaßt machen.

Bald ist das Lied zu Ende gesungen. Dann hört man die Tür sich öffnen zum Vorhaus, es trappeln sich welche den Schnee von den Füßen, dann klopft's an der Stubentüre. Und wie nun der Pfeifla-Korle »Herein«, sagt, »in Gottes Namen!«, da treten zu ihm in die Baudenstube herein die Dreikönige aus dem Morgenlande, mit weißen Nachthemden angetan, welche sie über die Kleider gezogen haben, mit Kronen von Goldpapier auf den Köpfen, und einer von ihnen, der mittlere, welcher ein schwarzes Gesicht hat (bloß um die Nase herum hat es mittlerweile schon etwas sich aufgehellt, weil man bei jedem Schneuzer natürlich ein bissl vom Ruß sich wegwischt), der mittlere trägt einen Stecken, da haben sie oben den Stern von Bethlehem daran festgenagelt, der ist auf der vorderen Seite vergoldet gewesen, die Rückseite aber ist schwarz. Und wie nun die drei in der Stube sich aufgestellt haben nebeneinander, den Sternträger in der Mitte, da gibt ihnen dieser ein Zeichen, indem er mit seinem Stecken dreimal fest auf den Boden klopft, woraufhin sie dann nach dem dritten Klopfen gemeinsam die folgenden Worte sprechen:

> Wir treten herein da, ohn' allen Spott,
> Ein' schön' guten Abend bescher euch Gott!
> Drei Könige sind wir, wohlbekannt,
> Kaspar, Melichar, Balthasar zubenannt.
> Vom Morgenland sind wir gezogen aus,
> Es führt uns ein Stern von Haus zu Haus.
> Er wird uns führen zur Krippe hin,
> Da liegt unser aller König drin:
> Dem wollen wir mit Lobsingen
> Gold, Weihrauch, Myrrhen bringen –
> Und unsere Herzen insgemein,
> Die sollen ihm auch befohlen sein.

Es sind aber die besagten Dreikönige, wie das geschätzter Leser schon längst sich gedacht haben wird, nicht eigentlich aus dem Morgenlande gewesen, sondern es hat um die Pradler-Jungen aus Sahlenbach sich gehandelt, welche mit ein paar Freunden in diesen Tagen von Haus zu Haus ziehen mit dem Alten Dreikönigsspiel, wie man in früheren Zeiten es hier in der Gegend gespielt hat. Und es ist das Verdienst vom Herrn Lehrer Karasek, daß man es heute, nachdem es schon fast in Vergessenheit möchte geraten sein, wieder spielen kann. Nämlich er hat bei den alten Leuten danach herumgefragt, welche aus ihrer eigenen Jugendzeit noch das Spiel gekannt haben, und es haben sich manche von ihnen sogar an den Text noch erinnern können, jedenfalls stellenweise. Die von ihm sorgfältig aufgezeichneten Bruchstücke hat der Herr Lehrer Karasek in den »Mittheilungen des Nordböhmischen Excursions-Clubs« veröffentlicht, wortgetreu, zum Gebrauche der Wissenschaft. Aber für seine Rochlitzer Schulkinder hat er sich auf die Wissenschaft eins gepfiffen und hat aus den vorgefundenen Überresten wieder ein richtiges Spiel zusammengestellt, mit ein paar eigenen Zutaten zwischendrinnen, damit sich die einzelnen Teile hübsch ineinandergefügt haben – no, und da werden wir also, geschätzter Leser, das neue Alte Dreikönigsspiel jetzt gemeinsam uns weiter anschaun, zugleich mit dem Pfeifla-Korle, der Melzerschen und dem Hawlitschek.

Es sind die Dreikönige unterdessen in eine mißliche Lage geraten, indem sich vor aller Augen der Stern von Bethlehem ihnen verdunkelt hat (nämlich der Sternträger hat ihn umgedreht, mit der schwarzen Seite nach vorn), und so müssen sie wohl oder übel zum König Herodes gehen, die dreie, und müssen ihn um den Weg befragen, wie man zum neugeborenen König der Juden kommt. Und es tritt also nunmehr, von ihnen herbeigerufen, der König Herodes auf, welchem man schon von weitem anmerkt, daß er von Heimtücke nur so strotzt, auch wenn er zunächst den Dreikönigen gegenüber sich äußerst freundlich stellt.

Also, den neugeborenen König der Juden suchen die Herren Könige? sagt er mit einem Achselzucken; da kann er zu seinem Leidwesen ihnen mit einer näheren Auskunft nicht dienlich sein, nämlich er hört das zum ersten Mal heut, von diesem neugeborenen Judenkönig. Aber es möchte ja vielleicht sein können, daß es ihn trotzdem gibt ... – woraufhin er beiseite spricht, leise, damit die Dreikönige es nicht hören sollen:

>Ein neuer König in meinem Reich?
>Den muß ich mir schaffen vom Hals sogleich!

Drum heißt's mit List ergründen,
Wo ich ihn werde finden...

Hierauf wendet der König Herodes wiederum sich den morgenländischen Königen zu und rät ihnen, daß sie den Mut nicht verlieren sollen, sondern sie werden den neugeborenen König schon aufspüren können. Und wenn ihnen das gelungen ist, sagt er, dann möchten sie doch so gut sein und wieder bei ihm vorbeikommen auf dem Rückweg, damit sie den Ort ihm beschreiben können, wo sie den neuen Judenkönig gefunden haben, so daß dann auch er, der König Herodes selber, ihm seine Aufwartung machen kann, wie das von König zu König sich schließlich gehören möchte.

No, die Dreikönige aus dem Morgenland haben auf seine Einladung vorläufig weder ja noch nein gesagt; aber sobald sie den König Herodes wieder verlassen haben (welcher zum Zeichen dessen, daß er in seinem Palast zurückbleibt, sich gegen die Wand gekehrt hat, so daß man vorübergehend ihn bloß von hinten sieht) – wie sie nun also den König Herodes verlassen haben, da sind sie sich darin einig gewesen, daß sie auf keinen Fall ihm vertrauen dürfen, sondern es möchte am besten sein, wenn man um ihn herum bei der Rückkehr ins Morgenland einen großen Bogen macht. Und wie sie das kaum gesagt haben, da erhellt sich vor aller Augen aufs neue der Stern von Bethlehem – und nun können sie also getrosten Sinnes von hinnen nach dannen ziehen, wo sie ja dann bekanntlich den neugeborenen König auch finden werden.

Kaum aber daß sie die Baudenstube verlassen haben, da kehrt schon der König Herodes sich wieder herzu von der Wand, und es ist eine Schande, sagt er, daß die Dreikönige ihn betrogen haben, nämlich jetzt wartet er ganz umsonst schon den dritten Tag auf sie. Aber nun können sie alle drei ihm gestohlen bleiben, indem seine Sterndeuter unterdessen den Ort ihm bereits ermittelt haben, wo selbiges Knäblein zur Welt gekommen ist, welches man für den neugeborenen König hält. Und so wird er nicht lange fackeln, sagt er, sondern er hat sich schon einen Plan gemacht, was man tun muß in dieser Sache – und plötzlich, daß alle zusammenfahren, schreit er mit lauter Stimme nach seinem Hauptmann.

Der Hauptmann kommt eilends hereinmarschiert, mit gezücktem Säbel, welcher jedoch von Holz ist. Dafür aber hat man mit einem echten k.k. Gendarmeriehelm ihn ausgestattet, wenngleich von der alten Sorte, welche seit ein paar Jahren außer Gebrauch ist. Der Hawlitschek hat noch genau sich an diese Helme erinnern können, und eigentlich, denkt er, möchte es diesfalls ein Helm von der Feuerwehr wohl auch getan haben – aber vielleicht hat man in der passenden Größe keinen zur Hand gehabt.

Nämlich den Hauptmann wird man als einen Ausbund von militärischer Reputierlichkeit nicht gerade bezeichnen können. Er hat einen mächtigen Schmerbauch mit sich herumgeschleppt, und es scheint, nach der Röte von seiner Nase zu urteilen, daß er ein ziemlich versoffenes Leben führt; auch hat er sich vor dem König Herodes nicht einmal richtig habtacht gestellt bei der Meldung, und wie er ihm salutiert hat, so hat er dabei mit dem Säbel auf eine Weise ihm vor der Nase herumgefuchtelt – da kann man bloß staunen, daß er ihm keinen Schaden zufügt.

    Du hast mich gerufen – ich bin zur Stell.
    Was, König Herodes, ist dein Befehl?

No, der Herodes hat ihn darüber nicht lange im Zweifel gelassen, was der Befehl ist: Er schickt ihn mit allen seinen Soldaten nach Bethlehem, sagt er, damit sie dortselbst ihm mit sämtlichen Knäblein kurzen Prozeß machen, welche zwei Jahre alt oder jünger sind.

    Dieses, Hauptmann, ist mein Gebot:
    Ihr sollt sie mir schlagen alle tot!
    Noch heute müssen sie werden hin –
    So wahr ich der König Herodes bin.

Es hat nun sogleich unter lauten Kommandorufen der Hauptmann in Richtung Bethlehem sich in Marsch gesetzt, auf die Wand zu. Und wie er dort angelangt ist nach zwei, drei Schritten, da hat er kehrteuch! gemacht und kommt eiligen Schrittes wieder zurückmarschiert nach Jerusalem, wo er voll Stolz nun dem König Herodes Bericht erstattet:

> Erschlagen, König, ist die Brut –
> Es trieft mein Schwert vom frischen Blut.

Also, vom Blut trieft der hölzerne Säbel in diesem Augenblick ihm zwar keineswegs, aber es hat sich der König Herodes davon nicht stören lassen, sondern der Hauptmann, sagt er, wird einen Orden verliehen bekommen, für die so rasch und gründlich geleistete Arbeit – und jetzt, hat der König Herodes hinzugefügt, wird im Palast man ein großes Fest feiern, weil er nun endlich wieder in Ruhe regieren und schlafen kann, ohne daß irgend ein minderjähriges Knäblein den jüdischen Thron ihm streitig macht.

> Zum End' gebracht ist alle Pein,
> Des freu' ich mich ganz ungemein:
> Triumph! geschrien aus voller Brust,
> Weil ich so klug mir Rat gewußt...

Es hat nun der König Herodes eine Art Freudentanz vor den Zuschauern aufgeführt, was zwar im klaren Widerspruch dazu steht, was im Kapitel Numero zwei wir geschätztem Leser der Wahrheit gemäß berichtet haben; aber das hat man im Riesengebirge ja damals nicht wissen können, zu jener Zeit, wo das Alte Dreikönigsspiel aufgekommen ist; und es hat ja auch, wie gesagt, der Herr Lehrer Karasek möglichst wenig daran verändern wollen, wie er das Spiel auf der Grundlage der von ihm vorgefundenen Überreste für seine Schulkinder neu belebt hat – wobei auch, im weiteren Gegensatz zu den historisch verbürgten Tatsachen, jetzt schon, nach kaum begonnenem Freudentanz, für den König Herodes das dicke Ende herbeigekommen ist.

Nämlich es kommen, mit Pfeifen und Johlen, zur Stubentüre auf einmal drei Teufeln hereingesprungen, zottelpelzig und kettenrasselnd, mit Hörnern und langen Schwänzen, der eine von ihnen mit einer Ofengabel bewaffnet, der zweite mit einer Feuerzange, der dritte mit einem Bratspieß – und wie auch der König Herodes vor ihnen sich winden mag und um Gnade die Herren Teufel anfleht mit hocherhobenen Händen: Das nützt ihm in dieser Stunde alles nix.

> Genug gewinselt, genug geschwätzt –
> Du mußt mit uns zur Hölle jetzt:
> Da wird man dich sieden und braten,
> Zur Strafe für deine Taten!

Damit haben zwei von den Teufeln, der mit dem Bratspieß und der mit der Feuerzange, den König Herodes beim Kragen gepackt und zur Stubentüre hinausgezerrt, woraufhin man sie draußen, im Vorhaus, geräuschvoll mit ihm zur Hölle hat fahren hören, während der dritte noch rasch mit der Ofengabel sich auf den Hauptmann stürzt, welcher sich unterm Tisch hat verkriechen wollen, aber mit seinem Schmerbauch ist ihm das nicht gelungen. Und wie er den Teufel gleichfalls nun um Verschonung anfleht, unter Verweis auf die Tatsache, daß er ja lediglich ausführen müssen hat, was vom Herrn König Herodes ihm anbefohlen gewesen ist, muß er von Dem-mit-der-Ofengabel sich sagen lassen:

> Und *uns* hat man anbefohlen,
> Daß wir dich *trotzdem* holen!
> Drum halt mit dem Gewinsel ein,
> Zur Hölle mußt auch du hinein.

Dies rufend, hat nun der dritte Teufel den Hauptmann gleichfalls am Kragen hinausgezerrt aus der Stube, sehr zur Genugtuung für die Zuschauer. Und es sind die Dreikönige dann noch einmal hereingekommen zum Abgesang, in dessen Verlauf sie den Hausleuten Gottes Segen gewünscht haben für das Neue Jahr – und wenn man vielleicht ihnen, den Dreikönigen aus dem Morgenlande, zur Wegzehrung eine kleine Verehrung zukommen lassen möchte, so werden sie das nicht abschlagen, nämlich:

Wir nehmen gern, was ihr uns gönnt –
Und damit hat das Spiel ein End.

Es hat die Rosina Melzern sich diesbezüglich nicht wollen lumpen lassen und hat den Dreikönigen aus dem Morgenlande ein halbes Christbrot geschenkt, dazu hat sie ein Stück Speck ihnen in den Korb gelegt, und es haben auch ein paar Pfefferküchla sich noch gefunden für sie: Das sollen sie alles sich mit den anderen teilen, sagt sie (aber das möchten sie von allein schon getan haben). Und der Hawlitschek hat ihnen vierzig Heller spendiert, pro Mitspieler also fünfe – obzwar man ja eigentlich, wie er meint, diesen Unmenschen von Herodes nicht ausdrücklich noch belohnen sollte für seine Schlechtigkeit und den Hauptmann auch nicht...

Die Dreikönige haben dann mit den übrigen Spielern die Melzersche Baude wieder verlassen, und hinterher hat der Hawlitschek eine Weile noch mit dem Pfeifla-Korle und der Rosina beisammengesessen, am Tisch in der Baudenstube, und während der Korle beim Schein der Petroleumlampe an einem von seinen hölzernen Pferden herumgeschnitzt hat, da haben sie über das Spiel miteinander sich unterhalten, vornehmlich mit Bezug auf den bethlehemitischen Kindermord. Das muß man sich einmal vorstellen, hat die Rosina gesagt, wenn jetzt plötzlich der Kaiser Franz Joseph befehlen täte, daß man in Ober und Nieder Rochlitz ihnen die kleinen Kinder umbringt, alle am gleichen Tag und zur gleichen Stunde – und wie es nur überhaupt Menschen geben kann, welche zur Anrichtung eines solchen Gemetzels fähig sind.

No, hat daraufhin der Hawlitschek ihr erwidert, da kann er sie glücklicherweise beruhigen, nämlich man weiß ja vom Kaiser Franz Joseph, daß er in seiner bekannten Güte und Frömmigkeit niemals zur Abschlachtung kleiner Kinder sich hinreißen lassen wird, weder in Ober und Nieder Rochlitz noch anderswo – ganz davon abgesehen, daß man natürlich sich fragen muß, ob man dem k. u. k. Militärwesen einen solchen herodischen Mordbefehl überhaupt möchte zumuten können, außer den Bosniaken vielleicht.

Es hat aber, jenes Gesprächs mit den Melzerschen ungeachtet, der Hawlitschek in der folgenden Nacht einen ebenso seltsamen wie beklemmenden Traum gehabt. Da ist ihm der König Herodes im Schlaf erschienen, der hat diesmal jedoch wie ein Zwilling dem Kaiser Franz Joseph geglichen (wie man halt von den Kaiserbildern ihn kennt); nur hat er anstelle der Königskrone auf seinem Haupt einen k.k. Gendarmeriehelm der alten Fasson getragen und »Hawlitschek«, hat er mit einem Augenzwinkern dem Hawlitschek zugerufen, »ich tu mich auf Ihnen verlassen, Hawlitschek, in bewußter Sache – daß Sie das wissen, ja?« Und es hat dies der König Herodes mit einer Stimme zu ihm gesagt, als möchte es der Herr Landesgendarmeriekommandant gesagt haben:

»Wünsch Ihnen alles Gutes, Hawlitschek – sein S' mir in Ausübung Ihres Dienstes nur hübsch energisch – und denken S' in eventuellen Zweifelsfällen daran, daß beim k.k. Gendarmeriewesen nix unmöglich ist.«

Kapitel Numero fünfundzwanzig

worin wir von einer im Städtchen Hohenelbe gehaltenen Sonntagspredigt erfahren werden – sowie von der namenlosen Betrübnis, welche sie bei der Muttergottes zur Folge hat.

Es ist also nunmehr, geschätzter Leser, der Sonntagmorgen herbeigekommen, und weil es allmählich Zeit wird, daß man die Flucht nach Ägypten zum vorgesehenen Abschluß bringt, so haben die biblischen Wandersleute gleich nach der Morgensuppe sich wiederum aufgemacht und sind weitergezogen, von Waltersdorf auf der Straße nach Hohenelbe zu, und es hat sich der Esel Gottes schon ausgerechnet, daß sie an diesem Tage vielleicht noch bis Schatzlar hinauf es schaffen möchten, so daß sie am nächsten Morgen in aller Frühe das Königreich Böhmen werden verlassen können, hinaus ins Schlesische – und so ist er natürlich darauf bedacht gewesen, daß sie auf ihrem heutigen Wege nach Möglichkeit nirgends sich lange aufhalten.

Wie sie jedoch nach Hohenelbe gekommen sind, haben bei ihrer Ankunft die Glocken vom Turm der Stadtkirche grade zur Sonntagsmesse geläutet; und wie das die Muttergottes gehört hat, da meint sie zum heiligen Josef: In Anbetracht dessen, daß heute Sonntag ist, möchte sich's schon gehören, daß man zumindest auf einen Sprung in die Kirche geht. Und wenn auch der heilige Josef des Esels wegen nicht mitkommen können wird, möchte doch wenigstens sie auf ein Vaterunser hineinschaun.

Da müssen der Esel des Herrn und der heilige Josef die Muttergottes gewähren lassen und sind mit dem lieben Jesulein draußen zurückgeblieben, während sie in die Kirche hineingeht, wo längst schon die heilige Messe begonnen hat. Eben jetzt, wo die Muttergottes im Winkel neben der Tür sich zum Beten hinkniet, da fügt es sich, daß der Herr Dechant Tschertner gerade zur Kanzel emporsteigt: Er tut sich ein bissl schwer dabei, weil er ein alter Herr ist, und manchmal, besonders beim Treppensteigen, gerät er vorübergehend in Atemnot. Schließlich jedoch, wie er oben ist auf der Kanzel, und wie er nach kurzem Verschnaufen dann mit der Predigt anhebt, da läßt er wie eh und je seine Stimme erschallen, als möchte es an der nötigen Luft ihm niemals ermangelt haben.

Es hat aber der Herr Dechant Tschertner an diesem Sonntag, welches der Sonntag nach dem Dreikönigsfest ja gewesen ist, zum Gegenstand seiner Predigt sich eine Stelle beim Evangelisten Matthäus erwählt gehabt, ohne daß er natürlich hat wissen können, daß ausgerechnet die Muttergottes ihm zuhören wird dabei – und daß er zunächst sie mit seinen Worten besonders erbauen, des weiteren jedoch Anlaß zu großem Kummer ihr damit geben wird.

Nämlich es hat der Herr Dechant Tschertner zum Ausgangspunkt seiner Predigt die Flucht nach Ägypten erwählt gehabt – no, und da wird man sich nicht verwundern dürfen über die Muttergottes, wenn sie ein bissl länger sich in der Kirche zu Hohenelbe verweilt hat, als ursprünglich mit dem heiligen Josef ausgemacht.

Die Flucht nach Ägypten hat der Herr Dechant Tschertner zum Anlaß genommen, daß er an ihrem Beispiel der Christengemeinde von Hohenelbe im ersten Teil seiner Kanzelrede vor Augen führt, wie man vertrauensvoll immer und allezeit in den Willen des Allerhöchsten sich fügen soll: so wie der heilige Josef es damals getan hat in Bethlehem, wo bei der Nacht ihm der Engel des Herrn erschienen ist mit der Botschaft, sie sollen sich auf der Stelle zusammenpacken – und ab nach Ägypten!

»Das muß man sich nämlich, Geliebte im Herrn, einmal vorstellen«, sagt der Herr Dechant Tschertner, »wenn eines schönen Tages wir selber zu nächtlicher Stunde in unseren Häusern möchten vom Schlaf erweckt werden, und man täte uns abverlangen, daß wir noch diese Nacht uns von Hohenelbe hinwegbegeben, bei Mitnahme lediglich dessen, was man im

Reisebündel – no, sagen wir also in einem Rucksack tragen kann. Und dann, nach dem Willen Gottes, möchten wir also hinausmüssen auf die Landstraße und den Weg nach Ägypten antreten – oder sonstwohin... Wer von uns, wie wir dahier in Christus Jesus versammelt sind, möchte es diesfalls dem heiligen Josef wohl gleichtun können, indem er in solchen Ratschluß sich fügen möchte ganz ohne jegliches Murren, Klagen und zweifelndes Aufbegehren?« Obzwar ja natürlich,

wie der Herr Dechant Tschertner hinzufügt, nach aller Voraussicht kaum zu befürchten steht, daß man gerade hierorts die Probe auf das soeben vor Augen gestellte Exempel jemals wird machen müssen. (Wie hätte er damals auch ahnen können, was alles in diesbezüglicher Hinsicht im Lande Böhmen dereinst sich ereignen wird, nicht nur in Hohenelbe! Und wenn er's geahnt hätte, möchte er trotzdem es nicht für möglich gehalten haben, gewißlich nicht.)

So ist er denn fortgefahren in seiner Predigt und hat einem weiteren Punkt der Betrachtung sich zugewandt, indem er die Frage aufwirft, was denn die Folge möchte gewesen sein, wenn damals der heilige Josef dem Willen Gottes sich widersetzt haben möchte, aus Dummheit oder aus Trägheit oder aus sonst einem Grunde des Ungehorsams? Es möchte dann nicht nur das liebe Jesulein den Herodischen Kriegsknechten in die Hände gefallen sein – und das weiß man ja, wie es in diesem Fall ihm ergangen sein möchte, nämlich da hätte man ohne das allermindeste Zaudern es schnöde umgebracht: Nein! auch noch etwas anderes möchte der heilige Josef durch seinen Ungehorsam verschuldet haben. »Nämlich, wie hätte denn Gottes Wort sich an uns erfüllen sollen, in Christus Geliebte, wenn man das liebe Jesulein damals in Bethlehem möchte getötet haben? Da möchte das Werk der Erlösung ja schon zunichte geworden sein – lange bevor unser Herr und Heiland es hätte vollbringen können.«

Wie das die Muttergottes in ihrem Winkel gehört hat, da hat sie vom ganzen Herzen dem beigepflichtet. Wenn sie dem heiligen Josef erzählen wird, denkt sie, wie schön man von ihm gepredigt hat, wird er mit Recht sich darüber freuen und es gewiß ihr nicht übelnehmen, daß er ein bissl länger nun auf sie warten muß.

Es hat aber der Herr Dechant Tschertner indessen den dritten und letzten Teil seiner Predigt begonnen, mit einer Betrachtung darüber, wie sehr man natürlich dem heiligen Josef es danken muß, daß er dem Willen des Allerhöchsten in jener Nacht sich gehorsam bezeigt hat, freudig und auf der Stelle: »Doch mehr noch«, sagt er, »muß man dem himmlischen Vater selber es danken, daß er uns seinen eingeborenen Sohn bewahrt hat vor aller Herodischer Nachstellung...«

Und dann stellt er, nach kurzem Besinnen, sich und den Gläubigen unvermittelt die Frage: »Ob wohl der heilige Josef – und ob wohl die Muttergottes damals bereits geahnt haben werden, welche Bewandtnis es mit der Flucht nach Ägypten gehabt hat? Denn freilich, sie haben dem lieben Jesulein vorerst das Leben zwar retten können auf diesem Wege. Aber es ist ja der Weg nach Ägypten im Grunde genommen der Anfang von jenem Wege bereits gewesen, welcher in späteren Jahren zu unser aller Erlösung dort sich geendigt hat – auf dem Berge Golgatha.« Damit streckt er den Arm aus und deutet zur Wand hinüber, auf den Gekreuzigten mit der Dornenkrone.

Wie nun die Muttergottes ihn solchermaßen hat sprechen hören, und wie der Herr Dechant Tschertner den Blick ihr dabei auf den Heiland am Kreuz gelenkt hat, den bleichen, vom Blut überströmten, und wie sie begreift, daß ihr lieber und leiblicher Sohn es ist, welchen man da mit Dornen bekrönt und ans Kreuz geschlagen hat (es steht ja sogar sein Name darüber, zu Häupten auf einer Tafel): Da trifft es die Muttergottes mit sieben Schwertern, so daß sie im Schmerz erstarrt. Und weder achtet sie des Herrn Dechants, wie er nun von der Kanzel wieder hinabsteigt, noch achtet sie auf das Klingeln der Ministranten, auf Orgelspiel und Gesang – und selbst dann, wie die heilige Messe zu Ende gewesen ist und die Leute nach Hause gehen: selbst dann noch hat sie in ihrem Winkel gekniet, wie zu Stein geworden. Und erst, wie der heilige Josef nach ihr geschaut hat (den Esel hat er einstweilen dem Prade Ernstl zum Halten gegeben, einem der Ministranten), erst dann ist sie langsam wieder zu sich gekommen und hat zu ihm aufgeschaut. Und es ist eine solche Trauer gewesen in ihrem Angesicht, daß der heilige Josef aus Mitleid sich unwillkürlich vor ihr bekreuzigt hat.

Und so ist sie dann aufgestanden, die Muttergottes, und ohne daß sie ein Wort gesagt hat zum heiligen Josef, hat sie das liebe Jesulein wieder ihm abgenommen; und kaum daß sie vor der Kirche draußen den Esel Gottes bestiegen hat, schlägt sie den Saum ihres Mantels sich über den Kopf nach vorne und hat mit dem lieben Jesulein sich darunter eingehüllt.

Der Esel des Herrn hat dem heiligen Josef nicht einmal mehr die Zeit gelassen, daß er dem Prade Ernstl richtig Vergeltsgott hat sagen können, sondern er hat auf der Stelle ihn mit sich fortgezerrt, als möchte vom einen zum anderen Augenblick eine große Besorgnis ihn überkommen haben, daß sie womöglich das Ziel ihrer Reise nicht mehr erreichen werden, wenn sie noch länger in Hohenelbe sich aufhalten. Und so haben sie eiligen Schrittes die Wanderung wieder aufgenommen – wobei sie an diesem Sonntag zu keiner weiteren Rast mehr die Zeit sich gönnen, als bis sie bei Anbruch des Abends das Städtchen

Schatzlar erreicht haben. Und da haben sie dann für die mutmaßlich letzte Nacht auf königlich böhmischem Boden im Gasthaus »Zur Krone« Quartier bezogen, welches auf dortigem Marktplatze sich befunden hat, unweit vom k.k. Steueramt.

Kapitel Numero sechsundzwanzig

welches, fürs erste, zur vollen Zufriedenheit vom Herrn Teufel Pospišil sich entwickelt; dann aber, gegen den Schluß hin, wird ihm aus lauter höllischem Übereifer ein schweres Mißgeschick unterlaufen.

Es sind währenddem auch der Hawlitschek und der Tyras natürlich schon längst wieder unterwegs gewesen, und zwar hat der Pfeifla-Korle am frühen Morgen sie von den Hofbauden auf dem Hörnerschlitten nach Nieder Rochlitz hinunterbefördert (das heißt, auf dem Schlitten mitgefahren ist bloß der Hawlitschek, wohingegen der Tyras es vorgezogen hat, daß er zu Fuß – wenn von einem Hund man das sagen kann – ihnen hinterdreinspringt: nämlich es scheint, daß die gestrige Fahrt mit der Eisenbahn ihn darüber belehrt hat, wie wenig auf ungewohnte Beförderungsmittel man sich verlassen darf). In Nieder Rochlitz hat dann der Hawlitschek auf dem dortigen Gendarmerieposten seine Vollmacht hervorgezogen: Wenn man nicht augenblicklich ihm einen Pferdeschlitten samt Fuhrmann bereitstellt, sagt er, so wird für den Kommandanten es schlimme Folgen zeitigen, daß das gefälligst klar ist, nicht wahr...? Da hat man, nach einigem Hin und Her, sich darauf geeinigt, daß man den örtlichen k.k. Posthalter diesbezüglich befassen muß – no, und es hat der Herr Posthalter Meuthner auch tatsächlich ihnen Rat geschafft, und zwar dahin gehend, daß er dem Hawlitschek einen bemannten Postschlitten zur Verfügung stellt für den Rest des Tages, dessen Benützung man selbstverständlich ihm ordnungsgemäß quittieren muß; und nachdem nun der Hawlitschek dies getan hat, unter Bezugnahme auf schon mehrfach erwähntes Patent, da hat seiner schleunigen dienstlichen Weiterbeförderung nix mehr im Weg gestanden.

Es hat der Herr Posthalter Meuthner eigenhändig den Schlitten ihm angeschirrt, mit nur einem Pferd zwar (wie hätte er zweie ihm anschirren können, wo er im Poststall nur eins gehabt hat? – das muß selbst der Hawlitschek ihm zugute halten), aber dafür hat er höchstpersönlich sich auf den Bock gesetzt, der Herr k.k. Posthalter, und nachdem er in einen Schafspelz sich eingemummelt hat, läßt er die Peitsche schnalzen, und »Los!« ruft er, »tun Se ock ja mir hübsch achtgeben, daß Se uns unterwegs ne womöglich 'nausfallen tun, Herr Wachtmeister!«

Aber das hat der Herr Posthalter Meuthner mehr oder weniger bloß zum Spaß gesagt, nämlich so überaus schnell hat er gar nicht fahren können mit seinem einen Pferdla, daß er den Hawlitschek möchte dabei in Gefahr gebracht haben; und es hat selbst der Tyras, nachdem er zunächst eine Zeitlang neben dem Schlitten hergerannt ist mit hängender Zunge, sich schließlich davon überzeugen lassen, daß dem Herrn Posthalter Meuthner und seiner Fuhre man ruhig sich anvertrauen kann. Und so ist er denn, wie sie am oberen Ortsrand von Jablonetz an der Bahnschranke haben halten müssen, freiwillig auf den Schlitten hinaufgesprungen zum Hawlitschek und hat sich ihm zu den Füßen hingekuschelt, aufs Stroh – was der Hawlitschek um so lieber sich hat gefallen lassen, als er auf diese Weise vom Tyras die Füße gewärmt bekommt.

Nun wird man natürlich, geschätzter Leser, die heutige Schlittenfahrt nicht im entferntesten in Vergleich setzen dürfen zu jener, welche wir seinerzeit gern den Herrn Landesgendarmeriekommandanten Ritter von Branković möchten gemacht haben lassen, per Extraschlitten im Sechserzug; aber gleichwohl hat der Hawlitschek ganz zufrieden sein können mit den Umständen, unter welchen die heutige Reise vonstatten gegangen ist; und es hat auch sogar der Herr Teufel Pospišil nix daran aussetzen können – außer vielleicht die Tatsache, daß die zahlreichen Bahnschranken, welche sie haben passieren müssen, stets vor der Nase sich ihnen geschlossen haben, als möchten sie justament ihnen das zum Possen tun.

Aber es scheint, daß es hierbei tatsächlich um weiter nichts als um eine Tücke des Fahrplanes sich gehandelt hat und nicht etwa darum, daß abermals der besagte riesengebirgische Herr einen Schabernack ihnen hat spielen wollen auf diese Weise; nämlich es hat ja Betreffender, was den Hawlitschek und den Tyras angeht, das Seinige gestern bereits getan gehabt, und unsteten Wesens, wie er nun einmal ist, hat er keinerlei Anlaß dazu gesehen, daß er auch heute mit ihnen sich wieder abgibt.

Sie sind also, wenn sie nicht zeitweilig haben vor einer geschlossenen Bahnschranke warten müssen, zunächst auf der Iserstraße dahingefahren, welche, vom Tag zuvor her, dem Hawlitschek und dem Tyras bis Ponikla ja bereits geläufig gewesen ist. Und wie sie an jener Stelle vorüberkommen, wo gestern die beiden Fichten auf sie heruntergekracht sind, da hat man dieselbigen in der Zwischenzeit schon beiseite geräumt gehabt – aber natürlich, es sind von den abgebrochenen Stämmen die Strünke noch dagestanden, hüben und drüben: wie zum Beweis für den Hawlitschek, daß er sich nix zusammengeträumt hat.

Bis Starkenbach sind sie nun einfach durchgefahren, weil sie ja gestern gesehen haben, wie sich die bethlehemitischen Wandersleute von dort aus in Richtung auf Hohenelbe gewandt haben; und erst jetzt hat der Tyras vom Schlitten wieder hinuntermüssen, damit er aufs neue die Fährte von ihnen aufnimmt.

Die heilige Witterung ist von jetzt an natürlich bedeutend frischer gewesen als an den Vortagen, was dem Herrn Teufel Pospišil neuerdings ein nicht unbeträchtliches Mißbehagen verursacht hat. Aber er hat sich darüber hinweggeholfen, indem er zu Recht sich gesagt hat, daß ja, je penetranter es ihm entgegenstinkt aus dem Schnee, desto eher wird die Mischpoche man endlich packen können...

In Hohenelbe haben sie eine kurze Rast gemacht, weil der Herr Posthalter Meuthner das Pferdla hat füttern müssen. Ob nicht der Hawlitschek, fragt er bei dieser Gelegenheit, hierorts vielleicht einen anderen Schlitten sich möchte beschaffen können, kraft seiner Vollmacht: Nämlich was wird man in

Rochlitz sagen, bittschön, wenn möglicherweise morgen die dortige k.k. Posthalterei geschlossen bleibt, weil der Posthalter nicht zur Stelle ist?

Das hat aber auf den Hawlitschek überhaupt keinen Eindruck gemacht. »Da wird man gefälligst in Rochlitz sich halt gedulden müssen«, erwidert er; nämlich er kann sich das jetzt nicht leisten, daß er den Schlitten wechselt und kostbare Zeit vergeudet – es soll ock der Meuthner sich hübsch dazuhalten mit dem Füttern, damit sich's weiterfährt.

Es möchte indessen vermutlich klüger gewesen sein, wenn der Hawlitschek lieber doch möchte auf den Herrn Posthalter Meuthner gehört haben; denn es hat zwar der Rochlitzer k.k. Postbetrieb ihm egal sein können, das stimmt schon – aber das Pferdla vor Meuthners Schlitten, das hätte ihm dürfen nicht egal sein: da darf er sich jetzt nicht wundern, der Hawlitschek, wenn es beim Weiterfahren allmählich ihnen von Kräften kommt.

Auf der Straße nach Trautenau ist's ja noch halbwegs angegangen; später indessen, wie sie bei Einbruch der Dunkelheit dann nach links sich wenden in Richtung Schatzlar, und wie sie nun immer höher hinauf müssen ins Gebirge, da hat das postalische Pferdla zwar weiterhin rechtschaffen mit dem Schlitten sich abgeschunden – und dennoch ist's immer langsamer und beschwerlicher jetzt dahingegangen, so daß schon der Hawlitschek und der Herr Posthalter Meuthner sich überlegt haben, ob man nicht lieber absteigen soll und zu Fuß gehen: aber da haben sie mit der Ungeduld vom Herrn Teufel Pospišil nicht gerechnet.

Es ist nämlich letzterer absolut nicht dazu bereit gewesen, daß man in dieser Stunde die allermindeste Rücksicht nimmt auf das Meuthnersche Pferdla, sondern er hat nur das eine Ziel jetzt vor Augen: bloß keine Zeit verplempern, damit man so schnell wie möglich die bethlehemitische Sippschaft erwischen kann! Und so hat er denn, der Herr Teufel Pospišil, kurzerhand das getan, was er für ganz besonders wirksam gehalten hat: Nämlich er steckt nicht umsonst ja im Tyras drinnen, nicht wahr? – und bevor noch der Hawlitschek und der Herr

Posthalter Meuthner zum Absteigen ernsthaft sich anschicken können, da ist schon der Tyras mit wildem Gekläff auf das Pferdla losgefahren und treibt es zur Eile an.

Das Pferdla reißt wirklich im ersten Schreck sich noch einmal zusammen und will mit dem Schlitten lospreschen, aber es kommt mit den Hinterhufen ins Rutschen dabei, und wenn der Herr Teufel Pospišil nur ein bissl auf Pferde sich möchte verstanden haben, dann möchte er schleunigst vom Meuthnerschen Pferdla jetzt ablassen. Jedoch nein! er versteht eben nix von Pferden, der dumme Teufel, sondern er springt um so wütender nun das Pferdla an: Das wär doch gelacht, denkt er, wenn wir dich nicht zum Laufen bringen, verdammte Krücke! Da wird man ein bissl halt zuschnappen müssen, wenn du's nicht anders haben willst...

Ja, und da hat also dann der Tyras tatsächlich ein bissl zugeschnappt, aber das Pferdla in seiner Angst (und vielleicht mag es auch gespürt haben, wer da im Tyras drinsteckt, nämlich man weiß ja, daß Tiere in dieser Hinsicht als überaus feinfühlig sich erweisen), das Pferdla, so brav und geduldig es sonst auch sein mag: Jetzt plötzlich hat sich's mit allen Vieren zur Wehr gesetzt – und ehe dem Tyras zum Ausweichen Zeit bleibt, da hat er schon mit dem linken Hinterhuf eins auf die Schnauze bekommen, daß es im hohen Bogen ihn rücklings umhaut.

Im ersten Moment ist er wie betäubt gewesen, der arme Köter; dann aber hat er vor Schmerzen aufgejault in den höchsten Tönen – und nicht nur ist ihm das Blut aus der Nase geschossen, und nicht nur schwillt von dem Tritt ihm die Schnauze an, sondern im gleichen Maß, wie die Schnauze dem Tyras anschwillt, da sind auch die Nasenlöcher ihm zugeschwollen, so daß, bis auf weiteres jedenfalls, er zum Aufsuchen einer Fährte nicht mehr imstande sein wird, auch nicht der penetrantesten, weil er in diesem verschwollenen Zustand sie nicht erschnüffeln kann.

No, das ist eine schöne Bescherung gewesen, vor allem auch für den Herrn Teufel Pospišil, welcher im höllischen Übereifer sie ja verschuldet hat! Nämlich wie soll man der bethlehemitischen Sippschaft nun habhaft werden, wo man auf solche ebenso blöde wie überflüssige Weise der Möglichkeit sich beraubt sieht, in buchstäblich letzter Stunde, daß man ganz einfach vom Tyras zu ihnen sich hinführen lassen kann? Und so ist dem Herrn Teufel Pospišil in begreiflicher Wut und Verzweiflung nix Besseres eingefallen, als daß er zunächst einmal mit dem Tyras zusammen sich kräftig ausheult.

Der Hawlitschek hat zwar das Mißgeschick, welches dem Schmejkalschen Hund widerfahren ist, auch bedauert (»No, Tyrasl«, sagt er, »da hast du dir, Armitschkerl, ja was eingebrockt...«), aber er hat auch zugleich, als ein Mann von unbestreitbarer Umsicht, noch längst keinen Grund zur Verzweiflung darin gesehen. Vielmehr hat er, erstens, den Tyras beim Wickl genommen und hat mit der Schnauze ihn in den Schnee gesteckt, damit er auf solche probate Weise den Schmerz ihm ein bissl lindert; sodann hat er, zweitens, ihn auf den Schlitten gebettet ins Stroh, unter gütlichem Zureden, daß ja geschwollene Schnauzen auch wieder abschwellen mit der Zeit; und schließlich, zum dritten, sind der Herr Posthalter Meuthner und er zu Fuß dann das letzte Stück bis nach Schatzlar hinaufgewandert, neben dem Pferdla her und dem Schlitten, woselbst sie beim dortigen k.k. Gendarmerieposten haltgemacht haben, welcher im Alten Rathause sich befunden hat.

»So«, hat der Hawlitschek zum Herrn Posthalter Meuthner sich dort vernehmen lassen, »jetzt können Sie meinetwegen nach Rochlitz zurückfahren, wenn Sie nicht vielleicht lieber in einem der hiesigen Gasthäuser übernachten wollen – auf Kosten, versteht sich, des k.k. Gendarmeriewesens.« Hierauf hat er nun dem Herrn Meuthner im Schein der Laterne, welche sich über dem Eingang befunden hat, für die geleisteten Dienste nicht nur gedankt, sondern obendrein einen Quittierungszettel ihm ausgestellt. Dann hat er den Tyras mit aller Behutsamkeit auf den Arm genommen und hat mit dem armen Hund in die Wachstube sich hineinbegeben.

Der Schatzlarer Kommandant, ein gewisser Wachtmeister Wondrak, hat alsbald vom Hawlitschek seiner Vollmacht Kenntnis genommen, und wie zu erwarten gewesen, hat er im

Hinblick auf die befahndeten Ausländer ein Aviso bereits erhalten gehabt: Schon vorgestern, so berichtet er, hat man im ganzen hiesigen Abschnitt die k.k. Grenzzoll-Kontrollsbehörden per allerdringlichster Order dazu veranlaßt, daß unter gar keinen Umständen die beschriebenen Individuen mit dem Kind und dem Esel ins Schlesische man hinauspassieren läßt aus dem Königreich Böhmen – und wie es von höchster Stelle befohlen ist, wird man sie pflichtgemäß auf der Grenze anhalten und in Haft nehmen.

No, zur Sicherheit hat der Hawlitschek trotzdem darauf bestanden, daß er, für alle Fälle, noch einmal auf telephonischem Wege die einzelnen Grenzposten schärfstens vergattern kann, und es hat der Herr Wachtmeister Wondrak bereitwillig die betreffenden Dienstgespräche ihm hergestellt.

Falls man, zu welcher Tages- und Nachtzeit auch immer, seitens der k.k. Grenzzoll-Kontrollsorgane die anzuhaltenden Ausländer auf der Grenze betreffen sollte, hat nun der Hawlitschek extra noch einmal in jedem einzelnen Falle den Posten eingeschärft, soll man sogleich per Adresse des hiesigen Gendarmeriekommandos in Schatzlar ihm telephonische Meldung erstatten, damit er sofort sich an Ort und Stelle begeben und alle weiteren Maßnahmen dann persönlich verfügen kann.

Nachdem dieses alles mit Nachdruck erledigt gewesen ist, hat er bei gutem Gewissen sich drauf verlassen können, daß er das Seine getan hat in dieser Sache, und nunmehr hat er dem Tyras noch einmal sich zugewendet, indem er ein nasses Handtuch ihm auf die angeschwollene Schnauze gelegt hat. »No, Tyrasl«, sagt er, »das wird dir guttun, weißt du... Man muß halt in solchen Dingen ein bissl Geduld haben, ja?« Und dann hat er zu guter Letzt im Bewußtsein dessen, daß alles nach besten Kräften von ihm geregelt ist, in der Wachstube auf das Feldbett sich hingestreckt, rechtschaffen müde, wie er gewesen ist – und es hat keine halbe Minute gedauert, da ist er, zufriedenen Sinnes, dem Wachtmeister Wondrak davongeschlafen.

Kapitel Numero siebenundzwanzig

worin man erfahren wird, wie in Schatzlar der Erzengel Gabriel sich veranlaßt sieht, daß er vorzeitig aus dem Esel des Herrn hinausgeht – nämlich es möchte die Flucht nach Ägypten ansonsten womöglich gescheitert sein.

Es weiß ja natürlich geschätzter Leser bereits im voraus, daß man die Flucht nach Ägypten von seiten des k.k. Gendarmeriewesens keinesfalls wird verhindern können – ungeachtet der Maßnahmen, welche der Hawlitschek diesbezüglicherweise getroffen hat. Und dennoch, wie wir sogleich berichten werden, möchte das biblische Vorhaben fast noch in letzter Stunde gescheitert sein.

Während der Hawlitschek friedlich beim Gendarmeriekommando in Schatzlar dem kommenden Morgen entgegenschnarcht, und während im Schlaf der Tyras von Zeit zu Zeit aufwinselt, wenn er bei einer ungeschickten Bewegung sich an der Schnauze wehtut, um diese Zeit also, da schon das ganze Städtchen im tiefsten Schlummer liegt, kommt im Gasthaus »Zur Krone« der heilige Josef mit einem Mal in den Stall getappt, wo man den Esel Gottes untergebracht hat für diese Nacht – und wie nun der Esel den heiligen Josef kommen hört, hat sich der Erzengel Gabriel gleich nichts Gutes dabei gedacht: Nämlich seitdem er in Hohenelbe die Muttergottes gesehen hat, wie sie betrübten Angesichts aus der Kirche hervorgetreten ist, woraufhin sie den Rest der Tagesreise im völligen Schweigen verbracht hat, als möchte sie ganz in Gedanken versunken sein, hat er schon etwas geahnt davon, daß sie womöglich in eine Bedrängnis geraten ist, deren Anlaß und nähere Umstände vorerst ihm noch verborgen gewesen sind.

Wie aber nunmehr der heilige Josef mit einer Laterne inmitten der Nacht zur Stalltür hereinkommt, da hat es von allem Anfang an für den Erzengel Gabriel keinen Zweifel daran gegeben, daß ihn der biblische Nährvater einzig der Muttergottes wegen so spät noch aufsucht – und richtig, es soll diese Ahnung ihn nicht getäuscht haben.

Der heilige Josef hat sich nicht lang bei der Vorrede aufgehalten. Er muß mit dem Esel unbedingt sprechen, sagt er, weil er vom Engel des Herrn einen Rat braucht in einer Sache, von der er nicht weiß, was man dazu sagen und wie er sich nun verhalten soll...

Es hat ja, beginnt er, vor einer guten Woche der himmlische Vater durch seinen, des Erzengels Gabriel Mund, im Stall von Bethlehem ihm verkünden lassen, es möge der heilige Josef unverweilt sich mit Weib und Kind auf die Flucht begeben, damit sie so schnell wie möglich das liebe Jesulein außer Landes bringen – und zwar nach Ägypten, wie es der Erzengel ausdrücklich ihm befohlen hat. Jetzt aber, fügt der heilige Josef hinzu, hat plötzlich die Muttergottes vom Schlaf ihn auferweckt, droben in ihrer Kammer, und hat ihm eröffnet, daß es am besten sein wird, wenn sie die Reise abbrechen. Nämlich, so meint sie, man kann mit dem lieben Jesulein auch im Königreich Böhmen sich ja verbergen, beispielsweise in Glasersdorf, wo man doch ganz gewiß vor dem König Herodes und seinen Soldaten ebenso sicher sein wird, als möchte man nach Ägypten geflohen sein.

Darüber ist nun der heilige Josef im höchsten Grade erstaunt gewesen, und wie er sich dann erkundigt, was denn die Muttergottes zu solcher Rede veranlaßt, da hat sie ihm drauf geantwortet, daß man um Christi Jesu willen mit weitergehenden Fragen sie nicht bedrängen soll, sondern sie wird ihm das alles später einmal erklären; jetzt aber müssen sie von dem Weg nach Ägypten sich abwenden, weil es um einen Weg sich handelt, welcher in Not und Pein eines Tages sich enden wird. Und sie hat ihn bei diesen Worten traurigen Blickes angeschaut, sagt der heilige Josef, als möchte mit allem Leid dieser Welt sie geschlagen sein – und nun weiß er nicht, sagt er zum Esel Gottes, was man in dieser Sache tun soll.

Wie er solches den heiligen Josef hat sagen hören, da ist eine große Sorge über den Engel des Herrn gekommen; und wenn er auch nicht gewußt hat, aus welchen Gründen die Muttergottes dem Willen des Allerhöchsten mit einem Mal sich nun widersetzen möchte, so ist ihm doch eines klar gewesen: Wenn anders die Flucht nach Ägypten nicht scheitern soll – und man weiß ja, sie darf nicht scheitern, sonst möchte das Heil der Welt vertan sein für alle Zeiten –, dann muß er das äußerste tun, was in seiner Macht steht: Er muß zu der Muttergottes unverweilt sich hinaufbegeben in ihre Kammer, auf daß er ihr, sichtbarlich vor sie hintretend, in der Anfechtung Beistand leiste.

Es ist also nunmehr der Erzengel Gabriel aus dem Esel hinausgegangen, vorzeitig, weil ja die Flucht nach Ägypten noch nicht zum Ende gebracht ist; und wiederum hat der heilige Josef sich niedergeworfen vor ihm auf das Angesicht, und abermals hat er in großer Furcht sich das Haupt verhüllt, ob des himmlischen Lichtes, welches mit seinem Gleißen den Stall erfüllt hat.

Von jetzt an, hat er den Erzengel Gabriel sagen hören, werden die biblischen Wandersleute bei Fortsetzung ihrer Reise auf sich alleine gestellt sein, denn in den Esel zurückkehren darf er nicht, wenn er ihn einmal verlassen hat; aber nachdem sie das Königreich Böhmen so gut wie bereits durchquert haben, meint er, so zweifelt er nicht daran, daß sie den ferneren Weg nach Ägypten schon meistern werden: Es soll nur der heilige Josef darauf vertrauen, daß der gerechte Gott, wenn er diese Reise ihnen schon anbefohlen hat, auch zu deren Vollendung die Kraft und die Ausdauer ihnen verleihen wird.

Was aber wird geschehen, hat voller Sorge der biblische Nährvater ihm erwidert, wenn man sie morgen früh auf der Grenze dann um die Reisepässe befragen wird? Das soll ihre Sorge nicht sein, hat der Engel des Herrn ihm darauf geantwortet; da wird Gott schon Rat schaffen, daß man sie am Hinauspassieren ins Schlesische nicht verhindern wird.

Damit hat er den heiligen Josef im Stall zurückgelassen, beim Esel von Bethlehem, und alsbald hat er zur Muttergottes sich nun hinaufbegeben, in deren Kammer, wo er in seiner wahren Gestalt und Herrlichkeit vor sie hingetreten ist.

Was aber hierauf zwischen dem Erzengel Gabriel und der Muttergottes zu jener nächtlichen Stunde im Städtchen Schatzlar sich zugetragen hat: niemand wird das mit Sicherheit sagen können, weil ja auch weiters niemand dabei zugegen gewesen ist, selbst der heilige Josef nicht – und so werden wir hinsichtlich alles dessen auf bloße Vermutungen uns beschränken müssen.

Es wird wohl der Erzengel Gabriel nicht erst die Muttergottes danach befragt haben, was denn für ihren Wunsch, von der Flucht nach Ägypten sich abzukehren, der Anlaß gewesen ist. Wenn auch selbst Erzengel nicht allwissend sind – mehr als der heilige Josef wissen sie allemal. Und so kann man sich vorstellen, daß der Erzengel Gabriel in dem nämlichen Augenblick, wo er im Gasthaus »Zur Krone« der Muttergottes erschienen ist, die Gründe für ihr Verhalten bereits erkannt hat. Auch mag er sogleich gewußt haben, daß es Gründe der Liebe gewesen sind, welche sie zu dem Wunsche nach Umkehr bewogen haben – und Gründe der Hoffnung, daß man vielleicht von dem göttlichen Kinde das bittere Leiden und Sterben am Kreuz auf dem Berge Golgatha abwenden können wird, wenn sie nicht nach Ägypten ziehen, sondern statt dessen im Königreich Böhmen sich eine Bleibe suchen.

Es mag ihn die Muttergottes in ihrer Betrübnis der Seele zutiefst erbarmt haben; und gewiß wird er nur zu gut ihre Sorgen und Hoffnungen haben verstehen können, der Erzengel Gabriel. Dennoch hat er die Muttergottes davon überzeugen müssen, daß sie dem Ratschluß des himmlischen Vaters sich beugen muß: denn es geht nicht um sie und ihr Kind allein hier – es geht, wie sie nicht vergessen darf, um das Heil der Welt dabei.

Wie aber nun der Erzengel solches im einzelnen ihr gesagt hat, auf welche Art und mit welchen Worten: auch dahingehend wird man, geschätzter Leser, mit bloßen Vermutungen sich bescheiden müssen, indem man sich etwa denken könnte, wie er in flammender Rede der Muttergottes vor Augen stellt, was denn die Folge wäre, wenn sie das Werk der Erlösung möchte verhindern wollen... Aus Liebe freilich, daß muß man ihr zugestehen. Aber es hat der lebendige Gott seinen eingeborenen Sohn ja desgleichen aus Liebe, und einzig aus Liebe nur, in die Welt gesandt, auf daß er uns um den Preis seines bittern Leidens und Sterbens das Heil erringe.

Wird sie da ihre Liebe nicht dreingeben müssen, mag er vielleicht sie an dieser Stelle gefragt haben – dreingeben in die Liebe Gottes?

Nämlich man muß an die Menschen denken, die vielen und abervielen, welche die Last ihres Lebens nur deshalb werden ertragen können, weil dieser, ihr lieber Sohn da, um ihrer aller Sünden Vergebung willen am Kreuz wird gestorben sein – zum Unterpfand dessen, daß Gott sich der Welt erbarmt hat. Und vielen wird das ein großer Trost sein im Herzen, und vielen der letzte und einzige Grund dafür, daß sie Zuversicht schöpfen über den Tod hinaus.

Und vielleicht hat der Erzengel Gabriel hier nun der Muttergottes Beispiele angeführt für das soeben Gesagte; es hat ja kein Mangel bestanden an solchen Beispielen, auch im Königreich Böhmen nicht: Ob man nun an den heiligen Herzog Wenzeslaus dabei denken mag, an die seligen Frauen Ludmila und Zdislawa – oder vielleicht an die Tandler Mariechen aus Przichowitz mit dem Hubertl, oder vielleicht an die Dorotka und den Pepíček. Und die Schmirgelseffs wird man auch nicht vergessen dürfen...

Aber man kann sich natürlich auch vorstellen, daß der Erzengel Gabriel überhaupt nichts gesagt hat zur Muttergottes – sondern womöglich hat es schon ausgereicht, daß er lediglich vor sie hintritt. Und wie er sie anblickt, da ist ihr schon alles gesagt gewesen; und wiederum, wie schon damals in Nazareth, hat sich die Muttergottes vor ihm verneigt, und »Siehe«, spricht sie auch diesmal wieder, »ich bin eine Magd des Herrn, mir geschehe nach Seinem Willen.«

Wie jedenfalls dann der heilige Josef wieder heraufgekommen ist aus dem Stall und wie er die Türe zur Kammer öffnet, da hat er die Muttergottes in tiefer Versunkenheit angetroffen, hinabgebeugt über das liebe Jesulein. Und erst wie er leise die Tür hinter sich geschlossen hat, wendet die Muttergottes den Blick ihm zu. Sie bittet ihn um Vergebung für ihren Kleinmut – und wenn es ihm recht ist, sagt sie zum heiligen Josef, dann wollen sie morgen so früh wie möglich sich auf den Weg machen mit dem Gotteskindlein, zur schlesischen Grenze hin.

Kapitel Numero achtundzwanzig

welches der Flucht nach Ägypten königlich böhmischen
Teil zum Abschluß bringt.

Am anderen Morgen, das ist also dann am Montag gewesen, da ist, gegen halber sieben etwa, auf seinem Feldbett beim k.k. Gendarmeriekommando in Schatzlar der Hawlitschek davon aufgewacht, daß im Traum die Frau Witwe Machatschka ihm erschienen ist. Er hat zwar in Einzelheiten sich nicht mehr daran erinnern können, was ihm von ihr geträumt hat: auf jeden Fall aber muß es um einen bedeutend angenehmeren Traum sich dabei gehandelt haben als bei dem gestrigen, wo der König Herodes ihn heimgesucht hat im Schlafe; und aufgewacht ist der Hawlitschek davon, daß die Frau Witwe Machatschka, nach dem Frühstück gewissermaßen, zu ihm gesagt hat: »Herr Poldi«, hat sie zu ihm gesagt (Herr Poldi, das muß man sich vorstellen!), »wenn Sie jetzt weggehen werden und Ihre Pflicht tun – dann tun Sie mir aufs Zurückkommen nicht vergessen, Herr Poldi, ja?« Und sie hat diese letzten Worte auf eine so überaus freundliche, ja zum Herzen gehende Art und Weise zu ihm gesagt, daß er aus Freude darüber aufgewacht ist...

No, aufwachen hätte er sowieso jetzt allmählich müssen, der Hawlitschek; und er nimmt für den heutigen Tag es als gute Vorbedeutung, daß die Frau Witwe Machatschka sozusagen an dessen Anfang gestanden hat, denn er hofft, daß er bis zum Mittag spätestens alles wird endgültig der Erledigung zugeführt haben können, was man von seiten des k.k. Landesgendarmeriekommandos ihm aufgetragen hat.

Es wird ja auch langsam Zeit, denkt er, daß man sich diese Geschichte einmal vom Halse schafft, welche ja letzten Endes für ihn und den Tyras mit nix wie Schwierigkeiten und Unbill verbunden gewesen ist – obzwar ja der Hawlitschek sich gerechterweise auch sagen muß, daß er auf anderem Wege vermutlich niemals mit der Frau Witwe Machatschka möchte bekannt geworden sein.

Der Tyras ist immer noch ziemlich elend beisammen an diesem Morgen, weil über Nacht ihm die Schnauze womöglich noch stärker angeschwollen ist; und so hat er das Fressen, welches der Wachtmeister Wondrak ihm hingestellt hat, weder

beschnuppert, weil er ja ohnedies nix davon hat riechen können, noch hat er's im allergeringsten angerührt.

Das hat dem Herrn Teufel Pospišil einerseits zwar egal sein können, er ist ja auf jegliche Sorten von Hundefraß sowieso nicht erpicht gewesen, wie wir an früherer Stelle bereits erwähnt haben; andererseits aber hat er's vor Ungeduld kaum noch aushalten können an diesem Morgen, weil er mit vollem Recht sich hat sagen müssen, daß für die höllische Seite das Spiel verloren ist, wenn man nicht schleunigst des bethlehemitischen Wechselbalgs sich bemächtigt, und zwar noch auf königlich böhmischem Territorium! Sonst möchte der Zimmermann Josef mit seiner Mischpoche nach Überschreitung der schlesischen Grenze nicht nur dem Zugriff der k.k. Gendarmerie entzogen sein, sondern es wird (in Ermangelung eines entsprechenden Abkommens über gegenseitig zu leistende Amtshilfe mit dem preußischen Herrscherhause) der König Herodes dann auch nix mehr machen können in dieser Sache: Weswegen es dem Herrn Teufel Pospišil absolut nicht egal gewesen ist, wie er bemerken muß, daß der Hawlitschek offensichtlich zu keinerlei diesbezüglichen Maßnahmen sich herbeiläßt, sondern es setzt dieser dreimal verfluchte Blödian jetzt, wo man keine Minute mehr zu verlieren hat, mit dem Wachtmeister Wondrak erst noch in aller Gemütsruhe sich zum Frühstück nieder – wobei er sogar noch, auf die bewußte Schramme deutend, zu der Geschichte von seiner versehentlichen Verhaftung ansetzt... Sehr zur Befriedigung vom Herrn Teufel Pospišil ist es jedoch dem Hawlitschek nicht vergönnt gewesen, daß er sowohl mit dem Frühstück als auch mit seiner Geschichte zum Abschluß kommt:

Schon bald hat das Telephon gerasselt, und wie der Herr Wachtmeister Wondrak den Hörer abnimmt, da macht man ihm eine Meldung, und zwar von der k.k. Finanzwach-Station in Königshan, daß man dortselbst die befahndeten Individuen mit dem Esel soeben gesichtet hat auf der Alten Zollstraße, wie sie der Grenze sich nähern – und wenn sie herangekommen sind, wird man sie, wie befohlen, festnehmen.

No, das ist für den Hawlitschek eine im höchsten Grade erfreuliche Meldung gewesen (und nicht nur für ihn, versteht sich, sondern es hat der Herr Teufel Pospišil sich nicht minder darob erfreut gezeigt), und so hat man das Frühstück samt der Geschichte natürlich abgebrochen, sofort, und es hat der Herr Wachtmeister Wondrak vorsorglich einen Schlitten bereits parat gehabt, welcher sie unverzüglich hinausbringen wird, an den Ort der Festnahme.

»Tyrasl«, hat der Hawlitschek zwar gemeint, »tu ock du lieber hierbleiben, armes Luder« – und sicherlich möchte der

Tyras solches nicht zweimal sich haben sagen lassen in Anbetracht seines leidenden Zustandes; aber es hat der Herr Teufel Pospišil keinerlei Rücksichtnahme gekannt mit dem armen Hundsviech, sondern er hat es dazu gezwungen, daß es im letzten Augenblick doch noch hinaufgesprungen ist auf den Schlitten.

Sie sind also nunmehr im scharfen Trabe zum Paß von Liebau hinausgefahren, vorbei an den Halden und Fördertürmen der Schatzlarer Kohlengruben, wo sich vor kurzem gerade die Nachtschicht geendigt hat, so daß Scharen von Bergleuten ihnen entgegenkommen mit blechernen Suppenkannen; und schließlich, nach ungefähr einer gut bemessenen Viertelstunde, da sind sie dann bei der k.k. Finanzwach-Station in Königshan angelangt.

Der dortige Kommandant vom Dienst, ein gewisser Finanzwach-Oberaufseher Heinisch, hat vor der Zollstation sie bereits erwartet und zeigt auf den bethlehemitischen Esel, welchen man vorderhand praktischerweise am Pfosten des Schlagbaumes festgebunden hat.

Inkriminierte Subjekte, gehorsamst zu melden, befinden sich in der Wachstube im Verwahrsam, schmettert der Heinisch. Sie haben bei ihrer Festnahme keinerlei Widerstand ihm geleistet; und was ihre Herkunft und sonstigen Personalien angeht, so stellen sie nicht in Abrede, daß sie mit fahndungshalber Gesuchten identisch sind, wenn sie auch über weitergehende Einzelheiten sich ausschweigen.

Der Hawlitschek ist vom Schlitten heruntergesprungen, der Tyras ihm nach, und dann haben sie in die Wachstube sich hineinbegeben, schleunigen Schrittes, vom Wachtmeister Wondrak gefolgt. Und da hat also auf der Fensterbank nunmehr mit ihrem Reisebündel die Muttergottes gesessen, das liebe Jesulein auf dem Schoß; und der heilige Josef, auf seinen Wanderstecken gestützt, hat danebengestanden, ernsten Gesichts. Und der Hawlitschek, wie er selbdritt sie da warten sieht in der Wachstube: also er kann sich nicht helfen, der Hawlitschek – aber er hat von dem Anblick der Arrestanten auf doppelte Weise sich merkwürdig irritiert gefühlt.

Zum ersten: den Eindruck von Leuten, welchen auf allerhöchsten Befehl man durchs halbe Königreich Böhmen nachfahnden lassen muß – den Eindruck von solchen Leuten haben sie absolut nicht gemacht auf ihn.

Und er muß auch, zum andern, die dreie irgendwo schon gesehen haben, die Frau mit dem Wickelkind auf dem Schoß und den Mann mit dem Wanderstecken: Nämlich je länger er sie ins Auge faßt, desto vertrauter sind sie ihm vorgekommen – gleichsam als ob er von jeher sie kennen möchte, noch aus der Kinderzeit in der Gegend von Zwickau her...

Dem Wachtmeister Wondrak, scheint's, kann die Sache hingegen nicht rasch genug ihren Fortgang nehmen. Wie man des weiteren mit den Arrestanten verfahren wird? hat er vom Hawlitschek wissen wollen – und hat auch von sich aus den Vorschlag sogleich hinzugefügt, daß es vielleicht am besten sein möchte, wenn man so schnell als möglich sie auf den Schlitten setzen und schleunigst nach Trautenau überstellen täte, aufs Kreisgericht.

»Nach Trautenau?« fragt der Hawlitschek, und man hat es bei dieser Frage ihm angemerkt, daß er mit seinen Gedanken sich momentan ganz woanders befunden hat.

»Selbstverständlich nach Trautenau«, wiederholt der Wondrak, »damit man von dort aus mitsamt dem Kinde befehlsgemäß an den König Herodes sie ausliefern können wird.«

»An den König Herodes?« – Dem Hawlitschek hat es mit einem Mal einen Riß gegeben.

Es sind ja die Umstände dieser speziellen Fahndung ihm samt und sonders bekannt gewesen von Anfang an – bloß: Er hat sich darüber nicht weiter den Kopf zerbrochen, jedenfalls bis zur Stunde nicht. Jetzt aber, wo der Wondrak ihn kaum erwähnt hat, den bethlehemitischen Kinderschlächter, und wie bei der bloßen Nennung von dessen Namen die Frau auf der Fensterbank mit erschreckter Gebärde das Kindlein sich an die Brust drückt, als ob man's ihr möchte entreißen wollen: erst jetzt geht dem Hawlitschek unversehens ein Licht auf. Da ist es ganz plötzlich ihm klar geworden, daß die gesamte Fahndung weder dem Mann mit dem Wanderstecken gegolten hat noch der Frau mit dem Reisebündel, wie er bislang gemeint hat in seinem Unverstand; und im nämlichen Augenblick, wo er zu dieser Erkenntnis gelangt ist, da ist er nicht einen Moment sich darüber im Zweifel gewesen, wie er in Gottes Namen sich nun verhalten muß.

Ist nicht der König Herodes ihm auf den Hofbauden gestern gleich zweimal vor Augen getreten, der biblische Wüterich? Soll er umsonst vor dem Hawlitschek und den Melzerschen sich gebrüstet haben mit seiner Mordlust? Darf man ihm, diesem Unmenschen, auch nur ein einziges weiteres Kindlein preisgeben, daß er auch dieses eine noch umbringen lassen kann? – Nein! denkt der Hawlitschek, dreimal nein! – und er hat auch schon einen Plan, wie sich das verhindern läßt.

Er blickt auf die Muttergottes, er schaut auf das liebe Jesulein und den heiligen Josef, wie sie in Demut abwarten, was nun weiter geschehen soll.

Und da sagt er zum Wachtmeister Wondrak, der Hawlitschek: »Wachtmeister Wondrak«, sagt er, »Sie kennen ja meine Vollmacht, nicht wahr? Und so werden Sie folglich auch wissen, daß man in dieser Sache mir unbedingten Gehorsam leisten muß.«

»Melde, daß ja!« hat der Wachtmeister Wondrak gerufen und hat sich habtacht gestellt, und es hat auch der Oberaufseher Heinisch ein gleiches getan – und nun haben sie beide natürlich damit gerechnet, daß man die unverzügliche Überstellung der Inhaftierten nach Trautenau ihnen anbefehlen wird.

Was aber tut der Hawlitschek?

Der Hawlitschek, zur Verhinderung eines weiteren Kindermordes, wendet statt dessen zu ihrer beider namenlosem Erstaunen sich den in Haft genommenen Ausländern zu, mit den Worten:

»Tun Sie ock, gute Leute, den Esel jetzt wieder losbinden draußen, und tun Sie ock ihres Weges beruhigt weiterziehn mit dem Kindl, hinaus ins Schlesische – nämlich es hat sich, Sie wer'n uns das bittschön entschuldigen müssen, um einen Irrtum gehandelt, bezüglich der hierorts erfolgten Festnahme.«

Wie der Herr Teufel Pospišil solchermaßen ihn sprechen gehört hat, den Hawlitschek – no, da ist er fürs erste nicht minder perplex gewesen, wie es bei diesen Worten der Wondrak und der Herr Oberaufseher Heinisch gewesen sind. Dann aber hat den Herrn Teufel Pospišil eine solche Wut gepackt, daß er im jähen Zorn auf das liebe Jesulein losgefahren ist, in Gestalt vom Tyras – nämlich bevor man's dem König Herodes entrinnen läßt, will er gleich selber ihm rasch noch den Garaus machen!

Aber die Muttergottes ist auf der Hut gewesen. Sie hat mit der Linken das liebe Jesulein fest sich ans Herze gedrückt – und zugleich hat sie mit der Rechten dem Tyras Einhalt geboten, wobei es sich nicht vermeiden läßt, daß sie ihm einen Klaps auf die Schnauze gibt, einen nicht allzu kräftigen übrigens.

Es hat dieser leichte Klaps jedoch eine große Wirkung gezeitigt.

Sowie nämlich der Herr Teufel Pospišil ihn verspürt hat, da ist es im Balg vom Tyras ihm angst und bange geworden (weil es ja schließlich die Muttergottes gewesen ist, welche ihn da berührt hat mit ihrer hochheiligen Hand, was selbstverständlich sogar den alleröbersten Oberstteufel möchte in Konsternation versetzt haben) – no, und da ist er denn, der Herr Teufel Pospišil, augenblicklich vor Schreck aus dem Tyras hinausgefahren, beim hinteren Ende. Und wenn er ein winziges bissl Verstand hat, so wird er auf keinen Fall in die Hölle sich jemals wieder zurückbegeben: Es wird schon im Königreich Böhmen sich irgendwo ein geeigneter Unterschlupf für ihn finden lassen, wo er sich vor dem höllischen Strafgericht möchte verstecken können, welches nach dieser schmählichen Niederlage ihm sicher gewesen ist.

Kann sein, daß er auf der Prager Kleinseite sich verkriechen wird, der Herr Teufel Pospišil, im Gewinkel der alten Häuser und Gassen, wo es nicht weiter auffallen möchte, wenn zu den ohnehin zahlreich in diesem Viertel vorhandenen Tag- respektive Nachtgespenstern ein weiteres sich hinzugesellt. Auch gibt es ja Höhlen genug im Gebirge draußen, und Klüfte und aufgelassene Erzstollen, wo er zum Beispiel sich in Gestalt einer Fledermaus möchte verbergen können. Nicht zu vergessen die mancherlei Burgen und Schlösser im Lande, teils noch bewohnbar, teils mehr oder weniger ruiniert bereits, woselbst die Gelegenheit sich ihm bieten möchte, daß er in einen der feurigen Hunde hineinfährt, von welchen gemeinhin an solchen Örtlichkeiten die unterirdischen Schätze bewacht werden. Und sofern er zu einem weiteren Hundeleben sich nicht entschließen kann, weil er aus guten Gründen davon genug hat für alle Zeiten, dann soll er gefälligst sich zum Hineinfahren einen von jenen feuerspeienden Drachen aussuchen, wie man als Wächter in böhmischen Schatzgewölben sie gleichfalls zuweilen antrifft.

Der Tyras indessen, sobald der Herr Teufel Pospišil ihn verlassen hat, ist mit einem Schlage wie ausgewechselt gewesen. Fromm wie ein Lamm ist er plötzlich, der Tyras, so lammfromm, daß man nicht hoch genug sich darüber verwundern kann; und es hat auch, bezeichnenderweise, die Schnauze ihm nicht mehr wehgetan, seit ihm die Muttergottes den Klaps versetzt hat, und überdies ist die Nase im Handumdrehen ihm völlig abgeschwollen, so daß er nun wiederum alles wittern kann, wie seit eh und je, was insgesamt ihn dazu veranlaßt hat, daß er der Muttergottes sich brav und dankbar zu Füßen legt. Und möchte er ausnahmsweise in diesem Augenblick eine Katze gewesen sein – no, da kann man sich vorstellen, wie er möchte geschnurrt haben.

Alles Weitere ist dann genauso vonstatten gegangen, wie der Hawlitschek es befohlen hat. Es haben die biblischen Wandersleute den Esel zurückbekommen, und wenn auch der Wachtmeister Wondrak und der Herr Oberaufseher Heinisch noch immer nicht recht sich darüber schlüssig gewesen sind, ob man's nicht möchte verhindern müssen, so hat doch der Hawlitschek kraft seiner Extravollmacht die bethlehemitischen Flüchtlinge alsbald die königlich böhmisch-schlesische Grenze passieren lassen – wobei er die Tatsache, daß es an gültigen Reisepässen ihnen ermangelt, vollständig ignoriert hat. Aber er muß das ja schließlich wissen, der Wachtmeister Hawlitschek, und verantworten können wird er es auch müssen.

No – der Hawlitschek.

Wie er die drei nun davonziehen sieht mit dem Esel, hinaus ins Schlesische, da besinnt er sich endlich auf jenen Umstand, wonach er die ganze Zeit sich vergebens den Kopf zermartert gehabt hat.

Nämlich mit einem Mal nun, da hat er an ein bestimmtes Bild sich erinnern können, welches vor langer Zeit der Herr Pater Hohlfeldt ihnen gezeigt hat, und zwar in der Schule damals, in Zwickau, wie sie noch Kinder gewesen sind. Und da ist es wie Schuppen ihm von den Augen gefallen, dem Hawlitschek, denn nun weiß er auf einmal, ganz sicher weiß er das plötzlich, um wen es sich bei den dreien gehandelt hat...

Aber das wird er dem Wachtmeister Wondrak nicht auf die Nase binden, der Hawlitschek; und er wird dem Herrn k.k. Landesgendarmeriekommandanten es auch nicht sagen. Niemandem auf der Welt wird er jemals das anvertrauen – außer vielleicht der Frau Witwe Machatschka.

»Wachtmeister Wondrak«, sagt er, nachdem bis zuletzt er den heiligen Leuten nachgeschaut hat, »tun Sie mir der Abteilung in Trautenau bittschön den Vorfall melden, Wondrak, damit man von dort aus ihn schnellstens dem Landesgendarmeriekommando in Prag zur Kenntnis bringt.«

Hierauf hat er mit einem »Servus!« dem Wachtmeister Wondrak absalutiert. Und dann hat er ihn stehenlassen, ihn und den k.k. Finanzwach-Oberaufseher Heinisch von Königshan – und er hat, mit dem Tyras zusammen, unverzüglich nach Hühnerwasser sich wieder in Marsch gesetzt.

Fürs erste, wie man sich denken kann, ist es nicht sonderlich wohl ihm zumute gewesen bei dem Gedanken daran, was an dienstlichen Konsequenzen ihm nun bevorsteht, angesichts dessen, daß er auf unzulässige Weise der an den König Herodes auszuliefernden Individuen sich erbarmt hat, im letzten Augenblick. Die in Aussicht gestellte Beförderung, denkt er sich, wird natürlich futsch sein, das ist das mindeste; ja, mit größter Wahrscheinlichkeit wird man sogar ohne Nachsicht ihn degradieren und strafweise zur gemeinen Mannschaft versetzen

– wenn man nicht überhaupt seine Kassation verfügt und mit Schimpf und Schande ihn aus dem Dienste jagt...

»No, das sind trübe Aussichten«, sagt sich der Hawlitschek im Dahinmarschieren.

Aber natürlich, es möchte vielleicht auch sein können, muß er sich gleichfalls sagen (wobei es, je länger er drüber nachdenkt, ihm desto leichter ums Herze wird): es möchte vielleicht auch sein können, daß man von jeglicher disziplinarischen Ahndung absieht in diesem Falle – weil ja erwiesenermaßen im Königreich Böhmen zumindest beim k.k. Gendarmeriewesen nix unmöglich ist.